KB075776

찾고
싶다

소설에 언급되는 지명, 관서 명, 사건 내용 등은
작가가 상상력으로 만들어낸 것으로 실제와 무관합니다.

찾고 싶다

노효두 미스터리 스릴러

고즈넉
이엔티

찾고 싶다

초판 2쇄 발행 2021년 5월 18일

지은이 노효두
펴낸이 배선아
디자인 엄인경
펴낸곳 (주)고즈넉이엔티

출판등록 2017년 3월 13일 제2021-000008호
주소 서울특별시 중구 청계천로 40, 1203호
대표전화 02-6269-8166 **팩스** 02-6166-9199
이메일 gozknockent@gozknock.com

ⓒ 노효두, 2020
ISBN 979-11-6316-137-0   03810

잘못된 책은 구입하신 서점에서 교환해 드립니다.
이 책은 저작권법에 따라 보호받는 저작물이므로 무단 전재와 복제를 금합니다.
이 책의 전부 또는 일부 내용을 재사용하려면 사전에 저작권자와 본사의
서면 동의를 받아야 합니다.

"그저 기회를 준 거야."

"응? 뭐라고?"

"있어 그런 게. 다들 자기에게
주어진 일을 끝내고 싶어 했거든."

1

약속 시각에 맞춰 공원 입구에 도착했다.

주위를 한번 둘러본 뒤 스마트폰을 꺼내 문자 메시지를 보냈다. 답장은 바로 돌아왔다.

〔공원으로 들어와서 노인들이 모여 있는 벤치로 오세요.〕

4월로 접어들며 햇살까지 강해진 탓에 봄기운이 물씬 풍기는 날이었다. 불과 며칠 전만 해도 날이 찼다. 그래서 두꺼운 외투를 입고 나왔는데 벌써 등줄기에 땀이 흘러내렸다.

정상훈은 외투를 벗어 팔에 걸친 채 공원으로 들어갔다.

평일 오후라 사람은 그리 많지 않았다. 강아지와 함께 걷는 중년 여성을 쫓아 산책로를 조금 걸으니 넓은 벤치에 모여 앉은 노인들이 보였다. 모두 여섯 명.

대부분 후줄근한 옷차림에 머리를 대충 빗어넘긴 칠십 대 노인들이었다. 모두 짝을 이뤄 바둑이나 장기를 두고 있었다. 한껏 집중한 표정들이었다. 그들과 조금 떨어져 앉은 노인 하나만이 슬쩍 고개를 들어 상훈을 힐끔거렸다.

쥐색 털모자와 두꺼운 마스크를 썼는데, 마스크 위로 가늘게 찢어진 눈이 두드러졌다.

상훈은 노인과 멀찌감치 떨어진 빈자리에 앉았다.

조금 더 휘둘러봤지만 아무래도 오늘 만나기로 한 사람은 없는 듯했다.

다시 문자 메시지를 보냈다. 그의 답장이 바로 돌아왔다.

[거기서 잠시만 기다려주세요.]

그를 알게 된 건 닷새 전이다.

일요일이었고 별다른 약속도 없는 날이었다. 그날을 돌이켜보면, 오전에 교회를 다녀온 뒤 오후에는 아내가 있는 납골당에 갔다. 아마 오후 내내 거기서 시간을 보냈던 것으로 기억한다. 아내가 납골당에 안치된 건 2년 전이었다.

아내는 뭐든 좀처럼 내색을 하지 않는 여자였다. 암세포가 온몸으로 번지는 것도 알지 못한 채 자주 몸을 웅크리고 통증이 가실 동안 버티곤 했다. 더는 참지 못했는지 하루 날을 잡아 스스로 병원을 찾아갔다. 그날 위암 3기 판정을 받았다.

진료를 마치고 온 아내는 진경이가 돌아올 때까지 죽지 않을 거라며 담담하게 굴었다. 그러나 얼마 지나지 않아 통증이 극에 달하자 몸이 무너지며 그대로 쓰러져버렸다. 몸과 함께 힘겹게 버텨온 가슴속의 둑도 무너졌는지 그녀는 그간 참아왔던 눈물을 쉴 새 없이 흘렸다. 그로부터 한 달 뒤쯤 정신을 잃었다.

상훈은 혼수상태인 아내의 얼굴을 빤히 바라본 적이 있었다. 오랜 시간 참고 버티며 생긴 많은 주름이 그간의 삶을 대변하는 듯했다. 그때 아내 앞에서 무슨 일이 있어도 꼭 딸을 찾겠다고 다짐했다.

하지만 지난 2년 동안 아무것도 찾은 게 없었다. 납골함 옆에 놓인 아내의 사진을 볼 때마다 미안한 마음이 들었다. 그래서 그날은 꽃 한 송이를 사서 아내에게 건넸다. 아내의 사진 옆에 꽃을 내려놓고 돌아서는데, 그날따라 납골당 벽면에 세워진 하얀 꽃다발이 눈에 들어왔다.

겨우 꽃 한 송이를 사 온 자신이 한심하게 여겨졌다. 그런데 문득 그 꽃다발이 아내가 좋아했던 하얀 꽃과 비슷하다는 생각이 뇌리를 스쳤다. 혹시 진경이가 다녀간 게 아닐까, 하는 생각이 들었다. 상훈은 이내 쓸데없는 생각이라며 고개를 저었다.

집에 돌아왔을 땐 늦은 저녁이었다. 간단히 저녁 식사를 한 뒤 평소보다 일찍 잠을 청했다. 막 잠이 들 때쯤 머리맡에 둔 스마트폰에서 벨 소리가 울렸다.

잠결에 눈을 비비고 상훈은 화면에 뜬 '오태수'란 이름을 한참 바라봤다.

매년 5월 25일은 실종아동의 날이다. 이날만큼은 실종아동협회에 소속된 부모들이 한자리에 모인다. 7년 전 상훈은 그 자리에서 오태수를 처음 만났다. 그는 당시 여섯 살이던 아들 승주를 찾기 위해 협회에 들어왔다. 이후로 두 사람은 일 년에 한 번씩 보는 사이가 됐다. 서로 얼굴을 아는 사이였지 그렇다고 평소에 연락까지 주고받는 정도는 아니었다.

그런데 작년 가을, 오태수가 아들 승주를 찾았다. 장기실종아동인 승주를 찾은 일은 언론을 통해서도 여러 번 보도됐다. 그때 상훈은 처음으로 그에게 문자 메시지를 보냈다. 축하보단 다행이라는 말이 더 어울리는 것 같아 그렇게 적었고, 몇 분 뒤 고맙다는 답장을 받았다.

그걸로 그와의 인연은 끝났다고 생각했다. 그래서 한밤중에 걸려온 그의 전화가 더 의아하게 여겨졌다.

잠시 머뭇거렸다가 일어나 전화를 받았다. 오태수는 불필요한 말을 거두고 바로 본론으로 넘어갔다.

"고탐정이란 사람이 아버님께 연락할 겁니다."

"네?"

그는 한참이나 묵묵히 있다가 다시 말을 이었다.

"사실은 승주를 찾아준 게 그 사람이에요."

상훈은 머릿속으로 승주 사건을 다시 떠올렸다.

7년 전, 승주는 거액을 요구하던 납치범에게 붙잡혔다가 놈이 갑자기 협상을 중단하는 바람에 감쪽같이 사라졌다. 경찰이 대대적으로 수사를 펼쳤는데도 찾을 수 없다가, 아이는 작년 한적한 시골 주택에서 우연히 발견됐다.

아이는 몇 년간 그 집에 갇혀 있었던 것으로 확인됐고, 납치범은 아직 종적이 묘연한 상태라고 전해 들었다. 어쨌든 그때 승주는 시골 주민의 제보로 찾은 거였다. 모두가 그렇게 알고 있었는데 조금 전 오태수의 말은 알려진 것과 달랐다.

"자세한 건 말씀드릴 수 없지만."

이어지는 오태수의 목소리가 미세하게 떨렸다.

"방금 고탐정에게서 연락이 왔어요. 아버님 연락처를 물어봐서 알려줬고요. 아마도 그가 진경이 사건에 관심이 있는 것 같습니다."

상훈은 이해가 되지 않았다. 잠결이 아니더라도 여전히 이해하지 못했을 것이다. 오태수에게 묻고 싶은 것이 많았는데 뭐부터 물어야 할지 몰랐고, 우물쭈물하는 사이에 그는 전화를 끊어버렸다.

상훈은 바로 오태수에게 전화를 걸었다. 그런데 그새 전화기가 꺼져 있었다. 그 뒤로도 그와의 연락이 닿지 않았다.

다음 날 아침부터 시도 때도 없이 스마트폰을 쳐다봤다. 상훈은 천안에 있는 한 아파트 단지에서 일하는 성실한 경비원이었지만, 이날만큼은 업무에 집중하지 못하고 정신이 나간 채로 시간을 흘려보냈다. 모르는 번호로 전화가 온 건 그로부터 이틀 뒤, 상훈이 야간 순찰을 돌 때였다.

"정진경 씨 아버님 맞으시죠?"

어색한 남자 목소리가 들렸다. 당신이 고탐정이냐고 묻자 그렇다는 대답이 돌아왔다. 그제야 목소리의 정체가 음성 변조라는 걸 깨달았다.

고탐정은 긴 통화는 어렵다며 하나만 묻겠다고 했다.

"혹시 따님을 포기하셨나요?"

"뭐요?"

상훈이 저도 모르게 버럭 큰 목소리를 냈다. 단숨에 얼굴이 뜨거워졌다. 억양이 없어서 그런지 상대의 목소리가 더 기분 나쁘게 들렸다.

"무슨 뜻입니까?"

"아직 따님을 찾을 생각이 있냐고요."

"당연하지."

불쑥 반말을 내뱉었다.

"그럼 제가 찾아드릴게요."

지난 몇 년간, 상훈은 흥신소를 기웃거리며 탐정이란 자들을 만나왔다. 그들 모두 처음엔 가능할 것처럼 말했지만, 시간이 지날수록 태도가 시큰둥하게 바뀌었다. 나중엔 경찰도 못 하는 걸 어떻게 하냐며 되레 성질을 냈다. 더는 이런 장난에 휘말리고 싶지 않았다. 돌이켜보면 하등 쓸모없는 시간 낭비였다. 그런데 오태수의 한 마디는 이런 생각을 간단히 허물어뜨릴 정도였다.

'승주를 찾아준 게 그 사람'이라는 말이 머릿속을 헤집고 다녔다. 결국 마음을 누그러트리고 다시 입을 뗐다.

"자세히 얘기해봐요. 어떻게 찾을 생각인데요?"

"나머진 만나서 얘기해요."

고탐정은 바로 시간과 장소를 알려줬다.

"이번 금요일 오후 3시 서울 구로구 소망공원. 그리로 오세요."

혼자 올 것, 누구에게도 알리지 않을 것, 약속 시각에 정확히 맞춰서 올 것. 몇 가지 요구 사항을 언급한 뒤 그는 전화를 끊었다.

상훈은 그렇게 고탐정과의 약속을 잡았다.

다시금 스마트폰에서 짧은 벨 소리가 울렸다.

〔산책로로 걸어오면 놀이터가 보여요. 거기로 들어오세요.〕

노인들을 한 번 돌아보곤 상훈은 문자 메시지대로 산책로를 걸어 놀이터로 들어갔다. 주변에는 삼십 대 여자 하나와 자녀로 보이는 어린아이뿐이었다. 다시 고탐정에게 도착을 알렸다.

〔잠시만 기다려주세요.〕

아까와 같은 답장이 돌아왔다.

상훈은 느린 걸음으로 놀이터로 다가가 구석에 놓인 벤치에 앉았다. 몇 분 정도 놀이터에서 뛰어노는 아이를 바라봤다. 네다섯 살 정도로 보이는 여자애였다. 아이를 부르는 목소리에 상훈의 시선이 돌아갔다. 삼십 대 중반쯤 되어 보이는 여자였다. 순간 침착하려 애쓰던 상훈의 마음이 흔들리기 시작했다.

진경이가 사라진 지 16년이 지났다. 딸이 고등학교 2학년 때였으니 지금쯤 눈앞의 여자와 나이가 비슷할 것이다. 예전에는 딸과 비슷한 나이대의 여성을 보면 빤히 쳐다보곤 했는데 이제는 서둘러 고개를 돌린다. 더는 그들의 얼굴에서 딸을 찾지 않는다.

상훈은 슬쩍 몸을 틀어 허공을 바라봤다. 지나치게 강한 햇살 탓에 두 눈이 꾹 감겼다. 한동안 엄마와 아이의 말소리가 들렸다. 자신의 삶과는 무관한 밝은 웃음소리가 이어졌고, 그 소리가 끝나자 오래전 아내의 목소리가 귓가에서 맴돌았다.

"기억 속에 단서가 있을 거예요. 눈을 감고 떠오르는 걸 연결하다 보면 숨겨진 기억을 발견할 수 있대요."

아내는 자주 눈을 감고 자신의 머릿속을 더듬었다. 상훈도 종종 아내를 따라 하곤 했다. 정말 아내의 말대로 그런 일이 생길 거라고 기대한 건 아니었다. 그런 모습을 보여줌으로써 그저 아내의 삶에 동조하고 있다는 위안이 되길 바라서였다. 그런데 하루는 머릿속 깊숙한 곳에서 잊고 싶은 끔찍한 기억 몇 개가 떠올랐다.

그는 깜짝 놀라 바로 눈을 떴고, 며칠간 일에 꼬박 매달려 몸을 혹사해 가며 그 기억을 전부 떨쳐냈다. 그 이후론 눈을 감고 무언가를 생각하는 게 두려웠다.

상훈은 그때 일이 다시 떠올라 얼른 두 눈을 떴다. 엄마와 아이는 서로 속닥거리며 놀이터를 빠져나가고 있었다. 그들의 모습이 완전히 사라진 뒤 짧은 벨 소리가 울렸다.

〔놀이터에서 나와 체력단련장으로 오세요.〕

상훈은 다시 산책로를 오 분 정도 걸었다. 여러 개의 운동기구가 보이는 체력단련장에 도착하니 중년 여자가 운동기구 앞에서 허리를 돌리고 있었다. 그 여자 말고 다른 사람은 보이지 않았다.

상훈은 외투를 나무 벤치에 내려놓고 그 옆에 앉았다.

몇 분이 지나자 등골에 맺힌 땀이 마르며 온몸이 싸늘해지기 시작했다. 슬슬 화가 치밀었다. 긴 한숨이 저절로 나왔다. 스마트폰을 꺼내려는데, 여기 체력단련장으로 다가오는 사람이 눈에 띄었다. 노인이었다.

상훈의 시선이 그에게서 떨어지지 않고 계속 머물렀다. 낯이 익다 했더니 몇 분 전에 본 노인이었다. 쥐색 털모자와 마스크를 쓴.

그는 상훈이 있는 벤치까지 다가오더니 외투를 치워달라는 듯 손짓을 했다. 상훈은 얼른 손을 뻗어 외투를 가져왔다. 노인은 그곳에 앉으며 마스크를 벗었다.

"혼자 오신 거 맞죠?"

상훈이 노인의 얼굴을 빤히 쳐다봤다. 외모와는 어울리지 않게 어린 목소리였다. 자세히 보니 그의 입 주변 살이 부자연스럽게 덜렁거렸다. 눈 주변으로는 푸른빛이 감돌았고, 이마에 맺힌 땀방울엔 살색과 파란색이 한데 묻어 있었다. 변장이 틀림없다는 생각과 함께 이틀 전 음성 변조 목소리가 떠올랐다.

"고탐정님 맞습니까?"

"네."

"왜 이런 모습으로?"

상훈이 그의 얼굴을 대놓고 훑어보며 차분하게 물었다.

"놀라셨다면 죄송해요. 제 나름대로 확인할 게 있어서. 그보다 여기 오시는 거 다른 사람한테 얘기 안 하셨죠?"

가볍고 빠른 말투에 상훈은 절로 과거에 만났던 탐정들이 떠올랐고, 뒤이어 불쾌한 실망감이 밀려들었다.

"다른 사람은 모릅니다. 얼른 말해봐요. 진경이를 어떻게 찾겠다는 겁니까?"

갑자기 상훈의 목소리가 높아지자 고탐정이 주위를 둘러봤다. 조금 전까지 운동기구를 붙잡고 있던 중년 여자는 이미 체력단련장을 나가고 없었다.

"아버님은 따님이 살아있다고 생각하십니까?"

"그게 무슨?"

"예전 인터뷰에서 어머님은 아직 살아있다고 생각하시는 거 같던데, 아버님도 같은 생각이세요?"

"그야……."

아내는 항상 진경이가 살아있다고 했다. 형사들이 범죄 연루 가능성을 언급할 때도 단호하게 부인했다. '난 알 수 있어요', '부모의 직감이에요', '반드시 엄마를 만나러 올 거라고요'라며 형사들의 말을 듣는 시늉도 하지 않았다. 하지만 상훈의 생각은 달랐다. 딸이 죽었기 때문에 여태 찾지 못한 것이다.

딸이 죽었을 거라는 말은 차마 입 밖으로 나오지 않아 목소리를 짜내며 힘겹게 내뱉은 말이 '나는 생각이 달라요'였다.

"그럼 찾을 수 있겠네요. 용의자가 있잖아요. 그 사람을 찾아서 입을 열게 하면 돼요."

고탐정은 이번에도 대수로운 일이 아니라는 투로 말했다. 상훈은 빤히 고탐정의 얼굴을 쳐다봤다. 머릿속에선 실체가 없는 유령 같은 얼굴 하나가 떠오른 상태였다.

2003년 7월 26일 토요일, 진경이는 집에 돌아오지 않았다.

다음 날인 일요일 아침, 경찰에 실종 신고를 했다. 그 일이 있기 석 달 전에도 진경이가 집으로 돌아오지 않은 적이 있어 경찰은 이번에도 가출이냐며 태연하게 물었다. 사흘이 지날 때까지 별다른 조사가 이뤄지지 않았다. 일주일이 지나도 아무런 연락이 없자 그제야 경찰은 조사 범위를 넓히며 수사에 힘을 싣기 시작했다.

그때부터 충청남도 천안을 시작으로 아산과 평택까지 진경이를 찾는 전단이 뿌려졌다. 삼 개월째부터는 전국 방송과 신문에서도 딸의 얼굴이 나왔다. 그리고 오 개월이 지났을 때 마침내 목격자가 나타났다. 목격자는 오십 대 택시기사 한 씨로, 2003년 7월 27일 일요일 밤 진경이를 목격했다고 경찰에 알렸다.

한 씨가 목격한 시간은 대략 밤 11시경이라고 했다. 그날의 운행을 마치고 집으로 돌아가던 길에 천안 중앙공원 후문 쪽에서 한 쌍의 젊은 남녀를 지나쳤다고 진술했다. 그는 자신도 고등학생 딸을 가진 아버지라 무의식적으로 여자 쪽을 유심히 살폈다고 덧붙였다. 그때 본 여자가 진경이였다.

아쉽게도 한 씨는 진경이와 함께 있던 남자의 얼굴은 기억하지 못했다. 이후 경찰은 진경이와 관련 있는 남학생을 찾아 그날의 알리바이를 확인했다. 하지만 끝내 용의자를 특정하지 못했다.

그로부터 몇 년 뒤 '공개수배 추적 25시'라는 TV 프로그램에서 진경이의 실종사건을 다뤘다. 그때 한 씨의 최면 수사가 이뤄졌다.

수사 시간이 길어지면서 한 씨는 거의 탈진하다시피 했다. 그는 여덟 시간 만에 그날 보았던 젊은 남자의 얼굴을 떠올렸다. 현장에서 대기하고 있던 수사관이 바로 몽타주 작업을 진행했고, 그렇게 유력 용의자의 얼굴이 완성됐다.

쌍꺼풀이 진하고, 입술이 두툼하며, 턱이 좁은 것이, 멀끔하게 생긴 남자였다.

이후 전국에 용의자 몽타주가 배포됐다. 동시에 경찰의 재수사도 이뤄졌다. 하지만 제대로 된 제보 전화는 단 한 통 없었다. 수사는 또다시 흐지부지 끝났다.

상훈은 수사 과정을 목도하면서 경찰은 믿을 수 없다는 결론을 내렸다. 그들의 수사 진행은 그저 매뉴얼대로 움직이는 게 전부였다. 한마디로 보여주기식이었다. 그간 TV에서 흘러나온 말도 죄다 쓸데없는 헛소리 같았다. 몽타주 속 남자가 실제 존재하는 인물인지도 의심스러웠다.

그래서 다시금 목소리가 높아졌다.

"경찰도 못 찾는 놈을 당신이 어떻게 찾아?"

"원래 경찰은 믿을 수 없어요. 기다릴 필요도 없고요. 쓸모없는 인간들이에요. 그건 아저씨도 잘 아시잖아요."

노인으로 분장한 고탐정의 얼굴에 미묘한 미소가 번졌다.

"그러니까 경찰 대신 제가 찾아드린다고요."

그의 찢어진 눈이 날카롭게 빛났다. 분장으로 가려진 얼굴이지만, 눈빛만큼은 선명한 인상을 주었다.

2

퇴근 후 느지막이 저녁 식사를 마치고 박진희는 홀로 거실에 앉아 있었다. 남편은 운동을 다녀온다며 나갔고 고등학생 아들은 아직 귀가 전이었다.

진희는 오늘도 어김없이 찾아온 두통을 무방비로 견디고 있었다. TV 화면에 비친 자신의 넋 나간 표정을 망연히 바라보며. 시선은 검은 화면 속 얼굴에 두었지만, 아까부터 사무실에서 보고 온 여러 장의 시체 사진만 떠올랐다. 문득 떠오르는 시취와 피비린내에 머릿속 격통이 더 심해졌다. 또다시 지옥 속으로 빠져들어 간다고 느낄 때쯤 정신을 깨우는 시끄러운 벨 소리가 들려왔다.

얼른 손을 뻗어 스마트폰을 집었다. 서미숙.

화면 속에 나타난 '서미숙'이란 이름에 고개를 갸우뚱거렸다.

"여보세요. 박진희 팀장님 맞으시죠?"

목소리에는 억센 부산 억양이 묻어 있었다. 누구더라?

"네, 맞습니다."

"늦은 시간에 죄송해요."

"괜찮습니다. 9시면 아직 한창이죠. 어쩐 일이세요?"

"전에 언제든 연락해도 된다고 하셔서……. 사실은 계속 마음에 걸리는 게 하나 있는데요. 아무래도 말씀드려야 할 거 같아서요."

목소리는 흔들렸지만, 단호한 감정이 느껴졌다. 그나저나 진희는 아직도 그녀의 얼굴이 떠오르지 않았다. 사건 관계자이긴 한데…….

"지금 제가 댁으로 갈까요?"

일단 만날 수 있다는 뜻을 비쳤다. 만나기로 하고 택시 안에서 자료를 훑어보면 될 것이다. 그녀가 누군지 뿐만 아니라 어떤 사건인지도 되짚어봐야 깊은 대화가 가능할 것이다.

요즘 들어 머리 쓰는 게 시원치 않은데, 이럴 때 보면 벌써 치매기가 있는 게 아닌가 싶다.

"내일은 아침 근무라 지금 만나는 건 좀 어려운데요."

"그럼 내일 근무 끝나고 만나 뵙는 걸로 할까요?"

"네, 그래요. 내일 오후 4시쯤 이전에 뵀던 찻집에서 봐요."

그래 맞다, 찻집. 서미숙. 서창수의 누나. 부산 금정구 여중생 살인사건. 진희는 그제야 지난달 서미숙과 만났던 게 떠올랐다.

"네, 좋아요."

전화 주셔서 감사하다는 말을 덧붙인 뒤 전화를 끊었다. 조금 전까지 머릿속에 맴돌던 잡념이 단번에 사라졌다. TV 화면 속 얼굴도 더는 넋 나간 표정이 아니었다.

올해 초 부산지방경찰청 미제사건수사팀장으로 발령난 진희는 지난 두 달간 미제사건 피해자 유가족들을 만났다. 새롭게 부임한 수사관으로서 유가족들에게 안부를 건넸고, 이를 통해 아직 수사가 끝나지 않았음을 알렸다. 그러면서 진희는 모든 유가족에게 새롭게 떠오른 기억이 있다면 언제든 연락해 달라고 당부했다.

그런데 다른 유가족들과 달리 서미숙은 자신과 만나는 걸 별로 달갑게 여기지 않는 눈치였다. 대화도 십 분을 채 넘기지 않았던 것으로 기억한다. 그래서 그녀가 따로 전화를 걸어올 줄은 전혀 예상하지 못했다.

진희는 소파에 파묻힌 몸을 일으켜 방으로 들어갔다. 방문부터 잠근 뒤 책상 위에 있는 두꺼운 은테 안경을 쓰고 서랍 속에서 사건 자료 하나를 꺼냈다.

〔부산 금정구 남산동 여중생 살인사건 / 2006년 6월 11일(일)~〕

당시 열다섯 살이던 서지연 양이 성폭행당한 후 살해된 사건이다. 잔혹하게 훼손된 피해자 시체는 금방 발견됐지만, 용의자는 지금껏 찾지 못했다. 부산에서 가장 유명한 미제사건 중 하나인 이 사건은 범인의 몽타주가 있는데도 수사에 난항을 겪어 자주 언론에 거론되곤 했다. 그때마다 피해자 아버지 서창수가 경찰에 노골적인 분노를 드러내 경찰의 입장을 난처하게 만들었다.

그런데 그 서창수가 2년 전 스스로 목숨을 끊었다.

언론에선 부산 경찰의 무능이 피해자뿐 아니라 유가족까지 죽음으로 내몰았다고 비아냥거렸고, 민심 또한 싸늘해져 각종 인터넷 게시판에 비난의 글이 쏟아졌다. 결국 부산지방경찰청장이 직접 서창수의 누나인 서미숙을 찾아가, 미제사건을 해결하겠다며 의지를 피력했다.

이후 부산지방경찰청은 비교적 최근 사건에 해당하는 세 건의 미제사건을 해결했다. 하지만 금정구 사건은 아직 실마리조차 찾지 못했다. 청장은 그걸 못내 탐탁지 않아 했고, 그러던 차에 진희가 미제사건수사팀장이 됐다.

똑같은 실적에도 남자 동기들보다 진급이 느렸던 진희는 미제사건수사팀에 들어온 순간부터 유독 금정구 사건에 관심이 컸다. 이름 있는 굵직한 사건 하나쯤 해결해야 지금의 경감에서 벗어나 경정으로 승진할 수 있을 것이다. 몇 년 안에 경정으로 승진하기 위해선 반드시 눈에 띄는 성과가 있어야 한다. 그리고 그 성과가 있어야만 여성 고위직 간부라는 좁은 길로 들어설 수 있다.

진희는 미제사건 수사에 관심을 보이는 청장에게 눈도장을 찍기 위해선 금정구 사건만 한 게 없다고 생각했다. 하지만 서창수의 아내와 아들은 연락이 닿지 않았고, 지난달 만난 서미숙도 시종일관 뜨뜻미지근한 태도여서 일단은 그 사건에 관심을 거둔 상태였다.

사건 자료를 다시 한번 훑어본 진희는 파일 첩에 끼어 있는 용의자 몽타주를 빼냈다. 오래전 흐릿하게 찍힌 CCTV 영상을 분석해 3D 몽타주로 구현한 얼굴이었다. 긴 얼굴형에 움푹 파인 뱁새눈 그리고 툭 튀어나온 하관이 특징인 남자, 한 번 보면 좀처럼 잊히지 않는 생김새인데 어디에 숨었는지 도통 찾을 수가 없었다.

다음 날 진희는 약속 시각보다 이십 분 일찍 찻집에 도착했다. 서미숙이 일하는 요양원 맞은편에 있는 가게로, 한 달 전 그녀와 이곳에서 만났다.

경쾌한 포크 음악과 테이블에 놓인 고풍스러운 스탠드 램프가 그날 만났던 기억을 상기시켰다. 진희는 중앙 테이블에 있는 서너 명의 중년 여성을 지나 지난번과 같은 구석 테이블에 자리를 잡았다.

십 분 정도 기다렸을 때 다시 가게 문이 열렸다.

작은 몸집에 허리를 꼿꼿하게 세운 서미숙이 안으로 들어섰다. 진희는 일어나 서미숙이 자신을 알아보도록 했다. 부스스한 머리와 화장기 없는 그녀의 얼굴이 기억 속 모습보다 더 다부져 보였다.

"빨리 오셨네요."

서미숙이 맞은편에 앉으며 말을 건넸다.

"저도 방금 도착했어요."

진희는 서미숙에게 뭘 마실지 물은 뒤 점원에게 따뜻한 허브차 두 잔을 주문했다. 차가 나오기 전까지는 형식적인 안부 인사만 건넸다.

서미숙도 적당히 대답하며 카운터의 점원에게서 눈을 떼지 않았다. 더는 서로 할 말이 없어 똑같이 점원만 바라보고 얼마쯤 있을 때 차를 가져왔다. 그제야 서미숙은 테이블 밑에 숨기고 있던 두 손을 꺼내 머그잔을 감쌌다. 주름이 가득한 그녀의 손이 미세하게 떨리고 있었다.

"어제 말씀 주신, 마음에 걸리는 게 뭔지 말해주시겠어요?"

진희가 바로 용건을 묻자 그녀는 찻잔을 매만지며 천천히 입을 열었다.

"동생 죽음과 관련해 자꾸 이상한 생각이 들어서요. 별일 아닐 수도 있지만 그래도."

진희는 서미숙의 눈을 바라보며 사건 자료 속 서창수의 자살 대목을 떠올렸다. 서창수는 2년 전 어느 날 새벽에, 부산 거가대교에서 뛰어내렸다. 해양경찰이 신속하게 출동했지만 그를 찾았을 땐 이미 숨을 거둔 상태였다.

"편하게 말씀해주세요."

"동생이 죽기 사흘 전에도 그 애가 목숨을 끊으려고 한 적이 있었어요."

그날 일도 사건 자료 속에 기재돼 있어 알고 있었다. 과거 서미숙의 진술에 따르면 서창수는 죽기 사흘 전 집에서 자살을 시도했다. 술에 잔뜩 취해 화장실에서 목을 맸는데 샤워 커튼 봉이 떨어지는 바람에 다행히 목숨을 건졌다.

"그다음 날 같이 밥을 먹었는데, 걔가 이상한 말을 했거든요."

"이상한 말이요?"

"네, 그때는 대수롭지 않게 여겼는데 최근에 그 말이 다시 떠올라서."

"서창수 씨가 뭐라고 했는데요?"

서미숙은 머그잔을 꽉 부여잡았다.

"다 끝났다. 이 정도면 됐다. 이젠 죽어도 상관없다…… 이런 식으로 말했어요."

그녀는 그 말을 듣자마자 눈물이 나왔다고 했다. 오랜 기간 힘겹게 살아온 동생의 심경을 잘 알기에 뭐라 위로를 해야 할지도 몰랐다고 덧붙였다. 진희는 곧장 머릿속을 꼼꼼히 더듬었다. 이 부분은 사건 자료에 없는 내용이었다.

잠시 머뭇거리던 서미숙은 점점 일그러지는 얼굴로 다시 말을 이었다.

"어쨌든 지난달에 팀장님을 만나고 다시 생각해보니…… 스스로 목숨을 끊을 애가 아닌데, 그때 동생에게 무슨 일이 있었던 게 아닐까 하는 생각이 자꾸 들었어요."

이후 그녀는 한참이나 말을 잇지 못했다. 두세 번 머그잔을 입에 가져가기만 하고 마음은 진정되지 않는 모습이었다.

"동생분이 돌아가시기 사흘 전, 그때 일 좀 자세히 말씀해주시겠어요?"

진희는 대화의 방향을 살짝 틀었다. 용의자나 참고인에게 진술을 얻어낼 때도 막히는 부분에선 이렇게 살짝 돌아가곤 했다.

잠깐 머뭇거리던 서미숙이 미간을 찌푸리더니 그날의 기억을 상기했다.

"동생네 가족은 십 년간 다섯 번 정도 거주지를 옮겼어요. 살인사건 피해자 유가족이란 낙인은 그들의 삶을 완전히 망가트렸죠. 결국 올케와 둘째 조카는 못 버티고 부산을 떴어요. 창수만 혼자서 일용직과 여관방을 전전하며 남았고요."

서미숙은 그런 동생이 늘 마음에 걸릴 수밖에 없었을 것이다. 그래서 막내딸까지 시집을 보낸 뒤엔 남편을 설득해 그를 집으로 들였다.

그녀의 집에서 서창수는 없는 사람처럼 조용히 생활했다. 누나 부부에게 지장을 주지 않으려고 지나치게 조심하는 눈치였다. 그런데 죽기 두세 달 전부터 귀가가 늦어지더니 연락 없이 외박하는 날도 잦아졌다. 그때마다 서미숙은 뜬눈으로 밤을 지새웠다. 도무지 불안한 마음에 제대로 잠을 잘 수가 없었다.

"그날도 새벽 네 시가 다 돼서 들어왔어요."

현관에 들어선 발소리가 불규칙해 동생이 잔뜩 취했다는 걸 눈치챘다. 서창수는 곧장 화장실로 들어갔고, 오랫동안 샤워기 물소리가 들렸다. 서미숙은 그 물소리가 숙취보다는 슬픔을 씻는 소리로 느껴졌다. 그런데 갑자기 '쿵' 하는 소리가 건넛방까지 들려왔다. 그 순간 심장이 바닥에 떨어지는 기분이 들었다. 바로 침대에서 나와 화장실을 열었다.

흠뻑 젖은 동생이 타일 바닥에 쓰러져 있었다. 동생의 목을 감싸고 있는 커튼이 바로 이해가 되지 않았는데, 몇 초가 흐른 뒤에야 조금 전 벌어졌을 일이 머릿속에 그려졌다. 숨을 쉴 수 없을 정도로 긴 탄식이 터져 나왔다. 눈에서 주르륵 눈물이 쏟아져 내렸다.

남편의 도움으로 동생을 들어 방으로 데려갔다. 하염없이 눈물이 흐르는 채로 동생의 겉옷을 벗기고 몸에 남은 물기를 닦아냈다.

"그날 아침에 근무시간을 조정해서 출근 시간을 늦췄고, 동생이 일어날 때까지 기다렸어요. 창수가 정오쯤 일어나 그때 같이 밥을 먹었는데, 그 애가 긴 침묵 끝에 한 말이 죽어도 상관없다는 말이었어요."

그리고 서미숙의 말문이 막혔다. 잠시 기다려봐도 그녀의 말이 더 이어지지 않았다. 진희는 다시 질문을 건넸다.

"혹시 서창수 씨 죽음에 다른 이유가 있다고 보시는 거예요?"

"그게…… 처음엔 터무니없다고 여겼는데, 이것저것 떠올려보니 충분히 가능한 얘기라는 생각이 들었어요."

서미숙의 목소리가 제법 무게감 있게 전해졌다. 하지만 진희는 그녀의 말을 진지하게 받아들이지 않았다. 지금까지 서창수의 자살 원인은 미제사건 피해 유가족에게 나타나는 외상후 스트레스 장애로 여겨졌다. 당시 그의 자살을 분석한 심리 부검센터에서도 그렇게 진단했다.

"그리고 이것 좀……."

무언가 망설이던 서미숙이 결심한 듯 손가방에서 편지 봉투 하나를 꺼냈다. 봉투를 열어 내용물을 털어내니 테이블 위로 여러 장의 종잇조각이 떨어졌다.

"뭐예요?"

"동생 가방 속에 쓰레기와 함께 뒤섞여 있었어요. 동생 장례식 마치고 한참 뒤에 발견한 건데, 그냥 버리려다가 종잇조각에 '계약서'라고 적혀 있는 게 보여서……. 그래서 버리지 않고 갖고 있었는데."

진희는 일부러 상체를 숙여 종잇조각을 살폈다. 불규칙하게 찢어진 여덟 개의 종이였다. 그녀의 말대로 '계약서'라고 적힌 조각이 가장 먼저 눈에 띄었다. 습관적으로 손가락을 옷자락에 말아 넣어 지문이 닿지 않게 종이를 만졌다. 퍼즐을 맞추듯 하나씩 짝을 맞추니 금세 한 장의 계약서가 완성되었다.

상단에 '수임계약서'라는 굵은 글씨가 보였다. 그 밑으로 '사건명 : 부산 금정구 여중생 살인사건 용의자 조사'라고 적힌 제목이 눈에 들어왔다.

진희는 집중해 머릿속을 훑었다. 이것 또한 사건 자료 속에 없는 내용이었다.

"이거 찾으셨을 때 저희에게 연락 주셨나요?"

"아니요, 굳이 이런 것까지 알릴 필요는 없다고 생각해서."

서미숙은 변명하듯 나직이 대답했다. 그러곤 고개를 숙였다.

"지금이라도 말씀해주셔서 감사해요."

진희는 건성으로 그녀를 다독인 뒤 계약서 내용을 훑어봤다. 계약은 부산 금정구 사건의 용의자를 찾는 조건으로 이뤄졌다. 위임기간 육 개월에 보수는 육천만 원이었다.

진희의 시선이 내용을 훑고 내려가다 하단에 적힌 이름에서 멈췄다.

'위임인 : 서창수, 수임인 : 고탐정'

순간 헛웃음이 터져 나왔다.

누구 마음대로 용의자 조사를 위임하고 수임하나? 아니, 그보다 피해자 유가족을 상대로 이런 계약을 부추기는 놈이 있다니.

그런데 어디에도 민간조사 단체명이나 흥신소 상호는 보이지 않았다. 불법 단체 혹은 사기꾼 짓이라는 생각이 머릿속을 스쳤고, 그제야 서미숙이 대화 내내 안절부절못했던 이유를 알 것 같았다.

"이 계약서가 동생분 죽음과 연관이 있다고 생각하시는 거죠?"

서미숙은 바로 대답하지 않았다.

"설마…… 서창수 씨가 용의자를 찾았다고 생각하시는 건가요?"

여전히 서미숙의 입이 열리지 않았다. 부인하지 않는 걸 보니 긍정이라는 뜻이었다. 그러다 몇 초 뒤에 중얼거리듯 나직이 말을 건넸다.

"그동안 잊고 있었는데요. 동생이 이런 말을 한 적이 있어요."

죽기 전에 범인을 찾아야 한다. 경찰 수사만 기다리고 있을 순 없다. 복수하기 전에는 딸의 얼굴을 볼 수 없다.

"이런 식으로 얘기한 애가 왜 자살을 했겠어요."

이 말까지 내뱉은 뒤 서미숙의 눈에서 갑자기 눈물이 떨어졌다. 다부져 보이던 인상도 한순간에 와르르 무너졌다.

"동생이 범인을 찾은 게 아니었을까 그리고 그 범인을."

"무슨 말씀인지 알겠어요."

진희는 서미숙의 말을 자르듯 끼어들었다. 강력사건 피해자 유족 중에는 피해 사실을 부정하기 위해 잘못된 기억을 억지로 끼워 맞추는 경우가 있다. 또한 피해자의 고통에 동일시되어 도피성 망상으로 현실을 왜곡하기도 한다. 하지만 뭐가 어찌 됐건 이 계약서만큼은 조사해볼 만했다.

만약 서창수의 자살에 다른 이유가 있다면? 그 이유가 금정구 사건과 연관된 것이라면?

어쩌면 사건 해결의 실마리를 얻을 수도 있다.

진희는 그동안 이 종이를 숨겨두었다가 자신에게 가장 먼저 보여준 서미숙에게 고마운 마음이 들었다. 슬쩍 입꼬리가 올라가는 걸 참고는 가능한 진지하게 말을 건넸다.

"동생분에게 무슨 일이 있었는지 제가 다시 확인해볼게요. 그러니 당분간은 이 계약서에 관해서 어디에도 얘기하지 말아 주세요."

서미숙은 여러 번 고개를 끄덕였다. 감사하다는 말도 덧붙였다. 진희는 다시 한번 테이블 위에 펼쳐진 계약서를 살폈다. 계약 내용을 훑으며 내려가던 진희의 시선이 '고탐정'이란 이름에서 한참 머물렀다.

3

　서울 홍익대학교 근처 놀이터에서 플리마켓이 열렸다. 매주 주말 오후 1시부터 저녁 7시까지 젊은 사장들이 직접 만든 물건을 판매하는 자리였다. 새로운 학기가 시작되면서 대학가엔 사람들이 붐볐고, 그 덕분에 토요일 오늘도 즐비하게 늘어선 플리마켓에는 손님들로 가득 찼다.

　내내 왁자하게 시끄럽던 놀이터는 붉은 노을이 드리울 즈음에야 조금 한적해졌다. 그때쯤 말끔한 정장 차림의 고남준이 모습을 드러냈다. 놀이터 벤치에 걸터앉은 남준은 아이를 앉혀놓고 캐리커처를 그려주고 있는 이은비를 지켜봤다. 은비와 눈이 마주치자 윙크를 해 보이곤 자리를 털고 일어났다.

　웹툰 작가인 은비는 매주 이곳에서 캐리커처 장사를 한다. 물론 웹툰 작가라는 건 알리지 않는다. 돈도 많이 못 버는 걸 꾸준히도 한다고 남준이 핀잔을 주자, 그녀의 반응이 시큰둥했다. 창작활동으로 쌓인 스트레스를 이곳에선 조금이나마 해소할 수 있다는 것이다. 그걸로 충분하다고. 타인과 얼굴 마주하는 걸 극도로 싫어하는 남준의 입장에선 결코 이해할 수 없는 대답이었다.

고남준과 이은비가 처음 만난 건 고등학교 만화동아리에서였다. 그때부터 웹툰 작가의 꿈을 가졌던 은비와 달리 남준은 동아리 활동에 별 관심이 없었다. 동아리에 들어간 건 단지 아르바이트 이력서 칸을 채우기 위해서였다.

많은 동아리 중 만화동아리를 선택한 건 혼자서 그림만 그리면 될 것 같아서였다. 그런데 의외로 공동작업이 많았고, 서로 짝이 된 남준과 은비는 어쩔 수 없이 자주 붙어 다니며 조금씩 가까워졌다.

두 사람은 고등학교 졸업과 동시에 연락이 끊겼다. 하지만 몇 달 뒤 남준의 아빠가 사고로 사망하고, 그로부터 이 주 뒤 남준의 유일한 가족이었던 할머니까지 세상을 떠나며 둘은 다시 붙어 있게 됐다.

그 당시 은비는 매일같이 남준을 찾아가 그를 위로해주었다. 그게 계기가 되어 지금까지 친구 이상으로 가까운 관계가 이어졌다.

남준은 구경하듯 놀이터 주변을 둘러보았다. 오늘은 슈트 차림에 검은 뿔테 안경과 포마드 머리를 했는데, 딱히 의식해서 보는 사람은 없었다. 세상 누구도 자신에게 관심을 보이지 않았다. 그리고 아무도 알아보지 못했다. 남준은 묘한 쾌감을 느끼며 다시 한번 사방으로 고개를 돌렸다.

근처 식별이 가능한 모든 얼굴을 살폈지만 미심쩍은 사람은 보이지 않았다. 어느 정도 확인을 마친 뒤에야 스마트폰을 꺼내 텔레그램 비밀 대화방에 메시지를 남겼다.

〔먼저 식당에 가 있을게. 정리하고 와.〕

남준은 놀이터에서 조금 떨어진 고급 한우 전문점으로 들어갔다. 전통적인 기와 문양의 외관과 달리 내부로 향하는 통로는 장식이 화려했다. 입구에 들어서자 검은 정장 차림의 여직원이 다가왔다.

"예약하셨어요?"

"네."

"성함이 어떻게 되세요?"

"징상훈이요."

"잠시만요."

이번에도 의뢰인의 이름으로 예약을 잡아두었다. 매번 계약이 성사되면 은비와 이 식당을 찾았다. 오늘은 계약서 작성 전이지만 은비에게 부탁할 것도 있고 해서 미리 만나기로 했다.

예약자 명단을 확인하고 돌아온 여직원이 남준을 가장 안쪽 방으로 안내했다.

안으로 들어가니 족히 열 명은 둘러앉을 수 있는 넓은 테이블이 눈에 들어왔다. 남준은 테이블 중앙에 앉아 메뉴판에 있는 것 중 안창살과 생갈비로 구성된 가장 비싼 세트를 주문했다.

잠시 뒤 두툼한 선홍빛 고기가 테이블 위에 놓였고, 은비는 그로부터 이십 분 뒤에 들어와 남준의 맞은편에 앉았다.

"그 아저씨가 정말 하겠대?"

은비는 고양이를 연상시키는 큰 눈을 치켜뜨며 물었다. 남준은 고개를 끄덕이며 다 구워진 고기 한 점을 입에 넣었다. 육즙이 입안 가득 퍼지는 게 느껴졌다. 곧장 입에서 감탄이 터져 나왔다. 그와 동시에 머릿속에선 지난주 금요일 일이 빠르게 스쳐 갔다.

새벽같이 일어나 은비에게 분장을 받고 징상훈을 만난 날이었다.

그날 남준은 정상훈에게 사건 조사 계약을 제안했다. 현금 육천만 원, 육 개월짜리 계약이었다.

고민해보고 이번 주까지 연락 달라고 했는데 오늘 아침에 딸을 찾아달라는 정상훈의 메시지가 도착했다.

"언제 다시 보기로 했어?"

"내일 오후에."

"내일도 노인이야?"

"아니."

"그럼 뭐야? 부탁할 거 있다며?"

은비는 고기를 입에 넣고 우물거리며 남준을 바라봤다.

"신분증 위조 좀 해줘."

"예전에 해준 거 있잖아."

"내 것 말고 하나 더."

은비의 시선이 남준의 얼굴을 집요하게 뜯어봤다.

"왜 필요한데?"

"그런 건 묻지 마."

고기를 씹던 은비가 묘한 미소를 지었다가 다시 입을 열었다.

"대신 내 부탁도 들어줘."

"무슨 부탁?"

"알잖아, 뭔지. 이번엔 나도 참여할래."

"안 돼."

일 초의 고민도 없이 남준의 대답이 튀어나왔다.

은비가 웹툰 플랫폼의 정식 작가가 된 건 2년 전이었다. 자신을 닮은 호탕한 여고생이 학교 폭력 가해자를 처단하는 작품이 데뷔작이었다. 그리고 올해 초부터 두 번째 작품을 연재하기 시작했다.

차기작 제목은 '탐정의 이중생활'로 제목에서 드러나듯 남준의 비밀스러운 활동을 소재로 만든 작품이었다.

데뷔작 이후 오랫동안 차기작을 내놓지 못한 은비가 이 작품을 준비한다고 했을 때 남준은 불같이 화를 냈다. 그렇게 목소리를 높인 적도 처음이었다. 몇 분이나 말다툼이 이어졌는데 그때 처음으로 은비가 눈물을 보였다.

그녀의 눈물을 보고 남준은 아찔한 기분에 사로잡혔다. 머릿속에서 소름 끼치는 환영이 급습했던 것이다. 남준은 몸이 부들부들 떨렸고, 무너지는 모습을 보이지 않으려 피하듯 몸을 돌렸다. 은비에겐 네 맘대로 하라며, 허락을 해놓고 그 자리를 서둘러 빠져나왔다.

그로부터 몇 주 뒤 '탐정의 이중생활'이 웹툰 플랫폼에서 연재됐다.

남준은 매주 불안한 마음으로 작품을 확인했다.

만약 이 작품이 인기를 끌어 고탐정의 정체가 드러나게 된다면 자신뿐 아니라 은비까지 위험해질 거라고 여겼다. 하지만 다행히도 은비의 차기작은 지난 몇 달 동안 전체 웹툰 순위 중위권에서 맴돌며 별다른 주목을 받지 못했다.

은비는 생생한 취재가 부족해서 인기가 없는 거라고 했다. 그걸 빌미로 틈만 나면 남준의 조사 활동에 참여시켜 달라며 졸라댔다. 남준은 한 번도 그 부탁을 들어주지 않았다. 가끔 분장 같은 도움을 받기는 했지만, 어디까지나 참여자가 아닌 관찰자의 역할만 맡겼다.

"그럼 이번 사건 정보는 더 자세히 알려줘."

기회를 잡았다고 생각했는지 은비가 집요하게 매달렸다.

"어떻게 조사를 했고, 누구를 추적했는지, 사건이 마무리될 때까지 전부 다."

은비의 큰 눈이 남준의 시선을 사로잡은 채 놓아주지 않았다. 오늘따라 더 매섭게 빛나는 그녀의 눈동자에 붙들려 남준은 이번에도 할 수 없이 고개를 끄덕였다.

다음 날 서울시 구로구 소망공원에 도착한 남준은 스마트폰을 꺼내 시간을 확인했다. 12시 정각. 약속 시각까지는 한 시간 정도 남았다. 주말이라 그런지 공원은 사람들로 평일보다 더 붐볐다. 그만큼 시간도 빠듯하게 느껴졌다.

일단 벤치에 앉아 외투 주머니에서 손거울을 꺼냈다. 거울 속에 드러난 모습은 하얀 피부에 단발머리를 한 젊은 여성의 얼굴이었다.

여성용 패딩과 검정 스키니진, 발목까지 올라온 긴 부츠. 머리부터 발끝까지 흐트러진 부분이 있는지 다시 한번 살핀 뒤 손거울을 집어넣었다.

그다음 귓구멍에서 보청기를 뺐다. 웅성거리던 소음이 한순간에 사라지며 진동상태에 빠진 듯한 고요함이 정신을 휘감았다. 두 눈을 감았다.

그는 의식 속에 켜켜이 쌓여 있는 여러 상자를 훑어봤다. 그중 〈천안 여고생 실종사건〉이란 제목의 상자를 먼저 꺼냈다. 제목 아래 적힌 '2003년 7월 27일 밤 11시 천안 중앙공원 부근에서 목격 후 미귀가'라는 문구도 눈에 들어왔다. 상자 속에는 실종자인 정진경과 그녀의 부모, 용의자 몽타주 등 여러 얼굴이 담겨 있다. 모두 십 년 전쯤 방영된 '공개수배 추적 25시'라는 TV 프로그램에서 봤던 얼굴이었다.

또 다른 상자도 꺼냈다. 〈경찰〉이란 제목의 커다란 상자였다. 그 상자 속에는 이 지역 경찰과 TV에서 본 경찰 간부, 프로파일러, 범죄수사학 교수 같은 얼굴이 들어 있었다. 남준은 두 상자 속 얼굴을 모두 끄집어내 머릿속에 펼친 뒤 두 눈을 떴다.

오후 12시 10분.

벤치에서 일어나 산책로를 걸었다. 가장 먼저 공원 중앙 벤치를 둘러봤다. 매일 노인들이 모여 바둑이나 장기를 두는 곳인데 오늘은 어느 두 사람 주변으로 열댓 명이 기웃거리고 있었다. 남준의 시선이 그들의 얼굴을 훑었고, 오 분 정도 뒤에야 다시 걷기 시작했다.

산책로엔 근처 교회에서 예배를 마치고 나오는 사람들이 대다수였다. 대부분 남준의 눈에 걸리는 얼굴이었다. 이전 주말에도 한 번씩 봤던 사람들이었다. 그 밖에 농구를 하는 청년들, 어린 자녀와 함께 나온 남자, 홀로 걷는 젊은 여성을 차례로 지나쳤다. 딱히 미심쩍어 보이는 사람은 없었다.

남준은 방금 마주친 얼굴과 머릿속에 펼쳐둔 얼굴을 끊임없이 대조했다. 마치 같은 그림을 찾는 카드 게임처럼 한참 동안 눈과 머리를 획획 굴렸다. 두세 번 더 살펴봤지만 결국 같은 얼굴은 찾지 못했다. 그렇게 공원을 둘러본 지 사십 분 정도 지났을 무렵 머리에서 쩌릿쩌릿한 불쾌한 감각이 느껴졌다. 매번 머릿속 상자를 헤집고 다닌 뒤엔 온몸에 힘이 빠지는 현기증을 느꼈다. 금세 뱃속도 메스꺼워졌다.

서너 번 숨을 몰아쉰 뒤 이마에 맺힌 땀을 닦았다. 더 땀이 나면 정성껏 분장한 화장이 지워질 것 같았다. 이 정도에서 멈추기로 하고 몸을 돌려 공원 입구가 보이는 벤치에 앉았다.

잠시 땀을 식히고 있자니 오후 1시를 알리는 스마트폰 알람이 울렸다. 그와 동시에 정상훈의 메시지가 도착했다.

〔도착했어요.〕

남준의 시선이 공원 입구를 더듬었다. 왜소한 체격에 어깨가 굽은 정상훈이 오는 게 보였다. 굳은 표정으로 주위를 살피는 모습이 마치 쇠약해진 들짐승을 연상시켰다.

남준은 이전과 마찬가지로 중앙 벤치, 놀이터, 체력단련장으로 그를 이동시켰다. 멀찌감치 떨어져 정상훈의 움직임을 확인했고 그의 주변으로 수상한 움직임이 있는지 살폈다. 대략 삼십 분 정도를 더 확인했지만 이번에도 수상한 사람은 보이지 않았다.

〔공원 후문으로 나오세요.〕

마지막 메시지를 보내고 주머니에 넣어둔 보청기를 다시 귀에 꽂았다.

남준은 주차장으로 가 자신의 소형차에 올라탔다. 패딩을 벗어 던지고 트레이닝복으로 갈아입었다. 얼른 부츠도 벗고 운동화로 갈아신었다. 곧장 주차장을 빠져나와 인근 주택가에 차를 세웠다. 몇 분 뒤 공원 후문으로 나오는 정상훈이 보였다.

혹시라도 그가 누군가에게 연락을 취하거나, 눈길을 주고받는 게 보이거나, 수상한 기색이 드러나면 바로 차를 돌릴 생각이었다. 하지만 그는 커다란 가방을 짊어진 채 목석같이 서 있었다. 얼굴 표정에도 별다른 변화가 없었다.

남준은 천천히 차를 움직였다. 정상훈과 몇 걸음 거리로 가까워졌을 때 클랙슨을 울려 신호를 보냈다. 근처에 소리를 듣고 놀란 사람이 남준의 차를 노려봤다. 정상훈의 고개는 한참 뒤에나 돌아갔다.

남준과 눈이 마주쳤는데도 정상훈은 미간에 주름을 잡으며 고개를 갸웃거렸다. 남준이 타라는 손짓을 해도 발을 떼지 않았다. 뒤에 다가든 차가 요란하게 경적을 울리는데도 그의 몸은 꼼짝하지 않았다. 남준은 얼른 단발머리 가발을 벗었다. 다시 한번 정상훈에게 손짓하자 그제야 차로 다가와 조수석에 올라탔다.

그를 태운 차는 빠르게 골목을 빠져나갔다. 뒤따라오는 차량은 보이지 않았다.

4

차는 도롯가에 멈춰 섰다.

시동은 켜둔 채 언제든 달릴 준비를 하고 있었다. 상훈은 고개를 돌려 고탐정을 바라봤다.

지난주엔 노인이더니 이번엔 젊은 여자 모습이었다. 상훈은 조수석에 오르자마자 왜 그런 변장을 하고 있는지 물었다. 대답은 돌아오지 않았다.

고탐정은 검정 모자와 마스크를 써 다시 얼굴을 가렸다. 상훈은 도대체 무슨 속셈인지 궁금증이 치밀었다. 겨우 잠재웠던 불신 또한 스멀스멀 기어 올라왔다.

고탐정은 내내 한마디도 하지 않았다. 공원에서 조금 떨어진 도로에 차를 세운 뒤 사이드미러만 바라봤다. 몇 대의 차량이 지나갔고, 도로가 한적해지자 그제야 입을 열었다.

"돈은 가져왔죠?"

비로소 상훈은 고탐정과 정면으로 눈을 마주쳤다. 찢어진 그의 눈매가 여전히 날카로웠다.

지난주 금요일, 고탐정은 계약 체결과 동시에 용의자 조사에 착수하겠다며 계약 조건을 설명했다. 계약 기간은 육 개월, 계약금은 현금 육 천만 원이었다.

계약금 지급은 착수금과 잔금으로 반반씩 나눠서 이뤄진다. 만약 진경이를 찾지 못하면 그는 잔금을 받지 않겠다고 했다. 단, 진경이를 찾으면 계약은 그 즉시 종료된다고 강조했다. 계약 종료와 동시에 서로의 계약서를 폐기하고 이후 어떠한 연락도 주고받지 않는다고 덧붙였다. 이 말을 끝으로 고탐정은 공원을 떠났다.

다음 날, 상훈은 실종아동협회 임원들을 통해 오태수의 거주지를 수소문했다.

예전에 그는 강원도 홍천에 살았는데 최근 소리소문없이 이사해 현재 어디에 있는지 확인이 어려웠다. 한참이나 여기저기 쑤신 끝에 춘천에서 작은 편의점을 개업했다는 걸 알아냈다.

토요일 야간 근무를 마치고 상훈은 일요일 오전에 잠깐 눈을 붙인 뒤, 차를 몰아 춘천으로 달렸다. 길이 막혀 춘천까지는 네 시간 정도 걸렸다. 도착하니 늦은 오후였고 편의점엔 어린 아르바이트생 뿐이었다. 오태수는 보이지 않았다.

"사장님은 저녁에 출근하시는데요."

퉁명스러운 아르바이트생의 대꾸에 상훈은 쪽지를 남겨놓고 근처 카페로 갔다. 대략 한 시간 정도 기다렸을 때 오태수가 나타났다.

그는 지난주 내내 상훈의 연락을 피해왔다. 그게 미안했던지 카페에 들어오자마자 허리부터 넙죽 숙였다.

오태수는 예전에 봤을 때 보다 훨씬 마른 것 같았다. 피골이 상접하다는 표현이 어울릴 정도로 얼굴이 홀쭉해져 있었다. 자식을 찾았으니 좋은 일만 가득하길 바랐는데 그렇지도 못한 모양이었다. 상훈은 얼른 그를 맞은편에 앉혔다.

"이틀 전에 고탐정을 만났어요."

이 말을 시작으로 상훈은 자신이 먼저 지난 며칠 사이의 일을 꺼내놓았다. 그리고 작년에 오태수와 고탐정 사이에 어떤 일들이 있었는지 캐물었다.

처음부터 난처한 기색이더니 오태수는 해줄 말이 없다며 말을 아꼈다. 상훈은 화를 참지 못하고 소리쳤다.

"그러니까 그 사람이 승주를 찾아줬다면서요. 도대체 어떻게 찾은 겁니까?"

오태수가 화들짝 놀라 주위를 둘러봤다. 이미 서너 명의 카페 손님이 그들을 쳐다보고 있었다.

"목소리 좀 낮추세요."

"여기저기 떠벌리고 다니기 전에 말해요. 그 사람이 뭘 어떻게 한 거요?"

"진정 좀 하시라니까."

울상이 된 오태수는 몸을 잔뜩 웅크리고 힘겹게 입을 열었다.

"작년 초에 전화를 받았어요. 그 뒤에 만났고요."

거의 들리지 않을 정도로 소곤거렸다.

"그때 그 사람이 승주를 납치한 여자를 봤다고 했어요. 그래서 계약을 했고, 그 뒤에……."

점점 말끝이 흐려지더니 이내 말이 멈췄다. 여전히 답답한 상훈은 정말 고탐정이 승주를 찾았는지, 어떻게 찾은 건지, 그게 사실이라면 왜 경찰에 알리지 않았는지 연달아 물었다. 오태수는 고개만 푹 숙인 채 아무 말도 하지 않았다.

"내 전화번호는 왜 그 사람에게 알려줬소?"

"네?"

"왜 알려줬냐고요?"

"그야 그 사람이 물어봐서."

"그가 진경이 사건에 관심이 있다고 했다며? 그건 무슨 뜻이요?"

오태수의 얼굴이 다시 일그러졌다.

"그 사람이 정말 진경이를 찾을 수 있다고 생각합니까?"

"그게…… 믿어볼 만하다고 생각해요."

"믿어볼 만하다니?"

"아마도 진경이를 찾을 방법이 있을 거예요."

"방법? 무슨 방법?"

"설명하긴 어렵지만, 그 사람은 남들과 달라요."

오태수는 딱 상훈에게만 들릴 목소리로 '작년 일은 누구에게도 말하지 않기로 약속했습니다. 그래서 더는 말씀드릴 수 없어요. 죄송합니다'라고 했다. 상훈은 더 이상 다그치지 못하고 고개를 돌렸다. 두 사람은 잠시 말없이 그대로 앉아 있었다. 그러다 오태수가 튕기듯 일어나 들어올 때처럼 허리를 굽혔다가 카페를 나갔다.

상훈은 며칠 동안 오태수의 말을 되새겼다. 사실 긴 고민은 필요하지 않았다. 고탐정의 매서운 눈매를 처음 봤을 때부터 이미 마음이 움직인 상태였다.

"삼천만 원이요."

가방에서 비타민 음료 박스를 꺼냈다. 입구를 열어 박스 속 오만원권 뭉치를 고탐정에게 보여줬다. 띠종이로 묶인 현금이 얇은 책처럼 쌓여 있었다.

　고탐정은 상체를 숙여 현금을 확인한 뒤 차량 글러브 박스에서 종이 두 장을 꺼냈다. 종이 상단에 '수임계약서'라고 적혀 있었다.

　"이 일이 불법이긴 한데, 그래도 계약서가 있어야 서로 믿음이 생기더라고요."

　상훈은 계약서를 건네받고 내용을 확인했다.

　〔사건명 : 정진경(1986년 11월 10일생) 외 1인에 대한 신변 조사〕

　사건명 아래로 위임기간, 위임업무, 위임보수, 유의사항 등이 나열돼 있었다. 전부 지난주 금요일에 들었던 내용과 일치했다. 상훈의 시선이 조금 더 밑으로 내려갔다. 계약서 하단엔 오늘 날짜와 상훈의 본명 그리고 '고탐정'이라는 가명이 적혀 있었다. 상훈은 고탐정의 이름과 나이를 물어보려다 입을 닫았다.

　그의 정체는 관심 없다. 오태수 말대로 진경이를 찾을 방법만 있으면 된다. 이런 거래 자체가 불법인 것도 알고 있다. 하지만 더는 법이나 절차 따위가 중요치 않았다. 진경이를 찾는 일에 그런 것들이 도움이 되지 않는다는 건 진작에 깨달았다.

　상훈은 두 장의 계약서에 사인을 마쳤다. 계약서를 한 장씩 나눠 가졌고, 그 뒤에 비타민 음료 박스를 고탐정에게 건넸다. 고탐정은 백 장씩 묶인 오만원권을 한 묶음씩 세어봤다.

　"자료도 가져왔죠?"

　그의 말에 상훈이 가족사진이 담긴 앨범과 아내가 쓴 일기, 자료가 될 만한 것들을 가방에서 꺼냈다. 고탐정은 뒷좌석에서 더플백을 가져와 음료 박스와 상훈이 건넨 자료들을 집어넣었다.

"이제 말해봐요. 진경이를 어떻게 찾겠다는 거요?"

"일단 제 사무실로 가시죠."

그는 더플백을 다리 밑에 내려놓고 바지 주머니를 뒤적였다. 거기서 꺼낸 걸 상훈에게 내밀며 두 눈을 가리라고 했다. 그 말을 듣고서야 상훈은 그게 검정 안대라는 걸 알았다.

"사무실 위치는 비밀이라서."

고탐정은 스마트폰도 꺼야 한다고 덧붙였고, 공항에서 보던 금속 탐색기로 상훈의 몸을 훑었다. '삐'하는 경고음에 상훈은 주머니에 있던 모든 물건을 꺼내야만 했다.

일련의 검문검색을 거친 뒤 검정 안대를 제대로 썼다. 눈앞에 어둠이 드리우자 문득 불길한 기분이 감돌았다. 또 터무니없는 장난에 속는 건 아닌지 머릿속이 뒤숭숭해졌다.

차가 바로 움직이기 시작했다. 곧이어 시끄러운 음악이 귓속으로 파고들어 왔다. 비트가 빠른 음악 때문인지 뱃속이 점점 울렁거렸다. 시간과 공간이 전혀 가늠되지 않았다. 긴장한 탓에 어지럼증도 느껴졌다. 몇 분 정도 남았는지 간간이 물었지만, 그때마다 고탐정은 곧 도착한다는 말만 반복했다.

꽤 시간이 지난 것 같다고 느낄 즈음 차가 멈췄다. 고탐정이 차에서 나가는 소리가 들렸다. 상훈은 땀으로 흥건해진 두 손으로 고탐정의 팔을 붙잡고 차에서 내렸다.

"바닥이 미끄러우니 조심하세요."

그의 목소리 외엔 아무것도 들리지 않았다.

사방으로 울리는 발걸음 소리에 지하주차장이란 걸 겨우 인지했다.

조심스럽게 다리를 움직인 뒤 엘리베이터에 올라탔다. 덜커덩거리는 충격이 느껴졌고, 그곳에서 나와 다시 일 분 정도를 걸었다. 곧이어 그가 멈춰 섰다. 도어록 전자음과 함께 문이 열리는 소리가 들렸다.

"다 왔어요."

상훈은 고탐정의 손에 이끌려 안으로 들어갔다. 은은한 과일 향이 났다. 레몬이나 오렌지 종류인 듯했다. 다시 한번 킁킁대며 향을 맡을 때 고탐정의 말이 들려왔다.

"이제 벗어도 돼요."

손을 올려 안대를 걷어내자 흐릿하던 초점이 서서히 맞춰졌다. 널찍한 내부가 또렷하게 드러났다. 잘 정리된 원룸으로 보였다. 상훈은 서 있는 데가 현관이라는 걸 알고 신발을 벗고 안으로 들어갔다.

책상 위에 여러 대의 모니터가 설치된 게 가장 먼저 눈에 들어왔다. 손가락으로 세어보니 전부 여섯 개였다. 아니, 그 옆에 노트북 화면까지 포함하면 일곱 개다. 큼직한 침대도 놓여 있었다. 뒤이어 눈에 띈 다양한 종류의 카메라가 고탐정의 직업을 상기시켰다. 책상 한쪽에 빼곡히 놓인 화장품에도 눈길이 갔다.

"여기 앉으세요."

고탐정은 책상 의자에 상훈을 앉혔다. 그는 여전히 모자와 마스크를 쓴 상태였다. 매섭게 찢어진 눈만 드러낸 채 책상 위에 있는 마우스를 만지작거렸다. 여섯 대의 모니터가 동시에 켜졌다. 그가 몇 번 더 마우스를 클릭하자 화면 속으로 각기 다른 영상이 나타났다. 길거리, 건널목, 어느 대합실 따위를 촬영한 영상으로 보였다.

"이거 잠시 보고 계세요."

그는 턱 끝으로 모니터를 가리킨 뒤 화장실로 들어갔다.

상훈의 시선이 그의 뒷모습에 머물다 다시 모니터로 옮겨졌다. 각각의 화면에 많은 사람이 바쁘게 움직이고 있었다. 상훈은 도대체 뭘 보라는 건지 알 수가 없었다. 일곱 개 중 어떤 걸 봐야 할지도 몰라 허둥대는데 한 화면 속에서 작은 변화가 나타났다.

사람들 얼굴에 사각형 모양이 생겼다. 사각형은 마치 얼굴을 촬영하듯 번쩍거렸고, 그 얼굴이 사진 형태로 변해 가장 우측에 있는 노트북 화면 속에 나타났다. 이후 모니터 속 모든 얼굴에 사각형이 생겼다. 노트북 속 얼굴도 차례대로 변경됐다.

상훈은 얼굴 인식 기술이 떠올랐다. 얼마 전 이런 기술로 범죄자나 실종자를 찾는다는 뉴스를 본 적이 있었다. 상훈으로선 반길 기술이었는데 뉴스 속 기자는 인권과 사생활 침해 같은 걸 언급하며 상용화까지는 많은 난간이 예상된다고 했다.

상훈의 절박함과 달리 법과 절차는 항상 느리고 답답했다. 고탐정이 이런 기술을 사용한다고 생각하니 몇 분 전에 피어오른 불신이 어느 정도는 누그러졌다. 그리고 그때, 화면에 유독 반복해서 나타나는 한 남자의 얼굴이 눈에 띄었다.

큰 눈에 쌍꺼풀이 진했다. 입술도 두꺼웠다. 턱 밑 살이 두툼했지만, 턱이 좁은 건 확실했다. 상훈의 등줄기로 서늘한 감촉이 훑고 지나갔다. 상훈은 얼른 마우스를 움직여 영상 재생을 멈춘 뒤 방금 지나간 남자 얼굴을 다시 불러왔다.

화면에 뜬 남자 얼굴을 응시했다. 덥수룩한 수염과 머리카락이 그의 진짜 얼굴을 숨기고 있었다. 온 신경을 곤두세워 화면 속 얼굴에 집중했다.

하지만 자세히 보니 조금 전 자신의 뇌리에 스친 인상과는 어느 정도 차이가 있어 보였다.

설마…… 아니겠지.

몇 분이나 화면을 뚫어지게 노려보다가 고개를 저었다.

"왜 화면이 멈췄지?"

등 뒤에서 목소리가 들려와 상훈이 얼른 고개를 돌렸다. 그때 마스크와 모자를 벗고 화장까지 지운 고탐정의 진짜 얼굴과 마주했다. 예상했던 것보다 훨씬 앳된 외모였다. 목소리를 들었을 때 어느 정도 젊은 축이라고 추측했지만, 눈앞의 남자는 고등학생이나 대학생 정도로밖에 보이지 않았다. 잠시나마 믿었던 탐정이 어린애라고 생각하니 상훈은 당혹스러운 감정을 감출 수 없었다.

"걱정하지 마세요."

어느새 옆으로 와 의자에 앉은 고탐정은 상훈의 얼굴을 빤히 보며 태연하게 말을 이었다.

"올해로 사 년 차고요. 그간 맡은 사건 다 해결했어요."

그는 자랑이라고 내뱉은 말일 것이다. 하지만 상훈은 그런 경박스러운 말투에 오히려 머리가 멍해졌다. 완전히 어린애다. 단숨에 얼굴이 뜨거워졌다. 그 순간 노트북 화면 속으로 다시 그 남자 얼굴이 나타났다. 상훈은 얼른 정신을 차리고 손가락을 치켜들었다.

"이건 뭐요?"

"신기하죠? 해외 직구로 비싸게 산 프로그램인데."

"아니, 저 남자. 저 남자 누구요?"

"알아보시겠어요?"

고탐정이 한쪽 입꼬리를 올리며 비딱하게 미소를 지었다. 그러곤 책상 위에 놓인 공책을 펼쳐 상훈에게 내밀었다. 상훈은 얼른 공책을 낚아챘다.

공책에는 여러 페이지에 걸쳐 많은 얼굴 그림이 그려져 있었다. 그림들이 모두 화면 속 남자라는 건 금방 눈치챘다. 그림 속 남자 얼굴에는 덥수룩한 수염이나 머리카락이 없었고, 늘어진 주름이나 볼살도 줄어든 상태였다. 이렇게 보니 자신이 처음 떠올린 인상과 제법 비슷해 보였다. 상훈의 얼굴이 다시 뜨거워졌다.

"설마, 용의자를 찾은 거요?"

"아직 확실하진 않아요."

고탐정은 이 주 전쯤 이 남자와 마주쳤다고 했다. 낯이 익다는 생각에 머릿속을 뒤져보니 천안 여고생 실종사건의 용의자였고, 그 뒤로 호기심이 생겨 며칠간 그를 지켜봤다고 설명했다.

"수상한 구석이 있어요. 생활방식도 특이하고요."

"바로 경찰에 신고했어야지!"

상훈이 버럭 소리쳤다. 금세 핏발 선 눈이 고탐정을 노려보았다.

"경찰에 신고하면 정진경 씨는 영영 못 찾아요."

"그게 무슨 말이야?"

"증거가 없잖아요."

"뭐?"

"남아 있는 게 없을 거라고요."

"지금이라도 저놈 주변을 뒤지면 될 거 아니야!"

"시체도 안 나왔는데 증거가 나오겠어요?"

상훈은 더 대꾸하지 못했다. 얼굴이 화끈거렸지만, 이 어린애의 말이 틀리지 않았다. 경찰에게 알린다고 한들 이제 와 뭘 할 수 있겠나. 그런데…… 조금 전 이놈이 한 말 중 의아한 게 있었다.

"신고하면 진경이를 못 찾는다는 건 무슨 말이야? 알리지 않으면 찾을 수 있다는 거야?"

"요즘 경찰은 꿀밤 한 대도 못 때려요. 그래서야 범인이 입을 열겠어요?"

상훈이 눈을 부릅떴다. 범인이라는 단어가 가슴을 요동치게 했다.

"확인해보고 범인이 맞으면 어떻게든 입을 열게 만들어야죠."

"입을 열게 만들다니?"

"그날의 진실을 아는 사람은 범인뿐이에요. 그놈이 따님을 어떻게 했는지 알아내야죠."

"어떻게 했는지…… 라고?"

"네. 경찰 말고 저희가 직접 확인할 거예요."

고탐정이 키보드를 두세 번 눌렀다. 마우스도 몇 번 클릭하자 다양한 각도에서 찍힌 용의자의 얼굴이 여섯 개의 모니터에 펼쳐졌다.

상훈은 숨도 쉬지 못한 채 화면 가득 채운 얼굴을 들여다보았다. 어느새 뜨거운 피가 온몸 구석구석으로 퍼져가는 느낌이 들었다. 주먹을 불끈 쥐었다. 손이 떨려서 어떻게 해야 할지 몰랐다.

"직접 확인한 다음엔 어쩔 생각이요?"

"따님의 시체를 찾아야죠."

"그다음엔?"

"제 일은 거기까지예요. 대신."

고탐정이 의미를 짐작하기 어려운 비딱한 미소로 물었다.

"아버님이 생각하시는 건 도와드릴게요."

"내가 생각하는 거?"

"네, 그놈을 그냥 살려둘 순 없죠."

5

이은비는 두 평 남짓한 거실 바닥에 앉아 TV를 보고 있었다. 온기가 남은 치킨 몇 조각과 지저분한 닭 뼈가 앞에 쌓여 있었다. 유리잔에 담긴 콜라는 점점 기포를 잃어갔다. 좁은 공간과 어울리지 않는 널찍한 TV 속에선 경찰로 보이는 젊은 남자가 권총을 든 채 용의자를 쫓는 중이었다. 남자는 일행과 헤어져 홀로 골목으로 뛰어들어갔다. 곧 막다른 길에 다다르자 걸음을 멈췄다. 돌아 나오려는데 갑자기 골목을 비추던 가로등이 꺼졌다. 긴장한 남자가 치켜든 권총이 바르르 떨리기 시작했다. TV에서 쇠가 갈리는 듯한 소름 끼치는 효과음이 흘러나왔다.

그리고 어둠 속에서 그림자가 소리도 없이 튀어나왔고, 남자의 팔을 꺾었다. 권총은 허무하게 바닥으로 떨어졌다. 그림자는 커다란 칼을 쥐고 있었는데, 그 칼이 남자의 옆구리를 단숨에 파고 들어갔다. 남자의 짧은 비명과 칼이 피부를 뚫는 소리가 번갈아 들려왔다.

칼은 아무런 저항도 받지 않고 계속 움직였다. 살이 찢겨나가는 소리와 소름 끼치는 효과음, 괴기한 음악까지 더해지며 분위기는 더욱 섬뜩해졌다. 결국 남자는 바닥에 쓰러졌고 더는 움직이지 못했다. 칼을 쥔 그림자가 어둠 속으로 되돌아가며 화면이 점점 어두워졌다. 다시 밝아진 화면 속에선 한 노인이 남자의 시체를 발견하는 장면으로 이어졌다.

미동도 없이 앉아 있던 은비는 입이 찢어져라 하품을 했다. 요즘 드라마는 다 비슷비슷한 캐릭터에 식상한 내용이라고 생각하며 고개를 절레절레 흔들었다. 리모컨 버튼을 눌러 TV를 껐다.

눈앞에 너저분하게 널린 것들을 그대로 둔 채 바닥에 드러누웠다. 아까부터 그녀의 머릿속엔 드라마와 상관없는 장면 몇 개가 둥둥 떠다니고 있었다. 한쪽 팔을 쭉 뻗어 바닥에 놓인 스마트폰을 가져와 시간을 확인했다. 밤 8시 40분이었다.

은비는 매일 밤 9시 정각에 컴퓨터 앞에 앉았다. 이때부터 다음 날 아침까지는 오롯이 그림에만 매진했다. 앞으로 남은 시간은 이십 분, 그 안에 오늘 그릴 부분을 머릿속에서 정리해야 한다.

이야기 구상이란 핑계로 널브러질 수 있는 시간도 얼마 남지 않았다. 은비는 몸을 대자로 뻗었다. 미세한 소음 속에서 들려오는 냉장고 모터 소리가 그녀의 집중을 방해했다. 눈을 감았다. 정신을 가다듬은 뒤 귓전을 간지럽히는 모든 소음을 떨쳐냈다. 그리고 뇌리에 흩어져 있던 장면들을 하나씩 되짚어봤다.

K는 한 번 본 얼굴을 잊지 않고 기억하는 초능력자다. 그 능력을

이용해 전국에 숨은 범죄 용의자를 찾는다. 이전 에피소드에서 그는 어느 장기 실종사건의 용의자를 발견했다. 2000년에 실종된 여자아이와 관련된 사건으로, 아이가 실종될 당시 그 옆에 십 대 소년이 하나 있었다. 경찰은 그 소년을 유력 용의자로 지목했고 전국에 소년의 몽타주가 뿌려졌다. 하지만 소년은 19년이 지난 지금도 잡히지 않았다.

K는 그 소년의 몽타주를 기억하고 있었다. 그리고 현재 삼십 대 중반이 된 소년을 찾아냈다. 이제부턴 그때 사라진 여자아이를 찾아야 한다.

K의 직업은 비밀 탐정이다. 사람들에게 드러나지 않게 움직이며 범인을 찾고 사건을 해결한다. 그는 소년만화에 나오는 미소년의 외모를 가졌지만, 스릴러 속 악당같이 비밀스럽고 으스스한 성격을 지닌 인물이다. K도 여느 탐정과 마찬가지로 의뢰자와 계약을 체결한 뒤 일을 시작한다. 단, 다른 점이 있다면 의뢰인이 찾아오기 전에 자신이 먼저 의뢰자를 찾아가 계약을 제안하는 점이다.

그가 찾아간 이번 의뢰인은 2000년에 실종된 여자아이의 어머니다. 그녀는 지금도 딸을 찾고 있다. K의 제안을 받은 그녀는 어떻게든 돈을 마련해 계약을 체결한다. 현금 액수를 확인한 K는 비로소 본격적인 활동을 시작한다.

용의자는 평범한 삼십 대 후반 남자다. 또래로 보이는 아내와 어린이집을 다니는 아들과 함께 살고 있다. 가족을 위해 하루하루 열심히 일하는 평범한 가장으로 보이지만, K는 그가 범인임을 확신한다. 세월이 지나도 얼굴 고유의 특징은 변하지 않는다. 다른 사람은 잘 보지 못하는 얼굴 비율과 굴곡, 안면 근육의 형태까지 K는 수치

화된 자료를 보듯 면밀한 관찰이 가능하다.

며칠 동안 그는 범인의 삶을 관찰한다. 범인이 만나는 사람들뿐만 아니라 출퇴근길에 범인과 자주 마주치는 얼굴들까지 전부 머릿속에 집어넣는다. K는 가능한 많은 얼굴을 뇌리에 넣어둔다. 탐정에게 정보는 다다익선이다. 그것들이 언제 어떻게 도움을 줄지 모른다.

어느 정도 사전 조사를 끝낸 K는 범인에게 연락을 취한다. 자신을 형사라고 소개하며 만나서 할 얘기가 있다고 유도한다. 범인은 차분히 무슨 일인지 묻는다. 전혀 놀라지 않는 목소리가 오히려 더 부자연스럽다.

두 사람은 두 번의 만남을 갖는다. 첫 만남에서 K는 단도직입적으로 과거 실종사건에 관해 묻는다. 범인은 전혀 모르는 일이라며 시종 태연하게 군다. 슬쩍슬쩍 미소도 내비친다. 하지만 생기를 잃은 그의 눈빛은 한곳에 고정되지 못하고 자꾸만 허공을 맴돈다.

그들의 두 번째 만남은 어느 비 오는 늦은 밤 갑작스럽게 이뤄진다.

이번에도 형사의 모습으로 나타난 K는 모든 증거를 확보했다며 범인을 체포한다. 물론 범인은 발뺌하지만, 강압적인 K의 태도에 마지못해 차에 오른다.

차 안에서 K는 준비해둔 끈으로 범인의 목을 조른 뒤 클로로포름을 적신 손수건으로 입을 틀어막는다. 범인은 기절하고, K는 차를 몰아 산속 폐허로 향한다.

범인은 한 시간 지나 폐허 속에서 깨어난다. 그의 몸은 단단한 밧줄과 박스 테이프로 결박돼 있다. K는 준비한 전기 고문 장치를 사용해 범인을 몰아붙인다. 서두르지 않고 시간을 두고 고문이 진행된다. 전압이 올라갈 때마다 범인의 몸은 급격하게 떨렸다 축 늘어지기를 반복한다. 발작의 빈도는 순차적으로 잦아진다. 하지만 범인은 쉽게 입을 열지 않는다. K가 커다란 해머를 가져와 그의 한쪽 발을 내려찍자 뼈가 으깨지는 소리와 함께 비명이 터져 나온다. 범인은 다시 정신을 잃는다.

잠시 후 찬물을 뒤집어쓴 범인이 눈을 뜬다. 그의 눈에 칼을 들고 있는 K가 보인다. 결국 범인은 눈물을 쏟으며 오래전 살인을 실토한다. 19년 전, 그는 여자아이를 성폭행한 뒤 살해했다. 죽일 생각은 없었지만 어쩌다 보니 그렇게 됐다며 얼버무린다. 여자아이의 시체에 관해서는 말이 없다.

K는 손에 쥔 칼로 그의 나머지 발마저 불구로 만든다. 그제야 범인은 자신의 아버지 무덤 옆에 아이를 묻었다고 실토한다. K는 범인의 얼굴을 바라본다. 절벽에 매달린 사람이 살아남기 위해 마지막 발버둥 치는 표정이 범인의 얼굴에서 나타난다. 그의 말을 믿어도 될 것 같았다. 이로써 사건의 진실이 밝혀졌다.

범인이 살려달라고 애원한다. 하지만 그는 더 이상 쓸모가 없다.

은비가 감았던 눈을 떴다. 바로 스마트폰 화면을 확인했다. 9시까지는 이제 오 분 정도가 남았다. 입안에 남은 치킨 기름 때문에 신물이 올라왔다. 튕기듯 상체를 일으켜 유리잔에 담긴 콜라를 마셨다. 다행히 아직 탄산이 꽤 살아있었다.

K는 용의자를 죽일 것이다. 어떻게 죽일지는 아직 떠오르지 않는다.

은비는 먹다 남은 치킨과 그 옆에 쌓인 닭 뼈를 비닐봉지에 넣고 입구를 꽉 묶었다. 봉지를 쓰레기통에 버린 뒤 화장실로 들어가 양 치질을 했다.

 근데 남준이는 어떻게 했을까?

 화장실에서 나온 은비는 거실 불을 끄고, 작업실이자 침실 겸용 인 방으로 들어갔다. 책상 위로 컴퓨터와 모니터, 그림을 그릴 때 사 용하는 커다란 태블릿이 놓여 있었다.

 그녀는 의자에 앉아 컴퓨터 전원을 켰다. 모니터 화면이 켜지는 시간 동안, 머릿속에 또 다른 의문이 떠올랐다.

 범인을 죽인 뒤에 시체는 어떻게 처리했지?

 모니터 화면에 오늘 아침 그리다 만 장면이 떠올랐다. 숨을 한 번 크게 내쉬고 은비는 책상 끝에서 헤드폰을 가져와 머리에 썼다. 몇 분 전 TV에서 나왔던 드라마 배경 음악과 비슷한 괴기한 멜로디가 귓속으로 번졌다. 그녀는 잠시 오늘 그릴 장면들을 떠올린 뒤 온몸 으로 섬뜩한 기운을 느끼며 태블릿 위로 펜을 가져갔다.

6

 강한 바닷바람에 야구모자가 벗겨졌다. 자칫하면 여객선 밖으로 날아갈 뻔한 모자는 중간 기둥에 부딪히며 선상 바닥으로 떨어졌다.
 맞은편에 서 있던 정상훈이 손을 뻗어 모자를 주웠다. 등산복 차림의 남준이 다가가 모자를 건네받았다. 고맙다는 의미로 고개를 숙여 보였지만 정상훈은 별 반응 없이 조금 전에 섰던 난간으로 돌아갔다.
 서로 알은체하지 않을 것, 티켓을 예매할 때 위조한 신분증을 사용할 것, 선박에 오르면 CCTV를 피해 선상에 있을 것. 두 사람은 이런 주의사항들을 어젯밤에 미리 공유한 상태였다. 남준은 난간에 기댄 채 탁한 바다를 바라봤다. 거센 바람에 계속 머리가 휘날렸다. 야구모자를 배낭에 집어넣고 곧장 검정 털모자와 두꺼운 뿔테 안경을 꺼내 썼다.
 넓은 바다에 떠 있는 섬이 하나 눈에 들어오기 시작했다. 멀리만 보이던 섬이 슬며시 자신을 향해 다가오는 기분이었다.

저 섬에 이번 사건의 범인이 있다.

남준이 인천 부두 인근에서 범인과 처음 마주친 지 한 달이 흘렀다. 지난 한 달간 남준은 그의 인적사항과 거주환경을 파악하며 조사 계획을 세웠다.

이름은 김순규, 얼굴에 주름이 가득하고 커다란 항아리 몸매를 가진 남자였다. 현재 나이는 서른일곱 살로 16년 전 사건 당시엔 스물한 살이었다. 당시 사건 목격자가 언급한 젊은 남자, 즉 유력 용의자가 그일 것이다. 확신이 더 굳혀진 건 그의 거주환경을 확인하면서부터였다.

김순규는 인천 소적도란 섬에서 지내고 있었다. 작은 펜션을 운영했고, 펜션과 조금 떨어진 컨테이너 주택에서 홀로 생활했다. 펜션과 거주지 모두 마을에서 떨어진 외딴 산속에 있었다. 그는 마을 사람과 거의 교류가 없었다. 그가 만나는 사람이라곤 이따금 방문하는 펜션 손님들뿐이었다. 가끔은 육지로 넘어가서 몇몇 여자를 만나 모텔에서 밤을 보냈다. 그건 친분이 있는 관계라기보다는 그저 성욕을 해결하기 위해서인 듯했다.

남준은 정상훈에게 돈을 받은 뒤 본격적인 조사 준비에 돌입했다. 섬을 구석구석 살폈고, 조사에 필요한 물품도 빠짐없이 준비해뒀다. 김순규가 인적이 드문 곳에 몸을 숨기고 있어 주변 사람들 동향은 살필 필요가 없었다. 그 덕분에 준비도 빨리 마쳤다. 그가 범인이 맞는 것만 확인되면 오늘 밤이라도 바로 조사를 진행할 생각이었다.

남준은 여느 때보다 일이 일찍 끝날 것으로 예상했다. 매번 일을 끝낸 뒤엔 전국 곳곳 발길 닿는 곳으로 여행을 떠났다. 이번엔 어느 지역을 갈지, 그곳에서 또 어떤 용의자와 마주칠지 잠시 기대감에 부풀었다.

곧 소적도에 도착한다는 안내방송이 그의 정신을 현실로 되돌려 놨다.

선착장 앞에서 마을버스를 타고 산길 중턱 정류장에서 내렸다. 관광객이 찾는 등산로 입구와 동떨어진 곳이었다. 버스에서 내리는 사람은 남준 혼자뿐이었다. 산길 주변으로는 아무도 보이지 않았다. 인적도 느껴지지 않았다. 멀어지는 버스를 뒤로한 채 그는 산속으로 들어갔다.

섬사람들이 산나물이나 약초를 캐기 위해 만들어둔 좁은 산길이 나왔다. 그 길을 따라 한참을 걸으니 작은 공터 속에 세워진 소형차 하나가 눈에 들어왔다. 나흘 전 남준은 차도선으로 이 차를 싣고 들어와 여기 숨겼다. 곳곳에 땅이 파인 흔적을 보고 캠핑 장소로 사용되었을 거로 추측했다. 그래서 차 안에 360도 카메라와 대용량 배터리를 설치해뒀다.

그는 차에 들어가자마자 카메라부터 확인했다. 두세 번 돌려봤지만, 지난 나흘간 딱히 사람의 흔적은 보이지 않았다. 운전석에 앉아 삼십 분 정도 시간을 보낸 뒤, 차를 몰고 그곳을 빠져나왔다.

차는 해변과 인접한 방파제로 향했다. 낚시꾼이 모이는 밤과 달리 낮에는 물이 빠지며 한산해지는 곳이었다. 사전답사를 왔을 때와 마찬가지로 지금도 방파제엔 몸집이 위협적인 갈매기들만 가득했다.

한쪽 구석에 차를 세운 남준은 시동을 끄고 사이드미러를 지켜봤다. 이십 분 뒤, 방파제로 걸어오는 정상훈이 보였다.

클랙슨을 울리자, 차를 인지한 정상훈은 일정한 보폭으로 천천히 다가와 조수석에 올라탔다. 이마에 땀이 흥건히 맺혀 있었다. 마을에서 방파제까지 마땅한 이동수단이 없어 족히 삼십 분은 걸어왔을 것이다.

"고생하셨어요."

"됐으니까, 어서 갑시다."

정상훈은 창 쪽으로 고개를 돌렸다. 남준은 시동을 켜고 방파제를 빠져나갔다.

몇 분을 달린 차가 또 다른 산길로 접어들었다. 창밖으로 울창한 나무숲이 이어졌고, 곧이어 목조 주택 하나가 보이기 시작했다.

남준은 속도를 줄이며 곁눈으로 정상훈을 쳐다봤다. 입을 굳게 다문 그의 얼굴은 긴장한 기색이 완연했다. 남준은 핸들을 돌려 목조 주택 앞 공터로 들어가 차를 세웠다. 시동을 끄고 나서 다시 정상훈을 바라봤다. 그는 외투 주머니에서 오래된 전단지 하나를 꺼냈다.

제보를 바랍니다

정진경 ― 1986년 11월 10일생, 키 166cm, 보통 체격, 단발머리, 갸름한 얼굴, 갈색 무스탕과 검정 스키니바지, JK 이니셜 목걸이를 하고 나감

용의자 ― 키 180cm가량, 건장한 체격, 쌍꺼풀이 진한 눈, 두툼한 입술, 좁은 턱

그의 시선은 전단 속 남자 얼굴에 고정돼 있었다.

차 소리가 들렸던 탓인지 목조 주택 대문에서 마침 한 남자가 나왔다.

정상훈은 고개를 들어 유리 너머 나타난 남자를 바라봤다.

"저 남자요?"

"네."

이 남자가 이번 사건의 용의자, 김순규다.

김순규는 차량을 향해 환하게 웃고 있었다.

"흥분하시면 안 돼요. 지금은 반응만 확인하는 거예요."

남준은 다시 한번 주의를 단단히 주고 먼저 차에서 내렸다.

큰 덩치의 김순규가 계단을 내려와 다가왔다. 며칠 전과 달리 머리칼과 콧수염은 깔끔하게 다듬어져 있었다.

"어서 오세요."

김순규는 손님을 대하는 게 어색하지 않게 자연스럽게 미소를 띠었다.

"이지훈 씨 맞죠?"

"네."

일주일 전, 남준은 전화로 펜션을 예약했고 위조된 신분증 사본을 그에게 보냈다. 하루 치 숙박 비용은 만나서 현금으로 주기로 했다.

"두 분이시죠? 누구랑 오신 거예요?"

"큰아버지랑요."

김순규는 아직 차에서 내리지 않은 정상훈을 쳐다봤다. 크게 신경 쓰는 눈치는 아니었다.

"들어가실까요?"

남준은 김순규의 안내를 받아 펜션 안으로 들어섰다.

거실, 부엌, 방, 화장실, 구조가 평범했다. 김순규가 방에 비치된 물품과 주변 부대시설 따위를 설명했다. 남준은 어차피 사용할 생각이 없어 그의 말을 건성으로 듣고 거실로 돌아왔다.

"저희 집은 보통 단골손님들이 오시는데, 어떻게 알고 연락 주셨어요?"

이 말을 내뱉으며 김순규의 눈이 가늘게 찢어졌다. 얼굴 근육도 살짝 굳어 있었다.

"큰아버지 친구분이 알려주셨어요."

"그분 이름이 어떻게 되죠?"

"저는 잘 몰라요. 좀 있다 큰아버지한테 물어볼게요."

남준은 그의 관심을 돌리려고 지갑에서 오만 원권 세 장을 꺼내 건넸다. 그런데 돈을 받은 김순규의 눈빛이 더 날카로워졌다.

"큰아버님은 왜 안 들어와요?"

"몸이 안 좋아서 좀 쉬었다 들어온다고 했는데, 곧 오시겠죠."

때마침 문이 열렸다. 미리 계획했던 대로 정상훈은 문밖에서 귀를 기울이고 있다가 적당한 시기에 등장했다.

이제 시작이다.

이때부터 남준은 김순규의 얼굴을 관찰하듯 응시했다.

그간 정진경 양 실종사건은 언론을 통해 여러 번 소개됐다. 2년 전 정상훈의 아내가 사망했을 때도 사건이 다시 한번 뉴스와 신문에 등장했다. 그때마다 정상훈의 얼굴도 TV와 인터넷에 노출됐다. 김순규가 범인이 맞으면, 그는 틀림없이 정상훈을 알고 있을 것이다.

현관에서 신발을 벗고 상훈이 거실로 들어섰다. 조금은 상기된 얼굴이었는데 흥분하지 않고 침착하게 고개를 들었다.

사람 얼굴은 단순하다. 예상치 못한 일을 맞닥트리면 감정이 얼굴에 그대로 드러난다. 전문 도박꾼같이 이런 방면으로 잘 단련된 사람이라면 몰라도, 평범한 사람은 절대 숨기지 못한다. 남준은 지난 십 년간 수많은 얼굴을 머릿속에 담았고, 그 과정에서 자연스레 타인의 표정 변화를 감지하는 법을 터득했다. 그 덕에 매번 찾아낸 용의자가 범인이 맞다는 확신을 얻을 수 있었다.

드디어 정상훈과 김순규가 서로를 마주 봤다. 일 분 가까이 두 사람의 시선이 교차했다. 남준은 집중해서 김순규의 얼굴에 드러나는 변화를 관찰했다. 그런데 그의 얼굴에 놀라는 기색이 전혀 드러나지 않았다.

"몸은 좀 괜찮으세요?"

편안한 얼굴을 하고 오히려 걱정을 담아 말했다.

남준의 머릿속이 복잡해지기 시작했다. 그동안 모든 용의자가 피해자 부모의 얼굴을 알아봤다. 보자마자 놀라서 얼굴이 하얗게 질리는 건 기본이었다. 바로 주저앉은 이도 있었고, 도망가는 이도 있었다. 얼굴에 티를 내지 않으려 애써도 눈빛만큼은 속이기가 어려웠다. 그건 어떻게 애를 써도 잘 안 되는 부분이었다. 그럴수록 눈동자가 심하게 흔들리기 마련이었다. 하지만 김순규는 눈빛에도 일말의 변화가 없었다.

"큰아버지, 이곳 알려주신 분 이름이 뭐였죠?"

남준이 정상훈에게 물었다. 정상훈은 대답하지 못한 채 멀뚱거리며 서 있었다.

"맞다. 그 아저씨 이름이 정상훈이라고 했죠?"

남준은 일부러 '정상훈'이란 이름을 말하며 김순규의 눈을 보았다.

그의 얼굴에 무언가를 떠올리는 표정이 스쳤지만, 이내 고개를 흔들었다. 그런데 느닷없이 정상훈의 몸이 휘청거리더니 무릎을 꿇으며 바닥에 주저앉았다. 김순규가 얼른 다가갔다.

그의 손길이 팔에 닿자 정상훈이 신경질적으로 그를 밀쳐냈다.

"뭐 하는 짓이야!"

거실 공기가 한순간에 싸늘하게 식었다.

김순규가 정상훈의 반응을 이상하게 여긴 듯했다. 돌연 사나운 눈빛으로 정상훈과 남준을 번갈아 쳐다봤다. 수상하다고 여겼는지 눈을 부릅뜨고 정상훈을 노려봤다.

남준은 다시 집중해 김순규의 표정을 살폈다. 꿈틀거리는 얼굴 근육 하나하나 유심히 들여다보았다.

그래, 잠깐 까먹었을 가능성은 있다. 잊고 있다가 방금 과민한 행동에 정상훈이 누군지 생각났을 것이다.

하지만 이번에도 김순규의 얼굴엔 떠올라야 마땅할 표정이 나타나지 않았다. 김순규는 찌푸렸던 인상을 펴고 주인답게 말했다.

"몸이 많이 안 좋으신가 봐요?"

"뭐!"

정상훈의 입에서 사나운 목소리가 튀어나왔다.

남준은 상황이 더 어긋나기 전에 일단 여기서 계획했던 일을 멈추기로 했다.

"죄송합니다."

김순규에게 고개 숙여 사과하고 정상훈을 일으켜 소파로 데려갔다.

"아무 말 마시고 여기 앉아 계세요."

남준은 정상훈의 입을 막고 김순규에게 재차 사과했다. 큰아버지의 건강이 좋지 않아서 그렇다며.

김순규는 영 못마땅한 얼굴로 주저하다 몸을 돌렸다.

"아무튼 편히 쉬다 가세요. 불편한 점 있으면 연락 주고요."

김순규가 문을 열고 나갔다. 뒤따라 나온 남준은 그가 차를 타고 주차장을 빠져나가는 모습을 지켜봤다. 그의 차가 시야에서 사라진 뒤에야 다시 펜션 안으로 돌아갔다.

"이 남자가 확실한 거야?"

정상훈이 이를 부득 갈며 따지듯이 물었다.

남준은 대꾸 없이 거실 바닥에 털썩 앉았다. 주머니에서 스마트폰을 꺼내 곧장 실시간 카메라 앱을 실행했다. 스마트폰 화면 속으로 너저분한 집안 내부가 드러났다. 이틀 전 김순규의 컨테이너 주택에 몰래 들어가 설치해둔 카메라 영상이었다.

"확실하냐고!"

"좀 조용히 해봐요!"

남준도 날카로운 목소리로 질러내고는 다시 스마트폰 화면을 바라봤다.

분명히 자신의 눈에 걸렸다. 그동안 한 번도 틀린 적이 없다. 은연중에 드러난 그의 조심스러운 성격이나 수상한 생활 환경으로 봤을 때 그가 범인이라는 건 확실하다. 애초에 용의자 지목이 잘못되었다면 그가 범인이 아닐 수도 있다. 하지만 그렇다고 해도 그날 정진경과 함께 있던 젊은 남자는 김순규가 틀림없다.

모른 척한 건가? 아니면 정말 모르는 건가?

몇 분 뒤 스마트폰 화면 속에서 움직임이 포착됐다. 집 안으로 김순규가 들어왔다. 남준은 미동도 없이 화면을 지켜봤다. 모든 신경이 화면 속 김순규에게 집중됐다.

김순규는 침대에 누워 TV부터 켰다. 잠시 후 컴퓨터 앞에 앉아 몇 시간 동안 게임을 했다. 이후 한 시간 정도 자고 일어나더니 저녁엔 혼자 술을 마셨다. 그는 시간이 갈수록 점점 더 태평스러운 모습만 보였다. 그와 반대로 남준은 슬슬 불안해졌다.

늦은 밤, 김순규가 완전히 잠든 뒤에야 남준의 시선이 스마트폰 화면에서 떨어졌다. 남준은 따끔거리는 눈을 감고 길게 한숨을 내쉬었다.

결국 김순규는 잠들기 전까지 조그만 이상행동도 보이지 않았다. 그리고 십육 년간 치밀하게 시체를 숨긴 범인이라고 하기에도 뭔가 허술했다. 피어오른 불안감이 점점 더 가슴을 조여왔다.

"확인됐어?"

소파에 누워 있던 정상훈이 몸을 일으키며 물었다. 이전에도 반말을 찍찍하는 그의 말투가 거슬렸는데 오늘은 더 불쾌하게 귓속을 파고들었다.

"조금만 더 기다려봐요."

남준은 냉랭하게 말을 이었다.

"다시 확인해볼게요."

7

택시에서 내려 박진희는 바로 건너편 건물을 돌아보았다. 거기 기다리는 남자가 서 있었다. 큰 몸집에 짧게 자른 머리, 치켜 올라간 눈꼬리를 보고 단번에 '저 남자다'라는 생각이 들었다.

전화 통화를 하던 남자는 횡단보도를 건너는 진희를 보곤 얼른 통화를 마쳤다. 다가와 '김재혁'이란 이름을 대며 인사를 건넸다.

김재혁은 서울지방경찰청 실종수사전담팀 소속으로 지난 삼 년간 실종아동을 가장 많이 찾아낸 형사 중 한 명이었다. 진희도 그에 관한 소문을 종종 들었는데 그때마다 따라다닌 '조직폭력배 같은 외모'란 말이 다시금 머릿속을 스쳤다.

"아침부터 죄송해요."

"아닙니다. 저도 이 기회에 박 팀장님 돕고 좋지요."

그는 진희의 얼굴을 빤히 보며 능청스러운 미소를 지어 보였다.

형사에겐 다른 관할 동료의 도움이 절실하게 필요할 때가 있다.

공식적인 협조 요청이야 절차대로 하면 된다. 하지만 사적인 부탁은 미리 관계를 형성해놓지 않으면 괜한 오해를 살 수 있어 부탁하는 쪽이나 받는 쪽이나 껄끄럽게 여긴다. 어쨌든 형사에겐 사건 수사와 별개로 사무실에서의 정치나 다른 관할 동료와의 관계가 중요하다. 형사들 사이의 관계는 기본적으로 '기브 앤 테이크'로 형성된다. 먼저 부탁하는 쪽은 반드시 나중에 상대의 요청을 들어줘야 한다. 그게 암묵적인 원칙이다. 그래서 진희는 김재혁의 미소가 그리 달갑지만은 않았다.

인사가 끝나자마자 김재혁은 몇 년 전 부산에서 있었던 학술 세미나를 언급했다. 당시 진희의 사례 발표에 큰 감명을 받았다고 했고 개인적으로 진희를 꼭 만나보고 싶었다고 강조했다. 형식적인 칭찬에 진희는 형식적인 미소로 화답했다. 그가 조직폭력배보다는 능구렁이 쪽에 가깝다는 생각이 들었다.

"그건 뭐예요?"

진희가 김재혁이 들고 있는 검은 봉지를 가리키며 물었다.

"김밥 좀 샀습니다. 대표님이 이 집 김밥을 좋아해서요."

그의 눈꼬리가 둥글게 말리더니 이전보다 더 능글맞은 표정으로 변했다.

"그럼 가실까요."

진희는 그를 뒤따라 건물 안으로 들어갔다. '고탐정'을 쫓은 지 3개월 만에 제보자를 만나러 가는 길이었다.

석 달 전, 진희는 서미숙에게 받은 찢어진 계약서를 과학수사대에 넘겼다. 지문 감식 조사 등을 의뢰했지만 서창수와 서미숙 외에 타인의 흔적은 발견되지 않았다. 이후엔 기존에 맡았던 사건에서 잠시 벗어나 홀로 고탐정을 쫓고 있었다.

단독 행동이 지나쳐 일을 그르치면 무거운 책임을 져야 한다. 그런데도 이 일은 혼자 조용히 알아보고 싶었다. 일일이 공개할 만큼 확실한 정보가 있는 것도 아니었고, 혹시라도 뭘 찾아내 이 건을 해결하게 된다면 이번에야말로 오롯이 단독 공적으로 돌아오게 할 생각이었다. 그간 여러 번 남 좋은 일만 시킨 경험이 있었다. 또다시 같은 실수를 반복할 순 없었다.

먼저 믿을 만한 후배를 통해 부산지역 민간조사협회나 한국탐정협회 등 사설 조사단체 정보를 확인했다. 여러 단체 중 약점이 있는 곳을 파고 들어가 불법 조사원을 찾았다.

또한 형사과와 여성청소년과 자료를 확보해 신원 정보 위반 등으로 검거된 적이 있는 전과자를 만났다. 모두에게 고탐정에 관해 물었지만, 제대로 아는 사람은 아무도 없었다.

그녀는 조사 범위를 넓혀 전국 미제사건수사팀장이 모여 있는 메신저 대화방에 '고탐정'을 찾는다는 메시지를 남겼다. 하이에나 같은 타지역 팀장들이 냄새를 맡기 전에 자신이 먼저 단순 사기 사건 관련 건이라고 설명했다. 모두 별다른 의심은 하지 않았다. 하지만 그곳에서도 수확은 없었다.

이렇다 할 단서가 나오지 않은 채로 시간이 흘러갔고, 진희의 관심도 별수 없이 코앞에 닥친 다른 사건으로 옮겨갔다.

진희는 그간의 내용을 수사보고서로 작성한 뒤 고탐정 조사를 미루기로 했다. 보고서를 캐비닛에 집어넣고 관심을 거두려고 할 때, 김재혁의 전화를 받았다.

"예전에 들은 적이 있습니다. 고탐정이란 이름이요."

김재혁은 실종아동협회 황용수 대표로부터 수상한 탐정에 대한 얘기를 들었다고 했다. 기억을 되돌려보니 한 3년 전이었고, 당시 황대표가 고탐정이라는 인물을 언급한 적이 있었다.

"그 대표님 좀 만나볼 수 있을까요?"

진희는 김재혁에게 공식 협조 요청이 아니라 사적으로 부탁했다. 잠시 후 김재혁이 다시 전화를 걸어왔다. 이틀 뒤인 목요일 오전 10시, 서울에 있는 실종아동협회 사무소에서 보기로 약속을 잡았다고 알려주었다.

통화를 마친 그날 진희는 손에 든 수사보고서를 캐비닛 서랍이 아닌 자신의 집으로 가져갔다.

협회 사무소가 들어선 층 복도에는 연도별로 실종아동찾기 포스터가 다닥다닥 붙어 있었다. 진희는 열 장 정도 이어진 포스터를 찬찬히 훑어봤다. 수많은 아이 얼굴이 눈에 들어오자 경찰청 게시판에서 봤을 때와는 또 다른 위압감이 느껴졌다.

'뼈가 녹는 기분이었어요.'

오래전에 본 신문 기사 제목이 떠올랐다. 15년 동안 아들을 찾아 헤맨 어머니가 자식이 사라진 날을 떠올리며 한 말이었다. 기자는 그 말을 그대로 가져다가 기사 제목으로 냈다. 진희가 그 기사를 잊지 않았던 건 어머니의 또 다른 말 때문이었다.

'경찰은 이제 수사를 그만하자고 해요. 저는 그렇게 못 하겠다고 했어요. 경찰 업무가 바쁜 건 알겠지만 자식을 찾지 못하는 부모 마음도 헤아려줘야죠.'

기사를 읽을 당시, 한 아이의 엄마이자 경찰로 복무 중인 진희는 둘 중 어느 편에 서야 할지 망설였다. 굳이 선택하자면 경찰 쪽이었다. 사연은 안타깝지만 15년이란 시간이 충분하다고 느껴졌다.

그런데 그 기사 속 아동의 실종사건이 3년 전 다시 세간의 이목을 끌었다. 부산의 한 주택가 재건축 현장에서 아동의 유골이 발견됐다. 다행히 근처에 매장된 흉기 등을 통해 용의자를 특정할 수 있었고, 수사가 빠르게 진행됐다. 당시 용의자를 검거한 게 관할 경찰서 강력팀장이었던 진희였다.

용의자는 체포 당시부터 줄곧 혐의를 부인하며 모르는 일이라고 반박했다. 진희를 경악하게 한 건 그의 교묘한 태도였다. 조사 내내 그는 증거 훼손 가능성과 경찰의 불합리한 수사를 입에 달고 살다시피 했다. 형사들이 넌더리를 낼 정도로 집요하고 반복적이었다. 그는 어떻게 하면 수사망을 피하는지 정확히 아는 것 같았고, 그 영악함이 경찰을 비웃는 것만 같았다.

진희는 그가 범인임을 확신했다. 하지만 그는 증거가 명확하지 않다는 이유로 풀려났다. 뼈가 녹는 고통을 십수 년이나 참아온 피해자 유족과 달리 범인은 태연하게 경찰서를 빠져나갔다.

진희는 속절없이 자신의 손아귀를 벗어나는 그의 뒷모습을 보며 깊은 자괴감을 느꼈다. 부적절한 줄 알지만 그때는 그냥 그를 죽이고 싶었다.

"박 팀장님."

김재혁의 목소리에 쓰라린 회상에서 벗어났다.

고개를 들자 사무소 문밖에 남자가 나와 있는 게 보였다. 그가 황용수 대표라는 건 바로 알았다. 인터넷에서 봤던 사진보다 훨씬 홀쭉한 얼굴과 마른 몸매라 조금은 당황스러웠는데 그래도 근사한 백발만큼은 사진과 똑같았다.

황대표는 생각보다 반갑게 진희를 맞아주었다. 입가에 걸린 미소는 온화했고, 태도도 공손했다. 먼 길 오시느라 고생했다고 하는 걸 보니 그도 진희에 대해 어느 정도 아는 눈치였다. 진희는 인터넷에서 본 황대표의 소개 글을 떠올리며 협회 사무소로 들어갔다.

올해 일흔을 넘긴 황대표도 삼십 년째 아들을 찾는 아버지다.

1990년대 '실종아동을 찾는 부모들의 모임'이 정부 지원과 시민들의 후원으로 '사단법인 실종아동협회'로 발전했는데 모임의 초창기부터 지금의 협회에 이르기까지 부모들의 버팀목이 되어준 이가 황대표였다. 그는 지금도 협회를 운영하며 회원 부모들을 돌보는 큰 어른의 역할을 하고 있었다.

사무소 회의실로 들어간 세 사람은 김재혁이 사 온 김밥을 나눠 먹으며 가벼운 안부를 물었다. 김밥 한 줄을 다 먹었을 때 황대표가 먼저 본론으로 들어갔다. 황대표는 이틀 전 김재혁과 통화하고 나서 예전에 기록해둔 공책을 꼼꼼히 뒤져봤다고 했다.

"근데 무슨 일 때문인지 여쭤봐도 될까요?"

"그럼요."

진희는 흔쾌히 대답했다. 지금은 정보를 감추기보다 같은 편이라는 것을 알리는 게 더 중요하게 느껴졌다. 그녀는 바로 서지연 양 사건부터 서창수의 자살, 찢어진 계약서까지 차례로 언급했다.

"그렇군요."

황대표는 느긋하게 고개를 끄덕였다. 잠시 뭔가를 생각하더니 맞은편에 앉은 두 사람을 번갈아 쳐다봤다. 그러곤 공책에 끼워둔 오래된 전단지 하나를 꺼냈다. 전단 속에는 2000년에 실종된 박혜수 양에 관한 정보가 담겨 있었다.

"이 아이 엄마가 그놈 연락을 받았어요."

이 말을 시작으로 황대표는 준비해둔 긴 얘기를 끄집어냈다.

3년 전 어느 날이었다. 협회 임원인 송진옥이 찾아와 대뜸 돈을 빌려달라고 했다. 당시 송진옥은 16년 전 실종된 딸을 찾는 부모이자 실종아동협회 임원으로, 황대표와 오랜 인연을 이어오고 있었다.

부모들의 모임에 불과하던 이곳이 비영리 사단법인으로 발전할 수 있었던 건 송진옥과 같은 협회 임원들의 도움이 컸다. 황대표는 협회 임원의 부탁이면 뭐든 도움을 주려 했다. 그날도 이유를 묻지 않고 천만 원을 빌려줬다. 거금이라 쉽지 않은 결정이었지만, 말 못할 사연이 있으리라 여겼다.

그녀의 행동에 의문이 생긴 건 다음 날 걸려온 몇 통의 전화 때문이었다. 전부 협회 임원들의 전화였는데, 똑같이 송진옥이 찾아와 돈을 빌려달라고 했다며 무슨 일인지 아는 바 없느냐는 것이었다.

평소 행실이 바르고 책임감이 강했던 사람이라 황대표는 문득 그녀에게 무슨 일이 생긴 게 아닐까, 불안한 마음이 들었다. 가장 먼저 뇌리를 스친 건 지병이었다. 그간 자녀의 실종으로 지병이 도져 돌아가신 협회 부모들이 종종 있었다.

황대표는 송진옥을 직접 찾아가 자초지종을 물었다. 오랜 설득에도 그녀의 입은 열리지 않았다. 혹시 건강 문제가 아닌지 집요하게 캐물었다. 그제야 그녀가 나직이 중얼거렸다.

"그때 그녀의 입에서 고탐정이란 이름이 나왔어요."

황대표가 미간을 더듬으며 목소리를 높였다.

"그놈이 아이를 찾아주는 조건으로 몇천만 원을 요구했다고 하더 군요."

당시 황대표는 어떻게든 송진옥을 막아볼 생각이었다. 전에도 협회 부모들을 상대로 사기를 친 놈들이 있었다. 당장 경찰에 신고하겠다고 휴대전화를 꺼내는데 송진옥은 외려 왜 저를 방해하냐며 불같이 화를 냈다. 그러고도 한참이나 옥신각신하다 서로 감정이 상한 채 헤어졌다.

그런데 다음 날 아침 일찍 송진옥이 협회 사무소로 찾아왔다. 어제 언성을 높였던 일을 사과하며 빌려 간 돈을 돌려줬다. 고탐정과의 거래도 없던 일로 하겠다고 했다. 황대표는 그런 일이 재발하지 않도록 고탐정이란 놈의 연락처를 확인했다.

"그리고 김 형사님께 부탁을 드렸지요. 전화번호를 좀 알아봐 달라고요."

"그게, 공중전화였어요."

옆에서 듣고 있던 김재혁이 자신의 차례인 양 끼어들었다. 당시 김재혁은 황대표의 얘기를 듣고 해당 공중전화 주변을 조사했는데 수상한 인물은 발견되지 않았다고 덧붙였다.

"그럼 송진옥 씨를 만나보면 되겠네요."

진희의 말에 황대표의 얼굴이 단번에 굳어졌다.

"그건 어렵습니다."

"왜요?"

"지금 연락이 되지 않아요. 딸 장례식을 마친 뒤로 종적을 감췄어요."

"딸 장례식이요?"

"그게요, 팀장님."

김재혁이 부연해 설명하려는 듯 다시 입을 열었다.

"공교롭게도 그 일이 있고 몇 달 뒤에 송진옥 씨 딸 시체가 발견됐어요."

3년 전, 경기도 양주에 있는 천악산에서 뼛조각이 발견됐다. DNA 대조 결과 장기실종아동 박혜수 양으로 밝혀졌고, 박혜수 양 실종 사건이 재조명됐다. 그런데 그 사건은 여느 실종사건과 다른 점이 있었다. 사건 발생 당시 박혜수 양 곁에 십 대 소년이 함께 있었던 게 목격됐다. 목격자에 의해 바로 소년의 몽타주가 만들어졌다. 경찰은 그 소년을 용의자로 보고 수년 동안 쫓았다. 하지만 아직까지도 그 용의자가 누군지 특정하지 못했다.

김재혁의 설명이 끝나자 다시 황대표가 입을 뗐다.

"어쨌든 그 소식을 접하고 모두 그녀를 도우려 팔을 걷어붙였습니다."

황대표와 협회 임원들은 송진옥이 딸 장례식을 잘 치를 수 있도록 제 일처럼 나서서 도왔다고 했다. 장례식이 끝나고 송진옥은 일일이 연락해 덕분에 무사히 장례를 치를 수 있었다고 고마워했다. 이때만 해도 그녀가 그간의 고통을 털고 앞으로 잘 이겨낼 것으로 보였다. 그런데 그로부터 며칠 뒤 감쪽같이 자취를 감췄다.

"지금도 행방을 아는 사람이 없어요."

황대표는 혹시나 해서 이틀 동안 전화를 돌려봤지만, 여전히 그녀와 연락이 닿는 사람은 없었다. 어렵게 송진옥의 친척과 연결이 됐는데 그들도 그녀의 행방을 알지 못했다.

진희는 팔짱을 낀 채 김재혁과 황대표의 말을 되새겼다. 그러고 보니 그들이 언급한 실종사건이 묘하게 부산 금정구 사건과 닮아 있었다.

찾을 수 없는 용의자, 사라진 피해자 유족 그리고 유족과 고탐정의 만남.

"당장 송진옥 씨를 만나기는 어렵겠네요."

진희는 혼잣말하듯 중얼거리고는 황대표에게 다시 물었다.

"협회 부모님 중에 고탐정을 아는 사람이 더 있지 않을까요?"

"그렇다고 해도……."

황대표는 전국에 퍼져 있는 부모들에게 일일이 연락해 묻기엔 어려움이 있다고 토로했다. 단체 문자 메시지를 보낼까도 생각해봤지만, 오히려 부작용을 낳을 것 같아 그만뒀다고 했다.

진희는 무슨 뜻인지 알고 고개를 끄덕였다. 괜히 어설프게 문자로 물었다간 고탐정에 대한 호기심만 불러일으킬 것이다. 진희는 아까부터 머릿속에서 맴돌던 의문점을 꺼냈다.

"혹시 그때 송진옥 씨가 고탐정과 거래를 했던 건 아니었을까요?"

말도 안 되는 가정이지만, 질문 속에는 고탐정이 정말 박혜수 양의 시체를 발견한 게 아니냐는 추측도 포함돼 있었다.

황대표는 그럴 리 없다고 단언했다. 아이의 시체는 산 중턱에 있는 어느 주인 없는 무덤 옆에서 발견됐다. 오랫동안 관리가 안 된 무덤이었고, 그래서인지 사람 발길이 잘 닿지 않는 곳이었다. 산짐승이 그곳 주변을 파낸 덕에 우연히 아이를 찾을 수 있었다고 설명했다.

"당시 송진옥은 경제 사정이 좋지 않았어요. 결국 돈을 빌리지 못했으니 그건 확실히 아닐 겁니다."

"아이를 찾은 게 정말 우연이란 건가요?"

"그렇죠."

"실종된 지 십 년이 넘은 아동인데, 그런 경우가 자주 있었나요?"

"종종 있긴 하죠."

황대표는 신원 미상의 시체나 기억을 잃은 사람을 조사하는 과정에서 실종아동으로 밝혀지는 경우가 가끔 있다고 대답했다.

"그건 그렇지만⋯⋯."

그렇게 말해놓고 진희는 잠시 입을 닫았다. 모두가 말을 멈추자 한동안 회의실이 조용해졌다.

진희는 말없이 조금 전에 들은 내용을 머릿속으로 정리했다. 그러다 언뜻 김재혁의 얼굴을 쳐다봤는데, 입을 꾹 다문 채 생각에 잠긴 것 같았다. 치켜 올라간 눈꼬리는 더 날카롭게 찢어져 있었다. 뭔가 떠오른 게 아닐까?

진희는 황대표에게 몇 가지 부탁을 덧붙이고 궁금한 게 생기면 연락하겠다며 대화를 마무리했다.

건물을 나와 두 사람은 첫인사를 나눴던 횡단보도 앞에서 걸음을 멈췄다.

"시간 내주셔서 감사해요."

"별말씀을요."

"제가 밥이라도 사야 하는데, 그건 나중에 하기로 하고요. 오늘은 일단 커피라도 한잔할까요?"

진희는 옆 건물에 있는 카페를 가리키며 물었다.

"그러시죠."

김재혁이 옅은 미소를 띠며 말을 이었다.

"안 그래도 드릴 말씀이 있어요."

카페로 들어간 두 사람은 음료를 주문하고 구석 테이블에 앉았다. 다른 손님은 창가에 앉은 젊은 남학생이 전부였다. 진희도 그랬지만 김재혁도 그것부터 확인하는 눈치였다.

주문 벨이 울리자 김재혁이 가서 아이스 아메리카노 두 잔을 가져왔다. 커피 한 모금을 시원하게 마시고 나서 김재혁은 돌려 말하지 않고 바로 핵심으로 들어갔다.

"작년에 오승주라는 실종아동을 찾았어요. 장기실종아동을 찾은 건이라 언론에 제법 나왔는데, 혹시 알고 계십니까?"

"아니요."

진희는 머릿속을 뒤져봤지만, 딱히 떠오르는 게 없었다.

"2012년에 실종된 남자아이인데, 작년에 발견돼 구조됐습니다."

"구조요?"

"네. 그때 납치된 아이가 몇 년간 방안에 갇혀 지냈어요."

진희의 눈이 휘둥그레졌다.

납치에 감금이라니? 그 정도 사건이 작년에 있었나?

"아이 부모님 부탁으로 감금 부분은 언론에 언급되지 않았어요. 전남청에서도 범행 내용보다 실종아동을 찾은 부분을 더 부각했고요."

"전남청이라면, 작년 가을에 있었던 사건인가요?"

"맞습니다."

진희의 머릿속에서 희미한 기억 하나가 떠올랐다. 작년 가을이면 관할에서 터진 강도 살인사건 때문에 정신없이 바빴다. 다른 지역 사건은 신경 쓸 겨를이 없었는데, 당시 얼핏 본 그 사건 기사가 아직 머릿속에 남아 있었다.

그런데…… 그러고 보니 그 사건도 용의자 몽타주가 있었다.

"아직 잡히지 않았죠? 그 용의자."

"네. 그래서 말인데요."

김재혁의 얼굴이 일그러지며 다시 눈꼬리가 올라갔다.

"저도 전남청 동기한테 전해 들은 건데, 그 아이 아버님 행동에 미심쩍은 구석이 있었어요."

"어떤?"

"아이를 찾은 뒤에도 아버님이 왠지 초조해하는 것 같았대요. 범인 시체가 나왔는지 자주 물었던 게 제일 맘에 걸린다고. 그래서 잠깐 이상한 생각을 하기도 했다는군요."

"이상한 생각이요?"

"네, 담당팀에선 그 아버님이 뭔가 숨기고 있다고 여겼대요. 하지만 수상한 행적이나 정황이 나오지 않아 더 캐볼 수는 없었다고 했고요. 그리고 얼마 전에는 그 가족 모두 연락을 끊고 거주지를 옮겼어요. 그걸 확인하고 다시 꺼림칙한 기분이 들었다고."

진희는 치켜뜬 눈으로 김재혁을 바라봤다.

찾을 수 없는 용의자, 사라진 피해자 유족 그리고 나머지 하나.

왠지 김재혁도 그 부분에 의문을 품고 있는 듯했다.

"부탁 하나 더 드려도 될까요?"

"네. 말씀하세요."

"그 아이 아버님을 좀 만나 뵙고 싶은데."

"알겠습니다. 제가 어디 계신지 확인하고 연락드릴게요."

좀 전까지 제법 예리해 보였던 김재혁이 다시 능구렁이 같은 미소를 지어 보였다.

8

   노란 조끼를 입은 여자가 깃발을 내리자 아이들이 일제히 횡단보
도를 건넜다.

   초등학교 저학년으로 보이는 한 아이가 인사를 하며 지나갔다.
여자는 환한 미소를 지으며 아이에게 손을 흔들었다. 그녀는 아이
들이 모두 지나갈 때까지 차도를 막았다. 한차례 흐름이 끊긴 걸 확
인한 후 다시 깃발을 들어 올렸다.

   한 시간 뒤, 아침 교통 지도를 마친 여자는 초등학교에 물품을 반
납하고 집으로 돌아갔다. 근처 도롯가에서 그녀를 지켜보던 고남준
도 조용히 차를 돌렸다. 그녀가 사는 아파트 지하주차장에 도착해
차를 세운 뒤, 작은 택배 상자를 들고 그녀의 집으로 향했다.

   남준은 계단으로 9층까지 올라갔다. 모자를 푹 눌러쓴 채 큰 걸음
으로 복도를 걸어가 문 앞에 섰다. 바닥에 택배 상자를 내려놓고 초
인종을 누르며 소리쳤다.

"택배요."

곧장 몸을 돌려 주차장으로 다시 내려왔다. 그로부터 이십 분 뒤, 여자가 지하주차장에 모습을 드러냈다. 남준은 비상등을 깜박이며 신호를 보냈다. 그녀는 하얗게 질린 얼굴로 다가와 조수석에 올라탔다.

"왜 이러시는 거예요?"

목소리가 덜덜 떨려서 나왔다. 야구모자와 검정 마스크로 얼굴을 가린 남준은 여자를 흘겨봤다. 그녀는 고개를 숙인 채 남준이 문 앞에 둔 택배 상자를 꽉 끌어안고 있었다. 마른 체형이라 안 그래도 연약해 보이는데 얼굴까지 질려 있어 더 애처로워 보였다.

"사진은 마음에 들어요?"

"혹시 남편이 시킨 건가요?"

"남편분은 아직 몰라요."

그녀가 움켜쥔 상자 속엔 여러 장의 사진이 들어 있다. 그녀와 김순규가 만나는 모습부터 모텔에 들어가는 장면까지, 한 달 전 두 사람의 행적이 수십 장의 사진에 고스란히 담겨 있었다.

남준은 정상훈과 소적도를 다녀온 뒤 석 달간 김순규를 지켜봤다. 정확히 말하면 그가 육지에서 만나는 여자들을 살폈다. 그간 김순규는 서너 명의 여자를 번갈아 가며 만났다. 그들 모두 가정이 있는 주부였다. 남준은 김순규가 만나는 여자마다 모두 사진을 찍어 남겼고, 가장 얌전하고 포섭이 쉬워 보이는 한 명을 선택했다. 그 여자가 조수석에 앉은 황유경이었다.

"돈 때문에 이러시는 건가요?"

황유경은 여전히 고개를 들지 못했다.

"그건 아니고요. 미희 어머님께 부탁드릴 게 있어요."

미희. 딸의 이름이 튀어나오자 그녀는 깜짝 놀라며 얼굴을 들었다.

"어떤 부탁이요?"

"이번 주에 김순규를 다시 한번 만나세요."

"네?"

남준은 자신을 흥신소 조사원이라고 소개하고 사진 한 장을 내밀었다. 정상훈에게 받았던 16년 전 정진경의 사진이었다.

"모텔에 들어가 이 사진을 그 남자한테 보여줘요. 이 여자를 아는지 물어보고, 2003년에 만났는지 확인해주시면 돼요."

"이 여자가 누군데요?"

"자세한 건 알 필요 없어요. 그냥 시키는 대로 하면 이 사진들 전부 없애 드릴게요. 물론 남편이나 다른 사람이 그 사진을 볼 일도 없을 거고요."

"정말이에요?"

"네."

황유경은 정진경의 사진을 건네받고는 망설이다 고개를 끄덕였다. 일부러 눈을 맞추고 노려보자 기어들어 가는 목소리로 '알겠어요' 하고 대답했다.

"근데 이번 주는 남편 출장이 없어서 어려운데, 다음 주에 만나서 물어봐도 될까요?"

"그러세요. 대신 그놈이랑 약속은 이번 주에 잡아요."

남준은 자신의 대포폰 연락처를 알려주며 나중에 대화 전체를 캡처해 보내라고 했다. 주머니에서 전자 손목시계 모양의 실시간 카메라를 꺼냈다.

"그리고 이거 잘 갖고 있다가 그날 차고 가요."

"뭔데요?"

"카메라요."

지금은 전원이 꺼진 상태지만, 전원이 켜지는 것과 동시에 카메라와 마이크가 작동하는 기기라고 설명했다.

"김순규랑 모텔에 들어갈 때 전원을 켜요. 그놈이랑 있는 동안 절대 풀지 말아요. 자세한 건 나중에 다시 알려드릴게요."

황유경은 얼빠진 얼굴로 손목시계 모양의 카메라까지 받아들었다.

"또 이것도 가져가요."

남준은 글로브박스에서 소형 전기충격기를 꺼냈다. 전기 충격기 전원 버튼을 누르자 어두운 차 안에서 푸른 불빛이 번쩍였다. 황유경은 그제야 이게 심각한 일이라는 걸 감지하고 겁먹은 얼굴로 물었다.

"왜 이런 걸 주세요?"

"혹시라도 위급한 일이 생기면 쓰세요."

"그게 무슨 말이에요?"

"더 묻지 말고 그냥 시키는 대로 해요!"

남준이 목소리를 높였다. 고압적인 목소리보다 처음 보는 기기가 더 당혹스러웠는지 그녀는 전기 충격기에서 눈을 떼지 못했다. 남준은 황유경을 대놓고 노려보며 조금 더 쏘아붙였다.

"당신이 일을 제대로 못 하거나 이 일을 다른 사람에게 알리면, 그 사진들 미희 초등학교에 싹 뿌려버릴 거니까 알아서 해요."

그제야 순식간에 얼굴이 잿빛으로 변한 황유경이 얼른 손을 뻗어 전기 충격기를 가져갔다.

일주일 뒤 남준은 인천 연안부두 인근에 있는 한 모텔로 들어갔다.

주차장에 차를 세우고 입구로 바로 들어가 숙박비를 지불했다. 엘리베이터 속 거울에 비친 그는 혼자 낚시를 하러 온 젊은 남자의 모습이었다. 모텔방으로 들어가 한 시간 정도 기다리자 문자 메시지가 도착했다. 황유경이었다.

〔지금 만났어요〕

그동안 김순규는 육지로 나올 때마다 매번 자신의 차를 가지고 나왔다. 그 차로 미리 정해둔 약속 장소에서 여자를 태운 다음 곧장 이 모텔로 향했다.

그들의 밀회는 저녁 6시쯤 시작해서 밤 10시를 넘기지 않았다. 늦은 밤이 되면 여자는 집으로 돌아갔고, 김순규는 홀로 PC방이나 술집을 전전하다 다시 이곳으로 돌아왔다.

남준은 현재 시각을 확인했다. 오늘은 6시가 되기도 전에 도착할 기세였다. 서둘러 주차장으로 내려와 자신의 차에 몸을 숨겼다. 예상대로 6시를 십 분 앞두고 김순규의 검은색 SUV가 모텔 입구로 들어왔다.

SUV 차량에서 김순규와 황유경이 내렸다. 노래를 흥얼거리며 편안해하는 김순규와 달리 황유경은 굳은 표정으로 스마트폰만 만지작거렸다. 곧이어 남준의 손에서 진동이 울렸다. 모텔에 도착했다는 황유경의 메시지가 들어왔고, 남준은 바로 답장을 보냈다.

〔카메라 전원부터 켜요.〕

〔어제 얘기한 대로 밥부터 먹자고 하고〕

〔밥 먹을 때 여자 사진을 보여줘요.〕

두 사람은 모텔 로비로 들어가며 남준의 시야에서 사라졌다.

남준은 주머니에서 또 다른 스마트폰을 꺼내 실시간 카메라 앱을 실행했다. 한참 카메라 신호를 찾는 표시가 깜빡거리더니 신호가 약하다는 경고 메시지가 떴다. 남준은 방으로 돌아가 다시 신호를 잡기로 했다. 하지만 그 전에 해야 할 일이 있었다.

차에서 내린 뒤, 김순규의 SUV를 지날 때 슬쩍 스마트폰을 떨어뜨렸다. 바로 발을 뻗어 스마트폰을 SUV 차량 밑으로 집어넣었다. 주변에 보는 사람은 없었지만 천장에 달린 CCTV 카메라를 의식해 실수인 척 티 나게 고개를 흔들었다.

남준은 바닥에 엎드려 스마트폰 위치를 확인했다. 몸을 일으켜 세워 자신의 차에서 휴대용 랜턴을 가져왔다. 다시 바닥에 누워 랜턴으로 SUV 차량 밑을 비췄고, 힘껏 손을 뻗었다. 스마트폰은 금방 손에 닿았다. 그런데도 그는 한참을 일어나지 않았다. 차에서 가져온 건 랜턴만이 아니었다.

남준은 랜턴과 함께 쥐고 있던 소형 위치 추적기를 SUV 차체 밑에 부착했다. 단단하게 붙었는지 확인한 뒤 추적기 전원을 켰다. 작은 불빛이 깜빡이기 시작했다. 그제야 스마트폰을 들고 바닥에서 일어났다.

그런데 조금 전에는 보이지 않던 나이 든 남자 한 명이 다가왔다. 남자는 무슨 일이냐고 묻는 표정을 하고 버티듯 서 있었다. 남준은 얼른 스마트폰을 들어 보이며 안도의 한숨을 내쉬었다. 슬쩍 미소까지 지어 보이자, 남자는 별말 없이 몸을 돌렸다. 남준은 다시 한번 짧게 한숨을 터트리곤 서둘러 비상구로 들어가 계단을 올라갔다.

방안으로 돌아와 카메라 앱을 켜자 조금 전과 달리 금방 신호가 잡혔다. 스마트폰 화면 속으로 그들의 모텔방 내부가 드러났다. 카메라 각도로 보아 황유경은 테이블에 앉아 있는 듯했다. 김순규의 모습은 보이지 않았다.

남준은 스마트폰을 귀에 갖다 댔다. TV 소리 너머로 희미하게 물소리가 들렸다. 김순규는 샤워 중인 걸로 보였다. 잠시 후 예상대로 속옷 차림의 김순규가 화면에 나타났다.

"안 씻어?"

"밥부터 먹고 씻을게."

황유경의 목소리가 미세하게 흔들렸다.

김순규가 그녀 맞은편에 앉았다. 화면 속으로 두툼한 그의 뱃살이 그대로 드러났다. 한동안 스마트폰 너머로 대화가 들리지 않았다. 그저 TV 소리만 전해졌다. 몇 분 뒤 벨 소리가 울렸고, 화면이 심하게 흔들렸다.

황유경이 몸을 일으켜 현관으로 걸어가는 것 같았다. 배달원에게 받은 음식을 가져와 테이블에 펼친 뒤에야 화면이 다시 잠잠해졌다.

"잘 먹을게."

김순규의 목소리가 들렸다. 이후 한참 쩝쩝대는 소리만 이어졌다.

"안 먹어?"

"먹을게."

얼마 뒤 화면에 김순규의 얼굴이 정면으로 드러났다. 황유경은 남준이 알려줬던 대로 카메라 렌즈 방향을 김순규의 얼굴 쪽으로 맞췄다. 지금까지 그녀는 남준의 지시사항을 차질없이 이행하고 있었다.

"저기 물어볼 게 있는데."

"뭐?"

황유경이 드디어 정진경의 사진을 그에게 내밀었다.

"혹시 이 여자 알아?"

남준은 스마트폰 화면을 눈앞으로 가져왔다. 신경을 곤두세우고 화면 속 김순규의 얼굴을 뚫어지게 쳐다봤다. 김순규는 아무 말도 하지 않았다. 하지만 점점 입이 벌어지더니 눈동자가 사방으로 흔들렸다. 남준은 성공을 확신한 듯 주먹을 불끈 쥐었다.

"2003년에 이 여자 본 적……."

"너 뭐야?"

황유경의 말을 끊고 김순규가 득달같이 목소리를 높였다.

"씨발, 이 사진 뭐냐고!"

화면이 깨지며 외마디 비명이 튀어나왔다. 뒤이어 황유경의 비명과 신음이 뒤섞였다. 화면 속으로 신호가 불안정하다는 경고 메시지가 떴다. 더는 두 사람의 모습이 보이지 않았다. 소리만 들려왔다.

"이 사진 어디서 났어?"

"숨을 못 쉬겠……."

"오늘 왜 보자고 한 거야?"

힘겨워하는 기침 소리가 연신 터져 나왔다.

"씨발년아, 빨리 말해."

김순규가 욕설만 내뱉는 게 아닌지 이어서 둔중한 타격음이 들려왔다.

남준은 스마트폰을 귀에 갖다 댔다. 이럴 경우를 대비해 그녀에게 전기 충격기를 주었다. 위급할 때 사용하라고 여러 번 일러뒀는데, 계속해서 들리는 건 그녀의 신음뿐이었다.

"왜 맞고만 있는 거야!"

남준이 허공을 향해 소리쳤다. 주먹도 부르르 떨렸다. 머릿속에서 사정없이 폭행을 당하는 황유경의 얼굴이 떠올랐다. 주먹질이 계속 이어지는 듯했다. 머릿속에 떠오른 황유경의 얼굴이 사정없이 뭉개졌다. 그리고 갑자기 그 암흑이 찾아왔다. 오래전부터 시도 때도 없이 찾아와 온몸을 얼어붙게 했던 암흑, 정해진 수순처럼 남준의 정신이 그 검은 공간 속으로 빨려들어 갔다.

어디선가 비명이 들려온다. 이어서 둔중한 타격음이 따라온다.

주변은 온통 캄캄했다. 조금 시간이 지나자 옅은 빛이 번져오며 저편에서 누군가 움직이는 게 보였다. 그 과격한 동작과 타격음이 정확히 일치했다. 이제 비명 대신 신음이 들려왔다. 반복적으로 터져 나오는 그 소리는 연약한 동물이 내뱉는 쇳소리 같았다.

남준은 소리가 나는 쪽으로 다가갔다. 사람의 뒷모습이 보였다. 넓은 등판이 있었고 그 아래로 얇은 두 다리가 쭉 뻗어 있었다. 남준은 조금 더 다가가 비스듬히 고개를 기울였다. 덩치 큰 남자가 왜소한 여자를 짓누른 채 주먹으로 그녀의 얼굴을 때리고 있었다. 이제 신음은 들리지 않고 둔탁한 타격음만 툭툭 터졌다.

남준은 그 모습을 그저 멍하니 바라봤다. 남자를 말려야 하는 걸 알면서도 선뜻 다가가지 못했다. 피로 물든 여자의 얼굴이 점점 형체를 잃어갔다.

잠시 후 남자가 숨을 몰아쉬며 자리에서 일어섰다. 그리고 천천히 어둠 속으로 사라졌다. 바닥엔 여자의 몸뚱이만 덩그러니 놓여 있었다. 남준이 여자에게 다가가 쪼그려 앉아서는 그녀의 얼굴을 가만히 바라봤다. 피범벅이 된 양 볼과 이마가 움푹 들어가서 원래의 얼굴을 알아볼 수 없는 지경이었다. 그런데 남준은 이상하게 낯이 익다는 느낌이 들었다. 잠시 후 그래도 아직 그 기능이 가능하다는 듯 그녀의 입이 힘겹게 열렸다.

"여기서 꺼내줘."

그 목소리를 듣는 순간, 남준의 눈동자가 부릅떠졌다. 머릿속에 남아 있는 엄마의 목소리였다. 그제야 그 여자가 엄마라는 걸 알아차렸다. 남준은 튀어 오르듯 몸을 일으켜 세웠고 반사적으로 뒷걸음질 쳤다. 엄마의 고개가 힘없이 바닥으로 떨어졌다. 동시에 남준의 몸은 얼어붙었다.

남준의 눈에 점점이 눈물이 고였다. 남준은 엄마의 시체를 바라보기만 할 뿐 다가갈 수도 도망갈 수도 없었다. 마치 엄마의 영혼이 자신의 발목을 단단히 붙잡고 있는 것만 같았다.

눈물이 흐르는 채로 온몸을 덜덜 떨었다. 어디선가 바닥으로 붉은 개미들이 나타났다. 순식간에 모여든 수많은 붉은 개미들이 엄마의 몸을 뒤덮더니 시체를 갉아먹기 시작했다. 남준은 그 괴이한 광경에 악, 외마디 비명을 질렀다. 마치 비명을 듣고 반응한 것처럼 시체에 붙어 있던 개미들 일부가 엄마의 몸에서 내려와 남준에게로 다가왔다.

개미들은 남준의 다리를 타고 몸통까지 기어 올라왔다. 남준은 그저 허둥지둥 고개만 흔들었다. 발이 떨어지지 않았기 때문이다. 순식간에 남준의 얼굴이 붉은색으로 뒤덮였다.

"모르는 남자가 시킨 거야! 다 얘기할게."

다시 들려온 황유경의 목소리가 남준의 까무룩 했던 정신을 깨웠다. 현실로 다시 끌려온 남준은 그대로 고개를 숙인 채 웩웩 헛구역질을 했다. 이마엔 식은땀이 흥건히 맺혀 있었다. 그 암흑이 찾아올 때마다 항상 똑같은 현장에서 똑같은 감각의 공포에 휩싸였다. 이젠 덤덤해질 때도 됐는데.

"어떤 남자?"

김순규의 목소리가 이어졌다. 남준은 얼른 손등으로 식은땀을 닦아낸 뒤 스마트폰에 귀를 기울였다.

황유경은 김순규에게 지난주에 만난 남자와 그가 시킨 일에 관해 떠벌렸다. 자신은 시키는 대로만 했다며 서러운 울음을 쏟아냈다.

"흥신소 조사원이라고?"

"응."

"그 새끼 얼굴 봤어?"

"마스크를 쓰고 있어서 못 봤어."

"어떻게 생긴 놈이야? 아무거나 얘기해봐!"

"젊은 애 같았어. 이십 대."

"이십 대라고? 씨발, 뭐야 진짜."

더는 대화가 없었다. 때리는 소리도, 맞아서 나오는 신음도 들리지 않았다. 이삼 분 정도가 지나니 어수선하던 화면이 다시 정상으로 돌아왔다.

쓰러져 있던 황유경이 몸을 일으켜 세웠다. 곧 화면 속으로 김순규의 모습이 드러났다. 김순규는 옷을 전부 걸친 채 자신의 스마트폰을 노려보고 있었다.

"그 새끼한테서 연락 오면 바로 나한테 알려줘."

김순규는 이 말을 남기고 바로 방을 나갔다. 남준은 카메라 앱을 종료하고 위치 추적 앱을 실행했다. SUV에 부착해둔 추적기 신호가 선명하게 나타났다.

그로부터 두 시간 후, 추적기 신호는 천안 중앙공원 주변에서 멈췄다.

다음 날 남준은 인천여객터미널에서 첫 배를 타고 소적도로 들어갔다. 스마트폰의 추적기 신호는 여전히 천안 시내에서 머물러 있었다. 어제와 똑같이 낚시꾼 복장을 한 남준은 커다란 배낭과 챙이 넓은 모자를 쓰고 김순규의 집으로 향했다.

그의 집 대문은 녹이 슨 자물쇠로 잠겨 있었다. 온라인 중고장터에서 구한 만능열쇠로 쉽게 열 수 있었다. 석 달 전에도 몰래 그의 집에 들어가 실시간 카메라를 설치한 적이 있었다. 그때 이미 집 주변에 방범 카메라나 수상한 물건이 없는 것을 확인했다.

추적기 신호는 그날 정오가 지나서야 변화를 보였다. 천안에 머물러 있던 SUV가 고속도로를 타더니 두 시간 뒤 대부도에 있는 선착장에 도착했다. 오후 3시 출발하는 배를 타고 소적도로 넘어오려는 것 같았다.

배로 이동 시간만 세 시간 정도가 걸린다. 김순규가 집에 들어오는 시간은 저녁 7시 전후가 될 것이다. 아직 여유가 있었다. 남준은 부엌에 있는 냄비로 물을 끓인 뒤 배낭에 넣어온 컵라면을 꺼내 먹었다. 국물까지 다 마셨고 빈 용기는 다시 배낭에 집어넣었다. 부엌 창문은 삼십 분 정도만 열어 라면 냄새를 빼낸 뒤 다시 닫았다.

오후 5시쯤 위치추적기 신호가 끊겼다. 마지막으로 신호가 잡힌 건 소적도로 향하는 서해 바다 위였다. 그로부터 한 시간 뒤, 남준은 배낭에서 전기 충격기와 두꺼운 소켓 렌치를 꺼냈다. 배낭은 부엌 수납장에 숨겨뒀다. 저녁 7시를 삼십 분 정도 남겨뒀을 때 주머니에서 검정 복면을 꺼내 썼다.

그가 도착할 시간이 가까워졌다. 남준은 혹시라도 남아 있을지 모를 흔적을 다시 한번 살폈다. 꼼꼼하게 모두 확인한 뒤 화장실로 들어가 문을 닫았다. 캄캄한 어둠 속에서 그가 오기만을 기다렸다. 화장실에 들어간 지 십오 분 정도 지났을 때 자동차 소리가 들려왔다.

대문이 열리며 김순규가 들어왔다. 발소리만으로 그가 허겁지겁 움직이는 게 느껴졌다. 냉장고를 여는 것 같았고, 무언가를 꺼내는 듯했다. 캔 뚜껑을 따는 소리가 이어졌는데, 거기서 캔맥주를 꺼내 마시는 모양이었다.

이제 곧 화장실로 들어올 것이다. 남준은 호흡을 가다듬고 쿵쿵 뛰는 가슴을 가만히 쓸어내렸다. 이마와 얼굴에서 흐르는 땀 때문에 복면은 이미 축축해진 상태였다. 이십 분 가까이 움직이지 않고 가만히 서 있느라 벌써 몸 마디마디가 쑤셨다. 매번 이때가 가장 긴장되는 순간이었다. 이 순간만 무사히 넘기면 그 뒤로는 수월하게 진행된다. 남준은 옅은 숨을 다시 한번 내쉬며 마음을 다잡았다. 발걸음 소리가 가까워졌다.

화장실 불이 확 켜지면서 문이 벌컥 열렸다. 남준은 문 뒤에 서서 그가 안으로 완전히 들어오길 기다렸다. 김순규가 화장실로 들어섰고, 삼 초 뒤 가느다란 물줄기가 물에 닿는 소리가 들렸다. 그 소리가 잦아들 때, 남준이 문 뒤에서 나와 왼손을 쭉 뻗었다.

타다다다닥.

전기충격기의 푸른 불꽃이 김순규의 왼쪽 허벅지에 닿았다. 김순규의 한쪽 다리가 그대로 무너졌다.

남준은 쥐고 있던 소켓 렌치를 휘둘러 그의 나머지 다리마저 쓰러뜨렸다. 익숙하게 김순규의 몸에 올라타 한 번 더 그의 허벅지에 전기 충격을 가했다.

"으악!"

화장실 벽마다 김순규의 비명이 부딪혀 튀어 올랐다. 그러거나 말거나 남준은 여러 번 더 푸른 불꽃을 만들어냈다. 꽤 오래 전류가 그의 몸을 훑었다. 보통 사람 같으면 벌써 정신을 잃었을 텐데 그는 버텨냈다. 입술을 꽉 깨문 채 고통을 참고 있었다. 그리고 기어코 몸을 틀어 묵직한 주먹을 날렸다.

남준의 옆구리로 숨이 헉 막힐 만큼 통증이 꽂혔다. 남준은 배를 부여잡고 그에게서 떨어져 나왔다. 금세 숨이 안 쉬어졌다. 입을 크게 벌렸지만 공기가 목구멍으로 넘어가지 않았다. 그러는 사이에 김순규가 비틀거리며 변기를 잡고 일어섰다.

남준의 시선이 김순규의 옆구리로 향했다. 지금 제압하지 못하면 다시는 기회가 없을 것이다. 남준은 숨을 참고 자신이 맞았던 곳과 같은 옆구리로 소켓 렌치를 휘둘렀다. 김순규가 비명을 지르며 다시 바닥에 쓰러졌다.

남준은 죽거나 뼈가 부러지지 않을 정도의 힘으로 렌치를 내리꽂
았다. 과거에도 비슷한 경험을 한 적이 있어 힘 조절은 어렵지 않았
다. 주로 허벅지와 팔뚝을 가격했다. 기계적으로 몇 번 내려치자 곧
김순규의 몸이 축 처졌다. 괴로운 신음이 바닥에 깔렸다.

남준은 주머니에서 케이블타이를 꺼내 그의 두 손을 묶었다. 뒤이
어 자신이 쓰고 있던 복면을 벗어 그의 얼굴에 씌웠다. 더는 신음조
차 들리지 않았다.

화장실을 나가 부엌 수납장에 숨겨둔 배낭을 빼냈다. 배낭 속에
서 쇠사슬 두 개를 꺼낸 뒤 그걸로 김순규의 몸통과 다리를 결박했
다. 이걸로 까다로운 단계 하나가 끝났다.

입에서 단내가 났다. 숨이 턱 끝까지 차올랐다. 심장은 금방이라
도 터져 버릴 것만 같았다. 남준은 화장실에 걸린 수건으로 땀범벅
이 된 얼굴을 닦았다. 다리가 후들거려 걷는 데 비틀거렸다. 부엌으
로 걸어가 냉장고에서 캔맥주 하나를 꺼내 마셨다.

9

분리수거가 있는 날은 한 주 중 가장 바쁜 날이다. 상훈은 다른 일을 제쳐두고 주민들이 잘못 내놓은 재활용품부터 정리했다. 오후부터 시작한 쓰레기 분리수거 작업은 늦은 밤까지 계속됐다.

밤 10시가 지나고 나니, 가슴이 답답해지며 마른기침이 쉬지 않고 튀어나왔다. 기침은 좀처럼 멈추지 않았다. 분리수거장에 있던 주민들이 눈을 흘기기 시작했고 상훈은 그들의 눈총을 피해 경비초소로 돌아갔다.

경비 일을 시작한 건 6년 전이었다. 처음엔 천안역 인근에 있는 공장에서 창고를 지키는 일을 했다. 하루 밤낮으로 일하고 다음 날 하루를 쉬는 격일제 근무였다. 많은 사람이 꺼리는 근무제였지만, 상훈은 그 일을 꼬박 삼 년간 성실하게 해냈다. 그리고 쉬는 날엔 항상 아내와 전국 역전과 터미널을 누비며 딸을 찾는 전단을 뿌렸다.

2년 전 아내가 병으로 쓰러진 뒤에야 전단 뿌리는 일을 그만뒀다. 그때 공장 창고 경비도 관뒀다. 이 아파트에서 일을 시작한 건 아내가 세상을 떠난 뒤였다. 조금이라도 헛헛한 마음을 달래고자 일부러 사람들 북적거리는 델 선택했다. 하지만 공허한 마음은 쉽게 달래지지 않았다.

혼자 지내면서부터 몸에 이상이 생겼다. 병원을 찾으니 심부전증 진단이 떨어졌다. 심장 질환은 가족력이었다. 유전적으로 관상동맥이 좁은 것도 알고 있었다. 그런데도 막상 진단을 받으니 심장이 배꼽 밑으로 떨어지는 기분이 들었다. 약물치료 덕에 한동안은 별 무리 없이 지낼 수 있었다. 하지만 최근 들어 조금만 움직여도 숨이 차고 답답하게 느껴졌다.

상훈은 초소에서 따뜻한 보리차를 마시며 숨을 돌렸다. 몇 분 지나지도 않았는데 금방 마음이 불편해졌다. 두세 모금 만에 보리차를 다 마셨다. 얼른 나가서 하던 일을 마저 해야 한다. 오후에 못 했던 청소도 밀려 있다. 아파트 내 불법 주차 단속과 야간 순찰까지 떠올리니 잠깐의 여유도 사치처럼 여겨졌다.

유리잔 바닥에 남은 보리차를 마저 마시고 자리에서 일어나려는데, 스마트폰 벨 소리가 울렸다.

화면 속으로 처음 보는 전화번호가 나타났다. 요즘 연락을 주고받는 사람은 그리 많지 않았다. 더구나 이 시간에 전화할 사람은 한 명뿐이었다. 상훈은 얼른 전화를 받았다.

"잘 지내셨어요?"

오랜만에 듣는 목소리였다. 고탐정.

"많이 늦어져서 죄송해요."

대꾸 없이 그의 말이 이어지길 기다렸다.

"확인했어요. 그놈이 확실해요."

초소 안으로 젊은 여자가 들어왔다. 택배를 찾으러 왔다는 말에 상훈은 알아서 찾아가라는 듯 손짓을 했다. 그녀를 남겨두고 초소 밖으로 나왔다. 비상계단을 통해 지하주차장으로 내려가 잠긴 전기실 문을 열고 들어갔다. 그곳 구석에 기대 속삭이듯 입을 뗐다.

"자세히 얘기해봐요."

상훈은 고탐정에게 어떻게 확인했는지, 왜 그렇게 확신하는지 두서없이 궁금한 걸 물었다. 고탐정은 지난 석 달간의 일을 간단히 설명했다.

그는 김순규 주변의 사람들을 살폈고, 김순규와 가까운 여자에게 진경이의 사진을 건넸다. 그리고 어제저녁 그 여자가 김순규에게 진경이에 관해 물었다. 소동이 있었고 그 이후 김순규가 수상한 행동을 보였다.

"그놈이 범인이에요."

고탐정의 목소리가 비장하게 들렸다. 김순규의 수상한 행동이 어떤 건지는 자세한 언급이 없었다. 상훈도 그게 궁금하지 않았다. 그보다 앞으로가 중요하다.

"그 남자 어딨소?"

"일단 잡아뒀어요."

"어디에?"

"자세한 건 내일 말씀드릴게요. 내일 이쪽으로 좀 와주세요. 아저씨가 해주실 게 있어요."

고탐정은 내일 오후 3시 배를 타고 소적도로 들어오라고 했다. 이

전처럼 방파제에서 기다리면 자신이 데리러 가겠다고 덧붙였다.

"근데."

상훈은 마른 침을 삼킨 뒤 다시 입을 열었다.

"얘기는 해봤소?"

"무슨 얘기요?"

"그놈이 정말 진경이를 죽인 거요?"

"네."

고탐정의 목소리가 나직하게 이어졌다.

"방금 자기가 죽였다고 시인했어요."

자정이 지나자 각 동의 경비원들이 교대로 순찰에 나섰다. 초소에서 시계만 보던 상훈은 자신의 차례가 되자 이 시간을 기다렸다는 듯 밖으로 뛰쳐나갔다. 고탐정과 통화한 뒤로 가슴이 답답해 견딜 수가 없었다. 이렇게라도 걷지 않으면 숨이 막혀 죽을 것만 같았다.

상훈은 언젠가부터 딸은 죽었다고 생각했다. 그런데 막상 범인을 찾았다고 하니 또 다른 고통이 밀려드는 느낌이었다.

딸을 잃어버리고 몇 년간 절망과 희망의 이중적 긴장감 속에서 살았다. 딸을 상실한 기억에 절망을 느끼면서도, 어디선가 살아있을 거란 희망에 안도했다. 그런데 아내가 세상을 떠난 뒤부터 쓸데없는 희망이 절망을 키운다는 생각이 들었다. 그리고 얼마 후 마음속에 남은 희망을 버리기로 했다.

가족과 희망이 사라지니 남은 건 절망과 분노뿐이었다. 그때부터 진경이보다 범인을 더 찾고 싶었다. 범인을 찾으면 반드시 내 손으로 죽이겠다는 마음이 은근히 들끓었다.

이제 범인을 찾았으니 그를 죽이기만 하면 모든 게 끝나는 것일까?

상훈의 머릿속에서 '복수'란 단어가 점점 커지더니 어느 순간 심장을 도려내는 것 같은 통증이 느껴졌다. 마치 날카로운 철퇴가 가슴 속을 헤집고 다니는 듯했다.

"우웩."

상훈은 근처 화단에 고개를 파묻고 구역질을 했다. 아파트 단지를 얼마 걷지도 않았는데 숨이 차올랐고 목구멍으로 위액이 치오르자 눈물까지 맺혔다. 심호흡을 여러 번 한 뒤 입을 닦아내고 허리를 폈다. 인기척에 돌아보니 다가오는 실루엣이 보였다. 미간을 좁혀 흐릿한 초점을 맞췄다.

"괜찮아?"

옆 동 경비원 차 씨였다.

"병원은 가봤어?"

또다시 욕지기가 치밀었다. 상훈의 입에서 기침이 터져 나왔다. 차 씨는 상훈의 등을 두드리며 한심하다는 듯 소리쳤다.

"몸 좀 챙겨라. 이 나이에 아프면 낫지도 않는다고 몇 번을 말했냐. 처자식이 없으면 혼자 알아서 해야지. 멍청하게 있으면 너만 손해라고."

상훈은 차 씨의 손을 뿌리쳤다. 차 씨는 저따위 말을 지겹게 해왔다. 처자식도 없다는 말, 틀린 말도 아닌 그 말이 오늘따라 상훈의 가슴을 더 후벼팠다.

"뭐 이 새끼야."

상훈이 달려들어 그의 멱살을 확 붙잡았다. 차 씨는 상훈보다 머리 하나가 더 컸고 몸집도 그랬다. 상훈의 두 팔을 간단히 뿌리치며 힐난했다.

"미친놈, 성질머리하고는."

그는 고개를 흔들며 상훈을 두고 가버렸다.

상훈은 그 자리에서 몇 번이나 더 기침을 토해낸 뒤에야 몸을 돌렸다. 그 길로 한참을 걸어가 가로등 불빛이 미치지 않는 곳으로 들어갔다. 주변으로 새까만 어둠이 내려앉았다. 그는 그곳에 서서 닳고 닳은 소매로 눈에 맺힌 눈물을 닦았다.

이른 아침, 야간 근무를 마친 상훈은 관리사무소 앞에서 김과장을 기다렸다. 두 시간 정도 뒤에나 사무소로 출근한 그를 만날 수 있었다.

"저 기다리신 거예요?"

"네."

"왜요?"

"오늘부터 출근을 못 할 것 같아요."

김과장은 상훈의 말을 무시하듯 그를 지나쳤다. 자리에 앉아 컴퓨터 전원을 켰고, 책상 옆으로 다가온 상훈에게 귀찮다는 눈빛을 보냈다.

"무슨 말씀이세요?"

"일을 그만둬야겠어요."

"언제까지 일하실 건데요?"

"어제까지요."

김과장이 어이가 없다는 눈으로 상훈을 쳐다봤다. 경비원 채용과 관리를 담당한 그는 그간 관리 사정에 따라 툭하면 경비원들을 골라 사직을 종용했다. 하지만 자신이 이런 식의 통보를 받는 건 처음인 모양이었다.

"무슨 일 있어요?"

"이전부터 병이 있었는데 최근 더 심해졌어요."

"그래도 갑자기 이러면 안 되죠. 내일까지만 하세요. 그사이에 다른 분을 채용할게요."

"안 됩니다."

"그럼 오늘 야간까지만 하세요."

"오늘 밤에도 못 나옵니다."

"진짜 짜증 나게 하네."

김과장이 버럭 목소리를 높였다. 막 출근한 여직원도 사나운 눈으로 상훈을 노려봤다.

"상식이 없어도 정도가 있지, 이런 식으로 대뜸 말하는 경우가 어딨어요."

상훈은 대꾸 없이 긴 한숨을 내쉬었다. 그 담담한 태도에 김과장의 목소리가 더 싸늘하게 변했다.

"그간 아저씨 사정이 딱해서 이것저것 많이 봐줬잖아요. 은혜도 모르고 이게 뭐 하는 짓이에요?"

"뭐 하는 짓이라니!"

대뜸 튀어나온 상훈의 목소리에 김과장은 어안이 벙벙해진 표정으로 고개를 돌렸다.

"됐어요. 그냥 가세요. 아침부터 짜증 나네, 씨발."

"무슨 일이래?"

때마침 출근하는 관리소장이 김과장에게 물었다. 김과장은 머리를 긁적이며 상훈에게 눈길을 보냈다. 상훈은 그 눈길을 무시한 채 관리사무소를 빠져나갔다.

10

K는 중년 남자를 조수석에 태우고 컴컴한 국도를 달린다. 옆에 앉은 남자의 숨소리가 거칠게 전해진다. 남자는 13년 전에 딸을 잃은 아버지로 몇 주 전 K와 계약을 체결한 의뢰인이다.

그의 딸은 오래전 정체를 알 수 없는 범인에게 성폭행을 당한 후 살해됐다. 지금 두 사람은 그 범인을 만나러 가는 길이다.

차는 가로등 하나 없는 부둣가 근처에서 멈춘다. K는 남자에게 스마트폰을 건넨다. 스마트폰을 건네받은 남자의 손이 미세하게 떨린다. 그를 남겨둔 채 K는 홀로 차에서 내린다.

칠흑 같은 어둠 속을 걸어가며 두세 번 고개를 돌린다. 자욱한 안개 너머로 수상한 인기척은 보이지 않는다.

주변 소리에 귀 기울이지만 파도 소리 말고는 거슬리는 게 없다. 잠시 후 K는 누렇게 녹슨 철문을 열고 어느 폐허 같은 공간으로 들어간다.

스마트폰 불빛을 비추자 먼지 쌓인 테이블과 식기가 드러난다. 과거 횟집이었던 곳이다. 반년 어쩌면 일 년 넘도록 방치된 것으로 보인다. K는 한 달간에 걸쳐 이곳 주변을 주의 깊게 관찰했다. 누구도 드나들지 않는 걸 확인한 뒤에야 이곳을 이번 일을 처리할 장소로 정했다.

K는 작은 불빛에 의지해 부엌으로 들어간다. 거기서 상의와 하의를 모두 벗는다. 속옷까지 벗은 뒤 세면대 옆에 준비해둔 검은색 우비를 몸에 걸친다. 허리끈을 꽉 졸라매고 세면대 밑의 서랍을 열어 길쭉한 회칼을 하나 꺼낸다.

부엌 안쪽에 나무로 된 문이 하나 있다. 넓은 창고로 들어가는 문이다. K는 칼을 손에 들고 나무문을 열어 창고 내부로 들어간다. 다시 문을 닫고 벽에 있는 스위치를 누른다.

천장에 달린 전구에 불이 들어온다.

노란빛이 내부를 비추자 바닥에 누워 있는 범인이 보인다. 수북한 음모와 축 늘어진 성기가 가장 먼저 눈에 들어온다. 그의 복부가 규칙적으로 오르락내리락한다. 불이 켜지고 인기척이 있는데도 범인은 잠에서 깨지 않는다. 그의 입 밖으로 침이 계속 흘러나온다.

K는 칼을 바닥에 내려놓고 몸을 돌린다. 어제 뒤쪽 벽에 있는 선반 위에 스마트폰 거치대를 설치해뒀다. 제법 높은 곳이라 뒤꿈치를 들고 손을 뻗어야만 스마트폰을 세워둘 수 있었다.

그는 거치대에 스마트폰을 고정한 뒤 카메라 위치와 화면 상태를 확인한다. 잠시 후 손가락으로 영상통화 버튼을 누른다.

전화가 연결되며 화면 속으로 차 안에 있던 남자의 얼굴이 나타난다.

"잘 보이죠?"

대답은 들려오지 않는다.

"시작할게요."

K의 목소리를 들었는지 범인이 몸을 꿈틀거린다. 범인의 팔과 다리는 밧줄로 묶여 있다. 그는 겨우 고개만 들어 K를 확인하자마자 살려달라 애원한다. K는 대꾸 없이 그를 일으켜 세운다. 흐느적거리며 일어난 범인을 한쪽 벽으로 밀어붙인다.

범인의 손에 묶인 밧줄을 천장에 달아둔 갈고리에 걸어 그의 몸을 고정시킨다. 범인은 두 팔을 든 채 대롱대롱 매달린 상태가 된다.

K가 바닥에서 회칼을 들어 올리자 범인의 눈이 커진다. 그의 눈동자가 빨갛다. 그의 입에선 괴성에 가까운 소리가 터져 나온다. 외치는 소리가 선반 위에 있는 스마트폰으로 고스란히 전해진다.

K는 손에 든 칼로 범인의 복부를 찌른다. 칼을 빼내자 피가 솟구친다. 노란 전구 불빛 때문인지 피 색깔이 주황빛을 띤다. 칼이 다시 움직인다. 이번엔 허벅지로 향한다. 찢어지는 비명과 함께 주황색 피가 다리를 타고 흘러내린다. 범인의 몸이 주체하지 못할 경련을 일으킨다. 아직 기력이 남아 있는지 비명이 더 커진다.

K는 슬쩍 몸을 숙인다. 범인의 두 다리 중 한쪽은 허벅지에서 흘러내린 피로 지저분해 보인다. K는 피가 안 묻은 쪽 다리를 부여잡는다. K의 손이 점점 밑으로 내려갔고 발꿈치뼈에 붙은 아킬레스건을 조몰락거린 뒤 칼로 휙 긋는다.

활짝 벌어진 살 속에서 찐득한 피가 흘러나온다. 어느새 바닥에 핏물이 고여 K가 움직일 때마다 철벅거리는 소리가 난다.

범인이 파드닥 경련을 일으킨다. 눈에 흰자위를 드러낸 채 몸을 바르르 떤다. K는 한걸음 물러서 그 모습을 지켜본다. 결국 범인의 몸이 멈추고 눈동자가 완전히 뒤집힌다.

K는 몸을 돌려 뒤쪽 벽으로 걸어간다. 칼을 바닥에 내려놓은 뒤 선반 위 거치대에서 스마트폰을 빼낸다. 여전히 스마트폰 화면 속으로 남자의 얼굴이 보인다.

남자는 처음과 다름없는 멍한 얼굴을 하고 있다. 감정이 실리지 않은 넋 나간 표정이다. 마치 갓 죽은 얼굴 같기도 하고 멈춰 있는 좀비의 표정 같아 보이기도 하다. K는 통화 종료 버튼을 누른다. 바로 우비를 벗어 던지고 나체 상태로 화장실을 나온다.

부엌 싱크대에서 손과 얼굴을 씻는다. 수건으로 물기를 닦고 벗어둔 옷을 다시 챙겨 입는다. 부엌 한쪽에 부탄가스가 쌓여 있다. K는 모든 부탄가스에 구멍을 낸다. 가스 빠지는 소리가 관악기의 화음처럼 들린다. 잠시 후 그는 이곳에 불씨를 던질 계획이다.

K는 폐허를 나와 차로 돌아간다. 그런데 조수석에 있던 남자가 보이지 않는다. 분명히 조금 전까지 있었는데 흔적도 없이 사라졌다. 급하게 주위를 둘러본다. 자욱한 안개 속으로 작은 불빛 하나 보이지 않는다. 거친 파도 소리가 유독 귀에 거슬린다.

은비는 침대 위에서 몸을 뒤척였다. 깨어난 지 한참 지났는데도 일어날 생각이 없었다. 창을 막은 블라인드 사이로 가느다란 햇살이 새어 들어왔다. 베개 옆에 둔 스마트폰 화면에 현재 시각이 떠다닌다. 남들은 한창 오후 업무에 집중할 시간이었다.

어찌 보면 그녀도 아까부터 업무 중이었다. 오늘은 잠결에 많은 장면이 떠올랐다. 그것들에 정신이 팔려 제대로 잠을 못 잔 기분이었다. 은비는 조금 더 눈을 붙이기 위해 이불을 뒤집어쓰고 눈을 감았다. 하지만 일 분도 채 지나기 전에 이불자락을 걷어찼다.

베개 밑에서 스마트폰을 꺼내 눈앞으로 가져왔다. 바로 구글 메인 화면으로 들어가 검색창에 '서창수'라는 이름을 입력했다. 화면 속으로 여러 명의 남자 얼굴이 나왔다. 은비는 엄지로 스마트폰 화면을 내렸다.

페이지 세 장 정도를 넘겼고 네 번째 페이지 끄트머리에 은비가 기억하는 남자의 얼굴이 나왔다. 그녀는 그 얼굴을 확대했다. 살아있을 때도 전국을 떠돌아다닌 남자인데 고인이 돼서도 온전히 죽지 못하고 온라인 속을 맴돌고 있는 것 같았다.

한번 생산되면 평생 지워지지 않는 온라인 기사가 끔찍하게 여겨진 것도 잠시, 갑자기 화면 속 남자 얼굴이 점점 뭉개지더니 눈동자가 사라지고 입이 벌어졌다.

은비는 상체를 일으켜 세웠다. 미간을 찌푸리며 다시 스마트폰 화면을 바라봤다. 방금 눈에 비친 형상은 공포영화 속 좀비와 비슷해 보였다. 화면 속 얼굴은 이내 서창수의 원래 얼굴로 돌아왔지만, 조금 전에 나타난 형상은 며칠간 뇌리에서 사라지지 않을 것이다.

11

고남준은 차창 너머로 빼곡히 박힌 별을 바라봤다.

멀리서 들려오는 파도 소리와 밤벌레 소리까지 어우러지니 현실과 동떨어진 아늑한 분위기였다. 문자 메시지로 도착을 알리자 방파제에 있는 낚시꾼들 사이로 한 남자가 일어섰다.

다가오는 실루엣과 걸음걸이만으로 그가 누구인지 알 수 있었다.

정상훈이 다가오는 동안, 남준은 창문을 열어 주위를 둘러봤다. 칠흑 같은 도로 위에 달빛만이 유일하게 세상에 드리워졌다. 당장 산짐승이 튀어나올 것 같은 음산한 분위기였다. 꾸부정한 자세로 걸어오는 정상훈의 모습이 굶주린 맹수처럼 보이기도 했다.

차량으로 다가온 상훈은 조수석 앞에서 걸음을 멈췄다. 이전에 봤던 소형차가 아닌 검은색 SUV인 걸 보고 조금은 머뭇거리는 눈치였다.

"뒤에 타세요."

남준의 목소리를 듣자 그제야 뒷좌석에 올라탔다.

"누가 볼 수도 있으니 몸 좀 숙이세요."

남준은 룸미러를 통해 상훈에게 말을 건넸다. 모자와 마스크로 얼굴 대부분을 가린 채 찢어진 두 눈만 드러낸 상태였다. 상훈은 한참 룸미러를 바라보고 나서 어정쩡하게 몸을 웅크렸다.

차가 움직이기 시작했다. 사이드미러로 보이던 달빛이 산등성이에 가려질 때쯤 남준이 다시 입을 열었다.

"그놈은 화장실에 묶어뒀어요. 오늘 따님이 어딨는지 확인할 거예요. 옛날 경찰이 용의자를 취조하는 방법이랑 비슷하게 할 건데요."

포장되지 않은 흙길을 달릴 땐 남준의 목소리가 더 커졌다.

"영화에서 보셨던 가혹 수사를 생각하시면 돼요. 그놈을 몰아세운 뒤에 자백하게 만들 거예요. 중요한 건 그다음인데, 보통 자백을 한 용의자는 자신의 범행을 변명하게 돼 있어요. 그때 빈틈을 찾아서 파고들면 범행 동기와 수법, 피해자 행방까지 알아낼 수 있어요."

뒷좌석에 납작 엎드려 있던 상훈이 고개만 치켜들었다. 매서워 보이는 시선이 룸미러에 떠올랐다.

"내가 해야 할 일이 뭐요?"

"그놈을 달래주세요."

남준은 '범죄 수사학' 책에서 본 착한 경찰과 나쁜 경찰 심리학을 언급했다. 용의자를 심문할 때 수사관은 의도적으로 역할을 분담한다. 나쁜 경찰이 거친 방법으로 용의자를 몰아세우고 뒤이어 나타난 착한 경찰이 용의자를 달래며 범행을 털어놓게 하는 방법이다.

눈에 보이는 뻔한 연극이지만 몸과 마음이 지친 용의자는 서툰 연기조차 감지하지 못하고 착한 경찰에게 의지하게 된다. 남준은 자신이 나쁜 경찰을, 상훈이 착한 경찰 역을 맡는 거라고 설명했다.

"이틀 동안 서너 시간에 한 번씩 겁을 줘놔서 지금 완전히 정신이 나간 상태예요. 집에 들어가면 다시 그놈을 몰아세울 거예요. 아저씨는 밖에서 지켜보다가 제가 신호를 주면 그때 들어와서 이렇게 얘기하세요. '내가 여기서 나가게 해주겠다. 경찰에 신고도 안 하고 더는 건들지 않겠다. 그러니 딸이 어디 있는지만 알려달라.'"

상훈은 궁금한 게 많을 텐데 어떠한 질문도 하지 않았다. 욱하며 소리칠 거라 예상했는데 의외로 말없이 듣고만 있었다. 차는 자갈이 가득한 산길을 통과한 뒤 산속에 들어앉은 컨테이너 주택 앞에서 멈췄다. 그때까지도 상훈의 입은 열리지 않았다.

남준은 고개를 뒤로 젖혀 그의 얼굴을 확인했다. 곧 터질 것 같은 벌건 얼굴이 눈에 들어왔다.

"일단 따님이 어디 있는지 확인해야 해요. 그때까지만 참아요."

남준이 차분히 말했다. 상훈은 입을 닫은 채 먼저 차에서 내렸다.

집 안 공기가 찼다.

벽에 달린 에어컨에서 바람이 세차게 나오고 있었다.

상훈은 떨리는 몸을 끌어안고 화장실 앞에 놓인 모니터를 노려봤다. 모니터 화면 속으로 속옷 차림의 김순규가 보였다.

김순규의 손과 발이 두꺼운 쇠사슬로 묶여 있었다. 쇠사슬은 다시 세면대 밑 배수관과 연결돼 있었다. 쇠사슬 길이가 길지 않아 그가 할 수 있는 건 몸을 뒤척이는 게 고작이었다. 눈과 입 또한 검정 수건과 청테이프로 막혀 있었다. 잔인하게 결박된 모습을 보자 뱃속이 울렁거렸다. 상훈은 그 동요가 공포가 아닌 흥분이라는 걸 뒤늦게 직감했다.

"제가 신호 주면 들어오세요."

복면을 쓴 고탐정이 화장실로 들어갔다. 손에는 비닐봉지 하나가 들려 있었다. 화장실 문이 닫혔고, 상훈의 시선이 다시 모니터 화면으로 향했다.

고탐정은 김순규의 뺨을 두드리며 그를 깨웠다. 이어서 그의 손목에 있는 쇠사슬을 풀어줬다. 입에 붙어 있던 청테이프도 떼어주고 숨을 몰아쉬는 그를 바로 앉혔다.

"물 좀 줘요……."

모니터에서 김순규의 목소리가 흘러나왔다. 화면 속 고탐정이 플라스틱 컵에 물을 받아 그에게 건넸다. 김순규는 허겁지겁 물을 마시고 컵을 내려놨다.

"손 내밀어봐."

"왜…… 요?"

"배고프잖아. 먹을 거 가져왔어."

고탐정은 비닐봉지에서 햄버거와 콜라를 꺼내 보였다.

"오늘 다 털어놓으면 여기서 나갈 수 있어."

등 뒤에 있던 김순규의 두 손이 천천히 앞으로 나왔다. 김순규는 햄버거를 먹기 시작했고 정신없이 먹느라 아무런 말도 하지 않았다. 햄버거를 다 먹어 치우는 데 이삼 분도 걸리지 않았다.

고탐정은 배수관과 연결된 쇠사슬을 풀어 김순규를 일으켜 세웠다. 그를 변기에 앉힌 뒤 다시 몸과 변기를 쇠사슬로 감았다. 그러는 동안에도 김순규는 꼼짝도 하지 않았다. 덩치가 훨씬 컸지만 고탐정이 시키는 대로 고분고분 말을 따랐다. 그게 좀 의아하다고 여길 때쯤 바로 이유가 드러났다.

고탐정은 변기 앞 간이 의자에 앉았다. 그리고 굵은 바늘 두 개를 김순규의 허벅지에 붙였다. 바늘은 긴 전선으로 이어져 벽돌만 한 전자기기에 연결돼 있었다.

"이제 그만 해요."

김순규가 잔뜩 쉰 목소리로 말했다. 그 말을 무시하고 고탐정이 전자기기 전원을 켜자 '윙'하는 전자음이 들렸다.

"으악!"

"엄살은, 아직 예열도 안 됐어."

고탐정은 눈을 질끈 감는 김순규에게 안심하라는 투로 말했다.

"예열되는 동안 어제 했던 얘기 다시 해볼까?"

"다 말했잖아요."

"내가 조사한 거랑 달라서 그래. 또 거짓말하면 나도 감당할 수 없어."

그의 입이 김순규의 귓가로 다가갔다.

"어제랑 똑같이 물을 거야. 하루나 더 시간을 줬으니까 어제보다 기억이 더 떠올랐겠지?"

김순규는 아무 말도 못 한 채 몸을 파르르 떨었다. 고탐정은 김순규의 맞은편에 앉아 공책을 펼쳤다. 상훈의 시선이 화면 속 고탐정이 들고 있는 공책으로 향했다. 상훈이 줬던 아내의 일기장이었다. 고탐정은 그 일기를 보면서 확인하듯 김순규에게 물었다.

"정진경 양이 '버디'를 했다고 하던데, 그걸로 알게 된 거 맞지?"

"네."

"언제부터야?"

김순규는 고개를 숙인 채 기침을 콜록대며 대답했다.

"그해 여름에 처음으로 연락을 주고받았어요."

상훈은 머릿속으로 '버디'를 떠올렸다.

버디는 과거에 유행했던 온라인 메신저다. 현재는 서비스가 중단됐지만, 사건이 발생한 2003년도에는 십 대들이 자주 사용하는 소통 수단 중 하나였다. 메신저에 등록된 친구뿐 아니라 익명의 다수와도 대화를 나눌 수 있어서 각종 범죄에도 이용됐다는 말을 들은 적이 있었다.

사건 당시, 경찰은 진경이의 버디 계정을 살펴보겠다고 했다. 하지만 나중에 드러난 수사 결과에는 이 부분이 빠져 있었다. 확인해 보니 해당 업체에서 계정 공개를 미루고 있었고, 경찰도 채근하지 않은 채 시간이 흐르면서 신경 쓰지 않았던 모양이었다.

결국 진경이의 계정은 사건 발생 후 일 년 뒤에나 확인되었다. 거기서도 진경이의 흔적은 발견되지 않았다.

"누가 먼저 연락했어?"

"제가요."

"왜?"

"어제 말했잖아요."

"다시 말해."

"그 여자애가 조건만남을 한다고 해서."

김순규는 말끝을 흐렸다. 고탐정은 목소리를 크게 하라고 소리치며 말을 이어갔다.

"조건만남이 뭐야? 설명해."

"돈 주고 여자랑 자는 거요."

"정진경 양이 언제부터 조건만남을 한 거야?"

"그건 모르겠어요."

"어쨌든 넌 그해 여름부터 그 여자애를 만난 거지?"

"아니에요."

"뭐가 아니야?"

"연락은 했지만 만나진 못했어요."

"무슨 말이야?"

"걔가 먼저 남자를 구한다고 채팅방을 만들어놓고는, 막상 만나려 하면 항상 취소했어요. 계속 그랬어요."

"2003년 7월 27일, 그날은 만났잖아?"

"그때는…… 걔가 먼저 연락을 해왔어요."

"그래서 만났어, 안 만났어?"

고탐정이 다시 소리쳤다.

"그때만 만났어요."

"어디서?"

"공원에서요."

"무슨 공원?"

"천안 중앙공원이요."

모니터를 응시하는 상훈의 눈이 따끔거렸다. 상훈은 두 손으로 눈을 비빈 뒤 심하게 떨리는 두 손을 꽉 쥐었다.

"그날이 처음이고, 그전에는 만난 적 없다는 거야?"

"네. 그날 처음 만났어요."

"정진경 양이 항상 취소했다며? 근데 그날만 먼저 연락을 해왔다고?"

"정말이요. 그게…… 이전에는 남자친구가 시킨 거고, 그날은 자기가 원해서 연락했다고."

"남자친구가 뭘 시켜?"

"조건만남을 시켰다고 했어요. 자주 때렸다면서, 그래서 채팅방을 만들긴 했지만 막상 하려니 겁이 났다고…… 그런 식으로 말했던 거 같은데."

상훈은 화면 속 두 사람의 대화에 정신이 멍해졌다.

남자친구라면 그 애를 얘기하는 건가? 자주 때렸다니? 무슨 말을 하는 거야? 텅 빈 머릿속으로 수많은 질문이 스쳐 갔다.

"어쨌든 그날은 자기가 하고 싶어서 연락한 거라고 했어요."

"조건 만남을 자기가 하고 싶어서?"

"네, 돈이 필요하다고."

"돈이 왜 필요한데?"

"그건 몰라요. 오늘은 웬일이냐고 물었더니 그냥 돈이 필요하다고만 했어요."

상훈의 입에서 긴 신음이 터져 나왔다.

돈…… 이라니?

"그건 넘어가고, 놀이터에서 만난 다음 일 얘기해봐."

"놀이터에서 나와서 모텔로 갔어요."

"모텔 이름은?"

"할머니가 운영하던 곳이었는데, 이름은 잘……."

"모텔에 들어간 다음은?"

"돈을 주고 걔랑 잤어요."

"그다음?"

"씻고 나왔는데 걔가 잠들어 있어서…… 저 먼저 나갔어요."

"똑바로 얘기 안 해!"

"정말이에요. 내가 죽인 거 아니에요. 나는 상관없어요!"

고탐정이 주머니에서 마스크를 꺼내 돌돌 말았다. 그걸 김순규의 입에 집어넣은 뒤 손에 든 전자기기 버튼을 눌렀다.

'윙, 윙'하는 소리와 함께 화면 속으로 김순규의 몸이 심하게 흔들리는 게 보였다. 그의 입이 막혀 있어서 그런지 비명은 들리지 않았다.

"모텔에서 네가 죽였잖아!"

고탐정은 그의 입에서 다시 마스크를 빼며 말을 이었다.

"모텔에서 죽였다고, 네가 어제 분명히 그렇게 말했어. 그렇지?"

김순규는 숨을 헐떡거렸다. 정신을 못 차리는지 맥없이 고개를 떨궜다.

그의 얼굴을 살피던 고탐정은 머리를 절레절레 흔들며 몸을 돌렸다. 화장실 내부에 설치된 카메라를 보며 '들어오세요' 하고 소리쳤다. 그 소리에 놀라 김순규가 번쩍 고개를 치켜들었다.

상훈은 모니터 화면 속으로 그 모습까지 지켜보고 나서 일어섰다.

문을 열고 화장실로 들어갔다. 후끈한 열기가 온몸에 와 닿았는데, 그런데도 몸속까지 퍼진 한기는 사라지지 않고 몸 구석구석을 맴돌았다.

"그 여자애 아버지가 오셨어. 지금이라도 똑바로 말해."

고탐정이 김순규의 귀에 대고 말했다.

이어서 다가온 상훈에게는 '착한 경찰'이라고 속삭이며 자리를 비켜줬다.

상훈은 조금 전까지 화면에서 보던 간이 의자에 앉아 김순규와 얼굴을 마주했다.

"제가…… 아니에요. 정말이에요."

덜덜 떨리는 김순규의 팔다리와 변기를 타고 떨어지는 노란 물줄기가 눈에 들어왔다. 한참 그의 얼굴을 바라봤고 살며시 손을 뻗어 그의 얼굴을 감싼 수건을 풀어줬다. 수건 속에 있는 안대까지 벗긴 뒤, 김순규에게 눈을 뜨라고 말했다.

천천히 눈을 뜬 그는 초점이 맞기도 전에 고개를 숙이며 소리쳤다.

"전 아니에요. 제발 살려주세요."

"여기서 나가게 해줄게."

상훈은 감정을 억누른 채 준비했던 말을 하나씩 내뱉었다.

"경찰에게 알리지 않고, 더는 그쪽을 찾지도 않을게. 그러니…… 그 애를 어떻게 했는지만 알려줘."

김순규가 얼굴을 들었다. 하지만 상훈과 눈이 마주치자 다시 고개를 떨궜다. 그의 입술이 미세하게 꿈틀거렸다. 결국, 입은 열리지 않았다.

상훈은 주먹을 꽉 쥐었다. 당장이라도 그의 숨통을 끊어버리고 싶었다. 그때 갈라지는 목소리가 다시 들려왔다.

"저는, 정말, 몰라요."

상훈의 입술이 바짝 말랐다. 혀로 입술을 핥은 뒤 무거운 입을 힘겹게 움직였다.

"내가 다 이해할게. 다시는 이렇게 나타나서 묻지도 않을게. 제발 진경이가 어디 있는지만 알려줘."

이 말을 내뱉고 묶여 있는 김순규의 두 손을 잡았다. 차갑게 식은 네 개의 손이 마치 하나인 것처럼 부들부들 떨렸다.

"정말 내가 안 했어요."

김순규의 얼굴이 지독하게 일그러졌다. 그는 두 눈을 감더니 다시 입술을 꿈틀거렸다. 어느 순간, 그의 입이 반쯤 열렸다가 닫혔다. 그런 짓이 한동안 여러 번 반복됐다.

상훈은 그가 망설이고 있다고 여겼다. 그리고 문득 의문 하나가 머릿속을 스쳤다.

"그럼 누구 짓이야?"

상훈이 김순규의 손을 꽉 붙잡았다.

"혹시 다른 사람이 있었니?"

김순규가 흔들리는 눈을 내리깔았고, 한참 뒤에 입을 뗐다.

"친구가 있었어요."

"친구라고?"

"아니, 그러니까. 그게 아니고."

김순규가 난처한 얼굴로 횡설수설했다. 그 표정을 포착한 고탐정이 다가들어 김순규의 머리를 들어 올렸다.

"그래서 천안 시내를 돌아다녔구나? 이틀 전에 그 친구 만났지? 그 친구 이름이 뭐야?"

"아니에요, 정말 아니에요."

116

"말해! 말하면 살려줄게. 말 안 하면 넌 죽어."

고탐정이 손에 든 전자기기 버튼을 누르자 다시금 전기음이 울렸다. 눈이 휘둥그레진 김순규는 시선을 허둥대다 어쩔 수 없다는 듯 소리쳤다.

"잠시만요! 말할게요. 할게요."

"그 친구 이름?"

"이름은 몰라요. 버디에서 만나서 닉네임밖에."

"닉네임이 뭐야?"

"윤신…… 이요."

"이틀 전에 만나서 무슨 얘기 했어?"

"못 만났어요. 계속 찾아갔는데 안 만나줬어요. 정말이에요."

"대체 무슨 일이 있었던 거야!"

상훈이 억누르고 있던 화를 견디지 못하고 김순규의 목을 꽉 붙잡았다. 고탐정이 상훈을 떼어냈고, 김순규는 기침을 쏟아내며 두 사람을 번갈아 쳐다봤다. 상훈을 향해 쉰 목소리를 내뱉었다.

"여기서 나가게 해준다고 했죠. 경찰에 알리지도 않고요."

"그래, 그럴게. 그러니까 얼른 얘기해. 얘기해봐."

"꼭 풀어준다고 약속해줘요."

"내가 약속할게. 한다고."

상훈이 득달같이 말했다. 김순규가 곁눈을 힐끔거리자 고탐정도 머리를 까딱였다. 김순규는 마른침을 삼키고 다시 입을 열었다.

"그날 모텔에 들어갈 때 윤신한테 연락이 왔어요. 걔가 자기도 할 수 있냐고 해서 여자애한테 물었더니 가능하다고 했고요. 돈은 각자 내는 걸로 하고요. 아무튼, 그때 저는 먼저 씻고 나갔어요. 윤

신은 그 애랑 남았고요. 그런데 다음 날 윤신한테서 전화가 왔는
데…… 그때 걔가 그랬어요. 여자애를 죽였다고요. 그러니 어젯밤
일은 어디에도 얘기하지 말라고."

"그래서 여자애 시체를 어디에 숨겼는데?"

고탐정이 김순규와 눈높이를 맞추고 물었다.

"저는 정말 몰라요."

"지랄하네."

"정말이에요. 저도 그 친구한테 위협받고 있다고요. 그래서 이렇
게 몸을 숨기고 있는 거예요."

하필 그 순간, 상훈의 머릿속으로 기억 몇 개가 빠르게 지나갔다.
그간 어떻게든 피해왔던 기억이었다. 사업이 망한 뒤 돈이 없어 허
덕이던 나날이 있었다. 뒤늦게 시작한 영업사원으로도 자리를 잡지
못한 채 매일 밤늦게 집에 들어갔다. 집에서도 불안한 마음을 떨쳐
낼 수 없었다. 그때쯤 진경이가 사라졌다.

상훈은 몸을 돌렸다. 이를 악물고 고개를 흔들었다. 이내 그 기억
들이 사라졌고, 또 다른 생각이 뇌리를 휘감았다.

결국 돈 때문에 이 지경이 됐나?

"지금 당장 윤신이라는 놈한테 전화해."

고탐정이 윽박질렀다.

"네? 전화가 안 될 텐데……."

고탐정은 김순규 스마트폰을 가져오겠다며 화장실을 나갔다. 화
장실엔 상훈과 김순규 둘만 남았다.

상훈의 몸이 뜨거워졌다. 이마에서 땀방울도 뚝뚝 떨어졌다. 온몸
을 휘감던 열기가 가슴으로 몰렸고 곧 호흡을 방해하기 시작했다.

상훈은 크게 숨을 내쉬었다. 호흡은 점점 더 가빠졌다. 갑자기 등 뒤에서 쉰 목소리가 들려왔다.

"이것 좀 풀어주세요. 다 그 친구 짓이에요. 저는 그냥 따님을 도우려고 한 거라고요."

심장이 제멋대로 고동쳤다. 무릎이 떨리기 시작했고 손가락까지 저렸다. 상훈은 겨우 고개를 돌렸다.

"용서해주세요."

김순규의 목소리가 귀에 들어왔다. 그의 얼굴이 눈앞에 있었다.

그 순간 정신이 번쩍 들었다.

상훈은 바닥에 떨어진 마스크를 주워 김순규의 입에 집어넣었다. 바로 외투 속에 숨겨둔 작은 과도를 꺼냈다. 왼손으로 김순규의 입을 막은 뒤 칼집을 벗기고 칼을 높이 들었다가 힘껏 내리꽂았다. 칼날이 김순규의 목 근육을 뚫고 들어갔다. 목에 박힌 칼을 빼내자 호스에서 물이 나오듯 붉은 피가 찍찍 튀어나왔다. 같은 행동이 여러 번 반복됐다. 얼마 지나지 않아 끈적한 액체가 상훈의 얼굴을 뒤덮었다.

화장실로 돌아온 고탐정이 눈을 치켜떴다.

"아직 이러면 안 되는데……."

고탐정은 상훈을 밀쳐내고 수건으로 김순규의 목을 짓눌렀다. 피는 계속 뿜어져 나왔다.

상훈은 화장실 벽면 거울에 낯선 사람이 서 있는 걸 보았다. 피칠갑이 된 얼굴이 자신임을 깨닫는 데 오랜 시간이 걸렸다. 한참 뒤에야 조금 전 일이 선명하게 떠올랐다.

12

편의점에는 이십 대 초반으로 보이는 남자 아르바이트생뿐이었다. 매장 내부를 둘러본 진희는 생수 하나를 사면서 유리 벽 너머 밖을 바라봤다.

오 분 정도 지나자 얼굴이 창백한 중년 남자가 매장으로 들어섰다. 카운터의 아르바이트생이 여느 손님들과 다르게 그에게 허리를 굽혔다. 그가 오태수인 듯했다.

"안녕하세요."

진희는 오태수에게 다가가 인사를 건넸다.

"어제 전화 드렸던 박진희입니다."

"빨리 오셨네요."

그는 그녀를 대놓고 위아래로 훑어본 뒤 대답했다.

"방금 왔어요."

"밖에서 좀 기다려주세요. 곧 나갈게요."

그의 몸에 잔뜩 힘이 들어가 있었다. 긴장한 게 역력했고 핏발이 선 눈동자엔 벌써 경계주의보가 발동된 상태였다. 진희는 그리 어려운 상대가 아닌 걸 직감하며 매장 밖으로 나왔다.

어제 오후, 김재혁의 연락을 받았다. 실종아동협회를 다녀온 지 이 주만이었다. 김재혁은 어렵게 오태수의 근황을 알아냈다고 투덜거리며 춘천에 있는 한 편의점 연락처를 알려줬다. 진희는 곧장 그 연락처로 전화를 걸었다. 바로 오태수와 연락이 닿았다.

진희는 자신의 직장과 직책을 먼저 말하고 전화를 건 목적을 알렸다. 오태수는 첫마디부터 날이 선 목소리였다.

"이제야 잠잠해졌는데 다시 사건에 휘말리고 싶지 않아요."

"잠시만요."

전화를 끊으려는 상대를 붙잡기 위해 진희는 자못 심각한 투로 말했다.

"꼭 여쭤보고 싶은 게 있어요."

"지금 물어봐요."

"전화로는 어려워요. 만나서 말씀드릴게요."

"그럼 거부하겠습니다."

"용의자에 관한 거예요."

"용의자가 발견됐습니까?"

"일단 만나시죠."

그는 두세 번 더 거부의 뜻을 밝혔지만, 집요하게 매달린 진희에게 결국 못 이기는 척 대면을 허락했다. 두 사람은 다음 날 저녁 식사를 함께하기로 하며 통화를 마쳤다.

"순댓국 괜찮습니까?"

편의점에서 나온 오태수가 먼저 물었다.

"그럼요."

"이쪽으로 가시죠."

진희는 오태수를 쫓아 편의점 인근의 순댓국집으로 들어갔다. 넓은 매장에 손님은 두 명뿐이었다. 저녁 6시인데 이 정도인 걸 보니 원래 손님이 적은 집인 듯했다. 음식도 바로 나올 것이고 그래서 그가 이곳을 택한 것으로 보였다.

진희는 음식을 주문한 뒤 오태수의 아들 안부부터 물었다. 그의 아들 오승주 상태에 대해서는 사건 자료와 담당 형사를 통해 이미 어느 정도 알고 있었다.

"많이 좋아지긴 했는데, 여전히 밖에만 나가면 말을 안 해요. 모르는 사람이랑 눈이라도 마주치면 벌벌 떨고요."

"정확한 병명이 뭐였죠?"

"선택적 함구증이라고 불안장애의 일종입니다."

진희는 오태수 가족이 겪은 지난 일 년간의 일을 몇 가지 물었다. 오태수는 내내 얼굴을 구긴 채 시선을 피했지만, 모든 질문에는 짧게라도 대답을 해줬다.

작년 가을, 전남 해남에서 발견된 실종아동 승주는 6년 만에 가족의 품으로 돌아왔다. 두 살 터울인 누나와는 곧잘 대화를 했지만, 엄마와 아빠 앞에선 아무 말도 하지 않았다. 아이는 한동안 치료에만 전념했다. 약물치료와 정서적 치료를 병행했다. 작년과 비교하면 지금은 많이 좋아진 상태였다. 하지만 아직 낯선 사람에 대한 두려움은 여전했다.

오태수는 사건 소식을 접할 때마다 지난 고통이 떠오른다며 몹시 신경질적인 태도를 보였다.

"가족 모두가 더는 그 일을 꺼내지 않아요. 하루라도 빨리 잊고 싶어 한다고요."

"무슨 말씀인지 알겠어요."

식당 점원이 밥과 반찬을 가져오며 한차례 대화가 끊겼다. 순댓국이 테이블에 놓였고 두 사람은 식사를 시작했다.

진희는 순댓국을 퍼먹으며 물끄러미 오태수의 얼굴을 바라봤다. 사건 자료 속 사진으로 봤을 때 오태수는 어느 정도 덩치가 있는 체격이었다. 불과 일 년 만에 반쪽이 된 몰골이었다.

"어디 편찮으세요?"

"아니요."

"살이 많이 빠지신 거 같아서."

"사업을 시작하다 보니 살이 좀 빠졌나 봐요. 그나저나 용의자가 뭐 어쨌다는 겁니까?"

진희는 입안에 있는 음식물을 삼킨 뒤 소리 죽여 말을 건넸다.

"승주 아버님은 경찰 수사에 대해 어떻게 생각하세요?"

"그건 왜요?"

"용의자 수사 상황을 자주 여쭤봤다고 하셔서, 여전히 용의자가 검거되길 기다리고 계시죠?"

"그럼요."

"저희 팀에서 그 사건을 다시 살펴보는 중이에요. 혹시 용의자에 관련해 저한테 따로 말씀해주실 게 없을까요? 그간 경찰에 얘기 못 하신 거나, 뒤늦게 떠오른 게 있으시다거나."

"그런 거 없습니다."

그의 목덜미가 눈에 띌 정도로 뻣뻣하게 굳었다. 진희는 조금 더 목소리를 낮췄다.

"승주 아버님 생각엔 왜 아직 용의자를 못 찾는 것 같으세요?"

"나야 모르죠."

"그동안 승주에게 뭐 들으신 건 없고요?"

"듣다니요? 무슨 말을 하는 겁니까?"

오태수가 날 선 반응을 보였다. 진희는 잠시 고민하는 척 뜸을 들이다가 준비해둔 질문을 꺼냈다.

"용의자가 이미 죽었다고 생각하신 적은 없으세요?"

"죽었다니요?"

"그렇게 찾았는데, 흔적도 안 나오는 걸 보면 이미 죽었을 가능성도 있지 않을까요?"

"그걸 왜 나한테 물어요?"

"승주 아버님도 그렇게 생각하시죠?"

"네?"

"지금이라도 솔직히 말해주세요."

"도대체 무슨 말을 하는 거요!"

오태수가 소리쳤다. 이내 얼굴에 핏기가 사라지더니 예상보다 빨리 하얗게 질렸다. 진희는 그제야 목소리를 높이며 건조하게 내뱉었다.

"최근에 신원불명 여성 시체가 몇 구 발견됐어요. 수사 중이라 자세한 건 말씀드릴 수 없지만, 그중에 용의자가 있을 걸로 보입니다."

"근데요?"

진희는 입을 닫고 오태수의 눈을 빤히 쳐다봤다.

얼마 전 과거 자료를 뒤지다가 눈에 들어온 사건이 하나 있었다. 20년 전쯤 일이었다. 한 폭력 조직이 살인사건 피해자 유족들에게 접근해 자신들이 경찰 대신 범인을 죽여주겠다며 돈을 요구한 사건이었다.

터무니없이 허무맹랑한 얘기였지만 꽤 많은 유족이 그들에게 거액을 건넨 것으로 드러났다. 진희는 그 자료를 보며 경악을 금치 못하면서도 억울하게 가족을 잃은 사람들에게 복수란 그 무엇보다 중요하다는 걸 다시금 깨달았다. 그리고 그 순간, 한 가지 가설을 세웠다.

만약 그들의 계약 어딘가에 고탐정이 용의자를 죽이는 조건까지 포함돼 있다면, 그래서 서창수와 송진옥 그리고 오태수까지 괜한 경찰 조사를 피하기 위해 갑자기 사라지거나 몸을 숨긴 거라면.

그렇다고 고탐정이란 놈이 용의자를 찾았을 리 없다. 그런데도 일단 이 가설을 바탕으로 오태수를 찔러보기로 했다.

"만약 용의자가 죽었다면, 아니 살해됐다면, 누가 용의자를 가장 죽이고 싶었을까요?"

"그게 무슨?"

"혹시 경찰보다 아버님 쪽에서 범인을 먼저 찾은 게 아닌가 해서요."

"설마 내가 범인을 죽였다는 건가요?"

"그건 아니고요."

효과는 금방 드러났다. 오태수는 시선을 이리저리 두었다가 연거푸 물을 들이켰다. 진희는 구태여 돌아가지 않고 승부수를 띄웠다.

"승주 아버님, 저는 고탐정을 의심하고 있어요."

"네?"

"제가 지금 고탐정을 쫓고 있는데, 이것저것 뒤지다 보니 승주 아버님 이름이 나오더라고요."

"이름이라니? 도대체 무슨 말을……."

진희는 입을 닫은 채 오태수의 말이 끝나기를 기다렸다. 하지만 그는 말을 끝맺지 못하고 아예 시선을 돌렸다.

"고탐정 아시죠?"

"아니요."

대답은 아니라고 했지만 얼굴엔 복잡한 심경이 그대로 드러났다. 진희는 '이런 방법은 지양해야 하는데' 속으로 되새기면서도 상대의 숨통을 끊을 일격을 준비했다.

"아버님과 고탐정의 관계가 알려지면 재수사가 이뤄질 거예요. 가족들은 다시 힘들어질 거고요. 또 승주 사건이 오르락내리락할 거고, 기자나 경찰이 여기저기 들쑤시고 다닐 게 뻔하고요. 무엇보다 승주가 많이 힘들어하지 않겠어요?"

오태수가 숨을 삼긴 채 진희를 바라봤다.

"걱정하지 마세요. 다른 경찰들은 아직 몰라요. 저도 괜히 시끄럽게 하고 싶지 않고요."

진희는 부드럽게 타이르듯 말했다.

"승주 아버님과 고탐정의 관계는 모른 척해드릴게요. 대신 고탐정에 관해서 최대한 자세히 말해주세요."

오태수는 난감한 표정으로 한참 동안 입을 열지 못했다. 진희의 눈매가 매섭게 변하자 그제야 미간을 찌푸리며 뭔가를 떠올리는 모습을 보였다.

"만난 적이 있긴 한데…… 별로 아는 건 없어요. 만난 것도 두 번뿐이고요. 그리고 매번 변장을 하고 와서 얼굴도 몰라요."

"변장이요?"

"네, 노인이나 여장을 하고 나타나서는 자기 할 말만 하고 갔어요."

진희가 다시 한번 추궁하자 오태수는 고탐정과 계약을 했다고 실토했다. 하지만 그가 승주를 찾는 데는 어떠한 도움도 주지 않았다고 거듭 강조했다.

"작년 여름에 만났는데, 가을에 승주를 찾은 뒤론 연락이 끊겼어요. 정말입니다."

오태수가 눈에 힘을 주고 호소하듯 대답했다. 진희는 슬쩍 고개를 끄덕인 뒤 고탐정과 어떻게 연락을 했고, 둘 사이에 어떤 대화가 오갔는지 물었다. 오태수는 또다시 난처한 얼굴로 고개를 돌렸다.

"승주 아버님, 제가 고탐정을 찾지 못하면 다른 형사들이 먼저 낚아챌 거예요. 그렇게 되면 아버님과 고탐정의 일도 드러날 수밖에 없어요. 그러니 솔직하게 말해주세요."

오 분이나 침묵이 이어지더니, 오태수는 다시 조금씩 대답을 내놓았다.

진희는 오태수와 고탐정의 계약 내용, 고탐정의 텔레그램 아이디까지 수첩에 적고 나서 대화를 마무리했다. 그의 말을 전부 믿는 건 아니었다. 나중에 다시 찾아와 묻기로 하고 일단은 이쯤에서 저녁식사를 마치기로 했다.

진희는 공영주차장에 세워둔 차로 돌아왔다. 운전석에 몸을 기대고 조금 전 들은 내용을 정리했다.

작년 여름 고탐정은 오태수에게 연락해 오승주와 함께 있던 여자를 봤다고 했다. 며칠 후 두 사람은 계약을 체결했다. 계약 기간 육 개월에 계약금 육천만 원, 그밖에 계약 내용도 서창수의 계약서와 동일했다. 하지만 그해 가을 우연치 않게 경찰이 승주를 찾았고 그 뒤로 고탐정은 모습을 감췄다.

3년 전 송진옥, 2년 전 서창수, 작년에 오태수까지, 지금까지 알아낸 사실만 보더라도 일 년 간격으로 고탐정과 계약이 이뤄졌다. 모두 용의자를 절실히 찾는 피해자 유족이 대상이었다. 어깨를 세우고 몸을 고쳐 앉은 진희는 주머니에서 스마트폰을 꺼냈다. 황용수 대표의 연락처를 찾아 전화를 걸었다.

"안녕하세요, 대표님."

"오랜만이네요. 잘 지냈어요?"

황대표의 나긋한 목소리가 들려왔다.

"그럼요, 대표님도 별일 없으시죠?"

"그렇죠, 뭐. 근데 무슨 일이에요?"

"전에 부탁드린 건 아직인가 해서요."

"아, 그게."

이 주 전, 황대표는 협회 임원들에게 고탐정에 대한 조사를 부탁하겠다고 했다. 자신도 부모들 몇을 만나 물어보겠다고 덧붙였다. 하지만 아직 진희는 어떠한 연락도 받지 못한 상태였다.

"여기저기 얘기해놨는데 좀처럼 소식이 없네요. 조금만 더 기다려줘요."

"네, 알겠습니다. 그리고 대표님."

그녀는 자세한 설명 없이 바로 질문을 건넸다.

"혹시 협회 부모님 중에 올해 들어 연락이 끊기거나 집을 옮기신 분이 계신가요?"

황대표는 잠시 뜸을 들인 뒤 '확인을 해봐야겠는데' 하고 중얼거렸다.

"금방 확인이 가능할까요?"

"오래 걸리진 않을 거예요."

협회 부모들에게 과거 연락처나 자식이 살던 집은 의미가 크다고 했다. 특히 집은, 아이가 언젠가 돌아올 둥지로 생각하기 때문에 예전 집을 끝까지 지키는 경우가 많다고 설명했다.

"연락처를 바꾸거나 이사를 했다면 바로 티가 나긴 해서."

"죄송하지만, 그 부분도 확인 좀 부탁드릴게요."

"알겠어요."

황대표는 그녀가 뭘 원하는지 안다는 듯 의도를 묻지는 않았다. 진희는 얼른 감사하다고 인사하곤 통화를 마쳤다.

조금 전까지 불그스름하던 하늘이 서서히 어두워졌다. 다시 부산으로 돌아가려니 막막함이 앞섰다. 저절로 길게 한숨이 나왔다. 라디오를 크게 틀고 두 손으로 핸들을 돌렸다.

고속도로에 접어들어 두 시간 정도를 달렸다. 잠시 쉬었다 갈 겸 휴게소로 향하는데 스마트폰 벨 소리가 울렸다. 화면 속에 황대표의 이름이 떠 있었다.

"대표님, 잠시만요."

진희는 휴게소로 들어가 주차장에 차를 세웠다.

"말씀하세요."

"한 명 있어요!"

황대표의 목소리가 잔뜩 상기되어 있었다.

"여기저기 전화해 봤는데 연락이 안 되는 사람이 있었어요. 이상해서 임원들한테 물었더니 며칠 전에 일을 그만두고 집까지 내놨다고 하더군요."

급하게 말을 내뱉고는 가래 섞인 기침을 토해냈다.

"어떤 분이에요?"

"정상훈이라고, 2003년에 딸이 실종됐어요. 재작년에 마누라까지 세상을 떠났고요."

2003년이면 16년 전이다. 혹시 이 사건도?

진희의 생각을 읽기라도 했는지 황대표의 대답이 바로 돌아왔다.

"이 사건도 용의자 몽타주가 있어요."

진희의 표정이 굳어졌다. 새로운 활로를 찾았다는 기쁨보다 황대표가 뭘 어디까지 눈치챘나 하는 불안감이 더 크게 마음속에 자리 잡았다.

13

은비는 손에 쥔 태블릿 펜을 책상 위에 내려놓았다. 머리에 쓴 헤드폰도 벗고 의자에서 일어나 기지개를 켰다. 목을 두세 번 꺾은 뒤 방을 나갔다.

습관처럼 냉장고 문을 열어 콜라 캔을 꺼냈다. 뚜껑을 따며 방으로 돌아간 그녀는 다시 책상 앞에 앉아 갈증에 허덕이는 사람처럼 연거푸 콜라를 마셨다.

오늘 계획했던 작업은 모두 마쳤다. 하지만 창밖은 여전히 어둡기만 했다. 어제는 햇살이 쨍쨍한 시간대에 침대에 누웠다. 아직 잠자리에 들기엔 이른데, 하는 생각과 함께 다시 목이 바짝 말라왔다.

그간 전체 웹툰 순위 중위권을 유지하고 있었는데, 지난주부터 점점 떨어지더니 결국 하위권으로 밀려났다. 평점과 댓글도 눈에 띄게 줄었다. 이틀 전 플랫폼 담당자가 보낸 메시지에도 이모티콘 하나 없는 싸늘한 문장뿐이었다. 은비는 그 메시지를 본 순간부터 자주 목이 타는 갈증을 느꼈다.

데뷔작은 첫 작품이라 이런저런 가산점을 받는다. 차기작부터는 그런 걸 기대할 수 없다. 보호막은 전혀 없는데 여기저기서 날카로운 평가가 날아든다. 데뷔작에 좋은 평가를 받았지만 차기작에서 성과를 내지 못해 사라진 작가를 여럿 봤다. 은비는 남은 콜라를 마저 마시고 빈 캔을 쓰레기통으로 던졌다.

이대로 하위권에서만 머물다 사라질 수는 없다. 아직 기회는 있다. 다음 에피소드부터는 그간 아껴온 사건을 다룰 계획이다. 작년 가을 언론을 떠들썩하게 했던 사건, 이 건만큼은 경찰이나 기자보다 자신이 더 많은 걸 안다고 확신했다.

이전까지는 사건의 디테일보다 만화적인 상상력을 더 부각했다면, 앞으로는 사건 자체를 더 사실적으로 그려낼 생각이었다. 콜라 때문에 차갑게 식은 손바닥을 다시 마우스 위에 올렸다.

모니터 화면 속 커서가 몇 개의 폴더를 차례로 클릭했다. 곧이어 파일 목록이 줄지어 나타났다. 그중 중간쯤 위치한 파일을 클릭하자 창이 하나 등장하더니 그 속으로 영상이 재생됐다. 작년 가을에 송출된 뉴스 영상이었다.

"2012년, 당시 일곱 살이던 남자아이가 공원에서 한 여성의 손에 이끌려 나갔다가 실종된 일이 있었습니다. 부모는 한시도 아들에 대한 기억과 생이별의 아픔을 잊지 않고 살아왔는데요. 바로 어제, 경찰이 그 아이를 찾았습니다. 이상우 기자입니다."

영상 속 앵커의 말에 이어 남자 기자가 해당 실종사건을 자세히 설명했다. 아이를 찾게 된 과정, 아이의 건강 상태, 관할 경찰서 인터뷰 등을 차례로 전달했고 끝으로 아이를 납치한 범인에 대해 언급했다.

"용의자 김 씨는 나흘 전까지 아이와 함께 지낸 것으로 확인됐습니다. 하지만 지금은 행방이 묘연한 상태입니다. 현재 경찰은 총력을 다해 김 씨를 쫓고 있습니다."

영상 속에 용의자 김 씨의 사진이 등장했다. 삼십 대 후반쯤 되어 보이는데, 은비에게는 익숙한 얼굴이었다. 기자는 경찰이 곧 김 씨를 찾을 거라고 했지만 지난 일 년간 용의자를 찾았다는 소식은 들려오지 않았다. 은비는 스페이스 키를 눌러 영상 재생을 멈췄다. 화면 속으로 김 씨의 얼굴이 선명하게 드러났다.

작년에 이 뉴스를 접하기 한 달 전쯤, 은비는 남준의 부탁을 받고 전라남도 해남군으로 향했다. 차기작 준비로 집에서 빈둥대던 시기라 큰 고민 없이 그를 돕기로 했다. 정확히 어떤 일을 도와야 하는지는 알지 못한 상태였다. 하지만 평범한 일이 아니라는 것쯤은 감지하고 있었다.

그녀는 해남군에 도착한 당일 밤늦게 남준을 만났다. 그때 남준이 대포폰 하나를 건네줬는데 그 대포폰 속에 한 여자의 사진이 가득 담겨 있었다. 남준은 은비에게 일주일간 사진 속 여자를 미행해 달라고 했다.

어떤 사건을 파헤치는 중이라고만 했고, 사진 속 여자가 누구인지는 듣지 못했다. 은비는 이런 일에 동참할 수 있다는 것만으로 흥분되어 자세한 건 묻지 않았다. 그저 남준이 시키는 대로 움직였다. 이때는 이미 '탐정의 이중생활'을 그리기로 결심이 선 상태였다.

은비는 매일 변장에 가까운 화장을 하고 사진 속 여자 주변을 맴돌았다. 가능한 많은 사진을 찍어서 수시로 남준에게 보냈다. 여자는 밤마다 조그마한 유흥업소에 출근한 뒤 이른 아침에 집으로 돌아갔다. 가끔 오후에 차를 끌고 나가 집에서 멀리 떨어진 마트를 다녀오곤 했다.

유독 마음에 걸린 건 여자의 얼굴에 엿보이는 불안한 기색과 지나치게 주변 사람을 경계하는 태도였다. 여자의 집 또한 산비탈 아래 위치한 단독 주택이었는데, 그 집 근처에 다른 집은 한 채도 없었다.

그렇게 감시하는 데 일주일을 보내고 나자 남준은 수고했다며 현금 뭉치 하나를 내밀었다. 은비는 그 돈을 받지 않았다. 대신 일이 끝나면 그 여자와 이번 사건에 대해 자세히 알려달라고 했다. 남준은 단호하게 거절하며 현금을 내밀었지만 은비는 계속해서 그의 손을 뿌리쳤다.

그리고 몇 주 뒤, 뉴스 영상 속에서 그 여자 얼굴을 다시 보게 됐다.

은비는 그녀가 범죄 사건의 용의자라는 것쯤은 눈치채고 있었다. 정작 은비가 놀란 건 그 여자가 행방이 묘연한 상태라는 점이었다. 남준이 단순히 범인을 찾아주는 게 아닌 더 무서운 일을 하고 있다는 것도 그때 알았다.

그날 밤, 은비는 남준을 찾아가 여자의 행방을 다그쳐 물었다. 남준은 대답하지 않았다. 그저 의뢰인에게 범인을 찾아줬을 뿐이라는 말만 반복했다. 은비는 적당히 수긍하는 척했지만, 마음속으론 남준이 숨기고 있는 걸 정확히 알아내고 싶었다. 그걸 알아야 준비 중인 웹툰을 더 잘할 수 있을 것 같았다.

그때부터 그녀는 남준과 나눈 모든 대화를 몰래 녹음하며 그의 말과 행동을 세세히 관찰했다. 녹음된 음성을 되짚어보는 과정에서 자연스레 남준이 과거에 조사했던 사건들을 눈치채게 됐다. 그리고 작년 크리스마스 이브날, 은비는 그 여자의 행방을 다시 한번 물었다.

그날 두 사람은 동네 일본식 선술집에 앉아 맥주를 마셨다. 항상 조심스럽던 남준도 그때만큼은 말이 많아져 사건 조사 중에 재밌었던 일 몇 개를 떠벌렸다. 남준이 어느 정도 술에 취했을 때 은비는 슬쩍 그 여자 이야기를 꺼냈다. 그러자 남준은 찢어진 눈을 가늘게 뜨며 '기회를 준 거야'라는 알 수 없는 말을 중얼거렸다.

또 무슨 말을 했더라?

은비는 모니터 화면 속 뉴스 영상을 닫았다. 마우스 커서를 움직여 다시 몇 개의 폴더 속으로 들어갔고 여러 개의 음성 파일 중 '12월 24일' 파일을 클릭했다. 모니터 양쪽에 있는 두 개의 스피커에서 사람들이 웅성거리는 소리가 흘러나왔다. 배경음에 파묻혀 남준의 목소리가 거의 들리지 않았다.

은비는 책상 위에 둔 헤드폰을 가져와 머리에 썼다. 두 손으로 헤드폰을 꽉 누르며 가늘게 들려오는 남준의 목소리에 집중했다. 키보드 방향키를 여러 번 눌러 음성 파일 뒤쪽으로 이동하자 얼마 뒤 싸늘하게 변한 그의 목소리가 들렸다.

"그건 나도 모르지. 나는 아무 짓도 안 했어."

"정말 그냥 찾아주기만 한 거야?"

"응."

그는 말을 잇지 않았다. 그러다 잠시 후 아주 나직한 목소리로 중얼거렸다.

"그저 기회를 준 거야."

"응? 뭐라고?"

"있어 그런 게. 다들 자기에게 주어진 일을 끝내고 싶어 했거든."

그 뒤로는 맥주와 음식을 먹는 소리가 길게 이어졌다.

은비는 스페이스 키를 눌러 음성 재생을 멈췄다. 헤드폰을 벗은 뒤 팔짱을 끼고 흠, 콧바람을 내쉬었다.

그러고 보니…… 지금까지 남준이 죽었다는 생각만 했다.

이삼 초가 흐른 뒤, 등골에 소름이 돋으며 여러 개의 장면이 머릿속을 스쳐 갔다. 장면 속 K의 행동과 대사도 빠르게 만들어졌다. 오랜만에 찾아온 흥분 때문인지 단단히 막혀 있던 가슴이 뻥 뚫리는 기분이 들었다. 전혀 웃긴 장면들이 아닌데도 은비의 입가에 자꾸 미소가 번졌다.

14

8월부터 본격적인 무더위가 시작됐다. 연일 전국 대부분 지역에 폭염 경보가 발효됐고 전력수요가 최고치를 경신했다는 기사가 잇따랐다.

더위가 극에 달했다는 8월 둘째 주 수요일. 남준은 천안 중앙공원 벤치에 앉아 있었다.

하늘색 반소매 셔츠와 남색 바지 차림인 그는 누가 봐도 방학 중 보충 수업을 마치고 나온 고등학생의 외모였다. 요즘은 고등학교가 보충 수업 기간에 교복이 아닌 생활복을 허용하고 있지만 그걸 아는 사람은 또래 고등학생들뿐일 것이다. 평범한 성인들은 교복을 입은 학생을 수상쩍게 생각하지 않는다. 특별한 상황이 아니면 고등학생에게 그리 관심도 없다. 오늘 만나기로 한 사람도 마찬가지일 것이다.

남준은 이마에 흐르는 땀을 닦으면서도 눈을 떼지 않고 공원으로 들어오는 사람을 지켜봤다.

현재 시각 12시 50분, 약속 시각까지 십 분이 남았다.

곧 진범이 모습을 드러낼 것이다.

머릿속으로 보름 전 그날의 일이 다시 떠올랐다.

피범벅인 김순규와 바닥에 주저앉아 꼼짝도 하지 않는 정상훈. 당시 남준은 숨을 몰아쉬며 겨우 정신을 가다듬고 자신이 뭘 해야 할지 계산했다.

먼저 김순규의 지문을 이용해 그의 스마트폰 잠금을 해지했다. 바로 통화기록을 살펴보니 이틀 전 그가 천안에 갔을 때 연락을 취했던 번호 하나가 있었다. 이름은 없었지만 그 번호가 '윤신'이라는 진범의 연락처로 추정됐다.

남준은 그 연락처를 머리에 새긴 뒤 화장실에 남은 살인의 흔적을 지우기 시작했다. 그리고 다음 날 아침 일찍, 정상훈을 선착장 인근에 데려다줬다.

"뒤처리는 제가 할게요. 아저씨는 당분간 숨어 계세요."

사람들이 모르는 곳에 몸을 숨기고 누구와도 말을 섞지 말라고 강조했다. 그는 동공이 활짝 열린 눈으로 멍하니 고개를 끄덕였다. 누구라도 그와 마주치면 그가 뭔가 이상하다는 걸 단번에 눈치챌 것이다. 경찰이라도 마주치는 날엔 허무하게 그간의 일이 드러날 수도 있었다.

남준은 정상훈을 먼저 육지로 보낸 뒤 다시 김순규의 집으로 돌아왔다.

시체는 팔과 다리를 절단한 채 냉장고에 넣어뒀다. 시체 처리를 시작하기 전에 그의 스마트폰부터 꼼꼼히 살폈다. 스마트폰 속에는 펜션 예약자 명단이 알기 쉽게 정리돼 있었다. 일단 그들에게 펜션 이용이 어렵다는 양해의 메시지를 보냈다. 단골로 표시된 사람들에게도 앞으로 펜션 운영이 불가하다고 알렸다.

다음으로 김순규의 이메일과 SNS 계정을 뒤졌다. 다행히 그가 사라져도 적극적으로 그를 찾아 나설 사람은 없어 보였다.

그날 저녁부터 남준은 주변 산을 헤집고 다니며 적당한 장소를 찾았다. 사흘 만에 사람의 발길이 전혀 닿지 않는 곳을 발견했다. 밤새도록 그곳 땅을 파냈고 김순규가 죽은 지 닷새 만에 그의 시체를 매장했다.

장마철과 맞물리며 어쩔 수 없이 소적도에서 나흘 정도를 더 머물러야 했다. 그리고 이틀 전에 소적도를 빠져나왔다. 집에 다시 돌아온 건 정확히 십이일 만이었다.

남준은 침대에 누워 숨을 돌렸다. 잠깐 잠이 들었는데 머리맡에 둔 스마트폰이 계속 울려 할 수 없이 눈을 떴다. 은비의 전화였다. 설명은 나중에 하기로 하고 다시 눈을 감았다. 하지만 잠들지 못하고 뒤척이기만 하다 결국 일어나 앉았다. 그때쯤 머릿속으로 진범의 연락처가 떠올랐다. 남준은 바로 대포폰을 꺼내 문자 메시지를 작성했다.

〔정진경 아비입니다. 김순규한테 다 들었어요. 그 말이 전부 사실인지 그쪽 얘기도 들어볼 생각이요.〕

〔이번 주 수요일 오후 1시 천안 중앙공원 광장으로 오세요. 거기서 뵙죠.〕

〔나오지 않으면 김순규의 말 그대로 경찰에 전달할 겁니다.〕

발신 번호 표시 없이 통보하듯 메시지를 보냈다.

진범이 그 문자 메시지를 확인했다면 수요일 오늘 반드시 모습을 드러낼 것이다.

남준은 확신하며 시간을 확인했다. 오후 1시 정각이었다. 그는 공원 광장을 둘러봤다.

분수대 앞을 뛰노는 아이, 그 아이를 지켜보는 젊은 엄마, 나무 아래 벤치에 앉아 수다를 떠는 청소년들 그리고 맥없이 앉은 중년 남자.

'윤신'이라는 삼십 대 남자는 보이지 않았다. 남준은 느긋하게 걸으며 공원 외곽 산길도 살펴봤다. 몇 분 지나지 않아 한가한 공원과 어울리지 않는 남자 두 명이 눈에 들어왔다.

둘 다 얼굴이 까무잡잡한 동남아 쪽 남자였다. 체격은 작았지만 날렵하고 단단한 몸집들이었다. 영화 속 악당 뒤에서 대기하는 행동대원 같은 분위기의 남자들이었는데, 그들은 서로 멀찌감치 떨어져 스마트폰만 보고 있었다. 그게 위장이라는 건 광장 벤치에 있는 청소년들도 알 만큼 허술해 보였다.

남준은 그들의 얼굴을 머릿속에 담았다. 문득 '자신도 그 친구한테 위협받고 있다'라는 김순규의 말이 떠올랐다. '위협'이란 단어가 유독 저 남자들의 얼굴과 잘 어울린다는 생각이 들었다.

남준은 김순규와 저들 사이에 어떤 일이 있었을지 상상하며 다시 공원 광장으로 돌아갔다.

여전히 진범의 모습은 보이지 않았다. 어딘가 숨어서 진짜 정상훈이 나타나길 기다리고 있을 것이다. 남준은 오늘 밤 그에게 전화해 불청객은 빼고 혼자 나오라고 단단히 일러둘 생각이었다. 공원 광장을 가로질러 걷는데, 문득 묘한 위화감이 느껴졌다. 조금 전까지 벤치에 앉아 있던 중년 남자의 행동 하나가 눈에 걸렸다.

중년 남자는 벤치에서 벗어나 분수대 주변을 둘러보는 중이었다. 앉아 있을 땐 몰랐는데 일어서니 제법 키가 컸다. 그는 잔뜩 찌푸린 얼굴로 스마트폰을 확인하며 누군가의 연락을 기다리는 눈치였다. 남준은 태연하게 다가가 그의 얼굴을 확인했다.

가늘게 찢어진 눈과 작은 눈동자, 치켜 올라간 눈꼬리가 마치 사나운 독사를 연상시키는 얼굴이었다.

그도 남준을 힐끔 쳐다봤지만 이내 시선을 돌렸다. 별다른 관심이 없어 보였다.

중년 남자는 조금 더 광장 주변을 어슬렁거리다 공원을 나갔다. 공원 입구에서 택시를 잡아탔고, 금세 눈앞에서 멀어졌다. 남준은 몸을 돌려 공원 외곽 산길로 뛰어갔다. 조금 전에 본 동남아 남자 둘을 찾았지만 그들도 이미 공원을 빠져나간 상태였다. 중년 남자와 그들이 한패라는 확신이 들었다.

그날 밤 모텔로 돌아와 대포폰에 음성 변조 장치를 연결했다. 장치와 이어진 마이크로 테스트를 한 번 해본 뒤, 진범의 연락처로 전화를 걸었다. 긴 통화음만 이어질 뿐 연결은 되지 않았다. 이십 분 정도 지나 다시 연결을 시도했고 그제야 상대가 전화를 받았다.

"여보세요."

걸걸한 중년 남자의 목소리였다.

"이틀 전에 문자 보낸 사람입니다."

음성 변조된 남준의 굵은 목소리가 그에게 전해졌다.

상대는 말이 없었다. 하지만 수 초가 흐를 때까지 통화는 끊기지 않았다.

"나한테 왜 연락한 겁니까?"

"문자로 말했잖아요. 그쪽 얘기도 들어보겠다고."

"김순규 그놈이 뭐라고 했는데요?"

"만나서 말씀드릴게요."

"그놈이 뭐라고 했는지 모르지만, 다 사실 아닙니다. 전부 거짓이에요."

"만나서 얘기해요."

"음…… 오늘은 왜 안 나왔소?"

남자는 잔뜩 쉰 목소리로 물었다. 남준은 사나운 독사 얼굴을 한 중년 남자를 떠올렸다. 이로써 진범의 정체가 드러났다.

"제가 한가지 빼먹은 말이 있었네요."

"무슨 말이요?"

"그쪽 혼자 나오세요. 누구에게도 알리지 말고요. 오늘처럼 혹을 달고 오면 안 됩니다. 알겠어요?"

한동안 정적이 흘렀다. 상대는 끝내 대답하지 않았다.

"내일 같은 시간에 다시 뵙죠."

"내일?"

"다시 한번 말합니다. 혼자 나오세요."

"잠깐만, 내일은 낮에 일이 있어서 어렵고."

"그럼 밤에 봐요."

남준은 같은 장소에서 내일 밤 9시에 보자고 한 뒤 전화를 끊었다. 대포폰을 내려놓고 모텔 침대에 누워 생각에 잠겼다.

분명히 김순규는 진범이 '윤신'이라는 친구라고 했다. 곧이어 두 가지 추측이 떠올랐다. 첫 번째는 이 중년 남자와 김순규가 온라인에서 만나 서로를 친구로 여겼을 경우였고, 두 번째는 그가 '윤신'이라는 진범의 아버지일 수도 있다는 생각이었다.

다음 날 밤 9시, 오토바이를 타고 공원 입구에 도착한 남준은 민트색 헬멧을 쓴 채 공원으로 들어갔다.

한 손에 치킨이 담긴 하얀 봉지를 들고, 다른 쪽 손으로 스마트폰을 들어 통화하는 척했다.

공원 광장에서 조금 떨어진 곳에서 키가 큰 중년 남자를 발견했다. 남자는 벤치에 앉아 주위를 살피고 있었다. 몇 분 지나서는 잔뜩 언짢은 표정을 지으며 손목시계를 쳐다봤다.

남준은 공원 주변을 한 번 더 둘러봤다. 오늘은 불청객들이 보이지 않았다. 그렇다고 남자가 혼자 왔을 거란 생각은 하지 않았다. 어딘가에 한패가 숨어 있을 거라 여기며 더는 기웃거리지 않고 공원을 빠져나왔다.

공원 앞 도롯가에 세워둔 오토바이에 올라탄 남준은 남자가 공원에서 나오기를 기다렸다. 삼십 분쯤 지났을 때 터벅터벅 걸어 나오는 남자의 모습이 보였다.

그는 공원 근처에 있는 공영 주차장으로 들어갔고, 검정 차량에 올라탔다. 외제차 중에서도 고가에 속하는 중형 승용차였다.

남준은 한동안 그 차량을 미행했다. 차량은 중앙공원에서 이십 분 정도 떨어진 고급 아파트 단지로 들어갔다. 남준은 오토바이 방향을 틀어 아파트 단지 앞에서 속도를 줄였는데, 갑자기 튀어나온 경비원이 입구를 막는 바람에 시야에서 남자의 차량을 놓쳤다.

"치킨 배달이요. 빨리 열어줘요."

남준은 식기 전에 가야 한다고 소리쳤다. 하지만 일 분 이상 멈춰 선 뒤에야 아파트 입구를 통과할 수 있었다.

바로 지하주차장으로 내려가 검정 차를 찾았다. 오토바이를 탄 채 양쪽에 주차된 차량들을 살피는데 한쪽에서 '삑' 하며 차량 문이 닫히는 소리가 들렸다.

소리가 나는 쪽으로 가니 엘리베이터로 걸어가는 중년 남자가 눈에 들어왔다.

오토바이에서 내린 남준은 헬멧을 쓴 채로 그를 뒤쫓았다. 함께 엘리베이터에 올라탔다. 남준이 먼저 가장 꼭대기 층을 누른 뒤 한 걸음 물러섰다. 남자는 손을 뻗어 5층 버튼을 눌렀다.

금세 정지음이 울렸다. 5층에서 엘리베이터 문이 열렸고 남자가 밖으로 나갔다. 남준은 닫힘 버튼을 누르는 척 일부러 문 가까이 다가갔다. 문밖으로 집 대문 두 개가 마주하고 있는 게 보였다. 엘리베이터 문이 닫히기 전에 남자가 어느 쪽으로 향하는지 확인했다. 남자는 505호 앞에서 멈췄다.

1층으로 내려온 남준은 505호 우편함을 열었다. 남자의 이름부터 확인할 생각이었는데 우편함엔 아무것도 들어있지 않았다. 다시 지하주차장으로 내려왔고 남자의 차량 앞을 지나가며 차주 연락처를 확인했다.

지난 이틀간 연락을 주고받은 번호가 맞았다.

남준은 오토바이를 끌고 아파트 단지를 나왔다. 그간 머물렀던 모텔에서 하룻밤을 더 보낸 뒤 다음 날 아침 일찍 다시 그의 아파트로 향했다.

회색 조끼와 노트북 가방, 하얀색 안전모를 쓴 채 아파트 입구로 들어갔다.

어젯밤과 달리 경비원은 아무런 제재도 하지 않았다. '아침부터 고생이네' 하고 중얼거리는 말이 등 뒤에서 들려왔다.

남준은 남자의 집이 있는 103동으로 곧장 걸어갔다. 이른 시간에 출근하는 직장인 덕분에 금방 103동 출입문을 통과할 수 있었다. 계단으로 5층까지 올라갔고 누가 나오기 전에 얼른 가방에서 반원 모양의 실시간 카메라를 꺼냈다.

신발을 벗고 맨발로 살짝 뛰어 엘리베이터 옆 천장에 실시간 카메라를 붙였다. 카메라 신호가 잡히는 것까지 확인한 뒤 조용히 계단을 내려와 건물을 빠져나왔다.

카메라 배터리는 대략 다섯 시간 정도 사용이 가능하다. 그 시간 동안 남준은 103동 건물 입구가 보이는 벤치에 있을 생각이었다. 괜한 의심을 살 수 있으니 무릎에 노트북을 펼쳐두고 뭔가에 몰두하는 표정을 지으려 노력했다. 그 자세를 유지한 채 시선은 스마트폰 화면으로 향했다. 화면 속으로 505호 대문이 나타났다. 화질이 좋지는 않았지만, 얼굴을 인지하는 데는 무리가 없어 보였다.

오전 7시가 지나자 조용하던 아파트 단지에 활기가 감돌기 시작했다. 직장인과 청소년, 어린 학생들까지 분주하게 움직였다. 남준을 유심히 보거나 그에게 다가오는 사람은 없었다. 자리를 잡은 지 두 시간 정도 지났을 때, 505호 대문이 열렸다.

화면 속으로 독사처럼 날카롭게 생긴 중년 남자의 얼굴이 나타났다. 그는 5층에서 엘리베이터를 탔고, 잠시 후 지하주차장에서 그의 검정 차량이 나왔다. 남준은 그의 차량을 쫓지 않고 조금 더 앉아 있었다.

한 시간 정도 지나 근처의 다른 벤치로 자리를 옮겼다. 남준은 계속 노트북을 펼친 채 스마트폰 화면을 확인했다. 또다시 한 시간 정도가 흘렀을 때 화면 속에서 움직임이 포착됐다. 505호 문이 열렸고 이번엔 중년 여자의 얼굴이 드러냈다. 나이대로 보아 그 남자의 아내로 보였다. 엘리베이터를 탄 그녀는 곧이어 아파트 건물을 빠져나왔다.

중년 여성치고는 큰 체격이었다. 키가 큰 남편과 닮았다는 생각이 들다가도 인상은 전혀 다르게 느껴졌다. 매서운 눈매를 가진 남편과 달리 그녀는 동그란 안경을 쓴 포근한 인상이었다. 남준은 그녀의 얼굴을 머릿속에 담은 뒤 스마트폰으로 현재 시각을 확인했다. 오전 11시였다.

이 시간까지 그와 그의 아내만 집에서 나왔다. 자녀들은 따로 사는 모양이었다. 남준은 가족 구성부터 확인해둘 생각이었는데 그게 어려워진 지금, 남자의 아내를 뒤쫓아야 할지 잠시 고민했다. 그녀의 손에 있는 장바구니를 보곤 외출이 오래 걸릴 것 같지 않아 움직이지 않고 조금 더 505호를 지켜보기로 했다.

하지만 더는 대문이 열리지 않았다. 그의 아내 또한 금방 돌아오지 않았다.

남준은 103동 건물로 다시 들어가 5층 천장에서 카메라를 뗐다. 건물을 나와 아파트 단지 입구가 보이는 편의점으로 들어갔다. 시원한 캔커피를 하나 사서 나왔다. 이후로는 편의점 밖 테이블에 앉아 시간을 보냈다.

어떤 방법으로 남자의 집에 들어갈지, 어떻게 그의 아내에게 접근

할지 방법을 궁리하다 보니 한두 시간이 금방 지나갔다. 오후 2시가 지날 무렵, 그의 아내가 아파트 단지로 돌아왔다.

그녀는 서너 명의 중년 아주머니들과 함께 아파트 단지 입구를 통과했다. 남준의 눈길이 그녀를 거쳐 다른 여자들에게로 향했다. 혹시 모르니 그들의 얼굴도 머릿속에 담아두려 했다. 그때 뇌리에서 섬광이 번쩍이는 게 느껴졌다.

그들 중 한 사람이 낯이 익었다. 바로 떠오르지 않는 걸 보니 오래전에 담아둔 얼굴인 듯했다. 남준은 눈을 꾹 감았다. 머릿속에 쌓인 상자 중 구석에 놓인 상자 하나가 빛을 내고 있었다. 앞면에 〈엄마〉라고 새겨진 상자였다. 그 상자 속을 재빨리 뒤졌다. 잔뜩 쌓여 있는 많은 얼굴 중에 방금 본 여성이 있었다.

눈을 뜨자 어지럼증과 함께 구토감이 목구멍으로 밀려왔다. 숨을 고를 새도 없이 고개부터 돌렸다. 시야엔 아무도 들어오지 않았다. 남준은 서둘러 뛰기 시작했다.

15

11년 전, 엄마가 사라졌다.

남준이 초등학교 6학년 때였다. 여름방학이라 늦잠을 자고 일어났는데 엄마가 보이지 않았다. 항상 새벽같이 일어나 TV를 보던 할머니도 집에 없었다. 화물 운송기사였던 아빠만 정오쯤 방에서 나와 출근 준비를 했다.

남준은 아빠에게 엄마와 할머니가 어딜 갔는지 물었다. 아빠는 할머니가 몸이 안 좋아 당분간 고모 집에서 지낼 거라고 했다. 엄마는 아침 일찍 고향 친구 장례식장에 갔다고 알려주었다.

남준은 여러 번 엄마에게 전화를 걸었다. 하지만 전화는 계속 꺼져 있었다. 장례식장이라 휴대전화를 꺼둔 거겠지만 그래도 연락이 없으니 서운한 마음이 들었다. 엄마는 계속해서 연락이 닿지 않았고, 그날 밤 집에 돌아오지 않았다.

다음 날 저녁, 아빠는 경찰에 실종 신고를 했다. 그리고 이틀 뒤 경찰 두 명이 집에 찾아와 집 안 구석구석을 살펴봤다.

한 명은 아빠 또래의 늙은 아저씨였고, 다른 한 명은 그보다 열 살은 젊어 보였다. 나이 많은 경찰이 눈치를 주자 젊은 경찰이 남준을 데리고 집을 나왔다.

그는 근처 슈퍼에서 남준에게 아이스크림을 사줬다. 자신은 차가운 콜라 하나를 골랐다. 그러고는 어디서 바람 좀 쐬고 들어가자며 근처 놀이터로 가서 벤치에 앉았다. 남준은 그의 옆에 앉아 아이스크림을 먹었다.

잠시 후 젊은 경찰이 슬쩍 엄마와 아빠의 관계가 어떤지 물었다. 남준은 아이스크림이 녹아내리는 데도 쉴 새 없이 말을 내뱉었다.

남준은 엄마의 실종에 아빠가 연관돼 있을 거라고 여겼다. 매일 새벽, 일을 마치고 돌아온 아빠는 자고 있는 엄마를 깨워 신세 한탄이 섞인 욕설을 내뱉었다. 때론 욕설이 폭력으로 변하기도 했다. 욕설과 비명이 들리는 데도 할머니는 자기 방에서 나오지 않았다. 남준은 이불을 머리끝까지 뒤집어쓴 채 그 소리가 끝나기만 기다렸다.

젊은 경찰은 내내 남준의 말에 귀를 기울였다.

그런데 다음 날에도 아빠는 평소와 똑같이 일을 나갔다. 새벽에 돌아와 술을 마신 뒤 잠이 드는 것도 똑같았다. 남준은 집에 찾아왔던 경찰들이 아빠를 데려갈 거라 예상했는데 일주일이 지나도 그런 일은 벌어지지 않았다. 경찰들이 찾아왔을 때 아빠는 그들의 명함을 받았다. 그걸 기억하고 있던 남준은 그 명함을 찾기 위해 아빠 방을 뒤졌다.

방에서 찾지 못한 명함은 화장실 휴지통 안에 구겨져 있었다.

남준은 명함을 들고 무작정 경찰서로 향했다. 경찰서에서 도움을 받아 늙은 경찰을 만날 수 있었다. 늙은 경찰도 남준을 기억하는 눈치였다.

남준은 늙은 경찰에게 아빠를 왜 데려가지 않는지, 엄마가 어디 있는지 소리치듯 물었다. 늙은 경찰은 귀찮다는 얼굴로 대답했다.

"엄마가 스스로 집을 나간 거 같더라."

"그럴 리 없어요!"

"엄마에게 다른 남자가 있었던 거 같아. 그러니 더는 찾아오지 마라."

남준은 그 말을 믿을 수 없었다. 그와 더 말을 섞고 싶지도 않았다. 늙은 경찰을 노려보고 경찰서를 빠져나왔다.

돌아와 온종일 집에서 엄마를 기다렸다. 엄마가 자신을 두고 떠났다는 생각은 할 수 없었다. 반드시 돌아올 거라고 확신했다. 불쑥 엄마가 모르는 남자와 웃고 떠드는 모습이 떠오르기도 했지만, 그래도 엄마를 기다렸다.

유독 뜨겁게 느껴졌던 여름날이 계속됐다. 현관에서 아지랑이가 피어 올라오던 어느 날, 남준의 얼굴이 불에 타는 듯이 뜨거워졌다.

거울을 보니 빨갛게 달아오른 얼굴이 곧 터질 것같이 부풀어 올랐다. 얼마 안 있다 저절로 눈이 감겼다. 온몸이 녹아내리는 느낌도 들었다. 고개가 바닥으로 떨어지며 큰 통증이 머리를 뒤흔들었다. 그리고 서서히 정신을 잃었다.

다시 눈을 떴을 때, 남준은 병원의 6인용 병실에 누워 있었다. 옆에서 환자를 돌보던 아주머니가 남준을 보곤 복도를 향해 뭐라고 소리쳤다. 그런데 그 목소리가 아주 작게 들렸다. 그보다 '웅' 하며 울리는 소리가 크게 귓가에서 맴돌았다. 마치 물속에 들어가 있는 것 같았다.

병실로 들어온 간호사는 남준의 상태를 이미 알고 있는지 노트에 글을 적어 보여줬다.

〔의사 선생님이 오실 거야, 잠시만 기다려.〕

남준은 힘없이 고개를 끄덕였다. 병실로 들어온 의사는 남준의 몸 구석구석 살폈고, 마지막으로 귓구멍을 확인했다. 그러곤 작은 물건 하나를 남준의 귓구멍 속에 집어넣었다.

남준은 의사 선생님을 올려다봤다. 그가 미소를 띠며 입을 열었다.

"이제 잘 들리지?"

"네."

의사 선생님은 남준의 상태를 간단히 설명해줬다.

일주일 전, 남준은 체온이 42도까지 올라가면서 정신을 잃었다. 여름 감기가 악화돼 몸에 열경련 같은 열병이 발생했다. 그때 열을 내려주는 뇌 기능이 마비된 것으로 보이고 불가피하게 청력이 손실됐다.

확실치는 않지만 뇌와 안구에도 이상이 있는 것으로 보이니 당분간 병원에서 검사를 받아야 한다고 알렸다. 의사 선생님은 앞으로 보청기를 끼고 생활해야 한다고 덧붙였다. 그제야 남준은 자신의 귓구멍에 들어간 물건이 뭔지 깨달았다.

선생님이 병실을 나가자 다른 환자 보호자들이 남준을 쳐다봤다. 남준은 눈을 이리저리 돌렸다. 어디에도 엄마는 보이지 않았다.

그날 밤, 아빠와 할머니가 병실을 찾았다. 괜찮냐고 묻는 아빠의 목소리가 유독 낯설게 들렸다. 남준은 엄마가 돌아왔는지 물었다. 아빠와 할머니는 아무 말도 하지 않았다. 할머니는 그저 못마땅한 얼굴로 길게 혀를 찼다. 남준은 다른 할 말이 떠오르지 않았다. 그건 아빠와 할머니도 마찬가지인 듯했다.

그들은 삼십 분 남짓 머물렀다가 일어났다. 병실을 나서며 할머니는 안에 있는 모든 사람에게 들리게끔 혼잣말을 내뱉었다.

"처음부터 집안에 들이는 게 아니었는데……."

남준은 한 주 더 병실에 입원했다. 그 기간 동안 하루에 한두 번씩은 꼭 어지럼증을 느꼈다. 때론 어지럼증이 너무 심해 정신을 잃은 적도 있었다. 머릿속이 흔들릴 때마다 의사 선생님을 찾아갔다. 하지만 선생님은 고개만 갸우뚱하는 게 고작일 뿐 정확한 진단을 내리지 못했다. 그저 열병으로 머리에 무리가 갔다는 것과 청력 손실의 부작용이라는 것만 반복해서 말했다.

이후에도 어지럼증은 계속됐다. 그만큼 입원 기간도 늘어났다. 하지만 인간은 적응의 동물이란 말을 입증하듯 남준은 차츰 어지럼증에 익숙해졌다. 병원에 들어간 지 삼 주 만에 퇴원 절차를 밟았다. 퇴원 당일, 남준은 아빠 차를 타고 집으로 돌아왔다. 그 삼 주가 지나도록 엄마는 집에 돌아오지 않았다.

그날 밤, 남준은 귓구멍에 있는 보청기를 뺐다. 그제야 자신의 몸에 문제가 생겼다는 게 실감이 났다. 엄마가 사라진 지도 두 달째가 가까워지고 있었다. 자신이나 엄마나 모두 큰 문제라는 생각이 들었다. 그런데 남준의 미래엔 더 큰 문제가 도사리고 있었다. 그 문제가 드러난 건 초등학교 가을 운동회에서였다.

퇴원하고 다시 학교에 간 첫날에도 남준은 어지럼증을 느꼈다.

하지만 이전처럼 정신을 잃을 정도는 아니었다. 사람들을 피해 홀로 몇 분 정도 눈을 감고 있으면 안정을 되찾았다. 등교하고 이 주 정도 지났을 때 초등학교에서 가을 운동회가 열렸다.

운동장에 만국기가 걸렸고, 학생들은 학년별로 모여 있었다. 아이들의 부모들이 일찍부터 운동장 단상에 자리를 잡았다. 매년 가을에 열리는 운동회는 학생들과 부모가 함께하는 축제였다. 남준은 운동장 가운데 서서 단상을 바라봤다. 더는 손을 흔들어주던 엄마가 없었다.

그날 오후, 운동회 하이라이트인 학년별 이어달리기 결승전이 펼쳐졌다. 예선과 준결승은 이미 며칠 전에 치러졌고 그때 출전했던 다섯 명의 선수가 결승전에도 참가하는 거였다. 남준은 선수 명단에 포함되지 않았다. 그런데 선수 중 하나가 오전에 줄다리기에서 부상을 당해 자리가 비었다. 담임선생님은 어디에도 참여하지 않은 남준에게 그 자리로 들어와 뛰라고 했다. 남준은 잠시 고민해보곤 그러겠다고 대답했다.

총성이 울리며 6학년 이어달리기 결승이 시작됐다. 단상에 앉아 있던 부모님들이 트랙 가까이 몰려와 소리 높여 응원을 시작했다. 남준은 네 번째 주자였다. 첫 번째 주자가 운동장 반 바퀴를 돌고 두 번째 주자에게 바통을 넘겨줬다. 첫 번째 주자가 뒤처진 탓에 꼴찌로 시작한 두 번째 주자는 기를 쓰고 두 명을 추월해 중간 순위로 바통을 건넸다. 하지만 세 번째 주자는 선두와의 격차를 좁히지 못하고 되레 한 명에게 추월당하고 말았다.

남준은 심장이 쿵쾅쿵쾅 요동쳤다. 오랜만에 느껴보는 흥분이었다. 세 번째 주자가 내민 바통을 손에 쥔 그는 힘껏 다리를 굴렸다.

트랙 밖 어른들의 응원이 전부 자신을 향한 것으로 여겨졌다. 남준은 금방 한 명, 두 명, 세 명을 앞질렀고 선두로 달리던 한 명만을 남겨뒀다.

심장이 터질 것 같았지만 아랑곳하지 않았다. 보폭을 넓히며 더욱 힘을 내 내달렸다. 그런데 어느 순간부터 뒤에서 쫓아오는 발소리가 들렸다. 그 발소리는 점점 가까워지더니 곧 남준의 오른편에서 들리기 시작했다.

남준은 어떻게든 그 발소리가 앞으로 튀어 가는 걸 막아야 했다. 그래서 살짝 방향을 틀어 옆에 있는 아이를 향해 어깨를 내밀었다. 그 순간, 남준의 발이 옆에 있던 아이의 다리와 뒤엉켰고, 두 사람이 동시에 바닥을 뒹굴었다.

귀에서 '삐' 하는 기계음이 찌르듯이 울렸다. 웅성거리던 어른들의 응원이 아주 나직이 들렸다. 쓰러졌던 남준은 몸을 일으켜 앉았다. 그제야 귓속에 있던 보청기가 빠졌다는 걸 인지했다. 자신과 뒤엉켰던 아이는 바닥에 드러누워 소리치고 있었다. 한 남자가 뛰어가 발을 동동 구르는 아이를 일으켜 세웠다.

남준은 혼자서 벌떡 일어났다. 일단 보청기부터 찾아야 했다. 고개를 바짝 숙이고 바닥을 살폈다. 흙먼지가 가득해서인지 온통 뿌옇게만 보였다. 담임선생님이 다가와 뭐라고 물었지만 남준은 아무런 대답도 하지 못했다. 곧 거친 손길이 뒷덜미를 잡아챘다. 어떤 남자가 남준의 멱살을 잡고 흔들었다.

남준은 윽박지르는 남자의 얼굴을 빤히 바라봤다. 조금 전 넘어진 아이를 일으켜준 남자. 아마도 아이의 아빠인 모양이었다. 그는 제 아들이 넘어진 게 남준 탓이라고 말하는 것 같았다. 남준은 고개를 숙였다. 그리고 다시 고개를 들어 남자와 눈을 마주쳤다. 그 순간, 머릿속이 전기가 흐르는 것처럼 찌릿 울리며 뭔가가 휘날리는 게 느껴졌다. 머릿속에서 얼굴 하나가 떠올랐다. 눈앞에 있는 남자의 얼굴이었다. 그는 누군가와 통화를 하며 길을 걷고 있었다.

담임선생님이 남자를 남준에게서 겨우 떼어냈다. 어느새 주변으로 어른들이 모여 수군거리고 있었다. 남준은 모여든 어른들의 얼굴을 하나씩 살펴봤다. 머릿속에서 계속 무언가가 휘날렸다. 병원 로비에 앉아 있던 여자, 어린아이와 함께 슈퍼에 온 남자, 버스 정류장에 서 있던 할머니. 며칠 전 보았던 그들의 얼굴이 차례로 떠올랐다. 남준은 그 기억들이 왜 남아 있는지 알지 못했다. 여러 의문이 솟구치는 것과 동시에 그대로 정신을 잃었다.

양호실에서 깨어난 남준은 그날 저녁 늦게 집으로 돌아갔다. 오랫동안 집을 비웠던 할머니가 돌아와 있었다.

할머니는 별다른 말 없이 밥을 차려줬고, 남준은 식사를 마치고 방으로 들어가 머릿속에 떠오른 얼굴들을 생각했다. 담임선생님이 운동장에서 찾아준 보청기가 귓속에 있었다. 남준은 보청기를 빼고 두 눈을 감았다. 최대한 머릿속에 신경을 집중했다. 얼마 지나지 않아 명함처럼 가지런히 놓여 있는 많은 얼굴을 확인할 수 있었다.

다음 날, 남준은 학교에 가지 않았다. 대신 무작정 동네를 걸어 다녔다. 귀에서 보청기를 빼고 사람들 얼굴을 유심히 살펴봤다. 분명 모르는 사람들이었는데, 며칠 전에 본 그들의 얼굴이 하나둘씩 머릿속에 떠올랐다. 뇌리에 가지런하던 많은 얼굴이 사방으로 흩날리는 게 느껴졌다. 그동안의 어지럼증도 이것들 때문이라는 생각이 들었다. 그리고 몇 분 뒤, 이전과 비교할 수 없는 강한 통증이 머리를 뒤흔들었다.

남준은 오랜 시간이 지난 뒤에야 어쩌면 자신이 후천성 슈퍼 리코그나이저(super-recognizer), 초인식자일지 모른다는 생각을 하게 되었다. 초인식자는 언뜻 본 얼굴을 오랫동안 기억하고, 얼굴 고유의 굴곡 혹은 비율 등으로 동일인을 알아볼 수 있다고 했다. 보통 선천적으로 이런 능력을 지닌 채 태어난다는데 이 능력을 인지하고 스스로 개발하는 사람은 아주 극소수라는 것이다. 현재 초인식자에 관한 연구는 거의 이뤄지지 않은 상태다. 물론 남준도 최근에서야 자신이 이들과 비슷하다는 걸 알았다.

이런 능력을 처음 인지했던 초등학교 6학년 때는 그저 혼란스럽고 무서웠으며 머리에 큰 병이 생겼다고만 여겼다. 하지만 염려와 달리 몇 주가 지나도록 남준의 몸엔 별다른 증상이 나타나지 않았다. 여전히 이따금 어지럼증이 찾아오곤 했지만 잠시 휴식을 취하면 금방 사라지곤 했다.

언제부턴가 남준은 귀에서 보청기를 빼고 머릿속에 있는 얼굴을 살피기 시작했다. 얼굴을 모두 훑어보니 자신이 기억해야 할 얼굴은 아주 극소수였다. 대부분은 중요치 않았다. 그는 머릿속 한쪽에 커다란 휴지통을 만들었다. 상상으로 만든 가상의 휴지통이었지만 머릿속에 있는 얼굴을 지우기엔 충분했다. 그때부터 중요치 않은 얼굴을 모두 휴지통에 집어넣었다. 그렇게 얼굴을 지우며 꼭 기억해야 하는 얼굴만 남겨뒀다. 머릿속에 남겨둔 얼굴은 지역과 장소, 학교, 반 등으로 분류했다.

매일 수많은 얼굴이 머릿속으로 들어왔다. 그때마다 휴지통으로 보내는 작업과 분류 작업을 반복했다. 남준은 서서히 머릿속이 정리되는 기분이 들었다. 매일 찾아오던 어지럼증도 점차 줄어들기 시작했다. 하지만 그때까지도 이게 자신만의 특별한 능력이란 생각은 하지 못했다. 그저 언제 또 쓰러질지 모른다는 불안과 두려움을 안고 조심스러운 생활을 이어나갔다. 그러던 어느 날, 아빠가 남준에게 할 말이 있다고 불렀다.

아빠는 엄마의 고향에 다시 한번 가봐야겠다고 했다. 가서 엄마를 알거나 친했던 사람들을 만나봐야겠다고. 그러니 며칠 동안 집에 안 들어올 거라고 일러주었다. 남준은 갑자기 자신에게 생긴 이상한 능력을 떠올렸다. 이 능력이 어떻게 생겼는지는 알 수 없었지만, 이걸로 무엇을 해야 하는지는 금방 생각났다. 남준은 아빠에게 함께 가겠다고 졸랐다. 평소답지 않게 아빠는 쉽게 허락해줬다.

두 사람은 엄마의 고향인 경상남도 김해로 향했다. 그곳에서 아빠는 엄마의 과거 지인들을 만나며 어딘가에 남아 있을 엄마의 흔적을 찾았다. 남준은 아빠가 만나는 사람들을 유심히 지켜봤고, 그때 처음으로 머릿속에 상자를 만들었다. 상자 앞면에 〈엄마〉라고 새긴 뒤 엄마의 지인 얼굴을 전부 상자 속에 담았다.

조금 전, 남준이 아파트 단지 입구에서 본 중년 여자는 그때 아빠가 김해에서 만난 엄마의 지인 중 한 명이었다. 남준은 상자 속에 담긴 얼굴을 끄집어냈다. 중년 여성의 얼굴 하단에 이름도 새겨져 있었다.

'박숙희'

16

무리에서 빠져나온 박숙희가 아파트 건물로 들어가고 있었다.

남준은 전속력으로 내달렸다. 두세 걸음 앞두고 아파트 출입문이 닫혀버렸다. 곧장 주먹으로 유리문을 두드리자 그 소리에 엘리베이터로 향하던 박숙희가 몸을 돌려 문을 열어줬다.

"저 기억하시겠어요?"

출입문으로 들어온 남준이 숨을 헐떡이며 말했다.

박숙희는 멀뚱멀뚱 남준을 바라봤다.

"저희 엄마 이름이 최보영이에요. 예전에 아빠랑 김해 갔을 때 아주머니 뵀었는데. 그때 간식도 많이 주셨잖아요."

서서히 그녀의 눈이 동그래지며 입이 크게 벌어졌다.

"보영이 아들이라고?"

남준은 숨을 마저 토해낸 뒤 고개를 끄덕였다. 그때 엘리베이터가 1층에 도착했다. 박숙희는 남준의 이마에 땀이 흥건한 걸 보곤 일단 집으로 들어가자며 엘리베이터로 그를 이끌었다.

"맞네. 얼굴 기억난다. 어머나 세상에."

박숙희는 놀란 얼굴로 남준의 안전모와 조끼, 노트북 가방을 훑어봤다. 남준은 그녀가 묻기 전에 두 팔을 들어 보이며 말했다.

"방학이라서 에어컨 배달 아르바이트하고 있어요."

"대학생이구나?"

"네."

"벌써 이렇게 컸네. 근데 날 기억해?"

"그때 김해에서 뵌 분들은 다 기억해요."

"아…… 아직 엄마 소식은 없니?"

"네, 그래서 궁금한 게 많았는데, 아주머니 얼굴 보고 엄청 뛰었어요."

박숙희는 아무 말도 못 한 채 다 자란 남준을 바라보기만 했다. 마침 엘리베이터 패널에 17층 도착을 알리는 문구가 나왔다. 엘리베이터에서 내린 그녀는 스스럼없이 대문을 열었고, 두 사람은 안으로 들어갔다.

집엔 아무도 없었다. 아이 장난감이 거실에 널려 있는 걸 보니 자녀와 손주가 함께 사는 모양이었다. 박숙희는 남준을 거실에 앉힌 뒤 땀부터 닦으라며 크리넥스 몇 장을 뽑아 건넸다.

그러는 사이 부엌에서 수박과 식혜를 가져왔고, 남준의 옆에 앉아 어디 사는지, 대학교는 어디를 다니는지 같은 걸 물었다. 남준은 자연스럽게 대답했다. 이런 질문은 이전에도 받아본 적이 있어 이미 준비해둔 게 있었다. 그녀의 질문은 곧 남준의 가족에 관한 것으로 넘어갔다.

"아버지는 잘 계시니?"

"사 년 전에 돌아가셨어요."

"뭐?"

"교통사고를 당하셔서."

박숙희의 얼굴이 굳어졌다. 그녀의 눈빛에 측은함이 담겨 있었다. 금세 눈에 눈물이 맺히는 듯했다. 남준은 그런 시선이 불편해 얼른 고개를 돌리고 수박을 베어먹었다.

박숙희는 아빠의 사고에 관해 조금 더 물어봤다. 남준은 간단히 대답해준 뒤 그녀의 감정이 가라앉길 기다렸다. 얼굴에 나타난 붉은빛이 어느 정도 사그라들었을 때쯤 남준이 다시 입을 열었다.

"예전에 엄마랑 같은 동네에 사셨던 거 맞죠?"

"응, 엄마가 결혼하기 전에 김해에서 같이 일했거든."

"그때 얘기 좀 해주세요."

"그건 왜?"

"그냥 궁금한 게 좀 있어서요."

박숙희는 의아한 얼굴로 남준을 봤지만 이내 평온한 표정으로 침을 한 번 꿀꺽 삼켰다. 그러곤 두서없이 많은 이야기를 쏟아냈다.

오래전, 엄마는 박숙희가 운영하는 옷집에서 2년 정도 일을 했다. 엄마가 이십 대 초반이었을 때였고, 두 사람은 단순히 고용인과 피고용인이 아닌 사적으로도 꽤 가까운 사이였다. 그러던 어느 날, 엄마가 함께 일하던 친구와 서울로 올라가면서 옷집을 그만뒀다.

"그 이후에도 나랑 자주 연락했어. 내가 너희 엄마 결혼식도 갔고, 엄마가 고향에 내려오면 가끔 보기도 했고. 그러다 연락이 서서히 끊겼는데……."

박숙희는 경찰로부터 엄마의 실종 소식을 들었다고 했다. 이후 엄마를 알만한 사람을 수소문해 연락처를 알아내기도 했다고 덧붙였다. 오래전 아빠에게 그 연락처를 주던 모습은 남준의 기억에도 남아 있었다.

　"맞아요. 아주머니가 공책에 다 적어두셨다고 했잖아요."

　"그런 것도 기억하니?"

　"다 기억하죠. 근데 그 공책 아직 갖고 계세요?"

　"그게…… 이 집으로 이사 오면서 다 버렸어."

　박숙희는 공연히 울상이 된 얼굴로 말했다. 남준은 얼른 고개를 끄덕이고 나서 과거 운영했던 옷집 주소와 그 근처 유명한 건물 따위를 물었다.

　남준은 바로 스마트폰 지도 앱으로 박숙희가 말한 장소들을 확인했다. 지도 앱에 깃발이 빽빽이 꽂혀 있는 걸 보니 최소 두세 번 이상 다녀온 곳들로 보였다. 남준이 살짝 고개를 저은 뒤 다시 입을 열었다.

　"혹시 엄마가 유독 좋아했던 장소도 아세요?"

　"응? 무슨 말이야?"

　"예전부터 엄마가 특별히 좋아했던 장소를 찾고 있어요. 아주머니는 아시는 게 있을까 해서요."

　"보영이가 좋아했던 장소?"

　"네."

　박숙희는 왜 이런 질문을 건네는지 잠시 고민하는 표정을 지었다. 그러다 알아채기라도 한 듯 얼굴이 일그러졌다. 허공을 올려다보며 무언가를 떠올리는 눈빛이었다. 하지만 대답은 나오지 않았고,

남준에게 미안하다고 하는 게 고작이었다. 남준은 괜찮다는 뜻으로 일부러 미소를 지어 보였다.

두 사람은 잠시 대화를 멈추었다. 남준은 온종일 먹은 게 캔커피 하나뿐이라 허기진 상태였는데 달달하고 시원한 수박이 연거푸 입 안으로 들어가니 점점 더 침이 고이는 게 느껴졌다. 박숙희가 수박 조각을 하나 더 건네며 먹는 모습을 흐뭇하게 바라봤다.

남준은 수박을 말끔히 다 먹은 뒤 다시 말을 건넸다.

"혹시 엄마 사진도 갖고 계세요?"

"보영이 사진?"

박숙희는 천안으로 이사 오며 앨범도 다 버렸다고 했지만, 그래도 몇 장 있을 거라며 일어나 방으로 들어갔다. 오 분 정도 지나 작은 박스 하나를 가지고 나왔다.

박스를 열어 공과금 고지서와 은행 영수증 등을 빼냈다. 그 아래 놓인 비닐봉지 안에 포개진 수십 장의 사진이 들어있었다. 사진을 모두 꺼내 훑어봤지만, 엄마가 나온 건 달랑 네 장 정도였다. 박숙희 는 사진을 건넸다.

"이 사진 본 적 있니?"

"아니요."

남준은 사진을 손에 들고 천천히 엄마 얼굴에 초점을 맞췄다.

오래전 어느 날, 엄마가 자신을 버렸다는 원망에 집에 있던 엄마 사진을 모두 태운 적이 있었다. 머릿속에 새겨둔 엄마의 얼굴도 전 부 지웠다. 얼마 지나지 않아 후회했고 기억 속에서 다시 엄마를 찾 았다. 하지만 이상하게도 더는 엄마의 얼굴이 떠오르지 않았다.

그때 이후로 몇 번 엄마의 지인을 찾아가 사진을 구했다. 엄마의 사진을 볼 때마다 가슴속에서 뜨거운 것이 올라오며 눈물이 고였다. 이번에도 마찬가지였다. 금방 두 눈이 뜨거워졌다. 남준은 마음을 진정시키려 고개를 숙였다. 사진 속에 있는 또 다른 여성이 눈에 들어왔다.

"이분은 누구세요?"

"지인혜라고 엄마 고등학교 친구인데, 본 적 없어?"

"네."

남준은 머릿속 상자를 살폈다. 아빠가 김해에서 만난 사람 중에 이 얼굴은 없었다. 아빠와 할머니 장례식을 찾아온 엄마의 지인 중에도 보이지 않았다. 박숙희는 엄마와 함께 서울로 올라간 친구가 이 여자라고 했다. 남준은 한 번 더 사진 속 여자의 얼굴을 찬찬히 바라봤다.

"인혜랑도 오래전에 연락이 끊겨서…… 오 년 전쯤인가 서울 동대문에서 일한다고는 들었는데."

"동대문에서 무슨 일 하셨는데요?"

"옷 장사 했지. 여기저기 전화 돌려보면 찾을 수 있을 것 같은데, 연락처라도 알아볼까?"

"아니에요, 괜찮아요."

5년 전 동대문에서 옷 장사를 한 여자, 그녀를 찾는 건 보통 사람에겐 거의 불가능한 일이겠지만 남준에겐 그리 어려운 일이 아니었다.

"그 사진 전부 가져가."

"그냥 머릿속에 담아갈게요."

남준은 말 그대로 사진 속 모든 얼굴을 머릿속에 담은 뒤 자리를 마무리했다.

"시간 내주셔서 감사합니다."

인사를 건네자 박숙희는 주머니에서 지폐 몇 장을 꺼내 남준에게 건넸다. 용돈이라며 손에 쥐여주는 걸 남준은 극구 받지 않았다. 얼른 현관으로 가 신발을 신었는데, 문득 잠시 잊고 있던 일이 떠올랐다.

"아 맞다. 혹시 103동 505호에 사시는 분들 아세요?"

남준은 그 집 주소로 된 제품이 있는데 이름이 적혀 있지 않아서 배달이 어렵다고 대강 얼버무렸다.

"그 집이면 윤 사장님 집인데."

"윤 사장님이요? 성함이 어떻게 되는데요?"

"윤원종 사장님."

"뭐 하시는 분이에요?"

"천안이랑 평택에서 자동차 부품 공장을 하셔."

"그분 아들 이름도 아세요?"

"신호, 윤신호야."

"윤신호…… 네, 감사합니다."

박숙희는 남준에게 연락처를 알려주며 언제든 힘든 일이 있으면 연락을 하라고 했다. 그녀는 여전히 걱정이 가시지 않는 얼굴로 남준을 배웅했다.

1층으로 내려가는 엘리베이터 안에서 남준은 윤원종의 이름을 검색했다. 어렵지 않게 그가 운영하는 공장 이름을 확인했다. 어느 기사에 실린 그의 가족사진도 찾을 수 있었다. 그 속엔 윤원종의 아들 윤신호가 활짝 미소를 짓고 있었다.

우연히 만난 엄마의 지인 덕분에 번거로운 작업을 덜게 됐다. 웬

지 엄마가 하늘에서 지켜보다 도움을 준 것 같아 가슴 한구석이 아려오기도 했다.

〔내일 잠깐 봬요. 제가 그쪽으로 갈게요.〕

그날 밤, 남준은 정상훈과의 텔레그램 비밀 대화방에 메시지를 남겼다. 소적도에서 헤어질 때 정상훈에게 대포폰 하나를 쥐여줬다. 정상훈의 스마트폰은 꺼두기로 했고 이후 모든 연락은 그 대포폰으로 이뤄졌다.

〔진범은 찾았어?〕

답장이 돌아왔다.

남준은 질문에 대답 없이 만나자는 말만 반복했다. 일단 내일 그에게 윤원종과 윤신호에 관해 아는 것이 있는지 물을 계획이었다. 그리고 본격적인 조사에 대해서도 알려야 했다.

남준은 천안에서 하루를 더 보낸 뒤 다음 날 오전 천안종합버스 터미널에 도착했다. 목적지는 태안의 작은 마을로 유명 해수욕장과 가까운 곳이었다.

가벼운 복장과 수수한 모자, 선글라스를 끼고 남준은 태안행 시외버스에 올랐다. 변장은 자신의 모습을 숨기되 평범함을 유지하는 게 중요하다. 그래서 너무 튀지 않는 회색 계열의 옷으로 골랐고, 다소 날카로워 보이는 얼굴선을 가리기 위해 희미하게 콧수염도 그려졌다. 버스 창문에 비친 그의 얼굴은 전반적으로 부드러운 인상으로 변해 있었다.

오전 11시에 출발한 버스는 오후 1시가 조금 지나 태안 터미널에 도착했다. 터미널에서 나온 남준은 정상훈이 알려준 집 주소를 확인한 뒤 택시를 잡아탔다.

현재 정상훈이 머무는 곳은 과거 그의 조부모가 살던 집이다. 상훈은 그 집이 오랫동안 빈집이었고 친척 중에서도 아는 사람이 거의 없다고 했다. 택시는 이십 분 후 어느 주택가 사거리에서 멈췄다. 택시기사는 좁은 골목 하나를 가리키며 그쪽으로 쭉 들어가면 된다고 알려줬다. 남준은 현금을 건네고 택시에서 내렸다.

마을 주민으로 보이는 노인 두 명과 슈퍼마켓에서 나오는 서너 명의 아이가 눈에 들어왔다. 조용한 시골 동네였다.

남준은 택시기사가 알려준 좁은 골목으로 들어섰다. 양옆으로 이름 없는 단층 주택이 주욱 이어져 있었다. 다시 한번 스마트폰 지도 앱으로 정상훈이 알려준 주소를 찾았다.

두리번거리며 걷는데 맞은 편에서 걸어오는 사람이 보였다. 큰 키에 단단한 몸집을 지닌 여자였다. 그녀의 얼굴이 남준의 눈에 걸렸다. 그 순간, 머릿속 어딘가에 담겨 있는 얼굴이 휘날리는 게 느껴졌다. 남준은 바로 모자를 눌러썼다.

단발머리에 은테 안경, 그 안에 눈빛이 날카로운 여자였다. 잠시 뒤 머릿속 〈경찰〉 상자가 번쩍였다. 예상대로 그 안에서 그녀의 얼굴을 찾을 수 있었다. 얼굴에 달린 이름도 확인했다. 부산지방경찰청 미제사건수사팀장 박진희.

"저기요."

박진희가 길에 멈춰 선 남준을 향해 다가왔다.

"혹시 이 주소가 어느 집인지 아세요?"

그녀는 남준에게 메모지 한 장을 내밀었다.

남준은 슬쩍 메모지를 보곤 고개를 저었다. 가능한 한 태연하게 굴려고 했지만 그게 상대에게도 먹혔는지는 가늠하기 힘들었다. 메모지 속엔 상훈이 보낸 것과 같은 주소가 적혀 있었다.

"저도 이 동네 사람이 아니라서요."

"아, 네."

볼일이 끝났는데도 박진희는 우두커니 서 있었다. 그것도 남준의 얼굴을 빤히 쳐다보면서.

남준은 어색하게 미소를 지은 뒤 발걸음을 뗐다. 이미 등골에선 식은땀이 배어 나오고 있었다. 그런데 엎친 데 덮친 격으로 또 다른 얼굴이 눈에 들어왔다. 박진희 뒤에서 걸어오던 비쩍 마른 백발 노인이 길을 막고 서 있었다. 남준은 머리를 굴릴 필요도 없이 그가 누군지 떠올랐다. 실종아동협회 대표 황용수.

슬며시 고개를 숙이며 그를 지나쳤다. 유독 사나운 황대표의 시선이 자신의 숨통을 조이는 느낌이었다.

"저기, 잠시만요."

갑자기 들려오는 황대표의 목소리에 남준이 발걸음을 멈췄다.

"네?"

"정말 미안한데요. 그 선글라스 한 번만 벗어줄 수 있을까요?"

"왜요?"

"제가 사람을 찾고 있는데, 닮은 사람이 생각나서요. 무례한 부탁인 거 알지만…… 그래도 한 번만 부탁드립니다."

어느새 박진희도 다가와 남준의 얼굴을 같이 쳐다봤다. 남준은 심장이 터질 것만 같았다. 그저 싫다고 하고 가던 길을 가면 되는데 괜히 말을 잘못해 의심을 살까 봐 걱정이 앞섰다. 배에 힘을 주고 겨우 말을 내뱉었다.

"저는 할아버지 몰라요. 지금 찾으시는 분이 저는 아닐 거예요."

"그래도 부탁드릴게요. 잠깐이면 됩니다. 제가 너무 답답해서 그래요."

백발노인이 이번에는 정중하게 고개까지 숙였다. 옆에 있던 박진희도 부탁한다며 거들었다. 순식간에 선글라스를 벗어야만 하는 이상한 분위기가 돼버렸다.

남준은 만약 황대표가 알은척하면 나는 모른다고 잡아뗄 생각으로 천천히 선글라스를 벗었다. 그 상태로 잠시 황대표와 눈을 마주쳤다.

"됐나요?"

"네."

황대표는 다시 고개를 넙죽 숙이곤 남준을 지나쳐갔다. 박진희도 고개를 까닥이고 황대표를 뒤따랐다.

남준은 서둘러 걸음을 내디뎠다. 얼른 옆 골목으로 들어가 스마트폰을 꺼냈다.

[경찰이 왔어요.]

[문 잠그고 아무도 없는 척 숨어 있어요.]

[제가 연락할 때까지 절대 나오지 말아요.]

정상훈에게 메시지를 보내자마자 골목을 내달렸다. 하지만 얼마 못 가 발걸음이 꼬이며 앞으로 넘어졌다. 머리가 복잡해서인지 통증은 느껴지지 않았다. 남준은 바로 몸을 일으켰다. 이마에서 땀이 비 오듯 흘러내렸다. 뒤엉긴 머릿속처럼 위장도 꼬였는지 기분 나쁜 메스꺼움이 치밀었다.

17

숨어 있던 집에서 나온 상훈은 택시를 타고 태안시외버스터미널
에서 내렸다. 토요일 저녁이라 여행을 온 관광객이 많았다. 터미널
안에도 버스를 기다리는 사람들로 북적였다. 상훈은 사방으로 고개
를 돌려 남준을 찾았다. 또 어디 숨었는지 그의 모습은 보이지 않았
다. 대합실에 앉아 십 분 정도 기다리니 그제야 손안에 있던 대포폰
에서 진동이 느껴졌다.

〔천안행 8시 30분 버스로 예매하세요.〕

고탑정과의 비밀 대화방에 메시지가 도착했다. 39번과 40번 좌석
으로 사라는 그의 메시지가 이어졌다. 상훈은 창구로 가 버스표를
구매했다. 두 시간 정도 남아서 그런지 좌석은 여유가 있었다. 두 장
의 티켓을 들고 대합실로 돌아왔다. 다음 메시지는 삼십 분 뒤에나
도착했다.

〔경찰은 보이지 않네요. 나가서 식사라도 하고 오세요.〕

상훈은 대포폰을 주머니에 집어넣었다. 딱히 밥 생각은 없었다. 소적도를 다녀온 이후로 자주 식사를 건너뛰었다. 코끝에서 맴도는 피비린내에 허기보다는 구역질이 더 자주 올라왔다. 하지만 지금은 구역질보다 졸음이 밀려왔다. 밤마다 잠을 설치면서 중요한 일을 앞두고는 꼭 이렇게 눈이 감긴다. 상훈은 눈을 부릅뜨고 터미널 밖으로 나갔다.

물이나 살 생각으로 편의점에 들어갔다. 생수병으로 손을 뻗는데 졸음을 쫓는 음료가 있다는 게 떠올랐다.

경비원으로 일할 때 아파트 후문에서 담배를 피우는 학생들과 마주친 적이 있었다. 따끔히 타일러봤지만, 듣는 척도 하지 않았다. 그때 아이들이 저마다 손에 큼지막한 캔 음료를 든 게 보였다. 뭐냐고 묻자 시시덕거리며 신종 마약이라고 대답했다.

그 말에 놀라 바로 경찰에 신고했다. 나중에 알고 보니 그건 요즘 애들이 마시는 졸음을 쫓는 각성 음료였다.

상훈은 편의점 냉장고에 진열된 각성 음료를 하나 꺼냈다. 카운터로 가져가 계산을 마친 뒤 편의점 안에서 그 음료를 다 마셨다. 달달하고 새콤한 맛이 온몸으로 퍼져가더니 심장이 빨리 뛰기 시작했다. 원래 이런 건지 알 수 없었지만 어쨌든 더는 눈이 닫히지 않았다.

저녁 8시 25분, 출발 시각을 오 분 앞두고 버스에 올랐다. 토요일 마지막 버스인데도 사람은 많지 않았다. 듬성듬성 채워진 좌석을 살피며 번호를 확인했다. 39번과 40번 좌석은 우측 끝에 있었다. 맨 뒤에 다섯 자리를 제외하면 가장 뒷자리였다. 하지만 어디에도 고탐정의 모습은 보이지 않았다.

오 분 뒤 버스 문이 닫히고 버스가 움직이기 시작했다. 상훈은 급히 몸을 일으켜 세웠다. 아직 그가 오지 않았다. 뭔가 잘못된 게 아닐까 하는 불안감이 스쳤다. 서둘러 대포폰을 꺼냈다. 그런데 그때, 버스가 멈췄다.

모자와 선글라스를 쓴 남자가 버스에 뒤늦게 올랐다. 남자는 통로 끝까지 걸어와 상훈의 바로 앞 좌석에 앉았다. 다시 버스가 움직였고 상훈의 손안에서 진동이 울렸다.

〔한 시간 뒤에 아저씨 옆으로 갈게요.〕

잠시 후 버스 내부에 불이 꺼졌다. 곧이어 쌔근쌔근하며 잠든 숨소리가 들려왔다. 상훈은 의자에 몸을 기댄 채 앞사람의 뒤통수만 바라봤다. 그렇게 미동도 없이 한 시간을 보냈다. 정확히 아홉 시 삼십 분이 되자 앞사람이 슬쩍 자리에서 일어났다.

"얼른 끝내야겠어요."

고탐정이 상훈의 옆자리에 앉으며 나직이 말했다.

"경찰이 저와 아저씨 관계를 눈치챘어요."

상훈은 머릿속으로 오후에 받은 고탐정의 메시지를 떠올렸다. 그 메시지가 도착하고 몇 분 뒤, 정말로 초인종이 울렸다. 벨 소리는 오랫동안 계속됐다. 상훈은 숨죽인 채 방안에 틀어박혀 있었다. 그들이 떠났다는 고탐정의 메시지를 받고서야 몸을 일으켜 세웠다. 그래서인지 지금도 허리가 욱신거렸다.

"소적도 일 때문이요?"

"그건 아닐 테고, 아무래도 저를 쫓는 것 같아요."

고탐정의 목소리가 맥없이 들렸다. 상훈은 고개를 돌려 그의 얼굴을 살폈다. 선글라스로 눈을 가린 상태지만 잔뜩 굳은 인상이 그대로 드러났다.

"아무튼 좀 더 숨어 계세요. 그 경찰이 다시 나타날 거예요. 괜히 마주치지 말고요."

"그런데 확실히 황용수 대표님이었소?"

"네."

상훈은 경찰보다 황대표가 나선 게 마음에 걸렸다. 산전수전 다 겪은 늙은이라 나중에라도 그가 꼬치꼬치 캐물으면 속이는 게 쉽지 않을 것이다. 벌써 그런 걱정이 앞섰다. 그건 그렇고.

"진범은 찾은 거요?"

고탐정은 그제야 '아!' 하고는 주머니에서 주섬주섬 스마트폰을 꺼냈다. 상훈은 오늘따라 넋이 나가 보이는 고탐정의 모습이 영 못마땅했다.

"이 두 사람 본 적 있어요?"

고탐정이 스마트폰을 내밀었다. 얼핏 봐도 부자지간으로 보이는 닮은 얼굴이었다. 상훈은 스마트폰을 낚아채 두 얼굴을 유심히 바라봤다.

"이름이 뭐요?"

"왼쪽이 윤원종, 오른쪽이 윤신호예요."

이름을 들어도 기억나지 않았다. 입으로 이름을 되뇌어봐도 모르기는 마찬가지였다.

"아마도 윤신호가 살인을 저질렀고, 그의 아버지가 시체 처리랑 김순규의 입을 막은 것 같아요."

"이 사람들 지금 어딨어?"

상훈이 저도 모르게 목소리를 높였다. 고탐정은 살짝 고개 들어

172

버스 안을 살핀 뒤 다시 소곤거렸다.

"윤신호는 평택에 살아요. 윤원종은 천안에 있고요."

"천안?"

"네."

상훈은 윤원종이 사는 아파트와 그가 운영한다는 공장 이름까지 들었다. 어딘지 잘 아는 곳이었다. 집에서도 멀지 않았다. 몸이 파르르 떨렸다. 다시 스마트폰 화면을 바라봤다.

그간 모든 일을 접어두고 전국을 돌아다녔다. 각지에 진경이를 찾는 전단을 수만 장은 더 뿌렸을 것이다. 동사무소나 경찰서를 찾아가 전단을 게시해달라고 애원하는 게 일상이었다. 그런데 집에서 멀지 않은 곳에 이들이 있었다고 생각하니 지난 세월이 참담하게 여겨졌다. 문득 눈앞에 아내의 얼굴이 스쳐 지나갔다. 그녀의 죽음 또한 그들 짓이라는 생각이 들었다. 온몸은 축 늘어지는데 이상하게 정신은 더 말짱해졌다.

"이제 어쩔 작정이야?"

"바로 일을 시작할 거예요. 자세한 건 나중에 말씀드릴게요. 그보다 먼저 부탁드릴 게 있어요."

"뭔데?"

"내일 황용수 대표님한테 전화 한 번 해주세요."

고탐정이 더 목소리를 낮췄다.

"흥신소에서 탐정을 고용했다고 하고, 진범을 찾았다고 말하세요. 다른 건 아무것도 모른다고 하세요. 진범이 곽형철이라는 것만 흘려주시면 돼요."

"곽형철?"

"네."

"그놈은 왜?"

"경찰 관심을 잠깐 돌려놓으려고요."

"그놈은 사건과 무관하다고 여러 번 확인됐는데?"

"상관없어요."

"만약 황대표가 믿지 않으면?"

"믿든 안 믿든 당분간은 신경 쓸 거예요. 그사이에 일을 마쳐야죠."

상훈은 더 이상 묻지 않았다. 대화가 끊기며 둘 사이에 버스 소음만이 맴돌았다. 고탐정은 내일 연락하겠다는 말을 끝으로 자리에서 일어났다.

상훈은 창밖으로 보이는 자동차 불빛들을 바라보다 고개를 기울이고 물었다.

"이번엔 확실히 찾을 수 있는 거요?"

"네, 거의 다 왔어요."

천안종합버스터미널에서 나온 상훈은 괜스레 주위를 둘러봤다. 좀 전까지 눈에 보이던 고탐정이 어느새 사라지고 없었다.

천안으로 돌아온 건 보름 만이었다. 가까운 곳에 집이 있는데도 터미널 근처 모텔로 들어갔다. 아직 동네 사람들 눈에 띄어선 안 된다. 어찌 됐건 고탐정의 일이 끝날 때까지 문제를 일으키지 말아야 한다.

그날 밤 상훈은 잠들지 못한 채 천장만 바라봤다. 몸을 뒤척이며 심호흡을 해도 정신은 또렷하기만 했다. 몇 시간 전부터 눈앞에서 아른거리는 윤원종과 윤신호의 얼굴은 점점 더 선명해졌다.

어떻게 했길래 시체조차 발견되지 않는 거야?

이 물음 뒤엔 항상 무서운 상상이 휘몰아쳤다. 모든 땀구멍이 열린 것처럼 몸속으로 한기가 파고들었다. 이불을 뒤집어썼지만 싸늘한 기운은 사라지지 않았다. 결국 상훈은 한숨도 자지 못했다. 아침일찍 뜨거운 물로 반 시간 가까이 샤워를 했고 겨우 정신을 부여잡은 채 모텔을 나갔다.

버스 터미널 근처에 공중전화가 있었다. 하지만 오늘따라 전부 수리 중이었다. 그는 천안역까지 걸어갔다. 천안역 광장에 있던 두 개의 공중전화 부스는 아직 남아 있었다. 그중 한 곳으로 들어가 황용수 대표에게 전화를 걸었다.

오전 7시가 되기도 전, 이른 시간이었다. 황대표는 매일 이 시간에 한강 변을 걷는다. 일요일인 오늘도 예외는 아닐 것이다.

황대표가 전화를 받았다. 예상대로 그의 목소리 너머로 거센 바람 소리가 들렸다.

"대표님, 정상훈입니다."

"아, 자네구먼. 잠시만 기다려봐."

다시 통화가 됐을 때는 더 이상 바람 소리가 들리지 않았다. 어디 조용한 곳으로 자리를 옮긴 모양이었다.

"그래, 무슨 일이야?"

"대표님께 드릴 말씀이 있습니다."

"어떤 얘긴데?"

"진경이 사건과 관련된 겁니다."

"말해봐."

상훈은 준비한 말을 빠르게 내뱉었다. 사설탐정을 고용하게 된

계기와 그 탐정이 진범을 찾는 과정 같은. 어젯밤에 급하게 지어낸 이야기였지만 새벽 내내 고치고 다듬어서 그럴싸한 내용을 완성했다. 끝으로 진범이 곽형철이라는 걸 언급했다. 황대표는 잠시 침묵한 뒤에 반응을 보였다.

"그럼 앞으로 어쩔 셈인가?"

"곽형철을 붙잡아서 물어볼 생각입니다. 진경이를 어떻게 한 건지요."

"그렇군. 내가 도울 일은 없나?"

"없습니다. 그저 대표님께는 미리 말씀드려야 할 것 같아서 연락드렸습니다."

"그런가? 아무튼 연락 줘서 고마워."

상훈은 황대표의 통화에서 뭔가 이상한 분위기를 직감했다. 그의 반응이 평소와 달랐다. 실종사건과 관련된 작은 단서만 나와도 눈에 불을 켜고 흥분하는 사람이다. 조금 전 그의 목소리는 너무나 가라앉아 있었다.

"할 말은 끝났나?"

"네."

"그럼 내가 뭐 하나 물어봐도 되나?"

황대표의 목소리가 딱딱했다.

"어제 나와 마주쳤던 그 청년이 고탐정인가?"

"네?"

"그 청년 연락받고 집에 숨어 있었던 거 아닌가 말이야."

"아니, 그게……."

전혀 예상하지 못한 질문이었다. 상훈은 어떻게 대답해야 할지 감조차 오지 않았다. 그렇게 어물쩍거리다 자신도 모르게 긴장의 끈을 놓고 말았다.

"혹시 고탐정을 아시나요?"

"역시 그 청년이 맞구먼."

황대표는 휴, 한숨을 내쉬었다.

"당장 그만둬. 그 청년이 누구와 이런 짓을 하는지 모르지만 더는 속으면 안 돼."

"아닙니다. 그런 게 아니에요."

"뭐가 아닌데?"

"고탐정 혼자 용의자를 찾았어요. 진짜 범인도 알아냈고요. 곧 진경이도 찾을 거예요."

"그놈들이 뭐라 하건 다 자네를 속여 먹으려는 거야."

황대표는 박진희를 만났으며, 고탐정이 과거 살인사건과도 연루되었다고 알렸다.

"그 청년을 위해서라도 내가 막아야겠어."

"어쩌시려고요?"

"당장 경찰에 알려야지."

"잠시만요, 대표님."

상훈이 다급하게 목소리를 높였다.

"제가 서울로 가서 다 말씀드릴게요. 그 청년은 달라요. 승주도 그가 찾은 겁니다."

"승주라니?"

"작년에 찾은 오승주요."

"자네 지금 무슨 속셈으로 그런 말을 하는 거야?"

"제가 설명해 드리겠습니다. 그때까지 기다려주세요."

"됐어. 그만 끊어."

황대표는 전혀 믿지 않는 눈치였다. 당장이라도 경찰에 연락할 기세였다. 상훈은 어쩔 수 없이 마지막 수단을 쓰기로 했다.

"대표님이 협회 운영비 횡령한 거 저 알고 있습니다. 1억이 넘죠. 칠 년 전에 사무실을 옮길 때 그 돈으로 서울에 집을 사셨잖아요."

"갑자기 그 얘기가 왜 나와? 그건 다 설명했잖아, 잠깐 빌린 거라고."

"협회 임원들은 아직까지 모르죠? 아마 가만히 있지 않을 텐데요?"

"자네 정말 왜 이러나!"

"저는 그동안 눈감아 드렸습니다. 이번엔 대표님 차례예요. 아무 말도 하지 말고 기다려주세요."

"뭐?"

"제가 댁으로 가겠습니다. 제 말 들으시면 대표님도 생각이 바뀌실 겁니다."

결국 두 사람은 오후 1시에 황대표 집에서 만나기로 했다.

상훈은 수화기를 내려놓고 공중전화 부스에서 나왔다. 황대표 집은 예전에도 몇 번 가본 적이 있어 위치가 금방 떠올랐다. 하지만 그곳까지 갈 기운이 남아 있지 않았다. 이유도 없이 온몸 구석구석이 저릿하며 아팠다.

상훈은 인근 벤치에 앉아 눈을 감은 채 잠시 숨을 골랐다. 힘겹게 일어나 천안역으로 들어갔고 정오쯤 서울행 기차에 올랐다.

좌석에 앉자 다시 몸이 축 늘어졌다. 졸음이 밀려왔다. 두 다리도 무거웠다. 몸뚱이가 한계에 다다른 듯했다. 한 시간 후 그는 정신이 반쯤 나간 상태로 영등포역에서 내렸다. 사람들 틈에 섞여 천천히 출구로 올라갔다. 점점 숨이 차오르는 게 느껴졌다.

상훈은 긴 에스컬레이터를 타고 영등포역 광장으로 나왔다. 문득 몇 년 전에 이곳에서 전단을 나눠줬던 기억이 떠올랐다. 그때도 지금처럼 사람이 많았다. 환영처럼 떠오르는 기억을 되새기며 북적이는 인파 속으로 들어갔다. 그러다 휘적거리며 서둘러 걷던 젊은 남자와 어깨를 부딪쳤다. 내리쬐는 햇살 탓인지 갑자기 정신이 핑 돌았고 그대로 바닥에 쓰러졌다.

"괜찮으세요?"

"정신 좀 차려보세요."

웅성거리는 소리에 눈을 떴다.

자신을 둘러싸고 사람들이 모여 있었다. 모두 걱정에 찬 얼굴로 상훈을 내려다보고 있었다. 누군가는 어디론가 전화를 걸었다. 상훈은 간신히 몸을 일으켰다. 때마침 횡단보도 신호가 바뀌었다. 그는 따라붙는 시선들을 외면한 채 천근 같은 다리를 계속 움직였다.

18

벽시계 속 시곗바늘이 1시를 가리켰다. TV 화면 속에선 연예인들이 웃고 떠들고 있었는데 황용수의 표정엔 변화가 없었다. 집에 손님이 온다는 걸 듣고 그의 아내는 이십 분 전쯤 딸 집에 간다며 자리를 피해줬다.

황대표는 거실에 홀로 앉아 불편한 심기로 정상훈을 기다렸다.

그가 다시 오래전 일을 꺼낼 줄은 몰랐다. 물론 협회 돈을 쓴 건 자신의 잘못이었다. 하지만 급히 돈이 필요해 잠깐 빌린 섯뿐이었다. 그때 썼던 돈은 고스란히 메꿔뒀다. 그간 여러 번 설명했는데도 이제 와 함부로 얘기하니 화가 치밀었다. 저는 정말 그가 걱정돼 도움을 주려는 거였는데 그런 선의를 왜곡하는 것 같아 불쾌하기 그지없었다.

약속 시각이 십오 분 정도 지났을 때 대문 두드리는 노크 소리가 들렸다. 황대표가 대문을 열자 정상훈이 꾸벅 고개를 숙였다.

"늦어서 죄송합니다."

황대표는 잠시 넋을 놓고 그의 얼굴을 바라봤다. 낯빛이 어둡다 못해 시커멓다. 마치 영혼이 빠져나간 시체 같은 모습이었다. 살짝 틀어져 있던 마음이 제자리로 돌아갔는지 바로 안쓰러운 마음이 솟구쳤다.

"어서 와."

얼른 상훈을 집 안으로 들였다.

"점심은 먹었나?"

"괜찮습니다."

"나도 아직이야. 밥부터 먹지."

황대표는 그를 식탁으로 데려갔다. 식탁 위엔 장조림, 갈치구이며 이미 음식이 차려져 있었다.

"사모님은 안 계시나요?"

"나갔어. 이리 와서 앉아."

상훈을 식탁에 앉힌 뒤 황대표는 부엌에서 흰 쌀밥과 미역국을 떠 왔다.

오늘 오전에 정상훈이 온다고 알리자 아내는 하던 일을 멈추고 식사 준비에 돌입했다. 십수 년간 그녀는 주변 사람들을 자주 집으로 초대해 밥을 대접했다. 자식에게 밥을 챙겨주는 것은 엄마의 본성인데 막내아들의 부재로 아내는 그 본성을 온전히 발휘하지 못했고, 그래서인지 어떻게든 사람들을 집으로 불러들여 밥을 먹였다. 때론 초대를 거부하는 사람들과 가벼운 실랑이를 벌이기도 했다.

하지만 몇 년 전부턴 기력이 쇠했는지 사람들을 초대하는 횟수가 손에 꼽을 만큼 줄었다. 그런데도 아내가 매년 잊지 않고 챙기는 날이 있었다. 막내아들의 생일날, 삼십 년째 돌아오지 않고 있는 막내 아들의 생일날만큼은 친지나 협회 사람을 여럿 불러 다 같이 식사를 했다.

황대표는 아내가 만들어둔 미역국을 보고서야 막내아들 생일이 이틀 앞으로 다가왔다는 걸 깨달았다. 오전 내내 바쁘게 움직였던 아내는 아들 생일상에 쓸 재료로 이 모든 음식을 만들어준 거였다. 황대표는 미역국을 바라보며 상념에 젖었다가 맞은편에 앉은 상훈에게 말했다.

"어서 먹어."

"잘 먹겠습니다."

상훈은 주저하며 숟가락을 들었다가, 밥을 한술 뜨고는 며칠을 굶은 사람처럼 허겁지겁 음식을 떠넣었다. 그 모습을 보니 황대표는 오전에 통화를 하며 몰아붙인 게 이내 마음에 걸렸다.

"밥도 안 먹고 뭘 하고 다니는 거야."

나직이 내뱉고는 일어나 밥 한 공기를 더 가져왔다. 상훈의 숟가락이 다시 빨라졌다.

"천천히 먹으라니까."

"네."

황대표는 더는 말을 잇지 않고 자신도 식사를 시작했다. 미역국이 유독 진하게 느껴져서 아내에게 고마움과 미안한 마음이 동시에 올라왔다.

식사를 마친 뒤, 황대표는 상훈을 서재로 데려갔다. 서재는 창문 하나 없는 작은 방으로 집안 어느 곳보다 조용한 장소였다. 듣는 사람이 있는 것도 아닌데 왠지 그 방으로 들어가야 그가 마음을 놓고 모든 걸 털어놓을 것 같았다.

"이제 말해봐."

황대표는 시원한 매실차를 내밀며 말했다.

"그 청년과 무슨 일이 있었나?"

상훈은 차로 입안을 적셨다. 얼굴엔 아직 망설이는 기색이 역력했다.

"오늘 아침에 전화는 왜 한 거야?"

"사실은 대표님께 부탁드릴 게 있습니다."

그가 잔뜩 충혈된 눈으로 황대표를 바라봤다.

"그런데 그전에, 대표님께 다 말씀드릴게요."

그러고도 잠시 정적이 흘렀다. 황대표는 차를 마시며 그의 입이 열릴 때까지 기다렸다.

"3월 마지막 주에 오태수 씨한테서 전화가 왔었습니다."

상훈이 힘겹게 입을 뗐다. 그리고 지난 오 개월간의 일을 고스란히 쏟아냈다. 황대표는 허리를 일부러 꼿꼿하게 세우고 귀를 기울였다.

믿기지 않는다는 듯 고개를 설레설레 흔들며 상훈과 청년이 용의자를 찾는 과정을 들었다. 용의자의 자백 부분에선 숨 쉬는 걸 잊을 정도로 집중했다. 결국 용의자를 살해했다는 말엔 경악해서 소리를 지를 뻔했다. 하지만 진범이 드러났다는 소식에서는 금방 가슴이 뜨거워졌다. 분노와 의문, 경악과 환희, 다양한 감정이 몰려와 잠시 정신이 아득해졌다. 한참이나 지난 뒤에야 머릿속 회로가 다시 돌아갔고, 그 청년의 얼굴이 선명하게 떠올랐다.

"그자는 어떻게 용의자를 찾아낸 건가?"

"저도 잘 모릅니다. 단⋯⋯."

상훈은 목소리에 힘을 실어 말을 이었다.

"특별한 구석이 있는 건 확실합니다."

"그 애가 정말 진경이를 찾을 수 있다고 생각하나?"

"이번엔 찾을 수 있습니다."

황대표는 과거 그 청년과의 일을 떠올렸다. 이어서 박진희에게 들은 사건 내용을 되짚어봤다. 머릿속에 흩어진 몇 개의 조각이 맞춰졌고 그때부터 묘하게 마음이 들뜨기 시작했다. 그간 적이라고 생각됐던 고탐정이 한순간에 아군으로 여겨졌다.

"그래서 대표님께 부탁을 좀 드리려고요."

상훈의 묵직한 목소리가 이어졌다. 황대표는 그의 부탁을 끝까지 듣고 잠시 고민에 빠졌다.

'옳은 일이 아니다'와 '남은 건 이 방법뿐이다'라는 두 문장 사이를 계속 맴돌았다가 결국 천천히 고개를 끄덕였다.

"무슨 말인지 알겠군."

19

　진희가 황용수 대표의 전화를 받은 건 월요일 오전 사무실에서였다. 스마트폰을 들고 사무실을 나온 그녀는 복도를 걸으며 그의 말을 들었다.

　"정상훈을 찾았어요."

　황대표는 평소와 다름없이 차분한 목소리였다.

　"아무래도 곽형철 주변에 있는 것 같아요."

　"곽형철이 누군데요?"

　"과거 진경이 남자친구요."

　진희는 복도 끝까지 걸어가 여자 화장실로 들어갔다. 화장실 내부에 아무도 없는 걸 확인하고 다시 입을 열었다.

　"자세히 말씀해주세요."

　"어젯밤 충남지부 임원에게 연락을 받았어요. 그 임원은 곽형철이 자기 동네에 거주하는 걸 알고 있었는데, 며칠 전에 집 주변에서 정상훈과 마주쳤다고 합니다."

진희는 머릿속에 있는 정진경 양 사건 자료를 불러왔다.

피해자의 전 남자친구는 유력한 용의자로 여러 차례 거론됐다. 사건이 있기 석 달 전 피해자의 가출에도 그가 연관돼 있었다. 그는 주변 친구들 사이에서도 평판이 좋지 않았다. 하지만 이 사건과는 무관한 것으로 최종 확인됐다.

"다른 말은요?"

"누구와 함께 있거나 미심쩍은 행동은 보이지 않았다네요. 정상 훈의 모습이 그저 평소와 똑같았다고 합니다."

바로 황대표의 말이 이어졌다.

"곽형철을 한번 만나보시겠어요?"

"네, 그럴게요."

"곽형철 근무지를 알고 있어요. 문자로 보내드리죠."

"그런데 대표님."

진희가 급하게 그를 불렀다. 전화가 끊기기 전에 묻고 싶은 게 있었다.

"그 남자는 여러 차례 조사를 받은 걸로 아는데요. 정상훈 씨가 왜 지금 그 사람 근처에 있는 거죠?"

"그건 나도 모릅니다."

"뭐 마음에 걸리시는 거 없으세요?"

"네, 없습니다."

진희는 이상하게 황대표의 목소리가 이전보다 차갑게 느껴졌다. 말투 또한 달라진 듯했다. 그렇다고 노인의 목소리나 말투를 두고 따져 물을 순 없었다. 다시 곽형철에 관해 뭐라도 물으려는데 두 명의 동료 직원이 화장실로 들어왔다. 진희는 일단 통화를 마무리하기로 했다.

"제가 그 사람 한번 만나볼게요."

사무실로 돌아가는 복도에서 막 들어온 황대표의 문자 메시지를 확인했다. 대전에 있는 가전제품 판매장 주소만 달랑 적혀 있었다.

진희는 사무실 책상에 앉자마자 해당 판매장에 전화를 걸었다. 전화를 받은 여직원은 영업사원인 곽형철이 현재 출근한 상태고, 영업이 끝나는 저녁 8시 30분까지 매장에 있을 예정이라고 알렸다.

진희는 급한 업무를 처리한 뒤 오후 4시쯤 사무실을 나왔다. 무슨 일인지 묻는 팀원들에겐 사적인 용무라고만 대답했다.

팀원들의 눈빛이 싸늘한 게 느껴졌지만, 나중에 설명하기로 하고 애써 무시했다. 여전히 마음 한구석에서 누구에게도 성과를 뺏기지 않겠다는 강박이 자리 잡고 있었다.

그녀는 조금이라도 동료들 눈에 덜 띄려고 평소에 쓰지 않는 비상구 계단으로 내려갔다. 지하주차장에서 조용히 차를 끌고 나와 곧장 대전으로 향했다.

대전에 도착한 건 저녁 7시 30분이 조금 지나서였다. 고속도로보다 퇴근 시간에 걸린 시내 도로가 꽉 막혀 있었다. 오후에 통화했던 판매장 여직원은 저녁 8시까지 도착해야 여유롭게 상담을 받을 수 있다고 했다. 진희는 스마트폰으로 가장 빠른 길을 찾아 골목 몇 개를 누빈 뒤 정확히 8시 정각에 목적지에 도착했다.

평일 저녁이라 그런지 판매장 내부는 한산했다. 대여섯 명의 직원에 비해 손님은 중년 부부 한 쌍뿐이었다.

"어떤 제품 찾으세요?"

입구에 있던 젊은 남자 직원이 진희에게 다가와 물었다.

"곽형철 씨를 뵙고 싶은데요."

"이전에 상담받으신 적 있으세요?"

"네."

직원은 진희를 엘리베이터로 데려가 2층으로 안내했다.

2층에서 내리자 덩치 큰 남자 한 명이 그녀에게 다가왔다. 185cm에 100kg은 될 법한 몸집이었다. 덩치 큰 남자라면 직장에도 많았지만 눈앞의 남자는 그들보다 더 커 보였다.

"이전에 저한테 상담받으신 거 맞으시죠?"

남자는 진희를 향해 빙긋 미소를 지었다. 전체적으로 굵고 뚜렷한 이목구비 때문에 시원스러운 인상을 주는 남자였다. 진희는 그의 가슴에 달린 명찰을 확인했다. 선명하게 박힌 '곽형철'이란 이름이 눈에 들어왔다.

"그건 아니지만 여쭤보고 싶은 게 있어서요."

"일단 이쪽으로 오시겠어요."

곽형철은 환하게 웃으며 진희를 상담 테이블로 안내했다. 음료를 가져오겠다는 걸 극구 말리며 진희는 테이블 의자에 앉았다. 몸을 돌리다 만 곽형철도 얼른 진희 맞은편으로 가 앉았다.

"전에 어떤 제품 보셨죠?"

"제품 말고 다른 걸 좀 여쭤보고 싶은데요."

진희는 명함을 내밀었다. 명함을 건네받은 곽형철은 미간을 잔뜩 찌푸렸다. 조금 전 나긋하게 웃던 모습은 말끔히 사라지고 험악하게 인상을 쓴 얼굴만 남았다.

"뭐예요?"

"정진경 양 사건 때문에 왔어요."

곽형철이 눈을 치켜뜬 채 주위를 둘러봤다. 2층에 있던 직원들은 새로 들어온 손님에게 붙은 상태였다.

"또 뭐 때문인데요?"

"빨리 묻고 나갈게요."

그는 업무시간에 잡담은 위반이라며 소리 죽여 짜증을 냈다. 진희가 별다른 반응을 보이지 않자 상황을 인지했는지 빨리 얘기하라고 다그치기 시작했다.

진희는 오히려 편안한 표정을 지어 보였다. 그녀는 일부러 그의 업무시간에 맞춰 온 거였다. 주로 불편한 얘기를 끄집어내야 할 땐 상대가 조급하고 바쁜 시간대를 이용한다. 지금이 바쁜 시간대는 아니었지만 상대가 조급해하는 건 분명했다.

"최근에 정진경 씨 아버님 본 적 있어요?"

"아니요."

"마지막으로 본 건 언제예요?"

"십 년도 넘었어요."

곽형철은 2년 전 정진경 어머니 장례식장도 가지 않았다고 했다.

"그럼 최근 며칠 사이에 수상한 사람 본 적 없어요?"

"수상한 사람이요?"

"자주 눈에 띄었다거나, 이상한 연락을 받았다거나? 아니면 매장이나 집 근처에서 눈에 띄게 변장을 한 사람을 봤다던가?"

"무슨 말이에요?"

그가 가뜩이나 큰 눈을 부릅떴다.

"최근에 불법 조사원 한 명이 정진경 씨 사건을 다시 조사하고 있어요."

진희는 자세한 건 알려줄 수 없다며 그 조사원이 여러 강력사건
과 연루된 점만 언급했다.

"그 사람을 왜 나한테서 찾아요?"

"모든 사건 관계자한테 확인하는 중이에요."

"사건 관계자요? 나는 이제 다 끝났잖아요."

"아무튼 눈에 띄는 사람 있었어요? 없었어요?"

곽형철은 다시 주위를 살피곤 고개를 숙였다. 머리를 굴리는 듯
했다. 무엇보다 이 자리를 빨리 끝내고 싶어 하는 기색이었다.

"없었어요."

"좀 더 생각해봐요."

"기억 안 나요."

그는 고개를 숙인 채 태블릿 PC를 만지작거리며 중얼거렸다.

"그 사건 때문에 제가 얼마나 힘들었는지 알아요? 이제 겨우 좋
은 사람 만나서 가정도 이뤘는데 또 이상한 소문에 휩싸이고 싶지
않다고요."

이어서 그는 모른다는 말만 반복했다. 아무리 생각해도 떠오르는
사람이 없다고 했다. 진희는 조금 더 시간을 줬지만, 곽형철은 인상
만 구길 뿐이었다.

"오늘부터 주변 잘 살피고 다녀요. 손님이나 동네 사람도 유심히
보고요. 그러다 수상한 사람 보이면 바로 저한테 연락해요."

곽형철은 일그러진 얼굴로 고개를 들었다. 순간 동료 직원과 눈
이 마주쳤는지 움찔거리며 급히 허리를 폈다. 진희는 테이블에서
곽형철의 명함을 하나 가져갔다.

"나중에 궁금한 거 생기면 전화할게요."

이 말을 끝으로 자리에서 일어났다.

곽형철도 벌떡 몸을 일으켰다. 그는 억지 미소를 지으며 진희를 1
층 입구까지 배웅해줬다.

다음 날 진희는 충남지방경찰청에 방문해 정진경 양 실종사건 수
사자료를 다시 한번 살펴봤다. 무엇보다 곽형철에 대한 부분을 재
차 확인했다.

곽형철은 십 대 시절 불법 성매매를 알선한 혐의가 있었다. 하지
만 성매매 알선 혐의는 이 사건과 무관한 것으로 드러났다. 또 눈에
띈 건 그와 가까웠던 한 친구의 진술이었다. 그 진술에 따르면, 언
제부턴가 정진경이 곽형철을 두려워했다고 한다. 하지만 그 이유는
어디에도 나와 있지 않았다. 그밖에 다른 수상한 점은 발견하지 못
했다. 정상훈이 왜 다시 그를 쫓는지도 파악하기 어려웠다.

사흘 뒤 진희는 곽형철에게 전화를 걸었다.

"의심스러운 사람은요?"

"없었어요."

"매장이나 집 주변에 눈에 띄는 사람은요?"

"딱히 없었어요. 근데…… 사실 어제 한 명이 눈에 들어오긴 했는
데, 좀 이상해서."

"뭐가 이상한데요?"

"젊은 여자애라서요."

"자세히 말해봐요."

"어제 점심때 식당에서 봤는데, 퇴근하고 집에 가는 길에 또 마주쳤어요. 처음엔 그냥 같은 동네 사는 학생이라고 생각했죠. 그런데 그 애가 자꾸 쳐다보는 느낌이 들어서."

"확실히 쳐다봤어요?"

"그게 확실친 않은데, 굳이 눈에 띄는 사람을 뽑으라면 그 여자 정도라서요."

"얼굴 기억하죠?"

"모자를 써서 자세히는 못 봤지만, 얼굴이 하얗고 눈이 컸어요."

"며칠 더 살펴보고 한 번 더 마주치면 연락 줘요."

"이제 그만하면 안 돼요? 괜히 신경 쓰여서 안 되겠어요."

"며칠만 더 부탁해요."

진희는 곽형철의 말이 이어지기 전에 전화를 끊었다.

20

남준은 카페에 앉아 창밖을 보았다. 주말마다 플리마켓이 열리는 놀이터가 보였고, 그 앞을 지나는 대학생들이 눈에 들어왔다. 그들 대부분은 대학교 이름이 적힌 점퍼를 입고 있었다. 남준도 그들과 같은 점퍼를 걸친 차림이었다.

오늘 그는 챙이 긴 야구모자를 눌러썼고 얼굴에 가짜 코와 진한 쌍꺼풀 테이프를 붙였다. 그 모습으로 한 시간 전부터 카페에서 그림을 그렸다.

그가 들고 있는 스케치북 속엔 창밖에서 본 수십 명의 얼굴이 담겨 있었다. 조금이라도 수상한 행동을 하는 사람이 보이면 일단 얼굴을 그려뒀다. 하지만 정말로 의심스러운 사람은 아직 나타나지 않았다.

지난 닷새간 남준은 윤원종, 윤신호 부자를 지켜보며 그들 주변에 있는 얼굴들을 머릿속에 담았다. 그리고 어젯밤, 윤원종에게 다시 전화를 걸었다. 이번에도 음성 변조된 목소리로 '진경이 아비입니다'로 통화를 시작했다.

"이게 무슨 짓이요?"

윤원종은 곧장 지난주 일부터 따졌다.

"사람을 불러놓고 두 번이나 바람을 맞히는 경우가 어디 있소?"

"미안합니다. 몸이 안 좋아 천안까지 갈 수 없었어요."

"더는 신경 쓰지 않습니다. 뭘 어쩌려는지 모르지만 알아서 하세요."

"잠시만요."

남준의 굵은 목소리가 크게 울렸다.

"김순규가 전부 윤신호 짓이라고 했는데, 맞나요?"

"뭐요?"

"그리고 당신이 진경이를 숨겼다고 하던데요."

"아니, 그런 말도 안 되는……."

"그대로 믿어도 됩니까?"

윤원종의 말문이 막혔다. 그의 대답이 늦어졌다. 남준은 자신의 추측이 어느 정도 맞았다는 걸 직감했다.

아들 윤신호는 퀭한 눈동자와 핼쑥한 얼굴이 도드라졌는데, 전체적으로 어두운 기색의 남자였다. 그가 운영하는 평택 공장 인근 상인들에게 물으니 하나같이 그를 예민하고 괴팍한 성격의 소유자라고 했다. 나이는 서른일곱 살로 김순규와 동갑이었고, 서른 전까지 천안에서 부모와 함께 산 것도 확인했다.

"다 거짓말이라고 했잖아요. 내 아들은 상관없어요."

"정말 뻔뻔하군요."

남준이 목소리를 높였다.

"그날 모텔에서 무슨 일이 있었는지 다 들었어요. 더는 거짓말로 못 넘어갑니다!"

무거운 침묵이 흐른 뒤 스마트폰 너머로 '후' 하는 한숨 소리가 들려왔다.

"그놈 말은 사실이 아니에요."

한풀 꺾인 목소리가 들려왔다.

"내가 어떻게 해야 믿겠소?"

"전에도 말했잖아요. 당신에게 직접 그날 일을 들어야겠다고."

"다시 만나자는 거요?"

"네."

남준은 몸이 좋지 않다는 이유를 대며 서울에서 보자고 했다.

"이제 와서 경찰에 신고할 생각은 없어요. 그저 죽기 전에 진실을 알고 싶은 마음뿐입니다."

음성 변조된 남준의 목소리가 차분하게 전달됐다. 윤원종의 대답은 한참이나 지난 뒤에 돌아왔다.

"알겠습니다. 내가 그쪽으로 가죠."

남준은 약속 시각과 장소를 알려줬다. 반드시 혼자 와야 하며 누구에게도 알리지 말라고 강조했다. 둘 중 하나라도 어기면 곧장 경찰을 찾아가겠다고 으름장을 놓은 뒤 통화를 마쳤다.

정오가 가까워지자 카페에 손님이 몰려들었다. 남준은 스케치북을 가방에 넣고 천천히 눈을 움직이며 손님들 얼굴을 확인했다. 얼굴들을 훑어본 남준의 시선이 다시 창밖으로 향했다. 곧이어 창밖에 있는 한 남자가 눈에 들어왔다. 뒷모습밖에 보이지 않았지만 큰키와 둥글게 말린 어깨만으로도 윤원종인 걸 알 수 있었다.

그는 주변을 한번 둘러본 뒤 나무 그늘이 있는 놀이터 벤치로 가 앉았다.

〔놀이터에서 잠시 기다리세요.〕

남준은 윤원종에게 문자 메시지를 보냈다. 대포폰으로 발신자 표시 없이 보낸 거라 답장을 기다릴 필요는 없었다. 스마트폰을 주머니에 넣고 가방을 둘러멘 뒤 서둘러 카페를 나갔다.

바로 놀이터 인근부터 살폈다. 카페에서 보이지 않던 사각지대 주변에 누군가를 찾는 듯한 남자 서너 명이 눈에 띄었다. 남준은 그들의 얼굴을 머릿속에 담았다. 그러곤 골목을 빠져나왔다.

〔놀이터 뒷길로 나오시면 대학교 정문이 보여요.〕

〔정문으로 쭉 올라오셔서 야외 운동장으로 들어오세요.〕

〔그 운동장 단상에서 뵙겠습니다.〕

남준이 문자 메시지를 보내며 대학교 정문을 통과했다.

대학만큼 그에게 낯선 장소도 없었다. 그는 고등학교 졸업 후 바로 생업전선에 뛰어들었다. 하지만 기껏 할 수 있는 일이라곤 육체노동과 최저시급을 교환하는 것뿐이었다. 아무리 노력해도 몸 쓰는 일에 적응하기 어려웠고 일하는 사람들과 잘 지내지도 못했다. 고아에, 고졸에, 낯가림이 심한 청년은 사회 어디에서도 발붙일 곳이 없었다. 그나마 고등학생 때부터 해오던 배달 아르바이트가 익숙해 그걸로 겨우 생활비를 벌었다.

그래서 처음엔 돈 때문에 불쑥 탐정 일을 시작했다. 고탐정이란 이름으로 행하는 모든 게 불법이란 걸 알기에 단 한 번만 하고 손을 뗄 작정이었다. 그런데 일이 생각보다 수월하게 진행됐고, 의뢰인이 아이의 시체를 찾고 오열하는 모습을 보며 그간 한 번도 느끼지 못했던 편안함을 경험했다. 그 편안함이 처참하게 부서진 자신의 마음을 조금이나마 어루만져 주는 것 같았다. 그래서 몇 차례 더 이 일을 하게 됐다. 그게 4년이나 흘러 여기까지 오게 된 거였다.

오 분 정도를 걸으니 야외 운동장이 보였다. 그곳엔 축구와 농구를 하는 남학생들로 가득했다. 남준은 경기를 구경하는 학생들과 뒤섞여 운동장 벤치에 앉았다.

몇 분 뒤 윤원종이 운동장으로 걸어왔다. 그가 단상으로 올라가는 것까지 확인한 남준은 귓속에 있는 보청기 전원을 끄고 두 눈을 감았다.

지난 닷새간 지켜본 사람들, 조금 전 카페에서 본 손님들, 놀이터에 있던 미심쩍은 남자 몇 명 등 이번 조사를 위해 머릿속에 담아둔 얼굴을 모두 끄집어냈다. 다시 눈을 뜬 남준은 슬그머니 벤치를 빠져나왔다.

점심 시간대라 그런지 대학교 내부엔 학생과 교직원, 교수 등 얼굴마다 연령이 다양했다. 시선을 휙휙 돌리며 머릿속에 펼쳐둔 얼굴과 눈에 보이는 얼굴을 비교했다. 삼십 분 동안이나 눈과 머리를 바쁘게 움직였다.

눈에 걸리는 사람은 없었다. 불청객이 없다는 안도와 함께 매번 느껴지는 현기증이 밀려왔다. 남준은 비틀거리는 몸을 이끌고 벤치에 앉았다. 잠시 머리와 몸을 진정시켰다.

〔대학교 정문으로 내려오세요. 거기서 뵙죠.〕

윤원종에게 마지막 메시지를 보낸 뒤 이마에 맺힌 땀을 닦고 정문으로 내려갔다.

잠시 후 잔뜩 찌푸린 얼굴로 걸어오는 윤원종이 보였다. 남준은 십 분 정도 더 그를 지켜봤다. 그는 신경질적인 표정만 두드러질 뿐 뭔가 다른 걸 준비하는 모습은 보이지 않았다. 그제야 남준이 그에게 다가갔다.

"윤원종 씨 맞으시죠?"

"그런데요."

윤원종은 남준을 물끄러미 쳐다봤다.

"정상훈 씨가 선생님을 모시고 오라고 해서요."

"당신은 누구요?"

"심부름센터 알바생인데요."

남준은 씨익 웃으며 말을 이었다.

"다 얘기가 된 거라고 하시던데, 맞나요?"

"그 사람은 지금 어딨어요?"

"집에 계세요. 몸이 안 좋으셔서 나오지 못하신다고."

"뭐요? 여기 있는 거 아니었어?"

짜증이 묻어나는 말에 남준이 고개를 갸웃거렸다.

"무슨 말씀인지 잘 모르겠는데……."

"몸이 어떻게 안 좋은 건데요?"

"그런 건 모르고요. 그냥 집으로 모시고 오라는 얘기만 들었어요."

"씨발, 진짜."

"제 차 타시고 조금만 가면 되는데, 가실까요?"

윤원종은 마지못해 남준을 뒤따랐다.

두 사람은 도로 가장자리에 세워진 남준의 소형차에 올라탔다. 대학가를 벗어난 차는 한적한 어느 주택가에서 멈췄다.

"갖고 계신 소지품은 다 주시겠어요?"

"뭐?"

"집 주소가 노출되면 안 된다고 하셨어요. 이것도 정상훈 씨가 요청한 건데, 들으셨죠?"

윤원종의 눈초리가 매섭게 찢어졌다. 남준이 재차 정상훈의 이름을 꺼내자 그는 못마땅한 얼굴로 주머니에서 스마트폰과 지갑을 꺼냈다. 남준은 그의 스마트폰 전원부터 껐다. 이어서 뒷좌석으로 손을 뻗어 전자제품 탐지기를 가져와 그의 몸을 훑었다.

"무슨 짓이야?"

"잠시만요."

윤원종의 얼굴에 더는 못 참겠다는 불쾌한 기색이 떠올랐다.

탐지기에서 경고음은 울리지 않았다. 뒤이어 글러브 박스에서 검정 안대를 꺼내 윤원종에게 내밀었다.

"도착할 때까지 이걸 써주셔야 해요."

남준은 그저 정상훈 씨가 시키는 대로 하는 거라며 사무적인 태도로 일관했다. 얼굴이 벌게진 윤원종에게 금방 도착한다며 양해를 구하기도 했다.

윤원종은 '씨발, 뭐 하자는 거야' 하며 노골적으로 신경질을 부리면서도 결국 검정 안대를 얼굴에 썼다. 그 뒤로는 모든 걸 체념한 듯 의자에 몸을 기댔다.

"그럼 출발하겠습니다."

스피커에서 시끄러운 음악이 흘러나오며 차가 움직였다. 윤원종은 가는 내내 한마디 말없이 가만히 앉아 있었다. 대략 삼십 분 뒤 남준은 자신의 원룸 지하주차장에 차를 세웠다.

비상구 옆 공간에 차를 세우면 CCTV 카메라를 피해 바로 화물용 엘리베이터로 갈 수 있었다. 남준이 도착했다고 하곤 먼저 차에서 내렸다. 바로 조수석으로 가 윤원종의 팔을 붙잡고 차 밖으로 안내했다.

"안대는 집에 들어가서 벗으시면 돼요."

남준은 만약을 대비해 전기충격기를 손에 쥐고 있었다. 다행히 윤원종은 군말 없이 따라와 줬다. 두 사람은 화물용 엘리베이터에 올라탔다.

엘리베이터에서 내려 복도를 걸었고, 곧 원룸 문 앞에서 발걸음을 멈췄다.

도어록 전자음과 함께 문이 열렸다. 현관으로 들어서니 차가운 에어컨 바람이 얼굴에 닿았다.

"고생하셨어요. 이제 안대 벗으세요."

윤원종이 조심스럽게 안대를 벗었다. 그런데도 여전히 칠흑같이 어둡기만 했다. 아무것도 보이지 않아 손을 휘저으며 허둥댔다. 그때 남준의 손에 있던 전기충격기가 번쩍이며 파란 전류가 윤원종의 허벅지에 닿았다.

악! 소리와 동시에 그가 바닥에 털썩 쓰러졌다. 남준은 무릎으로 그를 짓누르며 현관에 준비해두었던 굵은 케이블타이로 두 손을 묶었다.

"으윽…… 이거…… 뭐야?"

"조금만 더 참아주세요."

능숙하게 굵은 밧줄로 윤원종의 몸을 둘렀다. 윤원종은 있는 힘껏 몸을 비틀며 밀어내려고 했지만, 두 손이 묶여 있어서 쉽게 일어서지 못했다. 결국 남준에게 다시 제압당했다.

"왜 이러는 거야? 그만해!"

남준은 바지 주머니에서 헝겊 뭉치를 꺼내 그의 입안에 집어넣었다. 바로 다른 쪽 주머니에서 두건을 꺼내 얼굴에 씌웠다.

나이를 고려해 전기충격기는 한 번만 사용할 계획이었다. 그런데 그의 큰 체격에서 나오는 힘이 생각보다 강했다. 이 상태로는 원하는 곳까지 끌고 가기 어려울 것 같았다. 할 수 없이 그의 허벅지에 다시 한번 전기 충격을 가했다. 푸른 불꽃이 번쩍이는 것과 동시에 윤원종이 땅에 놓인 물고기처럼 파닥거렸다.

남준은 축 처진 그를 일으켜 세워 거실로 데려갔다. 거실에는 이번 계획을 위해 설치해둔 한 평 남짓한 가정용 방음 부스가 있었다. 발을 질질 끄는 그의 몸을 부축해 부스 안으로 들어갔다.

회색 벽으로 둘러싸인 좁은 공간에 철제 의자와 쇠사슬만 놓여 있었다.

남준은 그를 철제 의자에 앉혔다. 쇠사슬로 몸과 다리를 다시 한번 묶었고, 두건을 벗긴 뒤 입안에 있는 헝겊까지 제거해줬다. 윤원종의 눈에 핏발이 잔뜩 서 있었다. 눈물까지 흥건한 눈으로 사방을 둘러봤다.

"이게 무슨 짓이냐고?"

"좀 있다가 정상훈 씨한테 연락이 올 거예요."

"그 사람 지금 어딨어?"

남준은 그의 말을 무시하고 방음 부스를 나갔다. '어디 가?', '가지 마!' 같은 외침은 부스 문이 닫히면서 사라졌다. 안에서 계속 소리 치는 것 같았지만 부스 밖은 조용하기만 했다.

부엌으로 간 남준은 시원한 생수를 마시며 숨을 돌렸다. 책상 앞에 앉아 한 시간 정도 가만히 기다렸다. 어느 탐정 소설에서 '인간은 밀폐된 공간에 갇히면 혼이 빠진다'라는 구절을 본 적이 있었다. 눈앞에 있는 방음 부스는 밀폐된 공간에 환기까지 제대로 안 되는 곳이라 곧 그의 정신이 완전히 나갈 것이라 예상했다.

〔이제 시작하자.〕

남준은 은비에게 메시지를 보내고 다시 부스로 들어갔다.

에어컨 바람이 부스 내부로 빨려 들어가며 축 늘어진 윤원종을 깨웠다. 그는 이미 땀에 흠뻑 젖어 있었다. 일그러진 얼굴 속엔 불안과 두려움이 가득 차 있었다. 남준은 간이 의자를 펼쳐 맞은편에 앉았다. 때마침 스마트폰 벨 소리가 울렸다. 스마트폰 화면에 '정상훈'이란 이름이 떴다.

남준은 윤원종에게 화면을 보인 뒤 스피커폰으로 전화를 받았다.

"윤원종 씨."

스마트폰에서 음성 변조된 목소리가 흘러나왔다. 줄곧 윤원종이 통화했던 음성과 같은 목소리 톤이었다.

"제가 묻는 말에 똑바로 대답해요."

"왜 이런……. 얼굴 보고 얘기하자고 했잖소?"

"그건 잠시 후에요."

변조된 음성은 은비의 목소리였다. 남준의 염려대로 이전보다 억양이 약하고 말끝이 흔들렸다. 혹시라도 윤원종이 목소리 변화를 감지할까 봐 불안했는데, 지금은 전화 목소리에 신경 쓸 여유가 전혀 없어 보였다. 그런데도 남준은 은비를 끌어들인 게 여전히 마음에 걸렸다.

"얘기해보세요."

"뭘 말이요?"

"김순규의 말은 사실이 아니라고 했잖아요. 그날 일 자세히 얘기해보라고요."

남준이 스마트폰을 조금 더 그의 앞으로 가져갔다. 한동안 바닥만 바라보던 윤원종이 오만상을 지으며 입을 열었다.

"오래전에 김순규가 찾아와서 돈을 요구했어요. 아들이 웬 여자애를 죽였다면서 그걸로 날 협박한 거요. 그런데 아들에게 물으니 아들은 그놈과 같이 있었던 것뿐이고, 정작 살인은 김순규 혼자 저지른 짓이었어요."

"더 자세히 얘기해봐요."

"뭘 더 얘기하라는 거요?"

"윤신호가 진경이를 모텔에서 죽였잖아!"

"아니야, 그건 정말 아니야."

윤원종의 거친 목소리가 갈라져서 나왔다.

"신호는 그놈 연락을 받고 그 모텔에 간 거예요. 그놈이 돈을 주면 여자랑 자게 해준다고 해서, 아무튼 그래서 모텔방에 들어갔는데 여자애가 술에 취해 있었고 그놈도 괜찮다고 하는 바람에 신호가 여자애를 건드린 건데."

윤원종이 눈을 질끈 감았다. 남준은 집요하게 그의 얼굴에 일어나는 변화를 살폈다.

"갑자기 여자애가 숨을 헐떡이더니 정신을 잃었다고 들었어요. 입에서 거품을 뿜었고 손발도 바들바들 떨었다고……. 나중에 알고 보니 김순규 그놈이 맥주에 수면제를 타든 거였어요. 어쨌든 그거 때문에 여자애가 죽었어요. 그놈이 살인자요."

"시체는 어떻게 했어? 당신이 숨긴 거잖아!"

"아니에요, 그때 그놈이 신호에게 여행용 가방을 가져오라고 했어요. 신호가 집에서 가방을 가져왔고, 그놈이 거기에 시체를 넣어 모텔을 나갔어요. 시체는 그놈이 숨겼어요. 그리고 며칠 뒤에 그 가방을 가져와 나한테 협박한 거예요."

윤원종은 몸을 덜덜 떨었다. 도와달라는 눈길로 남준을 바라보기도 했다. 남준은 빤히 쳐다만 볼 뿐 아무 반응도 하지 않았다. 계속해서 스마트폰 너머로 굵은 목소리가 흘러나왔다.

"다시 한번 묻습니다. 시체는 어디 있어요?"

"몰라요, 정말이에요. 신호에게 여러 번 물었는데 걔도 모른다고 했어요. 시체에 대해선 그놈이 입도 뻥끗하지 않았대요."

윤원종이 목소리를 짜내며 절절하게 말했다. 하지만 남준은 그의 말을 믿지 않았다. 당시 갓 스무 살을 넘긴 남자 혼자서 완벽하게 시체를 숨겼을 리 만무했다. 더구나 그 시체는 십육 년간 흔적조차 발견되지 않았다. 그리고 무엇보다 윤원종의 얼굴에 아직 깊은 절망이 드러나지 않았다.

남준은 헛기침을 하며 스마트폰 너머에 있는 은비에게 신호를 보냈다. 다시금 음성 변조된 굵은 목소리가 흘러나왔다.

"똑바로 대답하라고 했는데, 말을 안 들으시네요."

"정말이라고!"

"그렇다면 저도 어쩔 수 없어요."

갑자기 전화가 끊겼다. 윤원종은 벌게진 얼굴로 스마트폰과 남준을 번갈아 쳐다봤다.

"왜 끊긴 거야?"

그가 덜덜 떨리는 입을 열며 물었다. 남준이 대답할 새도 없이 스마트폰에서 벨 소리가 울렸다.

"이번엔 영상통화네요."

남준이 통화 버튼을 눌렀다. 화면 속으로 정상훈의 얼굴이 나타났다. 정상훈은 말없이 카메라를 돌려 자신이 보고 있는 풍경을 비쳤다.

어리둥절하던 윤원종의 눈이 갑자기 휘둥그레졌다. 입을 헤 벌린 채 화면을 뚫어지게 쳐다봤다. 화면 속으로 아이들 대여섯이 보였다. 아이들 속에는 윤원종의 손녀이자 윤신호의 딸인 윤지원이 포함돼 있었다.

지난 닷새 동안 남준은 아이의 동선도 낱낱이 확인했다. 초등학교 3학년인 그의 손녀는 매일 학교를 마치고 아파트 단지 놀이터에서 뛰어놀았다. 이 영상은 이틀 전 남준과 정상훈이 미리 촬영해 둔 거였다. 그때 촬영한 영상을 은비가 살짝 손봐서 진짜 영상통화 화면처럼 보이도록 했다. 소스라치게 놀라는 윤원종의 얼굴을 보니 그도 정말 실시간 화면으로 믿는 듯했다.

"뭘 어쩌려는 거야?"

스마트폰에선 어떠한 대답도 돌아오지 않았다. 몇 분 뒤 화면 속에 있는 아이 중 서너 명이 엄마 손에 이끌려 놀이터를 나갔다. 이제 놀이터에 남은 건 손녀와 다른 여자아이 한 명뿐이었다.

"뭘 하려는 거냐고!"

윤원종이 하얗게 질린 얼굴로 물었다.

"경찰에 신고할 생각은 없다고 했잖아요. 그냥 이걸로 다 끝내려고 합니다."

이번엔 음성 변조가 아닌 정상훈의 본래 목소리가 흘러나왔다. 곧이어 화면이 돌아가며 정상훈이 쥐고 있는 큰 망치가 보였다.

"안 돼!"

윤원종의 입에서 절박하게 외치는 소리가 튀어나왔다.

화면 속 정상훈이 자리에서 일어나 놀이터로 다가갔다. 남준은 윤원종의 얼굴을 보며 적당한 때를 기다렸다.

이틀 전, 정상훈은 그 아이가 누군지 모른 채 그저 남준이 시키는 대로 움직였다. 그때 촬영한 영상은 곧 끝난다. 정상훈은 그저 놀이터를 지나갈 뿐이다.

화면 속 정상훈이 아이와 가까워질 때쯤, 남준이 다급한 목소리로 소리쳤다.

"빨리 사실대로 말해요. 저 아이는 살려야죠."

"다 말할게. 그만해! 그만!"

윤원종이 발악하듯 소리쳤다. 갑자기 영상통화가 끊어졌고, 윤원종의 눈에서 눈물이 쏟아져 나왔다.

"으악!"

일 분 정도가 지났을 때, 다시 벨 소리가 울렸다. 남준이 얼른 전화를 받자 음성 변조된 목소리가 흘러나왔다.

"아이가 옆에 있어요. 이게 마지막 기횝니다. 진경이를 어떻게 했어요?"

윤원종은 으허헉, 괴성을 터트리고는 훌쩍거리며 순순히 입을 열었다. 그로부터 오 분간 자백이 이어졌다. 그 말은 고스란히 남준의 스마트폰에 저장됐다.

"죄송합니다. 정말 죄송합니다."

윤원종이 껵껵 흐느끼며 말을 마쳤다. 남준은 한순간도 놓치지 않고 그의 얼굴 변화를 확인했다. 더는 거짓으로 느껴지지 않았다. 그렇게 사건의 진실이 드러났다고 생각했다.

남준은 크게 헛기침을 두 번 하며 은비에게 또 다른 신호를 보냈다.

"윤원종 씨, 정확히 나흘 줄게요. 그 안에 경찰에 자수해요. 김순규나 윤신호는 언급하지 말고, 전부 당신이 한 짓이라고 얘기하세요."

"네?"

"괜히 쓸데없는 말을 덧붙이면 당신뿐 아니라 당신 아들까지 살인자가 될 줄 알아! 당신이 전부 뒤집어쓰고 자백하라고!"

"알겠습니다. 그렇게 할게요."

"나와의 일도 기억에서 지워요. 만에 하나 이 일이 경찰 귀에 들어간다면 당신 아들과 손녀까지 무사하지 못할 겁니다."

"네, 네……."

전화가 끊어졌다. 숨 막히게 아슬아슬한 통화가 끝났다. 윤원종은 거의 탈진한 듯 고개를 떨궜다. 얼굴엔 땀과 눈물이 범벅되어 흐르고 있었다.

남준은 부스에서 나왔다. 냉장고에서 생수병을 꺼내 부스로 돌아갔다. 윤원종의 몸에서 쇠사슬과 밧줄을 풀어준 뒤 생수를 건넸다.

그는 단숨에 병을 비웠지만 혼미해진 정신을 추스르지 못한 채 다시 고개를 푹 숙였다. 남준은 그의 팔목을 다시 결박했다. 얼굴에 안대까지 씌운 뒤 그를 이끌고 원룸을 나갔다.

두 사람은 지하주차장으로 내려가 차에 올라탔다. 주차장에서 나온 차는 대략 삼십 분 정도 떨어진 사람이 없는 어느 골목에서 멈췄다. 그곳에서 남준은 윤원종의 눈과 팔목을 풀어줬다. 아까 빼둔 그의 지갑은 주머니에 넣어뒀지만, 스마트폰은 돌려주지 않았다.

차에서 내린 윤원종은 마치 물속에서 허우적대는 사람처럼 휘청거리며 걸어갔다.

골목을 빠져나온 남준은 길가에 대충 주차하고 차에서 내렸다. 그 즉시 골목으로 돌아가 몸을 숨긴 채 윤원종을 지켜봤다.

윤원종은 시멘트 계단에 주저앉아 있었다. 누군가에게 연락을 취하거나 남준의 원룸을 찾는 행동은 보이지 않았다. 그저 허공을 바라보다 서럽게 울음을 터뜨렸다. 눈물을 쏟아낸 뒤에도 자리를 뜨지 못했다. 남준은 못마땅한 듯 혀를 차며 혼잣말을 내뱉었다.

"누가 보면 피해자인 줄 알겠네."

21

전원을 켜자 문자 메시지가 쏟아지듯 도착했다. 한 달 만에 스마트폰을 켜는 거였다. 그간 상훈은 고탐정이 준 대포폰만 사용해왔는데 몇 분 전 이런 메시지를 받았다.

〔끝났어요. 범인이 자수할 거예요. 경찰에서 연락 올 거니까 스마트폰 켜둬요.〕

고탐정은 경찰의 연락을 받은 후 마지막으로 한 번 더 만나자고 했다. 그때 모든 걸 알려주겠다고 했고, 잔금을 준비해두라는 말도 덧붙였다.

상훈은 쌓여 있는 문자 메시지를 내버려 둔 채 부동산에 전화를 걸었다.

부동산 최사장이 전화를 받았다. 한 동네에서 오래 봐온 그에게 지금 내놓은 집을 급매로 전환하겠다고 알렸다. 시세의 60%로 팔겠다고 하자 최사장이 놀란 목소리로 무슨 일인지 물었다. 상훈은 이번에도 건강 핑계를 대고 서둘러 통화를 마쳤다.

그로부터 이틀 뒤 집을 사겠다는 사람이 나타났다. 자동차 공업소를 운영하는 김 씨였다. 그도 한 동네에서 자주 본 사람이었다. 계약은 빠르게 진행됐다. 그의 배려로 집 안에 있는 물건은 며칠 있다 빼기로 했다.

"얼마 전에 여자 경찰이 찾아와 아버님에 관해서 물었는데요. 혹시 무슨 일 있으세요?"

부동산에서 계약을 마치자 최사장이 슬쩍 말을 걸어왔다.

"일은 무슨, 또 진경이 일 때문에 왔겠지. 빌어먹을 놈들."

"그 경찰이 아버님 보면 연락 달라고 하던데요."

"나중에 내가 해볼게. 그러니 오늘 나 봤다는 말은 하지 마쇼. 그리고 김 씨한테도 얘기 좀 해줘. 당분간은 집 계약한 거 비밀로 해달라고."

"알겠어요. 근데 몸은 괜찮으세요? 얼굴이 너무 안 좋으신데."

"괜찮아. 신경 쓰지 마."

상훈은 최사장과의 대화를 마치고 부동산을 나왔다. 고탐정의 말대로 경찰이 언제 어디서 나타날지 모른다. 괜히 경찰에 휘말려선 안 된다. 일이 끝날 때까지 조심할 필요가 있다. 그는 곧장 태안으로 돌아갔다.

고탐정의 메시지를 받고 사흘 만에 돈을 마련했다. 하지만 아직 경찰에선 연락이 없었다. 상훈은 다음 날 아침에도 꼼짝하지 않고 벨 소리가 울리기를 기다렸다. 그게 오래전 아내와 온종일 전화만 기다릴 때와 비슷해 문득 예전 일이 떠올랐다.

그때는 스마트폰이 아닌 집 전화기였다. 아내와 전화기만 바라보다 벨이 울리면 서로 달려가 수화기를 들었다. 전화는 대부분 경찰이나 친지들에게서 걸려온 거였다. 통화 중에 딸의 연락이 올까 봐 어떻게든 서둘러 전화를 끊고 다시 전화기를 바라봤다.

그 당시에는 아이를 찾는 게 이렇게나 길어질 줄 몰랐다. 어쨌든 이제 곧 끝난다고 생각하니 여러 생각이 휘몰아쳤다. 기뻐해야 하나? 아니면 이제야 끝났다고 화를 내야 하나? 이런 생각을 반복하며 하루를 보냈다. 그리고 다음 날 정오를 지날 때쯤, 스마트폰에서 벨이 울렸다.

상훈은 화면에 뜬 전화번호를 확인했다. 041로 시작하는 충남에서 걸려온 전화였다. 갑자기 요동치는 가슴을 부여잡고 통화 버튼을 눌렀다.

"안녕하세요, 아버님."

걸걸한 남자 목소리가 들려왔다. 남자는 충남지방경찰청 강력계장 '류오성'이라고 자신을 소개했다.

"팔 년 전에 아버님 댁에 한 번 갔었는데, 기억하세요?"

상훈은 잠시 떠올려봤지만 기억나지 않았다.

"죄송합니다. 기억이 잘……."

"오래되긴 했죠. 저희가 오늘 다시 좀 찾아뵐까 하는데, 괜찮을까요?"

남자는 상훈에게 가능한 시간과 아직 그 집에 사는지를 이어서 물었다.

"시간은 다 괜찮아요. 집은 다른 곳으로 이사했고요. 그런데 무슨 일입니까?"

"따님 사건과 관련해서 여쭤볼 게 있습니다. 나머지는 만나 뵙고 설명해 드릴게요."

"진경이를 찾았습니까?"

"네?"

"진경이를 찾기라도 했냐고요?"

"일단 뵙고 말씀드릴게요. 지금 어디세요?"

"올 필요 없습니다. 내가 갈게요. 경찰청이라고 했죠?"

상훈은 남자가 말릴 새도 없이 당장 출발하겠다며 전화를 끊었다. 곧장 대포폰을 꺼내 비밀 대화방에 메시지를 남겼다.

[방금 경찰 연락을 받았어.]

한 시간 만에 충남지방경찰청 입구에 도착했다. 차를 막는 경찰관에게 '류오성'이란 이름을 대자 몇 초 뒤 큼지막한 차단기가 올라갔다.

상훈은 입구를 통과해 주차장에 차를 세웠다. 차에서 내려 본관 건물로 걸어가는데 멀리서부터 뛰어오는 젊은 남자 한 명이 눈에 들어왔다. 그가 대뜸 상훈 앞에 멈춰 서더니 말을 건넸다.

"안녕하세요. 계장님이 모시고 오라고 했습니다. 이쪽으로 가시죠."

상훈은 그를 뒤따라 본관으로 들어갔다.

2층 형사과 사무실은 주로 남자들로 분주했다. 그들 사이로 깔끔한 셔츠 차림의 중년 남자가 상훈에게 다가왔다. 자신을 류오성이라고 소개했는데, 얼굴에 미소를 띠고 있었다. 가느다란 눈매와 오뚝한 코, 고지식하면서도 성실한 인상의 남자였다. 그제야 상훈은 예전에 집까지 찾아와 아내에게 집요하게 묻던 한 형사가 떠올랐다.

"얼굴 보니까 기억나시죠?"

"네, 오랜만입니다."

류오성은 상훈을 접견실로 데려갔다. 두 사람은 작은 테이블에 마주 앉았고, 곧이어 상훈을 안내했던 젊은 남자가 들어와 시원한 녹차를 내려놓고 다시 나갔다.

"어디 편찮으신 데 있으세요?"

류오성이 상훈의 얼굴을 빤히 쳐다봤다. 상훈은 '그런 거 없어요' 대답하곤 곧바로 한 시간 전 통화 때와 같은 질문을 건넸다.

"진경이를 찾은 겁니까? 그래서 연락한 거요?"

"아버님 일단 진정하시고요."

류오성은 자신의 노트북을 만지며 잠시 뜸을 들인 뒤 천천히 입을 열었다.

"어제 천안에서 사체 한 구를 발견했습니다. 워낙 오래된 사체라 신원 확인에는 시간이 좀 걸릴 것 같긴 한데."

상훈은 류오성의 눈을 빤히 바라봤다. 진지한 그의 눈빛이 천안에서 발견된 시체가 진경이라고 말해주고 있었다.

"어떻게 된 겁니까?"

"어떤 남자가 자수를 했어요. 자신이 정진경 양을 살해했다고 주장하고 있고요."

이미 예상했던 말이었다. 마음에 별다른 동요는 일어나지 않았다. 상훈은 무덤덤하게 류오성을 쳐다봤다.

류오성은 상훈의 안색을 살피며 조심스럽게 지난 이틀간의 일을 언급했다.

이틀 전, 한 남자가 경찰청에 찾아왔다. 남자는 16년 전에 살인을 저질렀고 이제라도 용서를 구하기 위해서 자백한다고 알렸다. 부하 직원의 보고를 받은 류오성은 직접 남자의 진술을 얻어냈다.

2003년 7월 27일 자정이 넘은 시각이었다. 회식을 마친 남자가 차를 몰고 귀가하다가 외진 데서 젊은 여성을 들이받았다. 여성의 머리에 피가 흥건했다. 아무리 흔들어도 움직이지 않았다. 음주운전에 교통사고까지 발생한 상황이었다. 남자는 여성을 트렁크에 싣고 무작정 도망쳤다. 그렇게 허둥대던 사이에 그녀의 숨이 멎었다.

고민 끝에 남자는 시체를 숨기기로 마음먹었다. 즉시 자신이 운영하는 공장으로 향했고, 당시 공사 중이던 공장 재래식 화장실에 시체를 매장했다. 오랜 세월 시도 때도 없이 갈라지는 시멘트를 수십 번 덧칠하며 그간 범행을 숨겨왔다.

"어제 그 남자가 진술한 장소에 찾아갔었습니다. 공장 건물은 현재 창고로 사용되고 있었고, 야외에 있던 재래식 화장실은 오래전부터 폐쇄된 상태였어요."

화장실로 들어선 순간, 류오성은 소름 끼치는 냄새를 감지했다며 말을 이었다.

"이후 경찰과 협력 업체가 신속하게 움직였습니다. 여러 겹으로 메워진 화장실 벽면을 수거했는데 거기서 백골 사체 한 구가 나왔어요. 그리고 사체와 함께 이게 발견됐습니다."

류오성은 노트북으로 사진 한 장을 보여줬다.

상훈은 화면을 바라봤다. 검게 녹슨 작은 물건이었다. 알파벳 JK 모양의 목걸이. 아내가 진경이의 인상착의를 말할 때 빼먹지 않고 언급했던 것이다.

"예전에 어머님께서 당시 유행했던 목걸이라고 하셨는데, 기억하세요?"

"네."

"이게 맞을까요?"

"맞아요."

류오성은 고개를 끄덕인 뒤 내일쯤 용의자 자백과 관련된 기사가 나올 거라고 했다. 하지만 유전자 검사 결과가 나오기 전까지는 피해자 신원이 언급되지 않을 거라고 강조해서 말했다.

"일단 유전자 검사 결과가 나올 때까지 기다려주세요. 결과가 나오면 다시 연락드리겠습니다."

"네."

상훈은 그렇게만 대답했을 뿐 다른 말은 하지 않았다.

류오성은 피해자 아버지의 무덤덤한 반응이 걸렸는지 살짝 고개를 갸웃거리며 응시했다.

"괜찮으신 거죠?"

"뭐가요?"

"크게 놀라시면 어쩌나 했는데, 오히려 너무 담담하셔서."

"그게 왜요?"

상훈은 괜히 가슴이 철렁해 자신도 모르게 목소리를 높였다.

"간혹 쓰러지는 분들도 계셔서요. 아무튼 다음 주면 유전자 검사 결과가 나올 겁니다. 그때까지만 기다려주세요."

"알겠습니다. 그런데."

"네, 말씀하세요."

"이번에도 경찰은 한 게 없는 거 아닙니까? 그 남자가 자백을 안 했으면 결국 진경이를 못 찾았을 거 아니요?"

"아직 피해자 신원이 확실한 게 아닙니다. 더 조사를 해봐야 할 것도 있고요."

류오성이 멋쩍은 표정으로 말을 이었다.

"그래서 말인데 제가 다시 연락드릴 때까지 오늘 말씀드린 것들은 다른 곳에 알리지 말아 주세요."

"그러죠. 그리고 하나 더."

상훈은 뒤늦게 끓어오르는 감정을 짓누르며 말했다.

"제가 그 범인 얼굴 좀 볼 수 있습니까?"

잠시 고민하더니 류오성이 노트북 화면을 상훈 쪽으로 돌려줬다.

"혹시 이 사람 본 적 있으세요?"

상훈은 화면 속에 나타난 얼굴을 확인했다. 고탐정이 사진으로 보여줬던 윤원종이었다.

"아니요."

그런데 화면 속엔 윤원종 혼자였다. 그제야 지금껏 류오성이 언급한 용의자가 윤원종이었고, 윤신호에 대해선 전혀 언급이 없었다는 걸 깨달았다. 분명히 김순규가 죽기 전에 자신의 친구가 진경이를 죽였다고 했다. 그런데 왜 그놈은 보이지 않는 건가?

"왜 그러세요?"

류오성이 예리한 눈으로 상훈을 쳐다봤다.

"아무것도 아닙니다."

"뭐 생각나신 거라도 있으세요?"

"아니요."

상훈은 말을 잇지 않았고 그대로 대화를 마무리했다.

접견실을 나와 류오성은 1층 로비까지 상훈을 배웅해줬다.

주차장에서 차를 끌고 나온 상훈은 서둘러 경찰청을 벗어났다. 잠시 후 아무도 보이지 않는 길가에 차를 세운 뒤 운전석 밑에 숨겨둔 대포폰을 꺼냈다.

〔오늘 밤에 봅시다. 돈은 준비했어요.〕

바로 고탐정의 답장이 돌아왔다.

〔네, 제가 그쪽으로 갈게요.〕

그날 밤, 집에서 가까운 바닷가를 걸었다. 8월 마지막 주라 관광객은 많지 않았다. 주변 상점도 거의 불이 꺼져 있었다. 상훈은 잔잔하게 부딪치는 파도 소리를 들으며 한동안 생각에 잠겼다.

2003년 7월 26일 토요일, 진경이가 집을 나갔다. 지나가던 택시기사가 김순규와 진경이를 본 것은 2003년 7월 27일 일요일 밤이었다.

그 뒤론 진경이를 봤다는 사람이 나타나지 않았다. 진경이는 어딘가에서 토요일 밤을 보낸 뒤 다음날 김순규를 만났다. 그리고 그날 김순규와 윤신호에게 살해됐다. 그 두 놈이 진범이다. 오늘 경찰에게 들은 교통사고는 사실이 아니다. 윤원종은 아들의 범행을 숨기기 위해 거짓 자백을 했을 것이다. 김순규는 죽었고 윤원종은 경찰에 검거됐다. 하지만 아직 윤신호가 남았다.

상훈은 바닷가에서 삼십 분 정도 더 머문 뒤 집으로 돌아갔다. 열쇠로 대문을 열고 안으로 들어가자 어둠 속에서 인기척이 느껴졌다. 손을 뻗어 거실 등을 켜니 고탐정이 바닥에 앉아있었다.

"쫓아오는 사람은 없었죠?"

고탐정은 두 개의 스마트폰을 한꺼번에 바라보고 있었다. 두 개의 스마트폰 화면 속엔 집으로 향하는 양쪽 골목 입구가 보였다.

"없었어요."

"그럼 바로 시작해요."

상훈은 방으로 들어가 4월에 작성한 계약서 원본과 현금이 담긴 종이가방을 가져왔다. 고탐정에게 건네자 그도 자신의 가방에서 상훈의 사진 앨범이며 아내 일기 같은 자료들을 꺼냈다.

고탐정은 두 개의 계약서부터 찢었다. 그리고 상훈의 대포폰을 챙겨 주머니에 넣었다. 그 뒤에 종이 가방 속 현금 뭉치를 확인했다. 현금 뭉치 중 절반 정도만 꺼내 자신의 가방에 담았고, 나머지는 상훈에게 다시 돌려줬다.

"이건 따님 장례비용으로 쓰세요."

상훈은 종이 가방을 물끄러미 쳐다봤다. 오랜 세월 미뤄뒀던 딸의 장례식을 떠올리니 정말 끝이라는 게 실감이 났다. 점점 심장 박동이 빨라졌다. 상훈은 종이 가방을 옆으로 밀어놓고 고탐정의 얼굴을 바라봤다.

"이제 말해봐요."

"일단 이것부터 들어보세요."

고탐정은 스마트폰과 연결된 이어폰을 상훈에게 내밀었다.

상훈은 이어폰을 양쪽 귀에 꽂았다. 음성 변조된 목소리와 숨을 헐떡이는 남자의 괴성이 들렸다. 귓속으로 들어오는 모든 음성에 귀를 기울였고, 잠시 후 정신이 멍해진 상태로 이어폰을 빼냈다. 고탐정은 그날의 일을 다시 한번 정리해줬다.

2003년 7월 27일 일요일 밤.

김순규는 버디를 통해 진경이의 연락을 받았다. 두 사람은 조건 만남을 하기로 했고, 밤 11시경 천안 중앙공원에서 만나 모텔로 들어갔다. 이후 김순규는 자신이 사 온 맥주에 다량의 수면제를 탔다. 그걸 마신 진경이는 정신을 잃었다. 뒤늦게 윤신호가 합류했고 두 사람은 차례로 진경이를 성폭행했다. 그 과정에서 진경이의 호흡에 문제가 생겼다. 몇 분 뒤 진경이가 거품을 뿜어내며 정신을 잃었다.

상훈은 고탐정의 말을 하나도 놓치지 않고 들었다.

고탐정은 계속해서 말을 이어 갔다.

그로부터 한 시간 뒤, 윤원종은 아들 윤신호의 전화를 받았다. 윤신호의 울먹이는 목소리에 놀라 곧장 모텔로 달려갔다. 방안에는 술병이 나뒹굴고 있었고, 진경이는 화장실로 옮겨진 상태였다.

윤원종은 먼저 쪼그려 앉은 윤신호와 김순규에게 자초지종을 물었다. 그리고 진경이의 상태를 확인했다. 윤신호의 말대로 진경이의 심장이 뛰지 않았다. 이미 턱관절을 시작으로 몸이 굳고 있었다.

윤원종은 자신이 가져온 여행용 가방에 진경이의 시체를 싣고 모텔방을 나왔다. 그 뒷얘기는 상훈이 경찰청에서 들은 것과 동일했다.

"어쨌든 진짜 살인범은 김순규가 맞아요. 그놈이 탄 수면제 때문에 문제가 생긴 거예요. 시체를 숨긴 건 윤원종이고요."

고탐정이 상훈과 눈을 마주하며 말했다.

"진범과 공범 모두 처리한 셈이에요."

"윤신호는?"

"그놈은 내버려 둬요."

"내버려 두다니?"

"그래야 윤원종의 입을 막을 수 있어요."

"무슨 소리야!"

상훈의 고성이 집 안 가득 울렸다.

"김순규를 죽였잖아요. 아쉽지만 그거면 됐어요. 더는 안 돼요. 까딱 잘못하면 그 일이 다 드러날 거예요. 따님 장례식도 치러야 할 거 아니에요!"

상훈은 고탐정을 노려보며 입 밖으로 나오려는 말을 꾹 삼켰다. 어쨌든 고탐정은 진경이를 찾아줬다. 그걸로 그가 할 일은 끝났다. 더는 그의 도움이 필요하지 않았다.

"앞으로 눈에 띄는 행동하지 마요. 경찰이 찾아오면 아무것도 모른다고 잡아떼고요."

고탐정의 냉랭한 말이 이어졌다. 상훈은 건성으로 고개를 끄덕였다. 그 밖에 여러 당부가 고탐정의 입에서 나왔지만 어떤 말도 상훈의 귀에 들어오지 않았다. 머릿속은 온통 윤신호 생각뿐이었다.

다음 날, 윤원종의 거짓 범행이 인터넷 기사들을 통해 세상에 드러났다. 상훈은 그 기사로 윤신호의 공장과 거주지를 확인할 수 있었다.

그날 저녁부터 상훈은 윤신호가 사는 아파트와 그가 운영하는 공장 주변을 맴돌았다. 공장은 가동을 멈춘 상태였고, 그의 가족들은 외출을 자제하는지 밖으로 나오지 않았다. 윤신호도 보이지 않았다.

윤신호가 모습을 드러낸 건 기사가 나오고 나흘째 되던 밤이었

다. 모자를 눌러쓴 그가 집 근처 술집으로 들어갔다. 상훈은 인근에
서 그를 지켜봤다. 키는 자신보다 컸지만 깡마른 몸을 보니 충분히
승산이 있어 보였다.

두 시간 정도 지나 윤신호는 술집 앞에서 지인과 헤어졌다. 상훈
은 멀리서 그를 뒤쫓았다.

윤신호는 상가를 삥 돌아 아파트 단지 후문으로 들어갔다.

멀찌감치 떨어져 걷던 상훈이 점점 걷는 속도를 높였다. 그와의
거리가 급격히 좁아졌다. 이제 서너 걸음이면 그를 붙잡을 수 있었
다. 걸으면서 가슴팍에 숨겨둔 과도를 꺼냈다. 칼집을 벗기고 조금
더 가까이 다가갔다. 그 순간, 윤신호가 고개를 돌렸다.

윤신호는 눈을 치켜떴다. 술을 마신 탓에 동작이 굼떴고 다리는
머뭇거리고 있었다. 상훈은 얼른 그의 팔을 붙잡았다. 벗어나려는
그를 끌어당기며 최대한 가까이 붙었다. 손에 쥔 칼을 윤신호의 목
덜미로 가져갔다. 한 번 경험이 있어서 그런지 칼을 뻗는 것에 망설
임이나 거부감 같은 게 들지 않았다. 윤신호가 몸을 흔들며 발버둥
쳤지만, 칼끝은 점점 더 그의 목에 가까워졌다. 상훈은 이제 정말 끝
이라고 중얼거렸다.

얼마 남지 않았다.

칼날이 목에 닿았다.

그때 누군가 상훈의 몸을 끌어당겼다. 상훈은 고개를 돌렸다. 머
리가 희끗희끗한 아파트 경비원이 보였다.

"도와줘요!"

경비원의 외치는 소리가 아파트 단지 내로 울려 퍼졌다. 다급해
진 상훈은 경비원을 뿌리쳤고 윤신호의 목이 아닌 복부에 칼을 꽂

왔다.

다 끝났다.

그렇게 생각했는데, 한 걸음 떨어져 있는 윤신호가 눈에 들어왔다. 상훈의 시선이 정면으로 향했는데…… 눈앞에 경비원이 있었다.

상훈이 뿌리친 건 윤신호였고, 칼은 경비원에게 꽂혀 있었다.

경비원이 털썩 주저앉았다. 그는 자신의 배에 꽂힌 칼을 보며 신음을 토해냈다.

조금 전까지 옆에 있던 윤신호는 뒷걸음질 치며 상훈과 멀어졌다. 맞은편에선 이미 여러 명의 남자가 달려오고 있었다.

상훈이 고개를 숙여 경비원을 보았다. 땅바닥에 쓰러져 고통스러워하는 경비원이 마치 자신의 모습처럼 느껴졌다. 겁에 질린 채 의식을 잃어가는 그의 모습에 상훈도 몸이 부르르 떨리며 정신이 희미해졌다.

잠시 후, 눈을 떠보니 바닥에 엎어져 있었다. 상훈은 서너 명의 남자에게 제압된 상태였다. 주변으로 사람들이 웅성거리는 소리가 들려왔다. 멀리서 울리던 사이렌 소리도 점점 가까워졌다. 길고 길었던 사건이 이렇게 끝난다고 생각하니 후련하기보다 한심한 기분이 들었다.

22

계속해서 통화음만 이어질 뿐 전화는 연결되지 않았다. 진희는 스마트폰을 내려놓고 02로 시작하는 협회 사무소로 전화를 걸었다. 긴 통화음 끝에 젊은 여직원과 연결되었다.

여직원은 황대표가 휴가 중이라고 알렸다. 급한 일이라고 하자 그녀는 진희의 이름과 직장을 두세 번 더 확인한 뒤 황대표의 집 전화번호를 알려줬다.

진희는 바로 황대표 집으로 전화를 걸었다. 전화는 그의 아내가 받았다.

"아침에 등산 가셨어요."

"등산이요? 왜 갑자기?"

"지인들이랑 미리 약속하셨던 건데요."

하필 오늘 사무실을 비우고 등산을 갔다. 미리 약속된 거라는 데도 괜히 수상한 생각이 들었다. 그때 잔뜩 상기된 목소리가 들려왔다.

"무슨 일이세요?"

진희는 아차 싶었다. 황대표의 아내 또한 평생 경찰의 전화를 기다려온 사람일 텐데. 괜한 오해를 피하기 위해 얼른 전화를 건 목적을 알렸다. 어젯밤 정상훈이라는 협회 회원이 경찰에 체포됐다. 그래서 황대표에게 물어볼 게 있다고 말했다.

"상훈 씨가 왜요?"

스마트폰 너머로 놀란 목소리가 튀어나왔다. 그녀도 정상훈을 아는 눈치였고, 순간적으로 진희의 사고회로가 빠르게 돌아갔다. 진희는 '이런 방법은 지양해야 하는데'라고 되새기면서 날카로운 목소리를 내뱉었다.

"그건 알아보는 중이에요. 그보다 최근에 대표님이 정상훈 씨를 만났잖아요. 그게 언제였죠?"

"지난 일요일이었어요. 아, 아니 그게요…….''

그녀의 말꼬리가 흔들렸다. 당황하며 쩔쩔매는 걸 보니 황대표가 단단히 입단속을 해둔 모양이었다. 진희는 더 몰아붙이지 않고 그녀에게 탈출구를 열어줬다.

"황대표님에게 말씀 좀 전해주세요. 제가 전화 기다리고 있다고요."

그녀는 기어드는 목소리로 알겠다며 전화를 끊었다. 진희는 스마트폰을 내려놓고 그때부터 황대표의 연락을 기다렸다.

그의 연락은 세 시간 뒤에나 도착했다. 오후 다섯 시쯤이었고, 팀원 모두 자리를 비운 터라 사무실엔 진희 혼자뿐이었다.

"미안합니다. 종일 산에 있어서 전화가 어려웠어요."

황대표는 방금 산에서 내려와 식당에 도착했다고 알렸다.

"무슨 일이죠?"

"정상훈 씨 소식은 들으셨어요?"

"어젯밤에 김재혁 형사한테 들었어요."

"천안에서 발견된 시체도 알고 계시고요?"

그것도 김재혁에게 들었다고 했다. 황대표는 묻는 말에만 짧게 대답하고 바로 입을 닫아버렸다. 며칠 전 진희와 함께 고탐정을 쫓을 때와는 확연히 달라진 태도였다.

"일요일에 정상훈 씨는 어떻게 만나신 거예요?"

"집사람이 헷갈렸다고 하더군요. 다른 사람이었어요. 요즘 나이가 들어서 그런지 손주 이름도 깜박깜박합니다."

"그래요? 그런데 대표님, 제가 충남지부를 찾아가 봤는데요. 그분들은 정상훈 씨와 곽형철 씨 일에 관해 아무것도 모르고 계시던데, 어떻게 된 거죠?"

"그건 예전 임원한테 들은 거예요. 지금은 젊은 사람들로 다 바뀐 상태라…… 제가 전에 그 말을 안 했었나요?"

황대표의 말에 흔들림이 없었다.

"그런 말씀은 안 하셨어요. 어쨌든 그날 대표님 말씀 듣고 곽형철 씨를 만났어요. 그 이후에 몇 번 통화도 했고요. 그런데 그사이에 정상훈 씨에게 많은 일이 있었더라고요."

진희는 충남지방경찰청에 있는 가까운 후배를 통해 정상훈의 지난 이 주간 이동 동선을 확인했다. 그리고 그제야 자신이 속았다는 걸 눈치챘다.

"무슨 말인지 모르겠네요. 저 때문에 고생하셨다면 죄송합니다."

그의 목소리는 여전히 차분했다. 말투가 다급해지는 건 오히려

진희 쪽이었다.

"왜 갑자기 정상훈 씨를 돕기로 하신 거예요?"

"돕다니요?"

"일요일 날 무슨 얘길 들으신 건데요?"

"아니라고 했잖아요."

"천안에서 발견된 시체가 정진경 양이 맞다고 해도 끝나는 게 아니에요. 정확히 어떤 일이 있었는지 알아내야죠."

"범인이 자수했다고 들었습니다. 이제 다 밝혀지겠죠."

"제가 정상훈 씨 진술 내용을 확인했는데요, 고탐정에 관한 언급이 전혀 없었어요. 계속 감출 수 없다는 거 아시잖아요."

"이제 그만하시죠."

여전히 황대표의 목소리에 동요가 없었다. 진희는 준비해둔 카드를 꺼냈다.

"전에 말씀해주신 송진옥 씨요. 어디 계신지 찾았어요."

"뭐? 정말이요?"

"삼 년 전에 사채를 쓰셨더라고요. 그 기록 덕분에 여기저기 알아볼 수 있었고요."

"삼 년 전?"

"네, 그때 송진옥 씨는 고탐정이랑 계약한 게 맞아요."

"지금 어디 있습니까?"

"강원도 쪽 정신병원에 계세요."

스마트폰 너머로 대답 대신 짧은 탄식이 들려왔다.

"이틀 전에 강원도에 있는 한 노숙인 복지센터에서 송진옥 씨 병원 입원 기록을 확인했어요."

진희는 병원 이름과 위치를 상세히 알려주고 서둘러 말을 이었다.

"이 년 전쯤 노숙인 복지센터 직원이 송진옥 씨 몸에 있는 자해 흔적을 발견했대요. 그 흔적이 점점 많아져서 정신병원 입원 절차가 진행됐고요. 어쨌든 송진옥 씨도 고탐정에게 속은 거라고요. 지금이라도 그놈을 잡아야죠. 대표님, 제가 다른 분들에게 피해가 안 가도록 할게요. 그러니 지난 일요일에 들으신 거 말씀해주세요."

"그런 말 말아요. 만나지 않았다니까!"

언성을 높이던 황대표가 갑자기 기침을 터트렸다. 뒤이어 누군가가 그를 부르는 소리가 들렸다. 진희는 더 이상 몰아붙이기 어렵겠다고 판단했다.

"이제 들어가 봐야겠소. 나중에 다시 얘기합시다."

"알겠습니다. 다시 연락 드릴게요."

진희는 통화를 마치곤 허탈감에 긴 한숨을 내쉬었다. 팀원들은 아직 돌아오지 않았다. 사무실 내부는 아무 일 없었다는 듯 조용하기만 했다. 그 적막이 진희의 마음을 더 조급하게 만들었다.

퇴근 후 진희는 차가운 아메리카노를 손에 들고 차에 올랐다. 막 주차장을 나와 도로에 접어들 때 남편에게서 카카오톡 메시지가 도착했다. 작년부터 낚시에 빠진 남편은 금요일만 되면 친구들과 밤 낚시를 떠났다. 오늘도 어김없이 집을 비운다는 메시지였다.

그는 매번 같이 가자고 했지만, 진희는 이런저런 핑계를 대며 거절했다. 매일 범인을 낚을 궁리만 해서 그런지 물고기까지 신경 쓸 여유가 없었다.

금요일 저녁 시간이라 차가 꽉 막혔다. 잠시 운전대에서 손을 떼고 아들에게 메시지를 보냈다. 오늘도 늦게 들어오는지 물었는데 평소보다 일찍 답장이 돌아왔다. 아들은 할 얘기가 있다며 학원을 마치면 바로 들어가겠다고 했다.

진희는 집에서 조용히 시간을 보낼 생각이었고 늦게까지 사건 자료를 검토하기 위해 커피까지 사 왔다. 그런데도 빨리 들어오겠다는 아들의 답장이 꽤나 반갑게 느껴졌다.

그녀는 8시가 조금 지나서 집에 도착했다. 식사는 구내식당에서 하고 온 터라 바로 방으로 향했다. 가방에서 열쇠를 꺼내 잠긴 방문을 열었다. 안으로 들어서는 순간, 묘한 위화감이 감지됐다. 의자가 책상 깊숙이 들어가 있는 게 눈에 들어왔다.

의자는 항상 살짝 빼두는데…… 머릿속으로 어젯밤 아들의 메시지가 떠올랐다. 몇 시에 들어오냐고 꼬치꼬치 물어서 진희는 자정 이후에 들어갈 거라고 답장을 보냈었다.

자식이라곤 아들 하나뿐이었다. 올해 고등학교 1학년인 찬성은 슬슬 입시 준비를 해야 할 나이인데 공부보다 쓸데없는 데 관심이 많았다. 대표적인 게 진희가 맡은 사건들이었다. 찬성이 이런 강력 범죄 사건들에 관심을 갖게 된 건 진희 때문이었다.

어릴 적부터 바쁜 엄마와 소통이 부족했던 아이는 사춘기에 접어들며 과격한 말과 행동으로 쌓인 불만을 표출했다. 당황한 진희는 그제야 아이와 대화를 시도했다. 입을 닫은 아들의 관심을 끌기 위해 꺼낸 화제가 그녀가 맡았던 사건들이었다.

아이는 범죄 사건들에 호기심을 보이며 궁금한 것들을 묻기 시작했다. 어느새 찬성은 엄마가 하는 일에 자부심을 느꼈고, 엄마를 이해하려고 노력했다. 서먹하던 둘의 관계는 공통의 화제 덕에 여느 엄마와 아들처럼 가까워졌다. 하지만 그때 그런 식으로 아들과 가까워진 게 진희는 종종 후회스러울 때가 있었다.

올해 초 진희가 미제사건수사팀으로 발령 나자 찬성은 인터넷을 뒤져 부산지역 미제사건을 빠삭하게 조사했다. 자기 나름의 추리를 제시하기도 했지만 진희의 눈엔 어린애 장난 정도로밖에 보이지 않았다. 이런 아들 때문에 진희는 집에 사건 자료를 가져오지 않았다. 어쩌다 가져와야 할 때는 자료를 방에 두고 방문을 잠갔다. 그런데 그 또한 안전하지 않다는 게 방금 드러났다. 찬성이 어떻게 들어왔는지는 알 수 없지만, 어젯밤에 방에 들어온 건 확실했다.

진희는 얼른 고개를 돌렸다. 시선이 책상 옆 화이트보드로 향했다.

2000년 양주 박혜수 양 실종사건. 2006년 부산 서미연 양 살인사건. 2012년 홍천 오승주 군 실종사건. 2003년 천안 정진경 양 실종사건.

화이트보드에 네 개의 사건 전단이 자석으로 고정돼 있었다. 전단 옆으로 '고탐정'이라는 큰 글씨도 보였다. 진희는 고개를 절레절레 흔들며 의자에 앉았다.

팀원들에게도 알리지 않은 걸 아들에게 고스란히 들켰다. 아들이 입을 나불대기 전에 막아야 한다. 하지만 하지 말라고 하면 더하는 애다. 오늘은 바로 들어온다고 했으니 올 때까지 기다리는 게 낫다고 여겼다.

한 시간 뒤 9시쯤 도어록이 풀리는 소리와 함께 대문이 열렸다. 찬성은 평소 11시 전후에 들어왔으니 여느 때와 비교하면 정말 빠른 귀가였다.

"엄마 집에 있어?"

찬성이 집 안으로 뛰어 들어왔다. 등에 멘 가방을 벗지도 않고 진희의 방으로 들어와 바닥에 주저앉았다.

"너 어제 여기 어떻게 들어왔어?"

의자에 앉은 채로 진희가 찬성을 내려보며 물었다. 방안에 있던 사건 자료는 전부 치운 상태였다.

"만능열쇠라고 인터넷에서 파는 거 있는데, 그게 진짜 되더라고."

"그거 범죄인 거 몰라? 당장 가져와."

"알겠어. 근데 그게 중요한 게 아니야. 내가 알아냈어! 대박 사건이야."

"웬 호들갑이야?"

"엄마가 화이트보드에 붙여둔 사건들, 그 네 사건의 공통점을 찾았어."

찬성의 얼굴에 진지한 기색이 스쳤다.

"오늘 종일 검색해서 알아낸 거야."

진희는 손바닥으로 찬성의 머리를 내리쳤다.

"너 여기저기 떠벌리고 다닌 건 아니지?"

"떠벌리긴 누가 떠벌려. 안 그런다니까."

"됐으니까 나가. 아니, 그 열쇠부터 가져와."

"진짜 공통점을 찾았어. 엄마는 절대 알 수 없는 거야."

"이게 진짜."

이전에도 몇 번 이런 적이 있었다. 그때마다 진희는 일부러 궁금한 척 찬성의 말에 귀 기울여줬다. 하지만 오늘은 맞장구쳐주고 싶지 않아 그만하고 나가라고 소리쳤다. 그런데 찬성이 더 끈질기게 들러붙었다.

"일단 들어봐."

찬성은 가방에서 태블릿 PC를 꺼냈다.

"그 네 사건 모두 이 프로그램에 나왔어."

태블릿 PC 화면 속에 '공개수배 추적 25시' 소개글이 나왔다. 2008년부터 2014년까지 시즌별로 방영된 TV 프로그램이었다.

주로 미제사건과 실종사건을 다뤘고 마지막 시즌엔 강력사건과 성범죄도 조명했다. 부산에서 발생한 강도 사건이 소개될 때 진희의 인터뷰가 나온 적이 있어서 당시 어린 나이였던 찬성에게도 친숙한 방송이었다.

"전체 방영 목록 보면 그 네 사건이 나와 있어."

찬성이 태블릿 PC를 진희에게 내밀었다. 진희는 프로그램 회차별 해당 사건 목록을 훑어본 뒤 입을 열었다.

"겨우 이거 가지고 그 난리야?"

"아니. 이건 대박 사건이 아니지."

찬성은 거들먹거리며 다시 태블릿 PC를 만졌다.

"이건 진짜 나밖에 못 찾는 거야. 형사들도 절대 못 찾을걸."

"화내기 전에 그만하고 나가."

"엄마가 지금 찾고 있는 게 고탐정 아니야?"

진희는 대답하지 않았다. 슬쩍 팔짱을 끼며 찬성을 노려봤다.

찬성은 진희의 얼굴을 능청스레 살핀 뒤 입가에 미소를 띠곤 태블릿 PC를 건넸다.

"이거 봐봐"

진희는 태블릿 PC를 가져왔다. 화면 속엔 '탐정의 이중생활'이라는 굵은 글씨가 적혀있었다.

"이게 뭐야?"

"올해부터 연재되고 있는 웹툰인데."

"웹툰?"

"응. K라는 탐정이 미제사건을 밝히고 실종자를 찾는 내용이야."

진희가 미간을 몇 번 주무르고 찬성을 바라봤다.

"작품소개를 보면 공개수배 추적 25시 프로그램을 참고했다고 적혀 있는데, 희한하게 이 웹툰 속에서 그 네 사건이 차례로 나와. 사건 내용을 조금 바꾸긴 했지만 분명히 그 사건들이야."

진희는 가방에서 은테 안경을 빼 쓰고 다시 화면을 바라봤다. 제목 옆으로 '은비'라는 작가명이 적혀 있었다.

"이 사람 유명한 작가야?"

"아니 별로. 이게 두 번째 작품이야. 데뷔작이 여자애들한테 인기가 있었는데, 이 작품은 나같이 추리물 좋아하는 애들만 봐주는 정도."

찬성의 입꼬리가 다시 올라갔다.

"엄마가 찾는 고탐정이 여기 나오는 K가 아닐까? 분명히 이 작가랑 관련이 있을걸."

"내가 한번 볼게. 너는 쓸데없는 소리 말고 잠자코 있어."

"알겠어. 보고 얘기해줘."

찬성이 회심의 미소를 지으며 방을 나갔다. 진희는 방문부터 잠갔다. 이후 꼼짝하지 않고 태블릿 PC를 살펴봤다.

화면 속 페이지를 휙휙 넘기며 1화부터 가장 최근에 나온 33화까지 한 번에 훑어봤다. 다음엔 처음부터 다시 보기 시작했다. 두 번째

볼 땐 책상 위에 사건 자료를 펼쳐놓고 그 네 사건과 비교하며 읽었다. 항상 빗나가던 아들의 추리가 이번엔 들어맞는 듯했다.

웹툰 속 K는 젊은 남자 탐정이다. 어릴 적 사고로 얻게 된 특별한 기억력으로 모든 몽타주를 머릿속에 담은 채 숨어 있는 용의자를 찾아내는 인물이다. 보통 추리소설 속 탐정은 의뢰인의 요청으로 조사를 시작하지만, K는 자신이 먼저 피해자 유족에게 접근해 조사를 제안한다. 유족이 제안을 수용하면 그때부터 본격적인 조사가 이뤄진다.

그의 조사 방법은 대략 이렇다. 먼저 용의자 주변을 탐문하고 진범이 맞다는 확신이 들면 범인을 붙잡아 자백을 얻어낸다. 그의 조사는 세상에 알려지지 않은 채 비밀스럽게 진행된다. 유족들은 경찰이 아닌 그를 통해 사건의 진실을 알게 된다. 전반적으로 K는 경찰이 할 수 없는 걸 대신하는 의로운 무법자로 그려졌다.

찬성의 말대로 10화부터 그 네 사건이 차례로 나왔다. 웹툰 속 사건은 진희가 펼쳐둔 자료 내용과 상당히 유사했다. 하지만 진희의 눈길을 끈 건 웹툰 내용 중 사건 자료 속에 없는 부분들이었다. 장기 실종사건 용의자로부터 자백을 얻어내는 부분, 살인사건 피해자 유족 앞에서 용의자를 살해하는 부분, 어느 시골 주택에 감금된 실종아동을 발견하는 부분 그리고……

지난 한 달간 연재된 내용에서 K는 오래전 실종사건의 용의자를 쫓는다. 어느 작은 섬에서 용의자를 찾은 뒤 그를 붙잡아 실종된 여고생의 마지막 행적을 묻는다. 용의자의 입을 열기 위해 피해자 아버지도 합류한다. K의 협박과 피해자 아버지의 설득 끝에 용의자는 자신의 범행을 실토한다. 그런데 그다음 에피소드에서 충격적인 일이 벌어진다. 피해자 아버지가 참았던 분노를 삭이지 못하고 용의자를 살해한다.

K가 아닌 피해자 아버지가 용의자를 죽였다.

피가 낭자한 웹툰 그림들이 단순히 만화가 아니라 실제 상황을 그대로 옮겨온 것처럼 사실적으로 보였다. 다시 이 부분을 볼 때 진희는 등골에 수십 개의 벌레가 지나가는 듯한 소름을 느꼈다.

그녀는 태블릿 PC를 손에 쥔 채 생각에 잠겼다. 웹툰 속 K는 진짜 용의자를 찾았다. 하지만 현실에선 불가능하다. 그나마 가장 가능성이 있는 건, 고탐정이 자신의 거짓 능력을 피해자 부모들의 머릿속에 각인시키는 거였다. 절망에 빠진 그들을 찾아가 거짓 능력을 선보이고 구원의 손길을 내밀었을 것이다. 마치 사이비 종교 교주처럼.

고탐정에게 현혹된 정상훈이 용의자로 착각한 누군가를 죽였다. 그 사실을 알게 된 황대표는 입을 닫아버렸다. 서미숙의 말대로 서창수도 복수를 감행했다. 하지만 그가 죽인 이도 용의자가 아닐 것이다. 정신병원에 있는 송진옥과 점점 핼쑥해지는 오태수도 비슷한 상황이었을 거다. 그리고 그 일 이후 모두가 불안과 죄책감에 휩싸여 세상과의 단절을 선택했다. 그렇게 생각하면 어느 정도 말이 된다.

뒤이어 몇 가지 가정이 더 떠올랐지만, 진희는 고개를 흔들며 전부 떨쳐냈다. 증명되지 않은 가정은 허상일 뿐이다.

태블릿 PC를 책상에 내려놓고 노트북 전원을 켰다. 인터넷에서 '은비'란 이름을 검색하자 여러 분야에서 활동 중인 많은 여성이 나왔다. 하지만 웹툰 작가인 그녀의 정보는 어디에도 없었다. 몇 시간을 더 뒤

져봐도 나오지 않았다. 그녀에 대한 의심이 점점 짙어져 갔다.

새벽 1시가 넘은 시각, 한창 신경이 예민해져 있을 때 스마트폰 벨 소리가 울렸다.

다시 한번 웹툰과 사건 자료를 비교하던 진희는 남편일 거란 생각에 무심하게 고개를 돌렸다. 그런데 의외의 이름이 눈에 들어왔다.

"팀장님, 아직 소식 못 들으셨죠?"

충남지방경찰청에 있는 후배였다.

"무슨 소식?"

그는 지난주 천안에서 발견된 백골 사체에 관한 소식이라고 했다.

"유전자 검사 결과가 나왔는데, 정진경 양이 아니라고 합니다."

23

시끄럽게 코 고는 소리와 창을 두드리는 빗소리가 뒤섞였다.

상훈은 벌써 몇 시간째 몸을 웅크린 채 잠들지 못했다. 입에선 나직한 탄식이 연이어 나왔다.

대체 어떻게 된 거야?

지난주 금요일, 도주 우려가 있다는 이유로 상훈의 구속 수사가 결정됐다. 기소 후 구치소로 이감된 상훈은 조용히 지난 주말을 보냈다. 그리고 이틀 전인 월요일에 변호사로부터 유전자 검사 결과를 들었다. 천안에서 발견된 백골 사체와 상훈의 유전자를 대조했는데 친자가 아닌 것으로 확인됐다.

진경이의 치과 기록으로 개인식별도 이뤄졌다. 그 결과, 최종적으로 진경이가 아닌 타인으로 밝혀졌다. 상훈은 커다란 둔기로 머리를 얻어맞은 기분이었다.

"무슨 수작이야? 그럼 그 시체는 뭐냐고?"

상훈이 흥분해서 소리치자 변호사는 가만히 고개를 저었다. 경찰이 실종자 데이터베이스에 등록된 DNA와 대조 작업을 벌이는 중이라고만 대답했다. 아직 신원 확인은 이뤄지지 않았다.

그날 이후 상훈은 뜬눈으로 밤을 지새웠다. 잠시 얼얼했던 머리와 달리 가슴은 수시로 저려왔다. 매일 밤 누워 있는 것 말고는 할수 있는 게 아무것도 없었다. 오늘 밤도 마찬가지였다.

다음 날 오후, 점심 식사를 마친 상훈은 변호사가 왔다는 소식에 접견실로 향했다. 교도관의 손에서 벗어나 변호인 접견실로 들어가니 먼저 와 있는 하유정 변호사가 눈에 들어왔다. 국선 변호사인 그녀는 키가 크고 근육이 탄탄하게 붙은 삼십 대 여성이었다. 튀어나온 광대와 각진 턱뼈가 매번 강인한 인상을 주었다. 오늘도 무뚝뚝한 표정을 하고 있었다.

"밥은 입에 맞으세요?"

하유정은 상훈의 얼굴이 전보다 수척해졌다고 했다.

"먹을 만해요. 그보다 그 사람하고는 연락이 됐습니까?"

"아니요. 연락이 안 돼서 확인해봤더니, 아이디가 삭제된 상태예요."

상훈은 지난 접견 때 하유정에게 고탐정의 텔레그램 아이디를 알려줬다. 누구냐고 물어서 이름은 말하지 않고 고씨라고, 사촌이라고만 대답했다. 고씨에게 유전자 검사 결과를 전해달라고 부탁했는데 그녀의 대답을 보니 실패한 모양이었다.

"말씀해주신 대로 오태수 씨한테도 연락해봤는데요. 그분도 고씨와는 연락이 닿지 않는다고 하네요."

"그렇군요."

상훈은 절로 고개가 숙어졌다. 어떻게든 고탐정에게 유전자 검사 결과를 알려야 했다. 어디서부터 잘못된 건지 그의 확인이 필요했다. 그런데 지금 와서 생각해보니 그의 이름조차 알지 못했다.

그와 연락이 닿지 않는다는 막막함과 그의 말을 듣지 않고 함부로 움직였다는 후회가 번갈아 떠올랐다. 마음속으로 거듭 자책하는데 맞은편에서도 싸늘한 목소리가 나왔다.

"박인춘 씨가 위독하다고 합니다."

상훈은 고개를 들었다. 칼에 찔려 쓰러진 경비원의 이름이 박인춘이었다. 그도 상훈과 비슷한 심장질환을 앓던 사람이었고, 호흡 기능이 손상돼 의식불명에 빠졌다는 건 경찰 조사 때 들어서 알고 있었다. 며칠째 별다른 소식이 없어 치료가 잘 진행 중이라고만 생각했다.

"피해자 가족과 합의를 해야 감형이 이뤄질 텐데 분위기가 좋지 않아요."

하유정은 가방에서 상훈의 진술 조서를 꺼내며 말을 이었다.

"어쨌든 상황을 잘 말씀드리고 선처를 부탁드려야죠. 일단 오늘도 다시 한번 그날 일을 떠올려볼게요. 제가 묻는 말에 빠짐없이 대답해주세요."

진술 조서 확인은 이전 접견 때 했으니 충분하다면서도 오늘은 조서에 빠진 내용이나 뒤늦게 생각난 부분 같은 걸 점검하겠다고 했다. 그녀가 조서에 적힌 내용을 차례로 언급하기 시작했다.

"이 주 전 정상훈 씨는 충남지방경찰청에서 윤원종의 자백 소식을 접했습니다. 억울하고 화가 나서 밤에 잠을 잘 수 없었고요. 도저히 참을 수 없어서 범인에게 복수하기로 마음먹었습니다. 그때부터 윤원종의 아들인 윤신호를 찾아다녔어요. 며칠 뒤 한동안 몸을 숨기고 있던 윤신호를 발견했습니다. 잠시 윤신호를 지켜본 정상훈 씨는 칼을 들고 그에게 접근했습니다. 그런데 느닷없이 나타난 경비원 박인춘이 정상훈 씨의 행동을 가로막는 바람에 서둘러 윤신호를 향해 칼을 휘둘렀습니다. 하지만 윤신호가 아닌 박인춘에게 상해를 입히고 말았습니다. 수정하거나 추가하실 부분 있으세요?"

"아니요."

하유정은 잠시 자신의 노트를 본 뒤 다시 입을 열었다.

"충남경찰청에서 그 소식을 듣고 그 뒤로 밤에 잠을 잘 수 없었다고 하셨잖아요. 예전에도 그런 적이 있으셨어요?"

무슨 말이냐는 듯 상훈이 그녀를 빤히 쳐다보았다.

"이번 사건 전에도 며칠씩 못 주무신 적이 있냐고요?"

상훈은 십육 년간 하루도 마음 편한 날이 없었다. 그런데도 며칠씩 못 잔 적은 딱히 기억나지 않았다. 그런 적 없었다고 짧게 대답했다.

"병원에서 확인했는데, 이 년 전부터 심장질환을 앓고 계시더라고요. 최근 들어 더 나빠지신 건가요?"

하유정은 상훈이 갑작스럽게 일을 그만둔 점과 급매로 집을 판 부분을 언급했다. 관리사무소 김과장과 부동산 최사장에게 상훈의 몸 상태를 전해 들었다며 다시 질문을 건넸다.

"얼마나 안 좋아지신 거예요?"

"그게, 어떻게 말해야 할지 잘 모르겠는데."

"최근에 눈에 띄는 증상은 어떤 게 있었나요?"

상훈은 생각한 끝에 자주 기침이 나오고 조금만 움직여도 숨이 차서 어지러울 때가 있다고 대답했다.

"그걸 입증해주실 분이 더 계세요?"

"입증이요?"

"네, 그런 증상 때문에 정상훈 씨 생활이 많이 힘들어졌다는 걸 아시는 분이요. 있으세요?"

상훈은 머리를 굴렸다. 어렵지 않게 한 명이 떠올랐다. 자신을 볼 때마다 건강이나 챙기라던 사람이 있었다.

"차 씨라고, 경비원으로 함께 근무했던 사람이요. 이름은 기억나지 않지만 차 씨라고 하면 다 압니다."

하유정은 차 씨에 대해 몇 가지를 더 물었다. 상훈은 모두 대답한 뒤 왜 그게 궁금한지 의아하다는 기색을 내비쳤다.

"자세한 건 있다가 말씀드릴게요. 그보다."

그녀가 고개 들어 상훈과 눈을 마주쳤다.

"평소에 따님이 아직 살아있다고 생각하셨죠?"

"네?"

"주변 사람들한테 물어보니 이 년 전까지도 따님을 찾아다녔다고 들었어요. 그간 따님이 죽었다는 생각은 안 하신 거죠?"

상훈은 대답하지 못했다. 굳은 얼굴로 하유정의 얼굴만 바라봤다.

"감정적 과부하 상태에 있으면 쉽게 흥분할 수 있어요. 아마도 그날 잠시 이성을 잃으셨을 거예요. 종종 그런 사례가 있어요. 어쨌든 변호 방침은 이렇게 정했어요."

하유정은 무표정한 얼굴로 말을 이었다.

"정상훈 씨는 실종된 딸을 찾느라 지쳐 있었어요. 지병으로 몸까지 쇠약해진 상태였는데 얼마 전에 딸이 죽었다는 소식을 들었죠. 아직 살아있다고 생각한 딸이 재래식 화장실에 묻혀 있었다는 걸

240

알게 되면서 큰 충격을 받았고요. 그 상태로 며칠 동안 잠을 못 자 제정신이 아니었을 거예요. 그날 아파트 단지에서 흉기를 소지한 게 계획성의 소지는 있지만, 저는 그때 일이 우발적인 사고였다고 강조할 거예요."

그녀는 경찰의 잘못도 크다고 했다. 류오성 강력계장의 이름을 대며 그가 불확실한 정보를 전달한 탓에 상훈이 일시적으로 정신착란을 일으킨 거라고 판단했다. 사건의 풍경을 계획적인 복수가 아닌 정신착란에 의한 사고로 바꿀 것이라고 일러주었다. 이후 몇 분 더 여러 말이 이어졌다.

상훈은 제대로 이해하지 못한 채 그녀의 말이 끝나기만을 기다렸다. 그리고 그녀와의 접견을 마칠 때쯤, 목에 있는 가시를 빼내듯 걸리적거리던 의문 하나를 꺼냈다.

"진경이가 아직 살아있다고 보세요?"

"네? 그야…… 충분히 가능하잖아요."

하유정은 특유의 강인한 인상으로 말했다.

"사망했다고 단정할 수 없죠. 피의자가 지목한 시체도 다른 사람으로 확인됐고요. 아직 포기하지 마세요."

상훈은 얼음물을 뒤집어쓴 기분이었다. 온몸에 차가운 공기가 맴돌았다. 그 상태로 변호인 접견실에서 나와 구치소 방으로 돌아갔다. 그때부터 밤늦게까지 계속 이물감이 느껴졌다. 꺼냈다고 생각했던 가시가 목구멍 아래로 내려갔는지 뭔가가 자꾸 가슴을 찔렀다.

오래전 어느 날, 딸의 뺨을 때린 적이 있다.

"이제 와서 왜 이러는데! 원래 관심도 없잖아."

딸이 치켜뜬 눈으로 노려본다. 급히 다가온 아내가 팔을 붙잡는다. 상훈은 아내를 밀친 뒤 다시 한번 딸의 뺨을 후려갈긴다.

가출한 딸을 지구대에서 데려온 날이었다. 거실에 앉혀놓고 지난 이 주간 무슨 짓을 하고 다녔는지 물었다. 경찰은 딸이 가출팸이라고 불리는 가출 청소년들과 함께 지냈다고 했다. 그들은 절도와 폭행이 일상이었고 이미 여러 명에게 피해를 준 상태였다.

그들 속에는 당시 딸의 남자친구였던 곽형철도 포함돼 있었다. 상훈은 딸에게 곽형철과 무슨 짓을 했는지도 캐묻는다.

"신경 끄라고! 짜증 나게 하지 말고."

딸의 거친 반응에 머리가 지끈거린다. 방으로 들어가려는 딸을 붙잡고 이번엔 주먹을 날린다.

상훈은 고개를 흔들며 그 기억에서 벗어나려 했다. 하지만 딸의 비명이 자신을 붙잡고 놓아주지 않았다.

그 당시 딸에게 관심을 기울일 여유가 없었다. 사업 실패를 딛고 건강식품 판매 영업직으로 일할 때였다. 밖에서 온종일 굽실거린 뒤 매일 녹초가 된 상태로 집에 돌아왔는데, 딸은 인사는커녕 얼굴조차 보여주지 않았다.

상훈은 제 존재감을 확인하려는 것처럼 자주 소리쳤고 아내와 딸에게 손찌검을 했다.

경찰서에서 딸을 데리고 온 그날은 꽤 오랫동안 딸의 비명이 집 안에 맴돌았다. 그로부터 석 달 뒤, 딸이 감쪽같이 사라졌다.

그간 어떻게든 잊으려 했던 기억들이 계속해서 솟구쳤다. 상훈은 머리를 흔들며 그것들을 내쫓았다. 눈을 꾹 감고 애타게 다른 기억을 찾았다. 이내 머릿속에서 몇 개의 기억이 연결되더니 잠시 후 또 다른 뭔가가 떠올랐다.

딸에게 항상 무심했던 건 아니다.

상훈은 1990년대 중반까지 칡즙 같은 건강음료를 만드는 작은 회사를 운영했다. 사업이 번창할 땐 직원을 열 명 이상 두고 사장님 소리를 들으며 주변의 인정을 받았다. 그때 가끔 초등학생 딸과 둘만의 시간을 보냈다. 아이가 좋아하는 놀이공원에 가고 햄버거와 피자를 먹으며 많은 이야기를 나눴다.

아이와 집에 돌아가는 길엔 항상 꽃집에 들렀다. 딸은 매번 엄마가 좋아하는 거라며 하얀 꽃을 골랐다. 집에서 그 꽃을 받은 아내는 딸을 꼭 끌어안았고, 딸의 웃음소리가 집 안 가득 퍼졌다. 하지만 그 환했던 웃음은 오래 지속되지 못했다.

90년대 중후반을 지나며 상훈의 사업이 갑자기 어려워졌다. 대출금으로 무리하게 벌인 일들이 하나둘씩 중단됐다. 결국 활로를 찾지 못한 채 모든 사업을 접어야 했다.

상훈은 눈 깜짝할 사이에 돈에 허덕이는 신세가 됐다. 할 수 없이 살던 집을 팔고 친척들에게까지 손을 벌렸다. 작은 주택 반지하로 이사 간 뒤에야 모든 걸 잃었다는 게 실감이 났다.

그는 한동안 정신이 나간 사람처럼 집 안에만 틀어박혀 있었다. 상훈 대신 줄곧 가정주부로 지냈던 아내가 뒤늦게 사회생활을 시작했다. 한창 사춘기에 접어든 딸은 아빠의 눈치를 살피며 방에서 나오지 않았다. 이때부터 가족 간에 두꺼운 벽이 생겼다.

"이제 와서 왜 이러는데! 원래 관심도 없잖아."

딸의 떨리는 고함 소리가 다시금 상훈의 가슴을 후벼팠다. 이번엔 과거가 아닌 지금의 자신을 나무라는 것처럼 들렸다. 상훈은 얼굴을 찡그린 채 고개를 흔들었다. 그리고 순간적으로 뭔가가 머릿속을 스쳤다.

그는 번쩍 눈을 떴다. 여전히 창밖은 어두웠고 사방에서 코 고는 소리가 들려왔다. 두 손으로 귀를 막고 조금 전 머릿속에 떠오른 것들을 되짚어봤다.

아내가 했던 말처럼 기억의 조각을 연결하다 보니 숨겨져 있던 기억을 발견할 수 있었다. 딸의 웃음소리가 다시 귓가에서 맴돌았다. 상훈은 미간을 좁히며 그 웃음을 부여잡았다.

놀이동산, 패스트푸드점, 아이와의 대화…… 딸과 함께했던 순간이 차례로 지나갔다. 상훈은 온 신경을 머릿속에 집중했다. 그리고 딸과 꽃집에 들어간 기억을 유심히 살폈다.

딸이 들고 있는 하얀 꽃이 낯이 익었다.

이전에 비슷한 꽃을 본 적이 있었다.

아니, 비슷한 게 아니다. 분명히 똑같은 꽃이다.

상훈은 화들짝 놀라 몸을 일으켜 세웠다.

머리에서 시작된 전율이 온몸으로 퍼져 나갔다.

그는 캄캄한 어둠 속에서 넋이 나간 채 한동안 우두커니 서 있었다.

이틀 뒤 토요일, 일반접견 신청이 있다는 소식이 전해졌다.

교도관이 가져온 접견 신청서 속에 황용수 대표의 이름이 보였다. 옆에 적힌 박진희의 이름도 눈에 들어왔다. 상훈은 그녀의 등장에 얼굴이 일그러졌다.

일반접견은 하루에 한 번, 십 분만 주어진다. 그 짧은 시간에 고탐정을 찾아낼 방법을 논의해야 하는데 경찰이 옆에 있다면 불가능한 일이다. 접견 신청을 거부할까도 생각했지만 결국 교도관에게 접견 수락을 알리고 몇 분 뒤 일반인 접견실로 향했다.

육중한 철문 몇 개를 통과한 뒤 좁은 방으로 들어갔다. 투명 유리벽 너머로 황대표와 박진희의 얼굴이 보였다.

상훈은 두 사람 맞은편에 앉았다. 박진희와는 첫 만남이었다. 하지만 전혀 낯설게 느껴지지 않았다. 그녀도 마찬가지인지 옅은 미소를 짓고 있었다.

"부산지방경찰청 박진희라고 합니다."

그녀는 자신의 명함을 유리벽에 붙이며 보여줬다. 상훈은 알고 있다는 듯 고개를 끄덕이곤 황대표를 바라보았다. 황대표는 시무룩한 표정으로 입을 꾹 다물고 있었다.

"제가 대표님께 부탁드렸어요. 정상훈 씨께 꼭 드릴 말씀이 있다고요."

"제게 왜요?"

"시간이 없으니 빨리 말씀드릴게요."

박진희의 얼굴에서 미소가 사라지고 눈빛이 사납게 변했다.

"하유정 변호사가 그러던데 고씨와 연락이 닿지 않는다면서요?"

상훈은 그녀의 시선을 외면했다. 처한 상황을 정확히 파악하고 필요한 말만 해야 한다고 마음속으로 되새긴 뒤 다시 그녀의 얼굴을 바라봤다. 여전히 그녀의 눈빛이 날카로웠다.

"제가 고씨를 찾아드릴게요. 그러니 그 사람과의 일을 다 말해주세요."

"무슨 말인지 모르겠습니다."

"그 사람이 정상훈 씨를 속였잖아요. 결국 따님도 찾지 못했고
요."

박진희가 유리벽 가까이 얼굴을 내밀고 목소리를 낮췄다.

"섬에서 어떤 일이 있었는지, 시체는 어떻게 한 건지, 윤원종 씨는
왜 자수했는지, 다 얘기해주세요. 제가 고씨를 잡을게요."

상훈이 유리벽에 붙어 있는 박진희의 얼굴을 훑어봤다. 뭘 어디까
지 아는 건지 살피려 해도 그녀의 얼굴엔 다시 은은한 미소만 번졌
다.

상훈의 시선이 황대표로 옮겨갔다. 미세하게 고개를 흔드는 걸
보니 그가 알려준 게 아니라는 생각이 들었다. 그때 갑자기 황대표
가 끼어들었다.

"그놈이라니요. 아직 추정일 뿐이면서 그렇게 말하지 마세요."

"곧 전부 드러날 거예요. 지금 말해주는 편이 정상훈 씨에게도 도
움이 될 거고요."

추정일 뿐이다? 곧 전부 드러날 거다?

고탐정의 말대로 아직 어떠한 증거도 찾지 못한 건가?

"내 얘기가 왜 필요합니까? 증거가 필요한 겁니까?"

상훈이 박진희에게 물었다.

"네, 그래서 부탁드리는 거예요."

그녀는 조금 굳은 얼굴로 말했다. 그러곤 다시 한번 고씨를 찾아
주겠다는 말을 꺼냈다.

"잡아서 물어봐야죠. 왜 그런 거짓말을 했는지, 왜 진경이를 찾을
수 있다고 속였는지."

상훈은 입을 닫고 잠시 생각에 잠겼다. 고탐정이 정말 거짓말을 한 거라면 경찰을 통해 그를 붙잡아야 한다. 하지만 거짓일 리 없다. 내가 옆에서 봤다. 그는 진짜 범인을 찾아냈다. 어떤 착오가 있었는지 모르지만, 고탐정이라면 진경이를 찾을 수 있다.

지금 자신의 힘으론 그를 다시 만날 수 없다. 오히려 박진희의 등장이 기회일 수 있다. 상훈은 이런 생각과 함께 다시 한번 진경이를 찾을 방법을 떠올렸다.

"저기."

상훈이 똑바로 박진희와 눈을 마주쳤다.

"고씨를 먼저 찾아줄 수 있습니까?"

"그럼요, 안 그래도 곧 만날 거예요."

"그럼…… 제안 하나 할게요."

"제안이요?"

"고씨에게 한 번 더 기회를 주세요. 그래도 못 찾으면, 그땐 제가 전부 말할게요."

유리벽 너머 박진희와 황대표의 얼굴에 놀랍고 의아한 표정이 교차했다.

"그가 아이를 찾는다면 전 아무 말도 하지 않겠습니다."

박진희가 의자에 몸을 기댔다. 황대표는 고개를 휘휘 흔들고 있었다.

"왜 이런 말을 하시는 거죠?"

"아무래도 진경이가 살아있는 거 같아요."

맞은편에 두 사람의 눈이 다시 휘둥그레졌다. 조금 전보다 훨씬 더 놀란 얼굴이었다.

"아이를 찾을 방법도 떠올랐고요. 그래서 한 번 더 그에게 부탁하려는 겁니다."

"아직도 그 사람을 믿으시는 거예요?"

"네."

숨소리조차 들리지 않는 침묵이 좁은 내부를 감쌌다. 그와 반대로 시간은 계속 흐르고 있었다. 드디어 박진희가 입을 열었다.

"그렇게 해요. 대신 대표님도 약속해주세요."

그녀는 곁눈을 하며 황대표에게 말했다. 만약 고씨가 실패하고 상훈도 입을 열지 않으면 두 사람 사이의 일을 황대표에게 듣겠다고 했다. 상훈의 시선이 황대표에게로 향했고, 그도 어쩔 수 없다는 듯 고개를 끄덕였다.

상훈은 벽에 걸린 시계를 확인했다. 어느새 일 분 정도밖에 남지 않았다.

"그를 언제쯤 만날 거요?"

"다음 주 안에는 만날 거예요. 근데 제가 그 사람한테 얼마나 시간을 줘야 하죠?"

"원래 10월 첫째 주까지 찾기로 했으니, 그때까지만 기다려줘요."

"앞으로 이 주밖에 안 남았는데?"

"그거면 충분할 겁니다. 그리고 또 부탁을 드릴 게 있어요."

등 뒤에서 시간이 끝났다는 교도관의 말이 들렸다. 상훈은 급하게 말을 이었다.

"팀장님 도움이 필요합니다."

구체적인 내용은 편지에 써서 보내겠다고 했다. 그 편지를 꼭 고씨에게 전달해달라고 덧붙인 뒤 자리에서 일어났다.

24

진희가 주차장에서 차를 끌고 나왔다. 구치소 입구에 서 있는 황용수 대표를 태우고 곧장 실종아동협회 서울사무소로 향했다.

한동안 차 안은 조용했다. 둘 다 생각에 잠긴 채 말이 없었다. 차가 고속도로에 접어들 때쯤 진희가 먼저 입을 열었다.

"이틀 전에 오태수 씨를 다시 만났는데, 얼굴이 더 안 좋아지셨더라고요."

"그런가요? 그 사람은 왜 만났습니까?"

"고탐정에 대해 더 물어볼 게 있어서요."

"뭘 물었는데요?"

"대표님이랑 태안에 갔을 때, 그때 마주쳤던 남자가 맞나 해서요."

진희는 슬쩍 고개만 돌려 황대표의 얼굴을 쳐다봤다. 그의 얼굴에 놀란 기색이 그대로 드러났다. 천천히 핸들을 돌려 차선을 가장 바깥쪽으로 옮긴 뒤 차량 속도를 줄였다.

"그때 골목에서 마주쳤던 청년이요. 그 애가 고탐정 맞죠?"

황대표는 대답 없이 앞 유리 너머를 응시했다. 차가 터널로 들어가며 주변이 어두워졌고, 긴 터널을 빠져나오자 다시 차 안이 환해졌다. 하지만 그의 대답은 돌아오지 않았다.

"제가 더 빨리 눈치챘어야 했는데, 나이를 먹어서 그런지 요즘 눈치가 없어져서."

진희는 가볍게 투덜거리며 황대표의 입이 열리길 기다렸다.

두 사람이 함께 태안을 다녀온 날, 그녀는 황대표의 얼굴에 드리운 짙은 그림자가 마음에 걸렸다. 그땐 그저 정상훈을 걱정한 탓이라고만 여겼다. 하지만 며칠 전 황대표의 태도가 변한 계기를 고민하다 문득 그 그림자가 다시 떠올랐다. 그러면서 골목에서 마주친 남자도 생각났다. 찢어진 눈매와 작은 얼굴이 눈에 띄는 청년이었다.

황대표는 그를 불러 세워 굳이 얼굴을 확인했다. 나중에 왜 그랬냐고 물으니 황대표는 그저 낯이 익어서 그랬다고만 간단히 말했다.

진희가 다시 그 청년을 떠올렸을 때 그의 얼굴에 있던 희미한 수염 자국이 되살아났다. 그러고 보니 처음부터 그 수염 자국이 뭔가 어색했다. 어쩐지…… 모자와 선글라스 그리고 수염 자국까지 얼굴을 숨기기 위한 변장이었다는 생각이 그제야 들었다.

"오태수 씨한테 물으니 그 청년이 맞더라고요. 날카롭게 생긴 이십 대 남자."

황대표는 조금 더 침묵을 지키다 결국 한숨을 내쉬었다.

"이제 대표님도 말씀해주세요."

"뭘 말해달라는 겁니까?"

"그날 그 청년을 알아보셨잖아요. 어떻게 아셨어요?"

황대표의 대답은 일이 분 뒤에 전해졌다.

"긴가민가했어요. 알게 된 건 나중이고."

"그 청년도 협회 사람인가요?"

"그건 아니에요."

차가 다시 긴 터널 속으로 들어갔다. 이번엔 침묵하지 않고 황대표가 바로 입을 뗐다.

"그 애가 협회를 찾아온 적이 있어요."

대략 칠 년 전이라고 덧붙였다.

"찾아온 사람을 다 기억하는 건 아닌데 고등학생이 혼자 온 건 처음이라. 그리고 그때 했던 말이 기억에 남아서 그 애가 잊히지 않았어요."

"뭐라고 했는데요?"

"엄마가 실종됐다고 했어요."

터널을 빠져나오자 뻥 뚫린 도로가 펼쳐졌다. 차는 계속 천천히 달렸고, 차 안에선 한참 황대표의 말이 이어졌다.

경기도 수원에 있던 협회 사무소가 지금 위치인 서울 마포구로 이전한 게 7년 전이었다. 이사를 하며 오래된 가구를 처분했고 책상과 컴퓨터를 새로 배치해 제법 사무실 같은 모양새를 갖췄다. 얼마 안 돼 인터넷에 정식 홈페이지도 생겼다. 아마도 그때쯤 고등학교 교복 차림의 한 남학생이 찾아왔다.

저녁 6시가 넘은 시간이라 사무소엔 황대표뿐이었다. 그는 물끄러미 자신을 바라보는 남학생을 회의실로 데려가 음료수를 건넸다.

"여기는 아이들만 찾아주는 거죠?"

남학생이 물었다.

"아이들만이라니?"

"어른을 찾아주진 않죠?"

"아이들을 찾는 곳이긴 한데…… 근데 무슨 일로 왔니?"

"대표님께 부탁드릴 게 있어서요."

"나한테?"

"네, 엄마가 실종됐거든요. 그래서 도움을 좀 받았으면 하는데."

황대표는 입을 다물고 가만히 남학생을 쳐다봤다. 아무래도 교복
차림의 이 학생과 긴 얘기를 해야 할 것 같아 물을 한잔 마시며 목
을 축였다.

"그래, 학교는 마치고 온 거야?"

"네."

"집은 어디니?"

"서울이요. 여기서 가까워요."

황대표는 잠시 뜸을 들인 뒤 조심스럽게 말을 건넸다.

"엄마는 언제부터 못 본 거야?"

"오 년 전이요."

"확실하게 실종이 맞니? 경찰은 뭐라고 했는데?"

"경찰은 가출이라고 했어요. 근데 실종이 맞아요. 저는 알아요."

황대표의 가슴이 뜨끔했다. 바로 경찰 수사가 이뤄지는 아동 실
종과 달리 성인 실종은 예나 지금이나 단순 가출로 치부되는 경우
가 많았다. 담당 경찰의 의지가 없다면 수사가 이뤄지지 않을 때도

있다. 오 년 동안 특별한 소식이 없었다면 수사가 초기에 흐지부지 끝났거나 아예 이뤄지지 않았을 것으로 보였다.

"엄마 이름이 뭐야?"

"그건 왜요?"

"혹시라도 내가 들어본 이름일까 해서."

남학생은 살짝 경계하는 눈빛을 보이며 입을 열었다.

"최보영이요. 경상남도 김해가 엄마 고향인데, 거기 갔다가 돌아오지 않았어요."

"경남 김해, 최보영……."

황대표는 잠시 머릿속에 떠올려본 뒤 고개를 저었다.

"지금 기억나는 사람이 없구나. 일단 내가 경찰에 한 번 연락해볼게. 넌 조금 더 기다려보는 게 어떠니?"

달래듯 말했는데, 다행히 침울한 기색을 보이거나 하지는 않았다. 오히려 찢어진 눈동자 속으로 어떤 의지가 엿보였다.

"경찰 도움은 기대도 안 해요. 그냥 제가 찾으면 돼요."

"무슨 말이야! 네가 찾다니?"

"그래서 대표님께 부탁드릴 게 있는데요."

"무슨 부탁?"

"혹시 미제사건이나 강력사건 용의자 얼굴 좀 구해주실 수 있을까요?"

"용의자 얼굴?"

"네! 아직 잡히지 않은 납치범, 성폭행범, 살인범 사진이나 몽타주 같은 거요."

"그건 왜?"

"그놈들 중에 엄마를 아는 사람이 있는지 확인해보려고요."

황대표는 얼굴에 핏기가 사라지는 기분이 들었다. 아직 어린애가 이런 생각을 한다는 게 끔찍하게 여겨졌다.

"일단 내가 담당 경찰이랑 통화해볼게. 그 뒤에 어떻게 해야 할지 생각해보자."

"대표님이 먼저 도와주시면 나중에 제가 저기 있는 애들 찾아드릴게요."

남학생은 회의실 벽면에 붙어 있는 실종아동 포스터를 가리키며 말했다.

"그러니까 경찰 쪽에 요청 좀 해주세요."

"너 왜 그렇게 생각한 거니? 엄마에게 무슨 일이 생겼다고 보는 거야?"

"네."

"그런 식으로 생각하지 마!"

황대표는 느닷없이 소리쳤다. 하지만 이내 후회하며 목소리를 낮췄다.

"사람 마음은 귀신도 알지 못한다는 말이 있어. 엄마도 네가 알지 못하는 사정이 있을 거야. 경찰이 실종이 아니라고 했으면 별일 없이 잘 지내고 있을 수도 있고."

황대표는 한참이나 장황하게 타이르며 조금 더 경찰을 믿어보자고 했다. 학생은 내내 아무런 대꾸도 하지 않았다. 그러다 시계를 흘깃 보더니 고개만 끄덕인 뒤 자리에서 일어났다. 그의 표정이 그리 좋지 않았다.

황대표는 학생을 설득하지 못했다는 생각에 다시 붙잡고 연락처라도 알려달라고 했다. 하지만 나중에 다시 찾아오겠다며 고개를 숙이고 사무소를 나갔다.

며칠을 기다려도 학생은 다시 오지 않았다. 황대표는 그날 그렇게 그 애를 보낸 게 마음에 걸렸다. 이름조차 묻지 않은 것도 후회했다. 그런데 돌이켜보니 그의 엄마 이름은 이미 알고 있었다. 평소 알고 지내던 경찰에게 연락해 '최보영'이란 이름을 수소문했다. 며칠 뒤 5년 전 그녀의 실종사건을 담당했던 경찰과 연락이 닿았다.

예상대로 해당 경찰은 이미 그 사건을 잊은 눈치였다. 황대표가 한참을 기다리자 그는 뒤늦게 생각났다며 그 사건은 실종이 아닌 단순 가출이었다고 알려주었다.

황대표는 조금 더 사건을 알만한 경찰들에게 연락해 그녀의 실종이 어떻게 된 건지 캐물었다. 이후 최보영과 남편 사이에 오랜 불화가 있었다는 걸 알게 됐고, 겨우 그 이유로 그녀의 실종이 가출로 결론 난 것도 확인했다. 그제야 황대표는 학생에게 엿보였던 경찰에 대한 노골적인 불신이 조금 이해가 됐다.

"태안에서 그 청년을 보자마자 그때 남학생이 떠올랐어요. 그리고 그가 고탐정일 수도 있겠다고 생각했고요."

긴말을 마친 황대표는 연거푸 숨을 내쉬었다. 진희는 아까부터 참아왔던 질문을 꺼냈다.

"그 애가 정말 용의자를 만나고 실종자도 찾아줬다고 생각하시는 거예요?"

"그야⋯⋯. 십육 년간 숨어 있던 범인이 자수했어요. 그 애가 아니었다면 일이 이 정도로 진전되지 않았을 거예요."

"진전된 게 아니라 어긋난 거죠."

진희가 날 선 목소리로 대꾸했다.

"정진경 양이 아니었잖아요. 그 애가 정상훈 씨를 속인 거라고
요."

황대표는 뭔가 더 말하려다가 멈칫거리곤 창 쪽으로 고개를 돌렸
다. 그 뒤로는 창밖만 바라보며 더 입을 열지 않았다. 진희도 할 수
없이 입을 닫고 운전에만 신경 썼다.

차가 고속도로를 빠져나와 서울 시내로 들어갔다. 사무소 도착까
지 십 분 정도를 남겨두고 있을 때, 황대표가 다시 말을 꺼냈다.

"근데, 그 애는 어떻게 찾을 생각이요?"

"주변 사람을 한 명 만날 거예요. 가능하면 내일이요. 그래서 대
표님께 부탁드릴 게 있는데요."

"뭡니까?"

"오늘 밤에 사무소 좀 써도 될까요?"

"그러세요."

"그리고 들어가기 전에 대표님이랑 식사라도 같이하고 싶은데?"

"그럽시다."

진희는 협회 사무소 인근의 고급 일식집으로 방향을 꺾었다.

식당 테이블에 자리를 잡은 뒤 그녀는 제법 비싼 정식을 주문했
다. 주문과 동시에 계산까지 마쳤다. 식사를 하는 동안 황대표에게
슬쩍 정상훈과 고탐정의 행적에 관해 물었다. 하지만 그런 질문이
나올 때마다 황대표는 대답 대신 화제를 다른 곳으로 돌렸다. 결국
진희는 별다른 정보를 얻지 못한 채 식사를 마쳤다.

식당을 나와 두 사람은 바로 협회 사무소로 들어갔다. 황대표는
문단속하는 방법과 프린트 사용법 따위를 알려준 뒤 수고하라는 말

을 남기고 문을 나섰다. 곧 진희 혼자 사무소에 남았다. 진희는 회의실로 들어가 노트북을 펼쳤고, 그때부터 수사보고서를 작성하기 시작했다.

수신 : 전국 특별시·광역시·도에 18개 지방경찰청장
제목 : 수사보고(사설탐정의 불법 계약 및 피해 관련 보고)

제목 아래로 지난 삼 년간의 의혹을 차례로 나열했다.

첫 번째는 3년 전 송진옥과 고탐정과의 계약 의혹이었다. 송진옥은 2000년 경기도 양주에서 실종된 박혜수 양의 어머니다. 그녀는 딸을 찾기 위해 고탐정이라는 사설탐정과 수임 계약을 체결하고 불법적인 조사 명목으로 거액의 계약금을 건넨 것으로 추정된다.

두 번째는 2년 전에 일어난 서창수의 자살 사건과 관련된 의혹이었다. 서창수는 2006년에 부산에서 살해된 서미연 양의 아버지로 딸을 살해한 범인을 찾기 위해 고탐정에게 의뢰했다.

해당 건은 '부산 금정구 여중생 살인사건 용의자 조사'라는 제목으로 수임계약서 원본이 존재한다. 계약서 내용과 당시 서창수의 심리 부검 자료를 미루어보아 해당 계약이 서창수의 자살에 영향을 끼친 것으로 판단된다.

세 번째는 작년 오태수와 고탐정의 계약 의혹이었다. 오태수는 2012년 홍천에서 실종된 오승주 군의 아버지로 그 역시 아들을 찾기 위해 고탐정과 계약을 맺었다. 해당 사건은 작년 가을 오승주 군이 발견되면서 일단락됐다. 하지만 유력 용의자의 행방이 아직 묘연하다. 고탐정이 용의자를 만난 정황이 있어 해당 사건 일체를 재

조사할 필요가 있다.

진희는 의혹별로 법률적 위법성과 가벌성 여부를 추가해 실제 수사보고서와 비슷한 형태로 문서를 다듬었다.

회의실에서 나와 작성한 문서를 출력했고 인쇄된 종이를 검정 파일철에 담았다. 이로써 작업을 마쳤다. 그제야 아까부터 깜박이던 스마트폰 불빛이 눈에 들어왔다. 확인해보니 아들에게서 카카오톡 메시지가 와 있었다. 진희는 메시지 내용을 확인한 뒤 바로 전화를 걸었다.

"내일 거기로 가면 돼?"

"응, 거의 매주 참석한다고 하거든. 아마 내일도 있을 거야"

며칠 전 아들에게 '은비'라는 웹툰 작가를 좀 알아봐 달라고 부탁했다. 자신은 아무리 검색해도 작가에 대한 정보를 얻을 수 없었다. 찬성은 단 이틀 만에 작가가 여자이며 이름이 '이은비'고, 플리마켓에서 캐리커처 장사를 한다는 걸 알아냈다.

어제까지만 해도 어느 플리마켓인지 모르는 상태였는데, 방금 보내온 메시지에 정확한 주소가 적혀 있었다.

"여긴 어떻게 알아냈어?"

찬성은 자신이 활동하는 추리&미스터리 커뮤니티가 있다고 말했다.

"그 커뮤니티에 웹툰 플랫폼에서 일하는 사람들이 있거든, 그 사람들한테 며칠 동안 매달려서 알아낸 정보야."

"쓸데없는 말은 안 했지?"

"안 한다니까! 그냥 작가님 팬이라서 사인받고 싶다고 했어. 그리고 알아낸 게 하나 더 있는데."

찬성이 들뜬 목소리로 우쭐거렸다.

"플리마켓에 가끔 남자친구가 와서 기다릴 때가 있대."

"남자친구?"

"응, 그게 누구겠어?"

"그건 어디서 들었어?"

"커뮤니티에서 만난 사람한테 들었지."

진희의 머릿속으로 또 다른 계획이 둥실 떠올랐다. 그녀는 스마트폰을 향해 목소리를 높였다.

"그 커뮤니티 주소 좀 보내봐!"

"왜?"

"잔말 말고 얼른 보내."

찬성과의 통화를 마친 진희는 다시 회의실로 돌아갔다.

낚시에 빠진 남편에게 '짝밥'에 대해 들은 적이 있다. 짝밥은 한 개의 미끼로 입질이 없을 경우를 대비해 서로 다른 미끼 두 개를 던져 입질을 유도하는 낚시 용어다. 주로 붕어가 어떤 미끼를 선호하는지 파악하기 어려울 때 사용하는 방법이라고 했다. 이걸 설명해주던 남편이 그저 농담이라며 이렇게 물은 적이 있었다.

"범인을 낚을 때도 이런 방법을 쓰지 않아?"

진희는 찬성과의 통화 중에 문득 이 말이 떠올랐다.

얼른 회의실 테이블에 앉아 노트북을 펼쳤다.

방금 출력한 보고서는 첫 번째 미끼로 활용한다. 첫 미끼는 이은비에게 던져둘 생각이다. 그리고 가까운 곳에 미끼를 하나 더 놔둔다. 진희는 키보드를 두드리며 고탐정과 이은비의 관계로 두 번째 미끼를 작성했다.

25

놀이터에서 플리마켓이 한창 진행 중이었다. 선선한 가을 날씨가 이어지면서 사람은 갈수록 늘어났다. 은비는 놀이터 한쪽 구석에 앉아 빠르게 손을 움직이느라 정신이 없었다. 하얀 도화지 속으로 웃고 있는 아이 얼굴이 완성됐고 이어서 얼굴보다 작은 몸과 팔다리가 그려졌다.

다 그린 그림을 건네자 아이는 그림처럼 환하게 웃어 보였다. 옆에 있던 아이 엄마도 만족스러워하며 현금을 내밀었다. 은비는 '또 놀러와' 하고 아이에게 손을 흔들어주었다.

한 쌍의 대학생 커플이 은비에게 다가왔다. 은비는 안녕하세요, 하고 공손히 고개 숙여 인사부터 건넸다. 다시 고개를 들었을 때 그들 뒤로 보이는 한 중년 여성과 눈이 마주쳤다.

벤치에 앉아 책을 읽던 여자였다. 아까부터 자꾸 이쪽을 쳐다보는 것 같았지만, 그다지 신경 쓰지 않았다. 원래 여긴 만남의 장소라

소일하며 기다리는 사람들이 많았다. 그런데 지금 그녀는 은비를 빤히 쳐다보고 있었다. 그녀의 얼굴에 미소가 번졌다. 은비는 목 뒤에서 전해지는 싸늘한 기운을 느꼈다. 그녀가 기다리는 사람이 자신이라는 걸 단박에 깨달았다.

며칠 전 그녀에 대해 들은 적이 있었다. 남준이 인터넷에 올라온 사진도 보여주었다. 별생각 없이 언뜻 봤던 그녀가 설마 자신을 찾아오리라곤 상상도 하지 못했다.

은비는 상기된 채 대학생 커플을 그리기 시작했다. 머릿속에서 온갖 생각이 떠올라 자꾸 손이 떨렸다. 이십 분에 걸쳐 가까스로 그림을 완성했다. 대학생 커플 손님을 떠나보내고 곧장 남준에게 메시지를 보냈다. 답장은 바로 돌아왔다.

〔무조건 모른 척해.〕

〔계속 붙잡으면 약속 있다고 하고.〕

〔증거는 없으니까 너무 걱정하지 마. 평소랑 똑같이 행동하면 돼.〕

은비는 크게 심호흡을 했다. 한번 빨라진 심장은 좀처럼 진정되지 않았다. 벤치에 앉은 여자는 얼마 전부터 고탐정을 쫓고 있는 경찰이다. 지금 이곳까지 왔다는 건 자신의 작품과 고탐정의 관계를 눈치챘다는 뜻이다. 처음부터 남준이 걱정했던 일이 현실이 됐다고 생각하니 눈앞이 캄캄해졌다.

몇 명의 손님이 은비 앞에 더 앉았다. 은비는 울렁거리는 마음을 숨기느라 그림을 그리는 데 몇 배는 애를 먹었다. 이 모든 게 자신의 잘못이다. 자기 때문에 남준이 위험해졌다. 그런 죄책감이 스위치가 되어 기억 몇 개에 동시에 불이 들어왔다. 아무리 온 정신을 그림에 쏟아도 그 기억들은 사라지지 않고 뇌리를 맴돌았다.

4년 전, 고등학교 졸업 후 연락이 닿지 않았던 남준에게 전화가 걸려왔다. 그때 은비는 남준의 아버지가 차 사고로 돌아가셨다는 소식을 듣고 장례식장을 찾아갔다.

 남준에게 닥친 불행은 거기서 멈추지 않았다. 아버지 사고 소식에 쓰러진 할머니가 결국 깨어나지 못하고 세상을 떠났다. 불과 이 주 사이에 남준은 모든 가족을 잃었다.

 은비는 홀로 된 남준을 위로하기 위해 매일같이 그를 찾았다. 그리고 그때쯤 남준의 남다른 능력을 알게 됐다. 그가 실종된 엄마를 찾기 위해 여러 범죄 용의자를 쫓은 사실도 뒤늦게 눈치챘다.

 당시 은비는 그에 대한 걱정보다 호기심이 더 크게 샘솟았다. 그리고 얼마 후 농담처럼 이런 말을 건넸다.

 "탐정으로 일을 해보는 건 어때? 돈도 벌고 좋은 일도 하고, 그러다 엄마를 찾을 수도 있잖아."

 한창 추리소설에 빠져있던 터라 별다른 의미 없이 내뱉은 말이었다. 당연히 남준이 그런 일을 할 거라고는 생각지 않았다. 그런데 몇 개월 뒤, 그는 고탐정이란 이름으로 누군가와 계약을 체결했고 한 소녀를 찾기 시작했다. 그 일을 마친 뒤에도 거침없이 활동을 이어 갔다.

 남준은 매번 성공했다. 누구의 의심도 받지 않았다. 남준의 모든 계획이 위험해 보였지만, 은비는 그를 걱정하기보다 응원하고 돕기로 했다. 그리고 언제부턴가 머릿속으로 그를 주인공으로 한 작품을 구상하기 시작했다.

 저녁 6시가 되기도 전에 장사를 마무리했다. 은비는 접이식 의자와 테이블을 한쪽 구석으로 옮긴 뒤 가져온 물품을 여행용 가방에 담았다. 주변을 뒷정리하며 슬쩍 곁눈질을 했는데, 예상대로 그녀가 다가오고 있었다.

"이은비 작가님."

그녀는 편안한 표정을 하곤 명함을 내밀었다.

"이미 절 아실 테지만 그래도."

은비는 명함을 확인했다. 그녀의 말처럼 이미 그녀를 알고 있는데도 명함에 적힌 '부산지방경찰청'이란 글씨가 머릿속을 하얗게 만들었다.

"박진희라고 해요."

"무슨 일이세요?"

"오늘은 친구가 안 보이네요?"

"네?"

은비는 무의식적으로 눈을 부릅떴다. 평소랑 똑같이 행동해야 하는데…….

"잠깐 시간 좀 내주실 수 있어요?"

"왜요?"

"부탁드릴 게 있어요."

"제가 지금 약속이 있어서 시간 내기가 어려울 것 같은데요."

"작가님 만나려고 부산에서 왔는데, 십 분만 내주세요."

"죄송합니다."

몸을 돌리려는데 박진희가 슬쩍 더 가까이 다가왔다.

"작가님 친구를 위한 거예요. 최근 고탐정이 맡은 사건이 크게 잘못됐어요."

"무슨 말씀이세요?"

은비는 눈을 흘기며 목소리를 높였다. 과격한 반응을 보이면 안 되는데, 그렇게 하지 않으면 떨리는 목소리가 그대로 드러날 것 같았다.

"최근에 발견된 시체는 정진경 씨가 아니에요."

나직한 목소리가 이어졌다.

"유전자 검사 결과 다른 사람으로 확인됐어요."

시치미를 떼고 모른 척해야 했다. 하지만 이미 머리가 복잡해졌다. 유전자 검사 결과 다른 사람으로 확인됐다니? 그게 무슨 말이야?

다시 정신을 차렸을 땐 이미 도망갈 타이밍을 놓친 상태였다. 벌써 다리에 힘이 풀리는 거 같았다.

"오늘은 곤란한 질문 안 할게요. 그 친구를 위한 거니 잠깐 앉았다 가요."

박진희는 여전히 태연한 얼굴로 조금 전까지 자신이 앉아 있던 벤치를 가리켰다. 은비는 거짓말을 들킨 아이처럼 안절부절못하다 결국 그녀를 뒤따라갔다.

박진희는 벤치에 앉자마자 입을 열었다.

"그 시체는 유전자 검사 결과 정진경 씨가 아니었어요. 최근 정상훈 씨 일은 알고 있어요?"

은비의 대답이 돌아오지 않자 '들었구나'라며 말을 이었다.

"정상훈 씨는 구치소에서 유전자 검사 결과를 들었어요. 반년간 그 난리를 쳤는데, 결국 딸은 못 찾았고 범죄자가 된 거죠."

반년간 그 난리를?

은비는 고개를 돌렸다. 날카롭게 빛나는 형사의 눈빛을 보니 자신의 작품이 그녀에게 모든 걸 알려줬다는 게 다시금 실감이 났다. 외투 주머니에 숨긴 두 손이 파르르 떨렸다.

"그런데 정상훈 씨가 한 가지 제안을 했어요. 고탐정이 정진경 씨를 찾을 수 있도록 한 번 더 기회를 주자고요."

"그걸 왜 저한테 얘기하는 거예요?"

"이은비 씨도 공범이잖아요."

박진희는 차가운 목소리로 대답하곤 가방에서 파일철 하나를 꺼냈다.

"이걸 그 친구에게 전해줘요."

"뭔데요?"

"전해주면 알 거예요."

은비는 파일철을 열어 문서 내용을 훑어봤다. 이 늙은 여자 형사는 남준이 개입한 모든 사건을 조사한 모양이었다.

"제가 연락 기다리고 있다고도 전해주세요."

박진희가 다시 미소를 지은 채 말을 마쳤다.

이제 끝났다. 벤치에서 일어나 자리를 뜨면 된다. 그런데 은비는 자리를 떠날 수 없었다. 박진희의 삐딱한 말투와 여유로운 표정이 가슴에 박혀 사라지지 않았다. 이왕 이렇게 된 거 이 늙은 여자한테 한마디 하지 않으면 밤새 후회할 것 같았다. 그때 박진희의 목소리가 다시 들려왔다.

"독자로서 하나 물어봐도 돼요?"

은비는 두 눈을 치켜떴다.

"뭔데요?"

"K의 초능력은 누구 아이디어예요?"

"그게 왜 궁금한데요?"

"그냥 누가 그런 못된 생각을 떠올렸는지 궁금해서."

"못된 생각이요?"

"용의자 얼굴을 다 기억해서 범인을 찾는다니, 그걸 진짜라고 믿는 사람들이 있잖아요."

박진희는 혀를 차며 고개를 흔들었다. 은비는 주눅이 들었던 걸 만회하려고 사납게 쏘아붙였다.

"K 대사 중에 이런 게 있어요. '원래 경찰은 믿을 수 없어요. 기다릴 필요도 없고요. 쓸모없는 인간들이에요'라고요. 저도 그렇게 생각해서 제가 떠올린 아이디어예요."

이 말을 던져놓고 벤치에서 일어났다. 뭐라도 한마디 했기에 부글거리던 감정이 수그러들어야 하는데, 전혀 잠잠해지지 않았다. 이 여우 같은 형사는 끝까지 여유를 부리며 싸늘한 눈빛을 보내고 있었다.

26

편지가 도착한 건 화요일 늦은 오후였다. 팀원들과 회의를 하던 박진희는 구치소에서 우편이 왔다는 말에 급하게 회의실을 나왔다.

박진희 팀장님께.

팀장님과의 접견을 마치고 바로 편지를 씁니다. 접견실에선 시간이 부족해 이야기를 끝내지 못했습니다. 나머지는 여기에 적습니다.

지난 며칠간 아이에 관해 많은 생각이 떠올랐습니다.

저는 아이가 어떻게 커왔는지 잘 모릅니다. 아이도 오래전부터 저를 피해왔습니다. 제가 조금씩 다가가려 해도 가까워질 수 없었습니다. 점점 멀어지는 느낌만 받았습니다. 그러던 어느 날, 아이가 사라진 겁니다.

아무리 기다려도 연락은 오지 않았습니다. 아내는 반드시 돌아올 거라고 확신했지만, 결국 아이를 다시 보지 못하고 세상을 떠났습니다.

이 년 전, 아내의 사망 소식에 많은 사람이 관심을 기울여줬습니다. 여러 언론에서 취재를 오며 그때 사건이 신문과 뉴스를 통해 다시 소개됐습니다. 저는 '만약 아이가 이 소식을 접한다면 엄마를 찾아올 텐데'라고 생각한 적이 있습니다. 그래서 한동안 아내의 납골당을 매일 찾아갔습니다. 하지만 아무리 기다려도 나타나지 않았습니다. 저는 아이가 죽었다고 확신하며 더는 기다리지 않기로 했습니다.

앞에서 말씀드렸듯이 지난 며칠간 딸에 대해 많은 것이 떠올랐습니다. 그중에 어느 오래된 기억 속에서 하얀 꽃 하나를 발견했습니다. 오래전 아이는 엄마 선물을 산다며 자주 꽃집에 들렀습니다. 그때마다 엄마가 좋아하는 꽃이라며 하얀 꽃을 골랐습니다.

저는 올해 3월 말쯤 아내의 유골함 근처에서 하얀 꽃다발을 본 적이 있습니다. 왠지 낯이 익었지만, 그때는 무심코 지나쳤습니다. 지금에 와서 생각해보니 그 꽃다발 속 하얀 꽃이 오래전 아이가 샀던 꽃과 똑같았습니다.

며칠간 망상이 아닌지 생각했습니다. 제 착각일 수도 있습니다. 하지만 만약 살아있다면 분명히 그 꽃을 들고 엄마를 찾아왔을 겁니다. 아내는 엄마의 직감이라며 아이가 살아있다고 확신했습니다. 매번 흘려들었던 그 직감이 이제야 저도 느껴지는 듯합니다.

확실하진 않지만, 작년 7월 26일 그날도 납골당 벽면에 하얀 꽃다발이 있었던 걸로 기억합니다. 아이는 올해도 집을 나갔던 7월 26일 즈음에 엄마를 찾아갔을 겁니다. 이게 맞다면 납골당이나 꽃집 주변에 아이의 모습이 담겨 있을 것입니다.

팀장님, 이 부분을 꼭 확인해주시기 바랍니다. 이 사실을 고씨에게도 알려주셨으면 합니다. 분명히 그가 도움이 될 겁니다.

팀장님과의 약속은 반드시 지키겠습니다.

다시 한번 부탁드립니다.

정상훈 드림

진희는 편지를 재차 읽었다. 편지엔 급히 날려쓴 글씨가 빼곡했다. 정상훈이 접견실에서 언급했던 딸을 찾을 구체적인 내용도 담겨 있었다. 고탐정을 향한 그의 믿음 또한 다시 한번 확인됐다.

정상훈에게 도와주겠다고 약속은 했지만 뭘 어떻게 도와야 할지 감이 안 왔는데, 이 편지에 언급된 것만 해주면 된다고 생각하니 그나마 마음이 가벼워졌다.

진희는 스마트폰으로 금주와 차주 일정을 확인한 뒤 회의실로 돌아갔다.

회의를 진행하던 팀원들이 최근에 알아낸 단서나 의심스러운 정황을 진희에게 제시했다. 진희는 해결 가능성이 있는 사건 위주로 우선순위를 변경했고, 이어서 업무분담을 조정했다.

미제사건수사팀은 각자 주특기를 살려 업무에 임하다가 사건 해결의 실마리가 보이면 다 같이 집중 수사를 하는 방식으로 돌아간다. 팀원은 진희까지 총 여섯 명이고, 각기 다른 사건을 2인 1조로 나눠서 진행했다. 그런데 이번엔 진희가 빠진 다섯 명으로만 조를 나눴다. 진희는 다음 주까지 개인적으로 알아볼 게 있다며 사건 수사에서 빠지겠다고 알렸다.

팀원들은 시큰둥한 표정으로 그녀를 쳐다봤다. 그들 모두 진희가 사건 정보를 숨기고 있는 걸 알았고 몇 차례 묻기도 했다. 그때마다 그녀는 나중에 얘기하자며 그들의 관심을 외면했다. 대놓고 불만을 털어놓는 팀원은 없었다. 아직은 팀장의 비밀을 지켜주려는 것 같았지만, 그들의 싸늘한 눈빛을 보니 유예기간이 얼마 남지 않았음을 직감했다. 회의가 끝날 때까지 그 눈빛은 사그라지지 않았다.

그날 밤, 진희는 홀로 사무실에 남았다. 다음 주까지 간간이 사무실을 비워야 할 수도 있었다. 팀원들에게 맡긴 사건을 조금 더 살펴보고 도움이 될 만한 걸 찾아서 기록해둘 생각이었다. 그렇게 늦게까지 사무실에서 시간을 보냈다.

늦게까지 남은 이유는 하나가 더 있었다. 오늘 정도 고탐정의 전화가 걸려올 것으로 예상했다.

자정에 가까워질 때까지 기다려봤지만 끝내 벨 소리는 울리지 않았다. 아무래도 첫 번째 미끼는 실패한 모양이었다. 진희는 날이 바뀐 뒤에야 사무실을 나갔다.

다음 날도 여느 때와 다름없이 출근한 그녀는 모니터 화면에 나타난 납골당 홈페이지를 둘러봤다. 운영 시간을 확인한 뒤 아침 10시 정각에 납골당 사무실로 전화를 걸었다.

전화를 받은 젊은 여자는 팀장이라는 사람을 연결해줬다. 팀장은 다시 시설 관리인이라는 젊은 남자를 바꿔줬다. 진희는 관리인에게 납골당 내부 CCTV 개수와 보관 기간을 물었다. 총 스무대로 개수는 많았지만 보관 기간은 죄다 한 달밖에 되지 않았다. 오늘이 9월 말이니 8월 말 영상이 가장 오래된 자료일 것이었다.

대략적인 카메라 위치도 확인했다. 카메라 대부분은 로비와 복도, 주차장에 설치돼 있었다. 유골함 쪽을 비추는 카메라는 기껏해야 한두 개뿐이었다.

그때 팀장이라는 중년 남자가 다시 전화를 받아 무슨 일 때문이냐고 물었다. 목소리에 경계심은 물론이고 적대감까지 묻어났다. 고인을 모시는 곳이다 보니 범죄사건에 연루되는 걸 염려하는 눈치였다. 진희는 가벼운 강도 사건이라고 안심시킨 뒤 나중에 찾아뵙겠다며 통화를 마쳤다.

진희의 눈길이 다시 모니터 화면으로 향했다. 납골당 주변에 있는 꽃집 목록이 나왔다. 고속도로에서 나와 납골당으로 향하는 도로 위에 작은 꽃집 세 개가 있었다. 조금 떨어진 가게까지 합치면 대략 여섯 개 정도였다.

진희는 노트를 꺼내 여섯 곳 가게 이름과 전화번호를 적었다. 이런 곳은 미리 동의를 구하기보다 급습하듯 들어가 단번에 영상을 확보하는 편이 낫다고 생각했다.

잠시 후 사무실을 나온 진희는 노트에 적힌 가게들을 차례로 방문했다.

다음 날 저녁, 구내식당에서 밥을 먹고 사무실로 돌아가는 길인데 스마트폰 진동이 울렸다. 진희는 바로 전화를 받았다.

"방금 만났어요."

평소와 달리 황대표의 목소리가 상기되어 있었다. 그는 몇 분 전 사무소를 나와 건물 엘리베이터를 탔는데, 한층 아래서 그 애가 올라탔다고 알렸다.

"제가 드린 건 전해줬어요?"

"네, 정말 놀라더군요."

고탐정이 두 번째 미끼를 물었다.

지난 주말 협회 사무소에서 진희는 '사설탐정과 웹툰 작가의 사건 공모 의혹'이라는 제목의 글을 작성했다. 본문에 고탐정이 연루된 사건과 이은비의 웹툰 내용의 유사점을 적었고, 이은비가 고탐정을 도와 곽형철을 몰래 지켜보는 등 불법행위에 가담한 점도 덧붙였다.

추신으로 아들이 알려준 추리&미스터리 커뮤니티를 언급하며 금주 일요일에 이 글을 게시할 예정이라고 알렸다. 삽시간에 시끄러워지는 온라인 커뮤니티 특성을 고려하면 고탐정도 그저 무시하고 넘어갈 순 없을 것이다.

"유전자 검사 결과가 사실인지, 또 팀장님의 의도가 뭔지 묻더군요. 일단 팀장님이 시키신 대로 아무 말도 안 했어요."

"팩스로 보내드린 편지도 전해주셨죠?"

"네."

"감사합니다, 대표님."

진희는 다시 연락하기로 하고 통화를 마쳤다.

그 뒤로는 컴컴한 사무실에 앉아 고탐정의 연락을 기다렸다. 그로부터 네 시간이 지난 11시 40분쯤, 스마트폰 진동이 울렸다.

02로 시작하는 일반 전화였다. 전화를 받으니 지지직거리는 옅은 소음이 들려왔다. 직감적으로 공중전화라는 걸 인지했고, 해당 공중전화 주변 CCTV를 둘러보면 상대를 확인할 수 있다는 생각이 머릿속을 스쳤다. 그와 동시에 상대의 목소리가 들렸다.

"박진희 팀장님 맞죠?"

진희의 눈앞에 태안에서 마주친 청년의 얼굴이 그려졌다.

"드디어 고남준을 찾았네."

진희는 처음부터 반말을 내뱉었다. 향후 피의자로 다시 만날 걸 대비해 미리 상하관계를 확실히 느끼게 해줄 작정이었다.

"제 이름은 어떻게 알았어요?"

"이은비를 조금만 뒤져봐도 바로 나오던데."

"그런가요? 지금 통화 내용은 다 녹음되고 있죠?"

"왜? 불편해?"

"아니요, 저도 녹음하고 있어요."

"나야 너를 잡으려고 녹음하는 건데, 너는 이유가 뭐야?"

"이렇게 해둬야 서로 믿고 일을 시작하죠."

"일이라니? 뭔가 착각하고 있네."

진희가 냉랭한 목소리로 내뱉었다.

"난 어쩔 수 없이 너에게 기회를 주는 거야. 네가 싫다고 하면 당장 체포해서 조사를 시작할 거고."

"어차피 심증뿐이잖아요. 물증은 없고요. 몇 년 전 계약서야 내가 모른다고 하면 그만이고, 은비 웹툰도 관련 없다고 잡아떼면 되는데, 이 정도로는 영장 못 받잖아요."

"정상훈 씨는 그렇다 쳐도 윤원종까지 입을 다물고 있을 거 같아? 그 사람 주변을 조사하면 너와 그 사람 사이에 어떤 일이 있었는지 금방 나올 텐데? 영장이야 그다음에 받으면 되는 거고."

잠시 대화가 끊겼다. 진희는 태연하게 상대의 반응을 기다렸다.

"그럼 이런 건 왜 준 거예요?"

고남준은 이은비를 통해 받은 수사보고서와 황대표가 건넨 문서 그리고 정상훈의 편지를 차례로 언급했다.

"말했잖아. 한 번 더 기회를 준다고."

"그러니까 왜요?"

"정상훈 씨가 아직도 널 믿고 있어서, 그 믿음부터 깨줘야지. 그래야 경찰 대신 널 원망하면서 모든 걸 털어놓을 거 아니야."

"경찰을 원망하는 게 맞죠. 그동안 잘 먹고 잘사는 용의자 하나 못 찾았잖아요."

"정말 네가 뭘 찾은 것처럼 얘기하는구나. 너는 그냥 돈 때문에 사람들을 속인 사기꾼일 뿐이야."

"돈 때문이긴 했지만 전 그분들을 도왔어요."

"돕다니? 네가 어떤 짓을 했는지 알기나 해!"

진희가 다시금 목소리를 높였다.

"서창수 씨가 너 때문에 자살했어. 송진옥 씨는 정신이 반쯤 나간 상태로 정신병원에 입원했고. 오태수 씨는 지난 일 년간 스트레스가 심했는지 최근에 암 진단을 받았어. 정상훈 씨는 범죄자가 된 채 수감 중이고. 이게 다 너 때문이야. 그래도 도와줬다는 말이 나와?"

"분명히 말하지만 전 그들을 도운 거예요."

"그래, 어디 나중에도 그렇게 말할 수 있는지 보자."

"어쨌든 한 번 더 기회를 준다고 했잖아요. 일단 그 얘기부터 해요. 제가 어떻게 하면 돼요?"

고남준은 담담하게 화제를 돌렸다. 진희도 잠시 감정을 누그러뜨린 뒤 차분하게 용건을 꺼냈다.

"정상훈 씨 편지는 읽었지?"

"네."

"그 편지에 적힌 대로 납골당이랑 주변 꽃집 CCTV 영상을 확보했어. 이걸 활용하든 다른 방법을 쓰든 해서 정진경을 찾아."

"그 영상을 활용할게요. 그리고 저도 부탁 좀 드려도 돼요?"

"무슨 부탁?"

"만약 제가 정진경 씨를 찾으면 그 보고서와 문서 모두 없애주세요."

지금까지와 다르게 고남준의 목소리에 힘이 실렸다.

"저에 대한 수사도 멈춰주시고요."

"그게 말이 된다고 생각하니?"

"이것만 약속해주시면 제가 부산 금정구 사건 범인이 누군지 알려드릴게요."

"뭐?"

"부산 금정구 여중생 살인사건이요. 몽타주 속 유력 용의자가 서지연 양을 죽인 범인이 맞아요. 그리고 그 범인 아직 살아있어요."

"쓸데없는 수작 부리지 마."

"그런 거 아니에요. 팀장님이 약속만 해주시면 제가 정진경 씨를 찾든 못 찾든 그 범인이 누군지 알려드릴게요. 팀장님은 손해 보는 일 아니잖아요."

진희는 바로 반응을 못 했다. 머리를 굴려봤지만 선뜻 그의 의도가 파악되지 않았다. 고남준의 묵직한 목소리가 이어졌다.

"그리고 서창수 씨가 왜 자살했는지도 말씀드릴게요."

"너 지금 그 사건과 네가 연관돼 있다고 스스로 자백한 거야."

"알아요. 근데 팀장님은 저보다 사건을 해결하는 게 더 중요하잖아요. 제가 입을 닫으면 그 사건은 절대 해결되지 않아요."

"이런 식으로 피해자 부모님들도 속인 거니?"

"그런 거 아니에요. 팀장님은 그 계약서 봤다면서요. 저와 서창수 씨가 체결한 계약서요. 자세한 건 말씀드릴 수 없지만 살짝 힌트를 드리면, 서창수 씨는 죽기 전에 그 범인을 만났어요."

진희는 이 터무니없는 말에도 대꾸를 하지 못했다. 그럴 리가 없는데도 '서창수가 용의자를 만났다'라는 말이 끝없는 의문을 불러 일으켰다.

어찌 됐건 거래를 할 생각은 없다. 부탁도 무시하면 그만이다. 하지만 돌이켜보면 이 모든 일이 부산 금정구 사건 때문에 시작한 거였다. 만약 고남준을 붙잡고도 그가 입을 열지 않는다면 그간의 노력이 허사로 돌아갈 가능성이 크다. 진희는 이미 몇 년 전에 비슷한 경험을 한 적이 있었다.

"먼저 얘기해봐. 믿을 만한지 들어보고 그다음에 생각해볼게."

"그건 안 되죠. 일이 다 끝나면 그때 말씀드릴게요."

"내가 널 어떻게 믿지?"

"지금 제 말 다 녹음되고 있잖아요. 이걸 증거로 이용하세요."

"웃기고 있네, 진짜."

진희는 입 밖으로 튀어나오려는 욕을 겨우 참았다. 심호흡을 한 번 한 뒤 다시 말을 이어갔다.

"그런데 너 정말 정진경을 찾을 수 있다고 생각하는 거야?"

"그야 모르죠."

"정상훈 씨와 합의된 기간은 다음 주까지야. 그 안에 찾아야 돼."

"일단 해볼게요. 그럼 약속하시는 거예요?"

"지금은 안 돼. 일단 너를 만나고 네 말이 사실인지 확인한 뒤에."

"지금 약속해주세요. 안 그러면, 저는 평생 부산 금정구 사건 입 밖에 꺼내지 않을 거예요."

고남준은 다시금 묵직한 목소리로 말했다.

진희는 바로 대답하지 않았다. 미간을 구긴 채 잠시 침묵했다. 하지만 결국 짧은 한숨을 내쉰 뒤 신경질적으로 입을 열었다.

"너 나중에 딴말하면 바로 구치소로 들어갈 줄 알아. 정진경 못 찾아도 마찬가지고. 알겠냐?"

"네, 분명히 약속하시는 거죠?"

"그래."

"그 CCTV 영상은 어떻게 보면 돼요?"

고남준의 목소리가 한결 가벼워졌다. 이상하게 그때부터 진희의 가슴 속에 묘한 불안이 피어올랐다.

"영상은 실종아동협회 서울사무소에서 확인해. 혹시라도 외부에 나가야 할 땐 나랑 같이 가고."

진희는 그의 모든 행동을 지켜보겠다고 덧붙였다. 그런데 고남준은 전혀 망설임 없이 '알겠어요' 하고 대답했다. 그의 목소리엔 불만이나 근심이 담겨 있지 않았다.

"제 노트북 가져가서 작업해도 돼요?"

"그건 알아서 해."

"네, 이제 끝난 거죠?"

진희가 대답이 없자 그는 '내일 봬요' 한마디를 남기고 먼저 전화를 끊었다. 딸깍하는 소리와 함께 지지직거리는 배경음도 사라졌다.

진희는 귀에서 스마트폰을 뗐다. 그의 마지막 목소리가 계속 귓가에 남았다. 처음 말을 걸 때와 확연히 차이 나게 홀가분한 목소리였다.

그녀는 고개를 뒤로 젖혀 천장을 올려다봤다. 그러고 보니 고남준은 통화 내내 뭔가 확신에 찬 목소리를 유지했다. 진희는 그 사실을 뒤늦게 깨달았다. 조금 전까지 작게 일렁거리던 불안이 점점 커지더니 서서히 머릿속을 가득 채웠다. 진희는 다시 똑바로 앉아 방금 녹음된 통화 음성 파일을 재생했다.

"만약 제가 정진경 씨를 찾으면…… 저에 대한 수사도 멈춰주시고요."

이 말부터 고남준의 목소리에 무게감이 실렸다. 이후 진희의 약속을 받아낼 때까지 진지함이 묻어났다. 재차 들어봐도 일부러 꾸몄다는 인상은 받지 못했다. 그저 자신감에 찬 목소리였다. 진희는 뒤늦게 또 다른 말에 의구심이 들었다.

"저도 녹음하고 있어요…… 그래야 서로 믿고 일을 시작하죠."

그러고 보니 그는 처음부터 자신의 조건을 건넬 생각이었다. 상대가 그 조건을 받아들일 것도 예상한 듯했다. 그래서 이 대화를 녹음한 거였다.

정말 초능력이 있다고 생각하는 거야, 뭐야?

잡생각이 이어지며 두통이 밀려왔다. 진희는 애써 머리를 흔들었다. 벽에 걸린 시계는 자정을 한참 지나 있었다. 그녀는 서랍에서 약을 하나 꺼내 먹은 뒤 짐을 챙겨 사무실을 나갔다.

27

오후 4시, 남준과 은비는 서울의 한 최면 치유연구소를 방문했다.

둘 다 가발과 안경을 써서 대여섯 살 정도씩 더 나이 든 모습이었다. 연구소장과 미리 약속을 해둔 상태였고, 그걸 알고 있던 여직원이 두 사람을 응접실로 안내했다.

"소장님이 외근 마치고 들어오시는 중인데요. 차가 좀 막히나 봐요. 조금만 기다려주세요."

형형색색의 가구가 배치된 응접실 내부는 마치 어린이병원을 연상케 했다. 남준은 중앙의 널찍한 소파에 앉아 몸을 기댔다. 어디선가 풍기는 향긋한 냄새와 은은한 피아노 선율에 마음이 편안해졌다. 반대로 은비는 잔뜩 긴장한 얼굴이었다. 소파에 걸터앉은 그녀는 눈을 감은 채 무언가를 중얼거리기 시작했다.

남준이 오늘 오전에 부탁했던 많은 대사가 그녀의 입안에서 맴돌았다. 더는 은비를 끌어들이면 안 되는데, 오늘도 그녀에게 도움을 요청했다. 남준은 미안한 마음에 허공으로 시선을 돌렸다. 계속해서 들려오는 피아노 소리에 그도 슬쩍 눈을 감았다. 그 선율에 따라 지난 나흘간의 일이 머릿속을 스쳐 갔다.

나흘 전에 남준은 박진희가 찾아왔다는 은비의 메시지를 받았다. 그날 밤 바로 은비를 만났다. 은비에게 유전자 검사 결과를 전해 들었고, 박진희가 건넨 수사보고서도 확인했다. 그때부터 정신이 아득해지는 혼란에 빠졌다.

그리고 어제저녁, 황대표에게서 은비를 볼모로 한 협박성 글을 받았을 땐 그 혼란에서 벗어날 수 없음을 직감했다.

하지만 그 모든 것보다 남준을 크게 뒤흔든 건 정상훈의 편지였다. 편지 속엔 '정진경이 아직 살아있다'는 생각지 못한 가정이 담겨 있었다. 만약 정진경이 살아있다면 남준의 조사는 처음부터 잘못된 거였다.

어젯밤 남준은 그간의 조사 내용을 다시 살폈다. 김순규와 윤원종의 자백이 담긴 녹음 파일도 거듭 확인했다. 그들이 털어놓은 말 중에 거짓으로 느껴지는 부분은 없었다. 두 사람 다 피해자가 정진경이라고 확신했다.

김순규는 온라인 메신저로 정진경을 알게 됐다. 실제로 만난 건 범행이 있었던 2003년 7월 27일이 처음이었다. 다른 누군가가 정진경의 메신저로 그녀인 척 위장했을 수도 있다. 하지만 목격자인 택시기사는 천안 중앙공원에서 김순규와 함께 있었던 소녀가 정진경이 맞다고 확신했다. 이 부분은 경찰에 의해 진위가 확인됐다. 몇 년 전에 있었던 목격자 최면 수사에서도 재확인된 부분이었다.

정진경은 그때 만난 김순규와 모텔로 들어갔다. 그 모텔 방안에서 김순규와 윤신호에 의해 살해됐다. 몇 시간 뒤 그녀의 시체는 윤원종에 의해 재래식 화장실 벽면에 매장됐다. 그런데 그 시체는 정진경이 아니었다.

그날 밤, 사람이나 시체가 바뀌었을 가능성은 없었다.

한참 머리를 굴린 끝에 남준은 택시기사의 진술을 다시 살피기로 했다. 노트북에서 오래전 TV 프로그램 파일을 찾은 뒤 영상을 재생했다. 바로 프로그램 타이틀이 나왔다.

공개수배 추적 25시.

과거 남준은 한 주도 빠짐없이 이 방송을 챙겨봤다. 단순히 흥미 때문만은 아니었다. 매주 거론되는 용의자 중 누군가는 엄마를 알고 있을 거라 생각했고 그래서 방송을 보며 모든 용의자 얼굴을 머릿속에 담았다.

'사라진 소녀, 천안 여고생 실종사건'

에피소드 제목이 나타났고, 이어서 말끔한 정장 차림의 진행자가 등장했다.

흡사 중년 탐정의 모습을 한 진행자는 날카로운 눈빛을 번득이며 사건 개요를 설명해줬다.

남준은 마우스를 움직여 재생 바를 영상 중반 부분으로 이동했다. 잠시 후 화면 속으로 한 씨의 인터뷰가 나왔다.

목격자인 한 씨는 오십 대 택시기사였다. 그는 2003년 7월 27일 밤 11시경에 정진경을 목격했다고 했다. 일 분밖에 안 되는 짧은 인터뷰 영상이었지만 화면 속으로 한 씨의 얼굴이 고스란히 드러났다.

남준은 상체를 숙여 두 눈을 모니터에 바짝 붙였다. 화면 속 얼굴을 유심히 살펴봤다. 거짓을 말하는 얼굴 같지는 않았다.

다시 마우스를 움직여 한 씨가 최면 수사를 받는 부분으로 이동했다. 프로그램 제작진과 담당 형사의 거듭된 요청에 한 씨가 최면 수사에 응했다. 뒤이어 최면 수사를 진행했던 여성 최면 전문가의 인터뷰가 나왔다.

"이분의 기억이 오염됐는지 여러 테스트로 확인했고요. 목격 상황에 대한 신빙성과 인지능력, 지각능력 등이 평균 이상이라고 판단했어요."

최면 전문가는 조금 어색한 표정으로 말을 이었다.

"먼저 그날 목격한 여자가 정진경 양이라는 걸 확인한 뒤에 옆에 있던 남자 얼굴을 관찰했어요. 목격자분이 어떤 두려움 때문에 저항 작용을 일으키기도 했는데, 오랜 시간 잘 집중해주셔서 많은 기억을 되살릴 수 있었습니다."

한 씨는 여덟 시간에 걸쳐 그날 본 젊은 남자 얼굴을 떠올렸다. 현장에서 대기하고 있던 수사관이 바로 몽타주 작업을 시작했고, 그렇게 유력 용의자인 김순규의 얼굴이 완성됐다.

남준은 숨이 턱 막혔다. 그제야 자신이 놓친 게 뭔지 깨달았다.

최면 전문가는 한 씨가 피해자의 얼굴을 먼저 살핀 뒤 용의자를 관찰했다고 말했다. 하지만 그 말을 하는 그녀의 얼굴에 난처한 기색이 역력했다. 말한 내용과 표정 사이에 묘한 괴리감이 있었다.

그간 남준은 용의자를 먼저 발견하고 그 뒤에 피해자 부모와 계약을 체결했다. 이미 용의자를 찾은 상황에서 사건을 파헤쳤기 때문에 단 한 번도 실패하지 않았다. 하지만 애초에 용의자 특정이 잘못된 거라면 성공은 어려웠을 것이다.

그는 두 손으로 머리를 부여잡고 고민에 빠졌다. 이제 와서 다시 정진경을 찾기란 불가능하다. 이미 거머리 같은 형사가 턱밑까지 쫓아온 상태다. 점점 더 몸을 웅크리며 생각에 잠기던 순간, 정상훈의 편지 내용이 다시 떠올랐다.

남준은 눈을 감고 머릿속에서 〈천안 여고생 실종사건〉 상자를 들췄다.

상자 속에는 지난 몇 달간 정상훈 주변에서 본 수백 개의 얼굴이 담겨 있었다. 그 얼굴을 모조리 꺼냈다. 혹시라도 자신이 놓친 게 있는지 거듭 확인했다.

하지만 정진경으로 보이는 사람은 없었다. 그녀를 찾을 힌트 또한 발견하지 못했다.

결국 남준은 스스로 해결책을 찾지 못하고 편지 속에 적힌 정상훈의 직감을 믿어야 했다. 아무런 준비 없이 박진희를 만나야 하는 게 꺼림칙했지만 다른 방법이 없었다. 그래서 일단 박진희가 어디까지 알고 있고, 어떤 증거를 확보했는지 파악하기로 했다.

그는 그녀가 건넨 수사보고서를 꼼꼼히 읽었다. 한 번, 두 번 그리고 세 번째 읽었을 때 문장 하나가 눈길을 사로잡았다. 그 문장에서 묘한 이질감이 느껴졌다.

이건 왜 이렇게 썼지?

남준의 머릿속에서 의문이 부풀어 올랐다. 여러 방면으로 떠올린 끝에 한가지 가능성이 떠올랐다. 그는 스마트폰을 들어 그 가능성을 확인했다. 그리고 생각지도 못한 곳에서 힌트를 얻었다는 걸 깨달았다.

곧장 집에서 나와 차로 이십 분 정도 떨어진 공중전화 부스로 들어갔다. 수화기에 소형 녹음기를 장착한 뒤 박진희에게 전화를 걸었다.

그녀와의 대화는 남준이 생각했던 대로 흘러갔다. 남준은 통화를 마치고 차로 돌아왔다. 시동을 켜자 라디오에서 자정을 알리는 종소리가 울렸다.

문이 열리는 소리에 남준과 은비가 동시에 눈을 떴다. 피부가 희고 콧날이 오뚝한 사십 대 여성이 응접실로 들어왔다.

그녀의 이름은 노수진으로, 현재 이 연구소의 소장이자 과거 한 씨의 최면 수사를 진행했던 최면 전문가였다. 예전 TV 프로그램 속 단정했던 용모와 달리 지금은 청색 원피스와 풍성한 머리칼로 고풍스러운 분위기를 자아냈다. 얼굴은 거의 차이가 없었다.

남준과 은비가 동시에 자리에서 일어났다. 노수진은 두 사람에게 다가와 인사를 건넸다. 은비는 자신을 오전에 전화했던 '정지현'이라고 소개했고 시간 내주셔서 감사하다는 인사를 건넸다.

은비에 이어 남준도 고개를 숙이곤 명함 한 장을 내밀었다. 명함에는 '이상우'라는 가명과 주간지 이름 그리고 사회부 취재기자라는 직함이 적혀 있었다. 노수진이 명함을 확인하곤 살짝 미간을 좁혔다. 은비가 '사촌오빠예요'라고 하자 그제야 고개를 끄덕이며 입을 열었다.

"반가워요. 일단 이쪽에 앉을까요."

세 사람은 응접실 중앙에 있는 원형 테이블에 둘러앉았다. 데스크에 있던 여직원이 따뜻한 녹차 석 잔을 가져왔다. 노수진이 먼저 목을 축인 뒤 말을 꺼냈다.

"어떻게 그런 일이 일어났을까요. 마음이 너무 아프네요."

목소리에 진심이 담겨 있다는 걸 두 사람은 느낄 수 있었다.

오늘 아침, 남준은 은비에게 연락해 한 가지 부탁을 했다. 그로부터 몇 분 뒤, 은비는 노수진에게 전화를 걸어 자신을 정상훈의 조카라고 알렸다. 노수진은 아직 정상훈을 잊지 않은 눈치였다.

은비는 최근 정상훈에게 벌어진 일들을 차례로 언급했고, 노수진은 몇 번이나 놀란 소리를 내며 궁금증을 내비쳤다. 잠깐 만나 뵙고 싶다는 말에 그녀는 자세한 내용도 묻지 않고 약속 시각을 알려줬다.

"정상훈 씨 건강은 좀 어떠세요?"

"그간 고생을 많이 하셔서 그런지…… 많이 안 좋아요."

"그렇죠. 그동안 아주 힘드셨을 텐데."

노수진과 은비 사이에 정상훈에 관한 대화가 조금 더 이어졌다. 그러곤 노수진이 다시 차를 한 모금 마신 뒤 은비에게 물었다.

"근데 저는 무슨 일로 보자고 한 거예요?"

"그게……."

은비가 남준을 힐끔 쳐다봤다. 남준은 고개를 까닥하며 은비에게 신호를 보냈고, 그때부터 노수진의 얼굴을 빤히 바라봤다.

"선생님께 여쭤볼 게 있어서요."

"뭔데요?"

"아무리 생각해도 용의자 몽타주가 이상해서요."

"네?"

노수진의 얼굴에 흠칫 놀라는 표정이 나타났다.

"큰아빠는 그동안 용의자 몽타주에 의지해서 범인을 찾아다녔는데요. 지금 밝혀진 범인은 용의자 몽타주랑 너무 달라서요."

은비는 노수진과 통화할 때 유전자 검사 결과는 알려주지 않았다. 그저 범인이 자수했다는 말만 전하며 사건이 다 끝났다는 뉘앙스를 풍겼다. 아마도 노수진은 사건의 뒷이야기나 정상훈의 심리치료 등을 기대하고 은비를 만났을 것이다. 그래서인지 그녀의 얼굴에 놀란 기색이 더 두드러져 보였다.

"범인은 육십 대 남자였어요. 혹시 몰라서 그 범인 아들도 만나봤는데 그 사람 얼굴도 용의자 몽타주랑 달랐어요. 고민 끝에 떠오른 게, 혹시 몽타주가 만들어질 때 어떤 문제가 있었던 게 아닌가 하고요."

"문제라면 어떤?"

"최면 수사 당시 그 목격자분이 거짓말을 했다거나, 진술 과정에서 알려지지 않은 문제가 있었다거나."

"그게 지금 왜 궁금한 거예요?"

순식간에 노수진의 목소리가 변했다.

"그냥 기분이 찜찜해서요. 경찰은 아니라고 하지만 처음부터 뭔가 잘못된 부분이 있었던 것 같아서."

"최면 수사에는 아무런 문제가 없었어요."

노수진의 얼굴에 힘이 들어갔다. 시선도 살짝 흔들리기 시작했다.

"오래전 일이지만 그날은 다 기억해요."

그녀는 담당 형사뿐 아니라 TV 프로그램 제작팀까지 와 있던 터라 그때 일을 아직도 잘 기억한다고 말했다. 평소보다 오래 테스트를 진행했고, 내담자의 최면 반응성에 문제가 없었다고도 강조했다.

"예전 방송에서 소장님이 '어떤 두려움이 저항 작용을 일으켰다'라고 말씀하셨는데, 그건 문제가 아닌가요?"

"일반적인 반응이에요. 누구나 자신의 기억이 범죄와 연관돼 있다고 생각하면 그런 반응을 보여요. 혹시 그 말 때문에 뭐가 잘못됐다고 생각하신 거예요?"

방금까지 굳어 있던 그녀의 얼굴이 차츰 안정을 되찾았다. 미소도 자연스럽게 떠올렸다.

남준은 헛기침을 하며 은비에게 두 번째 신호를 보냈다. 이제부턴 자신이 직접 입을 열어야 했다.

"그날 목격자가 피해자 얼굴을 확인할 때, 그때는요?"

남준이 물었다.

노수진이 고개를 돌려 남준과 눈을 마주쳤다.

"목격자가 피해자 인상착의를 제대로 진술했나요?"

"무슨 말을 하는 거예요?"

"피해자가 정진경 씨가 맞는지, 그 확인 절차가 제대로 이뤄졌나요? 대충 넘긴 거 아니에요?"

"어떤 근거로 그렇게 말하죠?"

노수진이 차분하게 되물었다. 하지만 남준의 눈엔 미묘하게 떨리는 그녀의 얼굴 근육이 여실히 보였다. 남준은 잠시 뜸을 들인 뒤 냉랭한 목소리로 말했다.

"저는 이 사건을 다시 취재하고 있는데요. 얼마 전에 그 목격자분을 직접 만났어요. 최면 수사에 임하셨던 택시기사 한 씨요. 그런데 그분이 이상한 말을 했어요."

남준은 노수진의 눈을 보며 여기서 말을 멈췄다. 이제 도박이다. 성공하면 그녀를 휘어잡을 수 있지만 실패하면 바로 자리를 떠나야 한다.

　"그분이 '최면 수사에서 봤던 여자애는 자신이 생각했던 그 애가 아니었다, 얼굴 생김새가 많이 달랐다'라고 하셨어요. '그게 마음에 걸려서 다시 경찰을 찾아갔는데 아무도 말을 들어주지 않았다'라고도 했고요."

　노수진의 얼굴 근육이 심하게 꿈틀거리며 부자연스러운 표정이 만들어졌다.

　"그때 선생님은 알고 계셨죠? 목격자가 본 젊은 여자가 정진경 씨가 아닐 수도 있다는 걸요."

　"말도 안 되는 얘기를 하시네요."

　"그때 최면 수사 중에 문제가 있었던 거죠?"

　"이제 그만하죠."

　노수진은 점점 하얗게 질려가는 얼굴을 홱 돌렸다.

　남준은 몸을 그녀 쪽으로 기울이며 나직이 말했다.

　"그때 피해자 특정이 잘못됐어요. 그래서 그동안 용의자 수사도 지지부진했던 거고요. 그 결과, 정상훈 씨에게 이런 비극이 생긴 거예요. 그러니 하나만 알려주세요."

　"뭘요?"

　그녀가 기가 질린 눈으로 남준을 바라봤다.

　"피해자 얼굴이 다르다는 걸 담당 형사에게 알렸나요? 아니면 선생님이 가볍게 판단해서 그냥 지나치신 건가요?"

　"가볍게 판단하다니……."

남준의 투박한 말투에 노수진이 눈을 부릅떴다.

"지금 대답 안 하시면 제 기사에 선생님 책임이라고 쓸 수밖에 없어요. 만약 경찰 책임이면 선생님 이름은 빼 드릴게요."

무거운 정적이 내려앉았다. 서로 시선도 외면했다. 결국 노수진은 긴 한숨을 내쉬었다. 그리고 자신은 분명히 담당 형사에게 알렸다고 대답했다.

현장에 있던 형사들은 그럴 리 없다며 그녀의 말을 무시했고, TV 프로그램 제작팀 또한 용의자 얼굴에 혈안이 된 상태여서 그녀는 피해자보다 용의자 인상착의에 더 집중했다고 알렸다. 그녀의 말이 끝나자 한동안 응접실 내부에 잔잔한 피아노 소리만 감돌았다.

"난 분명히 알렸고, 그때 형사들이 대수롭지 않게 여긴 거예요."

노수진은 남준의 시선을 피해 허공을 보며 말했다.

"그래서 잘못이 없다는 건가요?"

남준이 냉랭한 목소리로 꾸짖듯이 물었다. 대답을 기다리지 않고 조금 더 목소리를 높였다.

"그때 제대로 일을 안 해서 전부 어긋난 거잖아요! 이런 씨……."

남준의 매서운 눈빛이 노수진에게 꽂혔다. 노수진은 고개를 돌린 채 아무 말이 없었다. 은비는 그저 멍하니 두 사람을 지켜보았다.

남준이 두 번 헛기침을 하며 은비에게 이만 끝내겠다는 신호를 보냈다. 일어나기 전에 남준은 노수진에게 마지막 말을 남겼다.

"어쨌든 진짜 문제는 경찰들이네요. 제 기사에 선생님 이름은 나오지 않을 거예요. 그때 최면 수사도 문제 삼지 않을게요. 대신 제가 경찰에게 책임을 물을 때까지 선생님도 이 일을 계속 모른 척해주세요."

노수진의 고개가 위아래로 움직이는 걸 확인하고 남준은 자리에서 일어났다.

남준과 은비는 차에 타자마자 가발을 벗어 던졌다. 두 사람이 탄 차는 곧장 지하주차장을 빠져나와 넓은 도로로 접어들었다.

"고생했어."

남준의 말에 은비는 고개만 까딱일 뿐이었다.

남준이 뭐라도 먹으러 가자고 했지만 한참을 기다려도 은비의 대답은 돌아오지 않았다.

"간단히 햄버거나 먹으러 가자. 구치소 들어가면 그런 건 못 먹을 거 아니야."

"뭐?"

그제야 은비가 입을 떼며 남준을 노려봤다.

"농담이야."

남준은 능청스럽게 웃고는 내비게이션으로 가까운 맥도날드 매장을 검색했다.

매장으로 향하는 동안 은비의 시선은 창밖에 고정돼 있었다. 남준은 지난 나흘 동안 몇 번이나 네 탓이 아니라고 은비를 다독였다. 하지만 그녀는 그렇게 생각하지 않는 모양이었다. 아직도 경직된 얼굴을 풀지 않았다.

맥도날드 매장에 도착해 주문한 음식을 가지고 2층으로 올라갔다. 시끄럽게 떠드는 중학생들을 지나 창가 쪽 좌석에 자리를 잡았다. 의자에 앉자마자 남준은 덥석 햄버거를 먹기 시작했지만, 은비는 깨작거리며 영 먹지 못했다. 문득 생각났다는 듯이 남준에게 물었다.

"근데 오늘 거기는 꼭 가야 했던 거야?"

"그건 아닌데, 그냥 화가 나서. 그 여자한테 욕이라도 한번 하려고 갔어."

"경찰한테 쫓기는 주제에 그런 짓을 왜 해!"

"그리고 중요한 정보도 확인했잖아. 내가 검거되면 그걸로 공격해야지. 애초에 경찰 수사가 엉망이었고 그래서 내가 나설 수밖에 없었다고."

"너 진짜 죽을래?"

갑자기 은비가 눈을 부릅떴다.

"별일 없을 거라며? 방법이 다 있다며? 정말 찾을 수 있는 거야?"

"응."

"그 방법이 뭔데?"

"나중에 얘기해줄게."

"제대로 말해. 괜히 나 때문에 거짓말하는 거 아니냐고!"

"거짓말 아니야. 내가 아무런 계획도 없이 경찰을 찾아가겠냐?"

은비는 더 묻는 걸 포기하고 햄버거를 베어 물었다. 그러면서도 눈길은 남준에게서 떨어지지 않았다. 남준이 다시 입을 열었다.

"사실은 네 덕에 힌트를 얻었어."

"무슨 소리야?"

"너 때문에 방법을 찾았다고. 나중에 다 얘기해줄 테니까 걱정하지 말고 밥이나 잘 먹고 있어."

은비는 뭔가 할 말이 있는지 입을 씰룩였다. 그러다 콜라를 한 모금 마시고 결심한 듯 입을 열었다.

"말도 없이 사라지는 건 최악이라고. 네가 고1 때 했던 말인데, 기억하지?"

"내가 그랬나?"

"네가 분명히 그랬어. 그러니까 너도 말도 없이 사라지지 마. 경찰한테 잡히지 말라고."

남준은 고개를 끄덕이며 햄버거를 마저 먹었다. 그런데 몇 초 뒤 뱃속에서 차가운 소용돌이가 일렁거리며 고1 때 했던 그 말이 생생하게 떠올랐다.

당시에 아무리 사람들을 만나도 엄마의 흔적을 찾지 못했다. 남준은 엄마가 스스로 집을 나갔다는 경찰의 말이 사실처럼 여겨졌다. 유일한 내 편에게 배신을 당했다는 좌절감과 고립감에 휩싸였다. 그 감정이 분노로 바뀔 때까지는 그리 오랜 시간이 걸리지 않았다.

그때 엄마의 사진을 전부 불태웠다. 머릿속에 새겨둔 엄마의 얼굴도 다 지웠다. 더는 엄마를 떠올리지 않을 거라고 다짐했다. 그런데 그로부터 이틀 뒤, 잠결에 그 암흑이 찾아왔다.

남준은 아무것도 보이지 않는 암흑 속에 서 있었다. 잠시 후 옅은 빛이 들어오며 한 남자에게 무차별 폭행을 당하고 있는 여자가 보였다. 남준은 물끄러미 그 모습을 바라봤다. 남자가 사라진 뒤에야 여자에게 다가갔다. 얼굴이 뭉개진 여자는 힘겹게 입을 움직였다.

"여기서 꺼내줘."

그제야 남준은 그 여자가 엄마라는 걸 깨달았다.

마지막 말을 남긴 뒤 엄마는 싸늘한 시체로 변해갔다. 남준은 온

몸이 얼어붙은 채 엄마의 시체를 망연자실 바라봤다. 두 눈에서 계속 눈물이 흘렀다.

잠시 후 어디선가 수많은 붉은 개미가 나타나더니 엄마의 시체를 갉아먹기 시작했다. 개미 중 일부가 남준의 존재를 알아차리고 몰려들었다. 그리고 순식간에 남준의 몸을 뒤덮었다. 남준은 숨을 헐떡거리며 잠에서 깼다.

억울하게 죽은 사람은 누군가의 꿈에 나타나 자신의 억울함을 호소한다고, 그런 말을 할머니에게서 들은 적이 있었다. 그때 확신이 들었다. 엄마는 스스로 집을 나간 게 아니라 누군가에 의해 사라진 거였다.

그날 이후에도 그 암흑은 불쑥불쑥 찾아와 남준을 괴롭혔다. 지금 생각해보니 남준이 자신의 머릿속에서 엄마를 지웠을 때 그 암흑이 생겨난 거였다. 그게 무슨 의미인지는 엄마를 찾기 전까지는 알 수 없을 것 같았다.

"다 먹었어?"

은비의 목소리에 남준이 얼른 고개를 들었다. 남준은 콜라를 한 번에 다 마신 뒤에야 정신을 차렸다.

"응, 너도 다 먹었으면 나가자."

매장에서 나온 두 사람은 차가 세워진 야외 주차장으로 걸어갔다. 남준이 먼저 차로 들어가 자신의 가방을 꺼냈다. 뒤이어 은비에게 차 키를 건넸다.

"여기서 헤어지자. 운전 조심하고."

"너도 조심해."

은비는 간단히 대답하곤 그 자리에 서서 우물쭈물했다. 아까처럼 입을 씰룩거리며 망설이는 모습이었다.

"뭐 할 말 있어?"

"그게…… 미안해. 나 때문에."

"그런 거 아니라니까."

은비의 눈이 빨개지더니 갑자기 눈물이 터져 나왔다.

남준은 엉거주춤 서 있다가 조심스럽게 은비에게 다가갔다. 울음 소리가 잦아들지 않아 그는 할 수 없이 은비의 어깨를 살짝 쓰다듬었다.

은비가 남준의 가슴에 얼굴을 기댔다.

은비의 입김이 남준의 목덜미에 닿았다. 그녀의 두 팔이 그를 감쌌다.

남준은 점점 맥박이 빨라지더니 얼굴까지 열기가 올라왔다. 어느새 그의 팔에도 힘이 들어갔고 그렇게 은비를 꼭 끌어안았다.

결전을 앞두고 긴장해서인지 한참 동안 그녀의 품에서 빠져나올 수 없었다.

28

 빨갛던 노을이 점점 색을 잃어가며 어두워졌다. 어느덧 가을로 접어들었는지 해가 저무는 속도가 빨랐다.

 하늘 전체에 어둠이 내려앉을 때쯤 진희는 실종아동협회 사무소 인근 공영 주차장에 도착했다.

 차에서 내려 사무소 건물로 향하기 전에 먼저 분식집에 들러 김밥 네 줄을 샀다.

 사무실로 들어가 기다리는 황대표에게 식사는 했는지 묻자 고개를 저으며 아직이라고 대답했다.

 진희는 회의실로 들어갔다. 그러고 보니 처음 여길 방문했을 때도 회의실에서 김밥을 먹었다. 항상 시간이 빨리 간다고 여겼는데, 지난 반년은 더 한순간처럼 느껴졌다. 뒤따라 들어온 황대표는 별말 없이 진희 맞은편에 앉았다.

 두 사람은 김밥을 먹기 시작했고, 반쯤 먹었을 때 황대표가 먼저 입을 열었다.

"정말 온다고 했죠?"

"네, 올 거예요."

진희는 어젯밤 고남준과의 통화를 다시 떠올렸다. 진지하면서도 알 수 없는 여유가 묻어 있던 그의 목소리가 여전히 목구멍에 걸린 이물질처럼 걸리적거렸다. 어젯밤에 피어오른 불안감도 아직 사라지지 않았다.

그에 반해 황대표는 고남준과의 재회를 잔뜩 기대하는 눈치였다. 지금도 눈을 힐끔거리며 문을 바라봤다.

며칠 전, 그는 모든 조사를 협회 사무소에서 진행해달라고 간곡하게 부탁했다. 직원들에게 적당한 이유를 댔다며 다음 주까지 사무소를 비우겠다고.

7년 전에 도움을 주지 못해 미안했는데, 이제라도 도움을 주고 싶다는 말을 덧붙였지만, 그 이유보다는 자신이 직접 고남준의 능력을 확인하고 싶은 모양이었다.

"그…… 얼굴 고유의 특징을 인식하는 사람, 인터넷에 찾아보니 실제로 그런 능력을 가진 사람들이 있다고 하던데."

황대표는 이은비의 웹툰을 봤다며 말을 꺼냈다.

"들어본 적 있습니까?"

"아니요."

"외국에선 그런 사람들로 만들어진 경찰조직도 있다고 하던데요?"

"그게 사실이라 해도 전문적으로 훈련을 받은 사람일 거예요. 초능력 같은 게 아니고요."

황대표는 김밥을 집어 먹으며 입을 다물었다가 다시 진희를 바라봤다.

"만약 그 애가 진경이를 못 찾는다고 해도…… 그간의 일을 모른 척해줄 순 없소?"

"네?"

"그 애를 아직 잘 모르지만, 우리에겐 어떤 식으로든 도움이 될 거예요."

"대표님까지 왜 그러세요."

짜증이 뒤섞인 목소리가 튀어나왔다. 황대표는 얼굴이 벌게져서는 고개를 돌렸다.

진희는 오늘따라 그의 백발이 근사하기보다 애잔해 보였다.

그녀는 지난 며칠간 송진옥과 오태수, 정상훈의 심정을 이해하려 노력했다. 그들 모두는 희망에 가장 취약한 사람들이었다. 더는 경찰을 믿지 못했고 이미 꺼진 희망을 되살리기 위해 고탐정에게 매달렸다. 자식을 찾을 수 있는 유일한 방법, 그게 고탐정이라고 철석같이 믿었을 것이다. 지금 황대표 또한 그들과 같은 심정으로 보였다.

진희는 화가 치밀어 올랐다. 고개를 떨군 황대표를 보니 고남준을 더 용서할 수 없었다. 그에 대한 적대감이 점점 더 짙어지고 있을 때, 문을 두드리는 소리가 들렸다.

회의실에서 나온 진희가 사무실 문을 열었다. 복도에 야구모자를 눌러쓴 남자가 서 있었다. 모자 아래로 날카롭게 찢어진 두 눈이 보였다.

"들어와."

가방을 둘러멘 남준이 사무소 안으로 들어섰다. 오늘은 어떠한 변장도 하지 않은 모습이었다. 황대표가 남준에게 다가가 와줘서 고맙다며 손을 붙잡았다.

남준은 황대표에게 넙죽 허리를 굽혔다가 사무소 내부를 빙 둘러 봤다.

"어디로 가면 돼요?"

진희는 턱 끝으로 회의실을 가리켰다. 남준이 등에 멘 가방을 벗 으며 회의실로 성큼 들어갔다.

진희와 황대표가 뒤따라 들어와 테이블 앞에 앉았다. 남준은 유 리창 너머로 보이는 사무소 내부를 한 번 더 훑어본 뒤 두 사람 맞 은편에 앉았다.

황대표는 7년 전 방문한 남준을 기억한다며 엄마는 어떻게 됐는 지 물었다. 남준은 대답 없이 고개만 내저었다. 엄마를 아직 찾지 못 했다는 뜻이었다. 그런데 그때 낯선 물건이 진희의 눈에 띄었다.

"그건 뭐야?"

진희는 고남준의 귀를 가리키며 물었다. 귓구멍 속에 뭔가가 있 었다.

"보청기예요."

"보청기?"

"조금 있다가 보여드릴게요."

진희가 의심스러운 눈길로 남준을 응시하자, 옆에서 황대표가 얼 른 끼어들었다.

"그때도 보청기를 했었지?"

"네, 뭐."

"언제부터 한 거니?"

"어릴 때부터요."

남준은 대충 대답하고 진희와 눈을 마주쳤다.

"일단 일을 시작하기 전에 다시 한번 짚고 넘어갈게요."

그는 자신이 정진경을 찾을 경우, 고탐정과 관련된 모든 자료를 없애고 수사도 멈춰달라고 했다.

그 말에 황대표의 시선이 급하게 진희에게로 향했다.

진희는 희미한 미소를 띠고 입을 열었다.

"그렇게 해주겠지만, 그게 널 지켜주겠다는 건 아니야. 내가 아니라도 증거가 발견되면 다른 경찰들이 널 쫓을 거고, 난 그들을 도울 거니까."

"그건 어쩔 수 없죠. 그냥 팀장님만 멈춰주시면 돼요."

남준이 말을 이었다. 만약 정진경을 찾지 못할 경우, 그는 자신이 직접 정상훈과의 일을 자백하겠다고 했다. 그리고 정진경을 찾든 못 찾든 이번 일이 끝나면 부산 금정구 사건의 범인을 알려주겠다고 덧붙였다.

"약속한 거 꼭 지키기예요."

진희는 기계적으로 고개를 끄덕이며 고남준의 얼굴과 몸짓을 살폈다. 긴장하거나 머리를 굴리는 게 안 보였다. 어젯밤보다 말투도 더 여유로워진 것 같았다.

태연한 척 연기를 하는 건지, 정말 자신이 있는 건지, 진희는 그의 속셈을 여전히 파악하지 못했다.

"그럼 시작할게요."

남준은 가방에서 노트북을 꺼냈다. 켜지는 동안 진희에게 손을 내밀었다. 몇 초가 흐른 뒤에야 진희는 그게 뭘 의미하는지 눈치챘다. 얼른 외투 주머니에서 작은 외장 하드를 꺼내 건넸다.

"납골당 영상은 로비 쪽 한 달 치만 있고, 나머지는 전부 꽃집 영상이야. 꽃집은 총 여섯 곳, CCTV는 내부랑 입구 두 군데, 기간은 대략 석 달 치."

남준은 외장 하드를 노트북에 연결한 뒤 몇 개의 영상을 클릭하며 재생이 잘 되는지 확인했다. 그러곤 벌떡 자리에서 일어났다.

"밖에 있는 모니터 좀 쓸게요."

황대표의 허락을 받기도 전에 회의실을 나가 사무소 책상 위에 있는 모든 모니터를 차례로 들고 들어왔다.

모니터 네 개가 회의실 테이블에 놓였다. 각 모니터와 연결된 케이블은 고남준이 가져온 작은 기기에 꽂혔고 그 기기는 다시 고남준의 노트북과 연결됐다.

그가 노트북을 만지자 네 개의 모니터 화면에서 각기 다른 영상이 나타났다. 전부 진희가 확보한 꽃집 CCTV 영상이었다.

진희와 황대표는 회의실 뒤편에 서서 말없이 그가 하는 걸 지켜봤다. 마치 종합관제센터처럼 변한 회의실 모습에 황대표는 눈을 휘둥그레 뜨곤 호기심을 보였다. 진희는 기대에 차 있는 그의 얼굴이 썩 마음에 들지 않았다.

네 개의 화면을 한 번에 볼 작정인가? 단순히 눈속임을 위한 수단인가?

진희의 머릿속에서 이런 의문이 떠올랐다. 그때, 화면 속 사람들 얼굴에 작은 사각형이 나타났다. 사각형은 얼굴을 따라다니다가 어느 순간 번쩍하고 사라졌다. 마치 얼굴을 캡처하는 모습과 비슷했다.

진희는 설마, 하는 마음으로 남준에게 다가갔다. 그가 보고 있는 노트북 화면 속으로 조금 전에 캡처된 얼굴이 등장했다.

비교적 선명하고 뚜렷한 얼굴 사진이었다. 얼굴인식 기술을 떠올리곤 그의 의도를 파악했다. 다수의 모니터에서 인식된 얼굴을 한 화면에서 확인한다. 이렇게 하면 비교적 시간과 수고를 줄일 수 있다. 하지만 결국 이렇게 하나하나 얼굴을 확인할 생각인가?

"여기요."

남준은 진희가 가까이 다가오는 걸 알았다는 듯 보지도 않고 손을 내밀었다. 손바닥 위엔 귓속에 있던 작은 물건이 놓여 있었다. 진희는 고개만 내밀어 그 물건을 확인했다. 생긴 것만 보면 보청기가 맞는 듯했다. 딱히 수상한 물건으로도 보이지 않아 별다른 말 없이 한발 물러섰다.

남준은 보청기를 다시 귓속에 넣고 키보드와 마우스를 만지작거렸다. 또다시 모니터 화면에 변화가 나타났다. 모든 영상이 빨라졌다. 서너 배는 속도가 높아진 것 같았다.

모니터로 향했던 진희의 눈길이 노트북 화면으로 옮겨갔다. 방금 모니터에서 전송된 얼굴 사진이 일이 초 사이로 계속 다른 얼굴로 변경됐다.

저 속도로 얼굴을 확인한다고?

진희는 고개를 갸웃하며 회의실 뒤편으로 돌아왔다.

이미 자리를 잡은 황대표의 얼굴엔 흥분한 기색이 역력했다. 의자를 가져와 황대표 옆에 앉은 진희는 그때부터 줄곧 남준을 지켜봤다. 바른 자세로 앉은 그의 뒷모습에서 사뭇 진지한 분위기가 감돌았다.

"저 중에 진경이가 있을까요?"

옆에서 황대표의 목소리가 전해졌다.

"그럴 리가요."

서너 시간이 지날 동안 남준은 조금도 자세가 흐트러지지 않았다. 자정이 지날 때쯤 일어나 기지개를 켠 뒤 화장실을 다녀왔다.

다시 돌아와서는 늦은 새벽까지 자리를 뜨지 않고 화면만 바라봤다. 진희는 밀려드는 하품에 의자에서 몸을 일으켰다. 잠깐 회의실을 나와 보니 사무소 구석 소파에 잠든 황대표가 보였다. 바닥에 떨어진 외투를 황대표에게 다시 덮어준 뒤 탕비실로 들어갔다.

커피를 두세 잔 마시니 한두 시간 더 버틸 수 있었다. 하지만 창밖의 어둠이 푸른색으로 변할 때쯤 결국 눈이 감기고 말았다.

잠시 후 진희는 어디선가 들어오는 햇살에 화들짝 놀라 자리에서 일어났다. 바로 남준부터 찾았는데 호들갑이 무색하게 그는 여전히 같은 자리에 앉아 있었다.

한동안 조용하고 차분한 시간이 계속됐다. 아침 일찍 황대표가 사 온 샌드위치를 먹을 때도, 오후에 진희가 주문한 도시락이 도착했을 때도, 남준의 자세는 변화 없이 그대로였다.

그렇게 두 번째 저녁으로 접어들었고, 황대표는 잠시 집에 다녀오겠다며 사무소를 나섰다.

진희는 꼬박 하루를 사무소 안에서 보냈다. 스무 시간 넘게 남준만 지켜본 거였다. 사건 자료를 검토하며 밤을 새울 때보다 훨씬 더 가슴이 답답하고 머리가 지끈거렸다. 곧 두통이 밀려왔고 얼른 약을 삼켰다. 별다른 효과가 느껴지지 않아 화장실로 향했다.

세면대에 고개를 숙이고 찬물을 끼얹자 조금은 두통이 잦아드는 느낌이 들었다. 진희는 얼굴에 물기가 가득한 상태로 화장실에서 나왔다. 마침 엘리베이터에서 내리는 황대표와 마주쳤다. 그의 양손에 짐이 가득했다.

진희는 그의 손에 들린 커다란 종이 가방을 낚아챘다. 무거운 가방 속에서 구수하고 달짝지근한 음식 냄새가 올라왔다. 코끝에서 맴도는 냄새 덕분인지 더는 두통이 느껴지지 않았다.

사무소로 들어가 황대표와 함께 가방 속에서 음식을 꺼냈다. 책상 위로 갈비찜부터 밑반찬과 소고깃국까지 푸짐한 밥상이 펼쳐졌다.

"집으로 데려가고 싶었는데, 괜히 시간을 뺏으면 안 될 거 같아서."

황대표는 괜스레 중얼거리며 일찌감치 아내에게 부탁해둔 거라고 덧붙였다.

진희는 이전에 전화 통화로 들었던 황대표 아내의 목소리가 떠올랐다. 아마 그녀도 어제부터 황대표와 같은 기대감을 품고 있었을 거란 생각이 들었고, 그렇게 생각하니 괜히 그녀에게도 몹쓸 짓을 하는 거 같아 마음이 무거워졌다.

황대표가 회의실에서 남준을 데리고 나왔다. 세 사람은 책상에 둘러앉아 식사를 시작했다.

별다른 대화는 오가지 않았다. 음식을 씹는 소리만 사무실을 가득 채웠다. 그러다 황대표가 남준에게 넌지시 말을 건넸다.

"아직 많이 남았니?"

"뭐요?"

"사람 확인하는 거."

"거의 끝나가요."

남준은 입안 가득 음식을 오물거리며 대답했다.

점심에 시판 도시락을 먹을 때와 달리 게걸스럽게 먹는 모습이었다. 천천히 먹으라는 황대표 말에도 남준의 손은 더 분주해졌다.

"시간이 많이 지나서 진경이 얼굴이 꽤 달라졌을 텐데……."

"그래도 찾을 수 있어요."

남준은 음식물을 목구멍으로 넘긴 뒤 말을 이었다.

"얼굴이 변해도 제 눈에 걸릴 거예요."

"어떻게?"

"그냥, 뭐."

그는 말을 끝맺지 않은 채 다시 밥 먹는 데 집중했다.

"아직 진경이로 보이는 사람은 없었던 거야?"

"네, 없었어요."

황대표가 조금은 실망한 얼굴로 고개를 돌렸다.

남준은 개의치 않고 남은 밥을 마저 다 먹었다. 진희는 그런 남준을 빤히 바라봤다. 아무리 봐도 그의 얼굴엔 걱정이나 불안 같은 게 떠오르지 않았다. 그럴 수 있나? 그럴 수 없어야 마땅했다.

"왜 그렇게 여유로운 거야?"

진희가 대놓고 남준에게 물었다.

"네?"

"정진경 찾는 게 별일 아니라는 것처럼, 뭘 숨기고 있는 건데?"

"그런 거 없는데요."

남준은 그렇게만 대답한 뒤 밥그릇을 긁어먹고 숟가락을 내려놨다.

진희가 싸늘한 목소리로 추궁했다.

"만약 영상을 다 확인해도 눈에 걸리는 사람이 없으면 어쩔 거야?"

"그땐 다른 사람 눈을 믿어봐야죠."

그는 아리송한 대답만 남기고 자리에서 일어났다.

"대표님, 잘 먹었습니다. 그리고 오늘은 그냥 집에 들어가서 주무세요. 팀장님도 좀 주무세요. 아마도 내일 아침에 저랑 어디 좀 다녀와야 할 거 같아요."

남준은 이 말을 끝으로 귓속에서 보청기를 뺐다.

진희는 더 이상 묻지 못한 채 회의실로 돌아가는 그를 물끄러미 바라봤다.

29

새벽 내내 천둥이 울렸고 날이 밝자마자 빗줄기가 쏟아졌다. 일기예보에선 오늘 종일 비가 내린다고 했다.

박진희는 우산을 바짝 당겨쓴 채 주차장으로 걸어갔다. 차에 올랐을 땐 이미 옷자락이 흠뻑 젖은 상태였다.

그녀는 와이퍼를 작동시킨 뒤 차를 끌고 주차장에서 나왔다. 건물 입구를 향해 두세 번 클랙슨을 울리자 안에 있던 남준이 뛰어와 조수석에 올라탔다. 타자마자 내비게이션에 주소부터 입력했다.

"어딜 가는 거야?"

"대전이요."

"대전은 왜?"

"만날 사람이 있어요."

순간 진희의 머릿속으로 몇 주 전에 만났던 남자가 떠올랐다.

"혹시 곽형철이야?"

"네."

목적지가 설정됐다는 내비게이션 음성이 흘러나왔다. 남준은 안전벨트를 매고 의자에 몸을 기댔다.

"설명은 나중에 할게요. 이틀 동안 한숨도 못 자서 좀 자야겠어요. 목적지에 도착하면 깨워주세요."

그는 고개를 창가 쪽으로 휙 돌렸다.

진희는 골목을 빠져나와 안개 낀 도로에 접어든 뒤에야 곁눈으로 그를 쳐다봤다. 누렇게 뜬 얼굴이 눈에 들어왔다. 턱과 코밑에 수염도 거뭇하게 나 있었다. 잔뜩 지친 몰골이었다. 왠지 안쓰러워 보이는 그 얼굴이 몇 시간 전에 있었던 일을 다시 상기시켰다.

오늘 새벽, 천둥소리에 잠을 깬 진희는 모든 모니터가 꺼진 걸 확인했다.

곧장 눈을 비비고 남준에게 초점을 맞췄다. 그런데 그가 온몸을 덜덜 떨고 있었다. 그녀는 조용히 일어나 그에게 다가갔다. 무슨 일이냐고 물었지만 대답은 돌아오지 않았다. 뒤늦게 테이블 위에 놓인 보청기가 보였다.

진희는 슬쩍 고개를 숙여 얼굴을 살폈다. 이마와 얼굴에 땀이 흥건했다. 두 눈을 감은 채 미간을 잔뜩 찌푸리고 있었다. 한참 동안 미동도 하지 않았다.

그녀는 나중에 묻기로 하고 일단 회의실 뒤쪽 자리로 돌아왔다.

잔뜩 움츠린 뒷모습을 보니 괜히 측은한 마음이 들었다. 그녀는 얼른 고개를 흔들며 그런 감정을 떨쳐냈다.

그런데 몇 분 뒤 갑자기 키보드 두드리는 소리가 들려왔다. 그때부터 아침까지 남준은 뭔가를 부지런히 준비하는 모습이었다. 진희는 신경을 곤두세운 채 그의 행동을 지켜보며 다음 단계가 궁금해졌다.

그게 곽형철이라고 하니 의문과 궁금증이 더 커진 상태였다.

차가 고속도로를 저속으로 달렸다. 차체를 때리는 빗소리와 부지런히 움직이는 와이퍼 소리가 차 안에 가득 울렸다. 나직한 남준의 숨소리도 절묘하게 어우러졌다. 진희는 음악도 라디오도 켜지 않은 채 운전에만 집중했다. 그리고 왜 고남준이 곽형철을 만나려 하는지, 그 이유를 끊임없이 떠올렸다.

출발한 지 두 시간이 조금 지난 오전 8시 반쯤, 목적지에 도착했다는 내비게이션 음성이 들려왔다. 목적지는 대전 시내의 한 주택가 골목이었다. 서울에서 퍼붓던 비가 이곳에선 보슬비로 바뀌어 있었다. 뿌연 안개 탓에 주변으로 편의점 불빛만이 눈에 띄었다.

"도착했네요."

남준이 몸을 뒤척이며 눈을 떴다. 진희는 정면으로 뿌옇게 보이는 주택을 가리키며 물었다.

"여기야?"

"네."

"이렇게 불쑥 찾아와도 돼?"

"팀장님도 매장에 불쑥 찾아갔잖아요."

진희는 피식 웃음이 나왔다. 남준이 뭘 준비하고 있는지, 자신이 곽형철을 찾아간 걸 어떻게 아는지 궁금했다.

남준은 먼저 스마트폰을 꺼내 전화를 걸었다. 상대와 연결이 되지 않자 바로 문자 메시지를 보냈다. 진희가 놀란 건 문자를 보내고 일 분도 채 지나지 않아 전화가 들어왔다는 것이다. 남준은 바로 전화를 받았다.

"또 오면 어떡해요?"

짜증 섞인 목소리가 튀어나왔고, 진희는 단번에 상대가 곽형철임을 확인했다.

"지금 좀 봐요."

"지금은 안 돼요. 아이가 아파서 집에 있어야 해요."

"오늘도 오후 근무죠? 지금 안 나오면 저희가 매장으로 찾아갈 수밖에 없어요."

"저희라니요?"

"오늘은 박진희 팀장님이랑 같이 왔어요."

대꾸가 없자 남준이 다시 말을 이었다.

"이틀 전에 만났던 편의점 앞에 있어요. 얼른 나와요."

남준은 일방적으로 전화를 끊었다. 진희는 그런 그를 눈을 치켜뜨고 보았다. 제멋대로 구는 행동보다 '이틀 전'이라는 말이 그녀를 더 당황하게 했다. 이틀 전이면 남준이 협회 사무소를 찾아온 날이었다. 저녁에 사무소로 오기 전 이곳을 다녀갔다는 얘기다.

"이틀 전에 왜 만났어?"

"물어볼 게 있어서요."

"뭘 물어봤는데?"

"나중에 말씀드릴게요."

대답하고 나서 남준은 조수석을 나가 뒷좌석으로 자리를 옮겼다. 그러곤 입을 닫은 채 창밖만 바라봤다.

오 분 정도 지나자 우산을 쓰고 다가오는 남자의 모습이 희미하게 보였다. 우산으로 얼굴을 가리고 있었지만 큰 몸집만으로 곽형철이란 걸 쉽게 알 수 있었다.

　진희가 전조등을 깜빡이자 편의점으로 향하던 곽형철이 방향을 틀었다. 창문을 열고 뒷좌석으로 들어오라고 남준이 소리쳤다. 머리가 산발이 된 곽형철이 몸을 던지듯 차에 올라탔다.

　남준과 진희를 한 번씩 쳐다보곤 단번에 얼굴을 일그러트리며 한숨을 내쉬었다.

　"오늘은 또 무슨 일이에요?"

　"물어볼 게 있어요."

　남준이 냉랭한 목소리로 말했다.

　"뭔데요?"

　어쩐지 곽형철은 큰 덩치와 어울리지 않게 쩔쩔매는 모습이었다. 마치 약점이라도 잡힌 것처럼.

　진희는 둘 사이에 어쩌다 이런 관계가 형성된 건지 궁금해 아예 몸을 완전히 비틀었다. 거의 마주 보는 자세로 수상한 두 사람의 얼굴을 유심히 살폈다.

　"여기 방향키를 누르면 사람 얼굴이 계속 나와요."

　남준은 곽형철에게 노트북을 스윽 내밀며 말했다.

　"이 중에 그 여자가 있을 거예요."

　"그 여자애요?"

　"네, 얼굴 기억한다고 했죠?"

　"그렇긴 하지만, 자세히는……."

　"얼른 찾아봐요."

"근데 그 애가 그렇게 중요한 사람이에요?"

"네."

진희는 뒷좌석 둘 사이에 오가는 대화에 놀라 멍한 눈길로 남준을 보았다. 남준이 언급한 여자가 정진경이 아니라는 건 금방 눈치챈 상태였다.

"그 여자라니? 누굴 말하는 거야?"

진희가 놀라 묻자 도리어 곽형철이 그녀를 멀뚱히 쳐다봤다.

"곽형철 씨를 쫓던 앳된 여자요. 그 여자부터 찾아야죠."

남준은 태연하게 대답했다. 진희는 넋이 나간 얼굴로 그를 보았다. 남준과 눈이 마주치자 그에게 차에서 내리라는 눈짓을 보낸 뒤 자신이 먼저 문을 열고 나왔다.

얇은 빗줄기가 머리에 닿았다. 금방 머리가 축축해졌는데 그런 건 전혀 신경 쓰이지 않았다. 실수를 저질렀다는 생각만이 머릿속에서 어지럽게 맴돌았다.

몇 주 전 곽형철이 언급한 여자가 있었다. 하얀 얼굴의 앳된 여자라고 들었다. 그때쯤 진희는 이은비의 존재를 알게 됐고, 그 여자가 이은비일 거라고 단정 지었다. 증명되지 않은 가정을 예단하고 넘어갔다. 가장 초보적인 실수를 범했다는 생각에 얼굴이 화끈거렸다.

남준이 뒷좌석 문을 열고 차에서 나왔다. 진희는 그의 팔을 붙잡고 뒤쪽으로 끌고 갔다. 차에서 어느 정도 떨어진 뒤에 물었다.

"그 여자를 왜 저기서 찾아?"

"혹시나 해서요."

"너 무슨 생각을 하는 거야?"

남준은 두 손으로 머리를 가리고는 진희가 건넨 수사보고서에서 힌트를 얻었다고 대답했다.

"은비는 저 남자 근처에도 간 적 없어요. 그렇다고 팀장님이 없는 사실을 적었을 거 같지도 않았고요. 뭔가 이상해서 확인해봤죠."

그는 사흘 전 진희와 통화하기 전에 곽형철에게 먼저 전화를 걸었다고 했다. 그때 그 앳된 여자에 대해 알게 됐고, 그 여자가 정진경의 딸일 수도 있다는 추측을 하게 됐다고 덧붙였다.

"정진경의 딸이라니? 너 지금 무슨……."

"이틀 전 아침에 저기 편의점 앞에서 곽형철을 만났어요. 이것저것 물어보면서 제 추측이 충분히 가능하다는 것도 확인했죠."

점점 굵어지는 빗줄기에 남준의 말이 빨라졌다.

"만약 영상 속에서 정진경 씨를 찾지 못하면 이 여자라도 찾아볼 생각이었어요. 아무튼 그냥 추측일 뿐이에요. 비가 너무 많이 오는데 일단 들어가요."

남준이 몸을 돌려 먼저 차로 돌아갔다. 진희는 이번에도 그의 뒷모습을 물끄러미 바라봤다.

단순히 추측이 아니다. 그는 확신에 차 있었다. 분명히 경찰이 놓친 뭔가를 아는 눈치였다.

온몸이 젖은 채 운전석으로 들어와 진희는 또다시 생각에 잠겼다. 고남준이 이 사건에 관해 얼마나 알고 있고, 어떤 과정을 통해 그것을 알아냈는지, 또 곽형철은 왜 저렇게 쩔쩔매는지 계속 궁금증이 붙어났다. 그 궁금증이 해결되기 위해선 결국 고남준이 실패해야 한다. 그래야 그와 정상훈으로부터 자백을 얻어낼 수 있다. 그런데 그 생각을 비웃기라도 하듯 곽형철의 말이 터져 나왔다.

"이 여자예요."

남준이 어깨로 곽형철을 밀며 화면을 들여다보았다.

"확실해요?"

"네, 분명히 이 얼굴이었어요."

곽형철은 처음 봤을 때부터 낯이 익었다며 다시 한번 그녀가 분명하다고 단언했다. 진희는 다시 몸을 돌려 뒷좌석의 두 사람을 번갈아 쳐다봤다.

잔뜩 상기된 곽형철의 얼굴을 보니 그가 거짓말을 하는 것 같지는 않았다. 남준도 그럴 것이라고 여겼는지 노트북 화면을 한참이나 노려보았다. 갑자기 남준이 눈을 감았다.

그는 지난 새벽처럼 미간을 찌푸린 채 미동도 하지 않았다. 정적이 흐르자 옅은 빗소리만이 차 안을 오롯이 채웠다. 그러고 있는 시간이 오 분을 넘어갈 즈음에야 남준이 눈을 떴다.

"알겠어요. 이제 가보세요."

남준은 곽형철의 손에 있던 노트북을 가져오며 통명스럽게 말했다. 집에 돌아가도 된다고 하는데도 곽형철은 큰 덩치를 쭈뼛거리기만 할 뿐 엉덩이를 떼지 못했다. 그러다 한 번 더 확인한다는 듯 남준에게 물었다.

"그 얘기는 다시 안 꺼내는 거죠?"

"그건 상황을 봐서요."

"안 꺼낸다고 약속했잖아요."

"무슨 얘기를 하는 거야? 무슨 약속?"

진희가 그들의 대화에 성큼 끼어들었다. 곽형철의 약점, 아까부터 궁금했던 것 중 하나였다. 남준을 향해 눈을 부라리며 재차 묻자 그는 오히려 씨익 웃고 나서 입을 열었다.

"그거 있잖아요. 곽형철 씨가 정진경 씨를 폭행하고, 조건만남을 알선했던 사실이요. 그것도 몇 개월 동안."

"어렸을 때 일이라고 했잖아요. 왜 자꾸 그거 가지고 난리예요."

곽형철이 울먹이는 투로 말했다. 그러자 남준이 일부러 버럭 소리 쳤다.

"고등학생이면 어린 게 아니잖아!"

남준의 목소리가 울려 퍼지며 차 안 공기를 싸늘하게 만들었다.

"여자를 그런 식으로 대하는 놈은 언젠가 또 그런 짓을 하게 돼 있어. 하루라도 빨리 싹을 잘라버려야지."

"죄송합니다. 정말이에요. 다시는 안 그럴게요. 정말이라고요."

곽형철이 하얗게 질린 얼굴로 빌다시피 했다. 어린 자녀까지 들먹이며 제발 그냥 넘어가 달라고 애원했다. 진희는 이 틈에 머릿속을 빠르게 훑어봤다. 사건 자료 어디에도 조금 전 고남준이 언급한 내용은 적혀 있지 않았다. 정진경이 곽형철을 두려워했다는 진술이 있었지만, 방금 들은 건 처음 접하는 거였다.

"알겠어요. 더는 그 얘기 꺼내지 않을 겁니다. 마음 바뀌기 전에 나가요. 어서!"

남준의 대답이 서늘하게 나왔다. 곽형철은 고개를 몇 번이고 숙이고 나서야 차에서 내려 금세 멀어졌다.

진희는 창밖으로 점점 희미해지는 곽형철을 보며 복잡해진 머릿속을 수습했다. 그 사이 남준은 뒷좌석에서 내려 조수석으로 자리를 옮겼다.

"너 어떻게 알았어?"

"뭘요?"

"조금 전에 말한 거, 다 어디서 들은 거야?"

남준은 대답하지 않았다. 일부러 듣지 않는 척하는 건지 스마트폰만 바라보다 내비게이션으로 손을 뻗었다. 낯선 주소가 입력되었다.

"누구한테 들었냐고!"

진희가 소리쳤다. 고남준은 내비게이션 주소를 다시 한번 확인한 다음에야 입을 열었다.

"일단 출발해요. 그 여자가 찍힌 꽃집이에요. 이 꽃집에 그 여자 전화번호가 남아 있을 거예요."

"설명부터 해. 어떻게 정진경이 살아있는 걸 알았는지, 왜 그 여자가 정진경 딸이라고 생각했는지?"

"그냥 정진경 씨가 아직 살아있다면 의도적으로 몸을 숨겼을 가능성이 큰데, 부모에게까지 숨겼던 걸 보면 그녀 혼자만의 일은 아닐 것 같았어요."

남준은 정진경이 곽형철과 오래 교제한 점, 그녀가 사라질 당시 곽형철에게 폭행과 협박을 당한 점, 이런 걸 고려해 의도적으로 사라졌을 가능성과 아이를 가졌을 경우를 떠올렸다고 했다.

"정진경이 곽형철에게 폭행과 협박을 당했다는 거, 그건 누구한테 들은 거야?"

"본인한테요."

"곽형철이 아니잖아! 까불지 말고 똑바로 말해."

진희가 한 대 치기라도 할 기세로 그를 노려봤다. 그리고 차마 입 밖으로 꺼내기 싫은 말을 내뱉었다.

"너 정말 그 용의자를 찾은 거야?"

남준은 눈만 깜빡일 뿐이었다. 입은 열지 않았다.

"정상훈 씨도 그 용의자를 만났던 거야, 그렇지?"

이번에도 그는 대답이 없었다.

"두 사람이 용의자를 죽인 게 맞구나."

"무슨 말을 하는 거예요! 이상한 말 하지 말고 빨리 꽃집부터 가요. 지금은 정진경 씨를 찾는 시간이잖아요."

남준은 답답한 얼굴을 하곤 창 쪽으로 고개를 돌려버렸다. 귓속에서 보청기를 빼내 두 눈을 감았다. 더 이상 대화 자체를 할 수 없는 상황이었다.

진희의 두 손이 운전대를 꽉 움켜잡고 떨었다. 그가 진짜 용의자를 찾았을 리 없다. 분명히 그럴 리 없는데…….

차체를 때리는 빗소리가 더욱 사납게 변해갔다. 그 소리에 정신이 들어 진희는 천천히 액셀러레이터 페달을 밟았다.

비는 갈수록 점점 거세졌다. 하늘에 낀 먹구름도 짙어졌다. 한참을 달려도 도로는 진희의 머릿속처럼 뿌옇고 어둑하기만 했다.

"7월 21일 오후 3시 23분에 온 손님인데, 기억하세요?"

남준은 꽃집 사장에게 노트북을 들이밀며 물었다. 삼십 대 후반쯤 되어 보이는 여사장은 잔뜩 긴장한 얼굴로 노트북을 뒤졌다. 며칠 전에 찾아온 진희를 기억하고 있는 그녀는 남준도 경찰로 여기는 눈치였다.

"기억이 안 나는데요."

"CCTV에 찍힌 거 보면 미리 완성된 꽃다발을 가져갔어요. 그날 예약자 연락처 확인 가능하죠?"

"예약자요? 네, 잠시만요."

매장 안에 다른 손님은 없었다. 여사장은 바로 카운터 서랍을 뒤져 공책을 꺼냈다. 이삼 분간 살펴보더니 놀란 얼굴로 남준을 쳐다봤다.

"예약은 다른 분이 하셨네요. 예약하신 분은 누군지 알아요!"

여사장의 목소리가 한층 높아졌다. 한걸음 떨어져 흐드러진 꽃에 눈길을 주던 진희도 다가갔다. 두 사람에게 둘러싸인 여사장은 공연히 긴장한 목소리로 말을 이었다.

"작년부터 오시던 손님이에요. 그날 그 시간에 예약하신 손님은 그분뿐이라서 확실해요."

"손님이 예약한 게 하얀 꽃다발 맞죠?"

남준이 다 아는 것처럼 물었다.

"네, 매번 하얀 수국으로 꽃다발을 만들어달라고 했어요."

"그 손님 얼굴 기억해요?"

"그게, 그냥 제 또래 정도 되는 평범한 여성분인데요. 얼굴이 자세히는 기억이……."

머릿속을 더듬는 듯하더니 갑자기 손뼉을 치며 말했다.

"아! 아까 보여주신 여자분이 그 손님 따님이네요. 이제야 기억났어요. 제가 그 손님한테 동생이냐고 물었는데 딸이라고 해서 놀랐던 기억이 있어요."

거의 동시에 진희와 남준이 서로를 쳐다봤다.

"아마도 그날은 주차 공간이 부족해서 밖에서 기다리신 것 같은데."

"그 손님 연락처 좀 알려주세요."

"연락처를요?"

여사장이 대번에 경계하는 눈빛을 띠었다. 난처한 기색으로 그럴 수는 없다는 듯 두 사람을 쳐다봤다. 잠자코 있던 진희가 부드럽게 설득했다.

"전에 말씀드렸듯이 간단한 조사 때문이에요. 사장님에 관한 얘기는 일절 하지 않을게요. 무슨 일이 생겨도 제가 책임질 테니 걱정하지 마세요."

여사장이 마지못해 메모지에 연락처를 적어 건넸다.

메모지를 흔들며 남준은 진희에게 먼저 나가겠다는 눈짓을 하곤 꽃집을 나섰다. 진희는 자신을 지나칠 때 그의 얼굴에 번져 있는 희미한 미소를 놓치지 않았다.

진희도 바로 따라 나가려 몸을 돌리려다 우뚝 멈춰 섰다. 문득 정상훈의 편지 내용 한 대목이 떠올랐다.

"혹시 왜 하얀 수국인지도 들으셨어요?"

"음…… 어머니가 좋아했던 꽃이라고 들었던 거 같아요."

꽃집을 나서니 우산을 쓴 남준이 차 옆에 서서 기다리고 있었다.

진희가 리모컨으로 문을 열자 그가 얼른 조수석에 올라탔다.

진희는 손에 든 우산을 펼치지도 않고 성큼성큼 걸어 운전석으로 들어갔다.

"찾았네요. 이 번호를 사용하는 사람이 정진경 씨예요."

남준이 메모지를 건네며 단호한 목소리로 말했다.

"제 조사는 끝났어요. 정진경 씨가 맞는지는 팀장님이 확인할 거고요."

진희는 남준의 손끝에서 흔들리는 메모지를 낚아챘다. 일주일도 터무니없어 보이던 그의 조사가 이틀 만에 끝났다. 그것도 너무나 매끄럽게.

"제 텔레그램 계정 다시 살렸어요. 결과 확인되시면 그쪽으로 연락 주세요."

"잠깐만."

문을 열고 나가려는 남준을 붙잡았다. 아직 궁금증이 많이 남아 있었다. 하지만 묻는다고 그가 대답해줄 가능성은 없었다.

"하나만 더 묻자."

"또 뭐요?"

"얼굴이 변해도 네 눈에는 걸린다고 한 거, 그거 어떻게 가능한 거야?"

남준은 대답이 없었지만, 스마트폰을 뒤적이며 조금 더 조수석에 앉아 있었다. 그러다 대수롭지 않게 중얼거렸다.

"사람들 얼굴 특징이 제 눈에는 자세히 보여요."

"그거 증명할 수 있어?"

"글쎄요."

머리를 굴리는 척 남준의 시선이 창밖으로 향했다. 그때 그의 스마트폰에서 진동이 울렸다. 남준이 스마트폰을 귀에 가져다 댔다.

"도착하셨어요? 네, 지금 갈게요."

통화를 끝내고 그의 눈길은 사이드미러에만 머물렀다. 그제야 진희의 눈에도 뒤에 서 있는 택시가 보였다.

"다 끝났죠?"

진희는 조금 더 그를 붙잡아두고 싶었다. 하지만 더는 적당한 말이 떠오르지 않았다.

"내가 연락할 때까지 잠자코 있어."

남준은 듣지도 않은 척 비상등을 깜빡이는 택시를 향해 뛰어갔다.

사이드미러 속으로 그가 택시에 오르는 모습이 보였고, 곧 택시가 물보라를 일으키며 진희 옆을 지나쳐갔다.

어둡고 꿉꿉한 날씨 때문인지 그녀는 몽롱한 꿈을 꾼 기분이었다. 하지만 손에 있는 메모지가 선명하게 현실이라는 걸 자각하게 했다. 메모지에 적힌 번호로 전화를 걸었다. 긴 통화음만 이어질 뿐 연결은 되지 않았다. 이후 몇 차례 더 시도해봤지만 매번 마찬가지였다. 상대가 전화를 안 받을수록 머릿속은 점점 더 혼란스러워졌다.

다음 날, 다시 전화를 걸었다. 이번엔 사무실 전화기를 사용했는데도 여전히 연결되지 않았다. 할 수 없이 상대가 직접 전화를 하게끔 만들기로 했다.

그날 밤 진희는 사이버수사대에 소속된 후배에게 텔레그램 비밀 메시지를 보냈다. 간혹 절차를 생략하고 용의자 정보를 몰래 부탁한 적이 있었다. 이번에도 수사에 필요한 사항이라며 메모지에 적힌 연락처를 전달했다.

후배가 투덜대기 전에 명의자 이름과 나이만 확인해 달라고 덧붙인 뒤 대화를 마쳤다. 답장은 이틀 후 저녁에 도착했다.

〔안영주, 1986년생〕

320

정진경과 동갑인 여자였다. 진희는 후배와의 대화창을 삭제하고 바로 문자 메시지를 작성했다.

〔안녕하세요. 부산지방경찰청 소속 박진희 팀장이라고 합니다. 몇 차례 전화 드렸는데 통화가 어려워서 문자를 보냅니다.〕

〔얼마 전에 안영주 씨 시체가 발견됐습니다. 아직 다른 경찰들은 시체의 신원을 모르는 상황입니다. 그와 관련하여 긴히 드릴 말씀이 있습니다.〕

〔아버님 일에 관해서도 말씀드릴 게 있습니다. 문자 확인하시면 연락 부탁드립니다.〕

진희는 세 개의 문자 메시지를 차례로 발송했다.

만약 전혀 관련 없는 누군가가 이게 무슨 말이냐고 묻는다면 이 런저런 핑계를 대면 된다. 그건 문제로 여겨지지 않았다. 진짜 문제 는 남준의 말이 맞아떨어진 이후일 것이다. 그로부터 이틀 뒤, 한 통 의 전화가 걸려왔다.

진희는 퇴근해서 샤워를 하던 중이었다. 청량한 물소리를 들으며 사건부터 사소한 가정일까지 떠오르는 대로 잡념에 사로잡혀 있었 다. 그때 벨 소리가 울렸다. 서둘러 물을 잠근 뒤 샤워 부스를 나갔 다.

물기가 가득한 손을 닦지도 않고 선반 위의 스마트폰을 들었다. 화면 속에 뜬 익숙한 번호에 정신이 번쩍 들었다.

"여보세요."

대답은 돌아오지 않았다. 천장에서 울리는 환풍기 소리만 귓가에 맴돌았다. 점점 습기가 사라지더니 거울 속으로 진희의 나체가 드 러났다. 그 모습 그대로 좌변기에 걸터앉았다. 잠시 후 미세한 숨소리가 들려왔다. 상대는 전화를 끊지 않았다.

진희는 머리가 저려왔다. '설마 그럴 리가……'라며 애써 부정하던 마음이 기어코 선을 넘어 확신으로 바뀌었다.

"정진경 씨 맞죠?"

다시금 숨소리조차 들리지 않는 침묵이 이어졌다. 곧 전화가 끊길 것만 같았다. 진희는 어떤 말을 건네야 할지 집중해 머리를 굴렸다. 그리고 가장 적절한 말을 찾았다. 그런데 그 순간, 상대방의 짧은 한숨 소리가 먼저 들려왔다.

30

진희는 부산역 3층 푸드코트 테이블에 앉아 통유리 밖으로 보이는 파란 하늘을 바라봤다. 구름 한 점 없는 화창한 날이었다. 멀리 부산항대교가 선명히 드러났고 그 밑을 지나가는 선박도 눈에 들어왔다.

진희의 시선이 부산항 주변을 잠시 맴돈 뒤 스마트폰 화면으로 향했다.

현재 시각 12시 30분. 약 십분 뒤면 그녀가 탄 KTX가 부산역에 도착한다.

어젯밤 통화가 다시 떠올랐다. 떨리는 걸 간신히 참아내는 그녀의 목소리가 귓가에서 되살아났다.

"제가 어떻게 해야 하나요?"

그녀는 그렇게 물었다. 목소리에서 피로와 무력감이 고스란히 전해졌다. 그녀는 수십 번도 더 고민한 끝에 전화했을 것이다. 진희는 감정 없는 목소리로 일단 만나자고 대답했다. 전화로는 아무것도 말할 수 없다고 덧붙였고, 어디든 찾아가겠다며 가능한 시간과 장소를 연이어 물었다.

그녀는 말이 없었다. 서로 아무 말 없이 흐른 시간이 이삼 분은 될 것 같았다. 초조한 시간이 이대로 조금 더 가면 심장이 터지겠다 싶었는데 대뜸 '내일 부산역으로 갈게요' 하는 말이 들려왔다.

"12시 42분에."

그녀는 부산역 도착 시각이라며 말을 덧붙였다. 서울에서 10시에 출발하는 부산행 KTX를 탄다고 했고, 오후 1시 30분에 서울로 돌아가는 기차를 타야 한다고 통보하듯 말했다.

진희는 그럴 필요 없이 자신이 움직이겠다고 했지만, 그녀는 그 말을 무시한 채 일방적으로 장소를 정했다.

"3층 푸드코트 안에서 봐요."

부산역 내부를 꿰뚫고 있는 것처럼 정확한 위치와 장소를 언급했다. 그곳은 진희가 기차를 타기 전에 시간을 보내는 곳이기도 해서 주변 전경이 금방 머릿속에 떠올랐다. 진희는 전화가 끊기기 전에 얼른 질문 하나를 던졌다.

"혹시 아버지를 만나볼 의향 있어요?"

"아니요, 없어요."

그녀는 담담하게 말하려 했을 테지만, 말끝이 갈라지며 목소리에 감정이 그대로 드러났다. 자신도 당황했는지 잠시 머뭇거리다, '내일 봐요' 하곤 바로 전화를 끊었다.

전화가 끊어지자마자 진희는 남준과 한 약속부터 먼저 떠올랐다. 군말 없이 그와 한 약속을 지켜야 했다. 하지만 아무 일 없었던 것처럼 모든 걸 눈감아줄 생각은 없었다. 어떻게든 정상훈을 설득해 남준이 무슨 짓을 저질러 왔는지 확인하고 싶었다. 그러기 위해선 정진경의 도움이 필요해 보였다.

진희는 오늘 그녀에게 여러 가지를 물을 계획이다. 그간 왜 모습을 숨겨왔는지, 어떻게 다른 사람 신분으로 살아갈 수 있었는지, 부모님에게까지 알리지 않은 이유가 뭔지…….

그리고 무엇보다 그녀에게 꼭 하고 싶은 말이 있었다.

'너무 늦지 않게 아버지를 만나세요.'

만약 그녀가 정상훈을 만나게 된다면 상황은 완전히 달라질 것이다. 그는 새로운 앞날을 계획하게 될 거고, 침묵으로 일관하던 태도도 바꿀 것이다. 지금 이 상황이 혼란스럽긴 하겠지만, 손녀의 존재까지 알게 되면 어느 쪽으로든 마음이 움직이지 않고는 못 배길 것이다. 진희는 그가 자신에게 도움을 요청하는 쪽으로 마음을 움직여주길 바랐다. 그렇게 된다면 계획대로 이 사건을 마무리 지을 수 있을 것 같았다.

진희는 다시 통유리 너머로 보이는 부산항을 바라봤다. 바라만 봐도 항구에 감도는 바다향이 코끝에 전해지는 것만 같았다. 어릴 적 많은 추억이 깃든 부산항을 바라보며 방금 떠올린 말을 중얼거리듯 되뇌었다.

'너무 늦지 않게 아버지를 만나세요.'

이 말은 과거의 자신에게 하는 말이기도 했다. 따져보면 자신의 과거 한 부분이 그녀의 상황과 닮아 있었다. 그렇게 생각하니 묘한 동질감이 느껴졌다.

이유는 알 수 없지만 정진경은 오랜 세월 아버지를 찾지 않았다.

그건 진희도 마찬가지였다. 진희는 열한 살, 그때를 끝으로 아버지를 본 적이 없었다.

아버지는 강원도 산골부대에서 근무하는 직업군인이었다. 언제나 목소리가 컸고 그 큰 목소리로 항상 가족들을 부하 다루듯 대했다. 건장한 체격에 얼굴이 까맸던 아버지는 대부분의 시간을 밖에서 보냈다. 그래서인지 진희는 어릴 적부터 아버지에 대한 기억이 많지 않았다.

진희는 1남 3녀 중 막내로 태어났다. 터울이 긴 두 언니와 한 해 전 태어난 오빠가 있었다. 아버지의 관심은 언제나 그들에게 향해 있었다.

진희는 아버지의 관심을 갈구했지만 따뜻한 눈빛 한 번 받아보지 못했다. 그래서인지 엄마는 언니들과 오빠보다 막내인 진희를 더 살뜰히 챙겨줬다.

언제부턴가 진희는 이 집안에 자기편은 엄마뿐이라는 생각이 들었다. 그리고 열한 살이 되었을 때, 엄마를 도울 일이 생겼다는 걸 직감했다.

며칠간 집안이 시끄러웠다. 언니들은 일부러 집에 늦게 들어왔고, 오빠는 잠시 큰아버지 집에 가 있었다. 진희만이 방안에 틀어박혀 거실에서 들려오는 소리에 귀를 기울였다.

당시 아버지는 밖에서 다른 여자와 살림을 차린 상태였다. 엄마는 그걸 알면서도 꾸역꾸역 참아온 듯했다. 그러다 그 여자가 애를 가진 사실을 알게 되며 엄마는 힘겹게 목소리를 높였다.

하지만 매번 아버지가 내뱉은 욕설이 엄마의 목소리를 뒤덮었다. 두 사람의 대화가 끝나면 엄마의 울음소리가 이어졌다. 그리고 몇 달 뒤, 아버지가 그 여자를 집으로 데려와 인사를 시켰다.

하얀 피부에 머리를 깔끔하게 빗어 넘긴 젊은 여자였다. 여자의 배는 이미 크게 부풀어 있었다. 엄마는 체념한 듯 고개를 돌렸고, 언니들과 오빠는 꾸부정하게 허리를 굽혔다. 하지만 진희는 꼿꼿하게 고개를 쳐들고 그 여자를 노려봤다. 아버지가 뺨을 때리는 데도 눈에 힘을 풀지 않았다.

이틀 뒤 엄마는 커다란 가방을 들고 집을 나왔다. 언니들과 오빠를 집에 남겨둔 채 진희만 데리고 부산에 사는 이모할머니 댁으로 향했다.

그날 이후로 진희는 한동안 언니들과 오빠를 보지 못했다. 엄마는 간혹 그들을 만나러 강원도에 다녀오곤 했지만, 진희는 단 한 번도 엄마를 따라가지 않았다. 어쨌든 그렇게 강원도 산골에서 벗어나 부산이라는 큰 도시에서 생활하게 되었다. 그때 처음 본 부산항의 북적거렸던 광경은 아직도 기억에 선명히 남아 있었다.

당시 이모할머니는 부산 국제시장에서 작은 백반집을 운영했다. 엄마는 부산에 도착한 다음 날부터 이모할머니의 식당 일을 도왔다. 진희가 국제시장 근처 학교에 다니게 된 건 일주일 정도가 지난 뒤였다. 그때부터 진희는 학교를 마친 뒤 매일 식당으로 가 허드렛일을 도왔다. 해가 지고 시장에 불이 꺼질 때쯤에야 세 사람은 식당에서 나와 집으로 돌아갔다. 진희는 엄마와 이모할머니 옆에서 맡았던 그때 그 비릿한 밤공기가 가끔 사무치게 그리웠다.

학교와 식당을 오가는 생활은 몇 년간 계속됐다. 하지만 이모할머니가 돌아가시고 진희가 고등학교에 들어가며 식당 운영은 온전히 엄마의 몫이 됐다.

엄마는 묵묵히 식당을 이끌어갔다. 매일 몸에 더덕더덕 파스를 붙이면서도 진희 앞에선 힘든 내색을 하지 않았다. 당시 진희는 대학 진학을 포기하고 고등학교 졸업 후 부산항 인근 선박회사에 취업할 생각이었다. 하루라도 빨리 일을 시작해 홀로 자신을 키워온 엄마의 수고를 덜어주고 싶었다.

하지만 진희의 계획은 고등학교를 졸업하기도 전에 산산이 부서졌다.

진희가 고등학교 3학년이던 어느 봄날, 식당 손님들 간에 싸움이 일어났고 엄마가 그 싸움에 휘말리며 커다란 칼에 복부를 찔렸다. 엄마는 병원으로 향하는 구급차 안에서 돌아가셨다.

엄마의 장례절차는 신속하게 이뤄졌다. 많은 시장 상인이 자기 일처럼 나서줬기에 진희가 할 일은 그리 많지 않았다. 단, 가족에게 알리는 것만큼은 누구도 대신해줄 수 없는 진희의 일이었다.

장례식장에서 진희는 큰언니에게 전화를 걸었다. 긴 통화음 끝에 언니가 전화를 받았다. 그간 엄마와 큰언니는 종종 통화하며 서로의 안부를 확인했다. 진희는 그 통화가 늘 못마땅했고 큰언니에게 걸려오는 전화를 일부러 피하기도 했다. 그러다 보니 이때가 팔 년 만에 처음으로 큰언니와 대화하는 거였다. 그리고 팔 년 만에 처음 내뱉은 말이 엄마의 죽음을 알리는 말이었다.

수화기 너머로 정적이 흘렀고 얼마 뒤 큰언니의 울먹이는 목소리가 전해졌다.

다음 날, 큰언니와 작은언니 그리고 오빠가 찾아왔다. 진희는 그들에게 아무 말도 건네지 않았다. 언니들이 묻는 말에만 간단히 대답했다. 오빠는 시종일관 좌불안석하다가 두 시간 만에 빈소를 떠났다. 작은언니는 다음날 새벽에 조용히 장례식장을 빠져나갔다. 큰언니만이 모든 장례절차가 끝날 때까지 진희 곁을 지켜줬다. 예상대로 아버지는 끝내 나타나지 않았다.

장례식을 마치고 한 달이 지날 때까지 경찰에게선 아무런 연락이 없었다. 진희는 엄마 사건을 수사 중인 경찰서를 찾아갔다. 그곳에서 담당 경찰에게 엄마가 왜 죽어야 했는지, 엄마가 뭘 잘못했는지, 사건 수사는 어떻게 되고 있는지 집요하게 물었다.

담당 경찰은 어느 것 하나 제대로 말해주지 않았다. 그 경찰뿐 아니라 경찰서에 있던 모두가 마찬가지였다. 그들은 표정도, 태도도 하나같이 똑같았다. 딱딱하고 강압적인. 그런 말투로 그저 기다리라는 말만 반복했다.

그 모습들이 기억 속 아빠와 너무 닮아 더 화가 치밀었다. 하지만 진희가 할 수 있는 건 그저 묻는 것뿐이었다. 그리고 아무도 진희의 말에 관심이 없었다.

진희는 한동안 학교에 가지도 않고 경찰의 연락만 기다렸다. 매일 아침에 일어나면 눈물부터 흘렸다. 아무도 없는 집 안에서 눈물이 흐르는 얼굴을 닦고 또 닦았던 것 말고 기억 나는 게 없었다. 그러던 어느 날, 문득 솟구친 무력감에 사는 게 두려워졌다. 아니, 살아야 한다는 게 무서웠다. 아무도 없다는 외로움까지 더해지며 온갖 공포가 마음을 옥죄었다. 그 감정에서 벗어나기 위해 오랫동안 몸을 움츠리고 고개를 숙였다.

그때 불현듯 얼마 전에 본 경찰들의 모습이 떠올랐다. 자신에게 무관심해도 되는 사람들. 그래도 된다는 것처럼 구는 태도. 그게 오래전 아버지가 가지고 있던 권위와 힘으로 느껴졌다. 진희는 막연히 그들의 힘이 부러웠다.

그로부터 두 달 뒤 엄마를 죽인 두 사람의 선고 공판이 열렸다. 판사는 두 사람이 저지른 죄를 간단히 설명한 후 판결을 내렸다. 둘 다 실형이 아닌 집행유예였다.

그날 진희는 이 세상을 살아가기 위해선 어떤 식으로든 힘이 필요하다는 걸 깨달았다. 그리고 이 년 뒤 스물한 살이 되던 해 경찰 공무원 시험에 합격하며 첫 근무를 시작했다.

하지만 경찰이 된다고 누구나 힘을 얻을 수 있는 건 아니었다.

진희는 항상 현장근무를 하고 싶었다. 현장근무에서 실적을 올려야만 더 빨리 승진을 할 수 있었다. 그런데 여성은 무조건 내근이라는 분위기가 아직 남아 있어 현장 부서 배치가 쉽게 이뤄지지 않았다.

매년 인사철마다 진희는 팀장과 서장에게 어떤 식으로든 간곡하게 요청했다. 강한 의지와 체력을 증명하려 일부러 야근을 지속하기도 했다.

그러던 차에 여성 대상 범죄에 신속한 대응을 위해 여자 형사를 확대하자는 목소리가 높아졌고, 부산지방경찰청에서 산하 경찰서에 여형사 추천서를 요청했는데 그때 가장 많은 추천을 받은 이가 진희였다.

당시 사 년 차 순경이었던 진희는 동료들의 인정을 받으며 현장 부서에 배치됐다. 그때부터 남성 중심이던 현장 부서에서 두각을 보이기 위해 기존 남성 경찰보다 두세 배는 더 악착같이 일해왔다.

수년간 진희는 형사팀과 강력팀 등을 오가며 많은 성과를 거뒀다. 굵직한 사건 몇 개를 해결하자 범인 잡는 여경으로 지역 신문에 소개되기도 했다. 한번은 서울에서 온 중앙지 기자와 인터뷰를 했고, 그 인터뷰 기사가 실린 신문이 전국에 배포된 적이 있었다. 한동안 잊고 있던 아버지의 존재가 다시 떠오른 게 그때쯤이었다.

어느 날 큰언니에게서 전화가 왔다. 큰언니는 아버지가 진희의 기사를 봤다며 막내딸을 한번 보고 싶어 한다고 전했다. 진희는 대꾸하지 않았다. 이제 와서 보고 싶다는 아버지의 말이 전혀 달갑지 않았다. 적당히 시간이 없다는 말을 건네고 전화를 끊었다.

그런데 일주일 뒤, 큰언니의 전화가 다시 걸려왔다. 아버지와 부산에 왔다며 경찰서 앞이니 잠깐 나와 달라고 했다. 진희는 전화기를 향해 이게 무슨 짓이냐고 소리쳤다. 다행히 팀장은 자리를 비운 상태였고, 사무실엔 얼마 전에 들어온 순경뿐이었다.

진희는 당장 돌아가라고 다시 한번 소리친 뒤 전화를 끊었다. 곧장 책상에서 나와 사무실 창문을 통해 건물 앞 주차장을 둘러봤다. 휴대전화를 들고 있는 큰언니의 모습이 바로 눈에 들어왔다. 큰언니가 어느 오래된 자동차 운전석에 올라탔다. 차창 너머 조수석에는 아무도 보이지 않았다. 아버지는 뒷좌석에 있는 듯했다.

진희의 심장 박동이 빨라졌다. 진희는 아버지와 마주치고 싶지 않았다. 막무가내인 아버지 성격상 당장이라도 사무실을 들이닥칠 것 같았다. 진희는 책상에서 대충 짐을 챙긴 뒤 황급히 사무실을 나갔다.

지금 생각하면 왜 그랬는지 의아하지만 그때는 무언가에 쫓기는 사람처럼 심장이 터질 것 같았다. 도망치듯 건물 뒷문으로 나가 무작정 걸었다. 그리고 해가 질 때까지 정처 없이 국제시장 속을 돌아다녔다. 항상 외로움이 느껴질 때 국제시장을 찾았는데, 그때는 왜 그곳에서 허우적댔는지 잘 모르겠다. 아마도 마음을 단단히 먹기 위해 엄마의 흔적이 남아 있는 그곳을 맴돌았을 것이다.

사무실로 복귀한 건 저녁 8시가 넘어서였다. 얼마 전에 들어온 순경이 그 시간까지 자리를 지키고 있었다. 진희는 그 순경에게 자신을 찾는 사람이 있었는지 물었다. 순경은 고개를 갸웃거리며 아무도 없었다고 대답했다.

그날로부터 정확히 이 주 뒤, 큰언니가 아버지의 사망 소식을 전해왔다. 아버지는 오랜 지병을 앓아왔다고 했다. 진희는 장례식 둘째 날에 빈소를 찾았다.

빈소에는 오빠와 한 청년이 나란히 서 있었다. 기억 속 젊은 아버지 모습과 너무나 닮은 청년이었다. 오래전 그 여자의 배 속에 있었던 아이가 남자였다는 것을 그제야 알게 됐다.

조문을 마치고 빈소를 나가자 상복을 입은 여자가 진희에게 고개를 숙였다. 피부가 하얗고 젊었던 그 여자는 어느새 기력이 쇠한 할머니가 되어 있었다. 진희는 모른 척 지나쳤다. 조금 뒤 큰언니가 다가왔다.

큰언니는 진희의 손을 꼭 붙잡고 아버지가 막내딸을 자랑스러워했다고 말했다. 진희는 어떻게 반응해야 할지 몰랐다. 아버지의 존재가 소름 끼치게 싫었던 적이 있었는데, 그 순간에는 정체를 알 수 없는 안도감이 온몸으로 퍼져가는 듯했다. 진희는 바쁘다는 핑계로 큰 언니의 손을 떼어내고 장례식장을 빠져나왔다.

부산으로 돌아가는 버스 안에서 진희는 아버지가 찾아왔던 이 주 전 그날을 곱씹었다.

만약 그날 아버지를 만났다면 뭔가 달라졌을까?

아무리 생각해봐도 상황은 똑같이 전개되었다. 서로 상처만 주고 헤어졌을 것이다.

그런데도 한 번쯤 얼굴을 보고 얘기를 나눴어야 했는데……. 그러지 못한 게 후회로 남아 지금까지 마음을 힘들게 했다.

윙, 윙.

테이블 위에 올려둔 스마트폰이 흔들렸다. 진희는 스마트폰을 들어 화면을 확인했다.

〔12:40 / 부산역 3층 푸드코트〕

캘린더 앱에 입력해둔 일정 알림이었다. 진희는 머릿속에 떠오른 아버지 영정 사진을 내려놓고 자리에서 일어났다.

푸드코트를 나와 3층 난관에 서서 2층 대합실을 바라봤다. 대합실은 평일 점심시간임에도 기차를 기다리는 사람들로 가득했다. 곳곳에 세워진 커다란 전광판 화면 속으로 서울에서 출발한 부산행 KTX 열차가 도착했다는 안내가 떴다.

오 분 정도 지나니 1층 플랫폼에서 올라온 사람들이 우르르 2층 대합실로 밀려 들어왔다. 진희는 16년 전 정진경의 얼굴을 떠올리며 닮은 사람을 찾았다. 꼼꼼히 훑어봤지만 딱히 눈에 걸리는 사람은 없었다. 순간 '만약 고남준이라면' 하는 생각이 뇌리를 스치고 지나갔다.

스마트폰에서 다시 진동이 울렸다. 그녀의 전화였다. 진희는 전화를 받고 한쪽 손을 번쩍 들어 올렸다. 고개를 돌리며 손을 크게 흔들자 '찾았어요'라는 말이 들려왔다.

진희는 이미 3층에 올라와 있는 그녀와 눈이 마주쳤다. 여자가 귀에서 스마트폰을 떼며 천천히 다가왔다.

31

안녕하세요. 박진희입니다.

직접 찾아뵙고 말씀드리려 했는데 아무래도 긴 얘기가 될 것 같아 먼저 편지에 적어 보냅니다. 결론부터 말씀드리면 정상훈 씨의 직감이 맞았습니다. 저는 어제 그녀를 만났습니다.

예상대로 그녀는 엄마의 소식을 기사로 접했고, 가끔 납골당을 찾아갔다고 합니다. 그 말과 함께 어렵게 자신의 이야기를 꺼냈습니다.

저는 이 얘기를 어떻게 말씀드려야 할지 고민했습니다. 십수 년 경력의 경찰이자 자녀를 둔 부모의 입장에서 어떤 게 옳은 일인지 망설였습니다. 하지만 여기에 적은 얘기만큼은 정상훈 씨에게 먼저 알려야겠다고 생각했습니다.

지금부터 그녀의 이야기 중 일부를 말씀드리겠습니다.

2003년 7월 26일, 그녀는 집을 나왔습니다.

당시 그녀는 아이를 가진 상태였습니다. 그 사실을 누구에게도 말하지 못했습니다. 그걸 말하는 순간 또다시 혼자가 될 것 같았습니다. 그때쯤 온라인 메신저로 닉네임이 '주'인 동갑내기 친구를 알게 됐습니다.

그녀는 '주'와 많은 이야기를 나눴습니다. 남자친구나 학교 친구들과 멀어진 터라 '주'에게 많은 걸 의지했습니다. 임신 사실도 '주'에게 알렸습니다. '주'는 미혼모 출산과 생계를 돕는 곳을 알려주며 아이가 무사히 태어날 수 있도록 돕겠다고 했습니다.

결국, 그녀는 아이가 태어날 때까지 집을 나와 있기로 했습니다. 그렇게 집을 나와 서울에 있는 한 미혼모 센터를 찾아갔습니다. 그때 자신의 이름 대신 '주'의 이름과 주민등록번호를 사용했습니다. 누군가 찾아올 수도 있다며 '주'가 먼저 그렇게 하자고 했고, 당분간은 '주'도 그녀의 이름과 신원을 사용하기로 했습니다.

그런데 그날 이후 '주'와 연락이 끊겼습니다. 조금은 이상한 생각이 들었지만 그 친구를 믿기에 크게 신경 쓰이지 않았습니다.

집을 나온 지 석 달이 지났을 때, 뉴스에서 자신의 소식을 접했습니다. 그간 그녀는 자신에 관한 어떠한 소식도 접하지 못했습니다. 서울에선 아무 일도 없다는 듯이 조용하기만 했습니다. 그래서인지 TV에 나온 자기 이름이 낯설게 느껴졌습니다.

어느새 그녀는 '주'의 이름에 더 익숙해져 있었습니다. 그로부터 두 달 뒤, 또 다른 기사를 확인했습니다. 그 기사 속에는 이전과 다르게 목격자가 등장했고 범죄 연루 가능성도 언급돼 있었습니다.

그녀는 문득 '주'의 행방이 궁금했습니다. 그제야 자신의 온라인 메신저 계정을 '주'에게 알려준 게 떠올랐습니다. 돌이켜보니 센터에 들어온 뒤로 한 번도 메신저에 접속하지 않았습니다. 그날 밤, 센터 근처 피시방으로 가 메신저를 확인했습니다.

최근에 주고받은 메시지는 보이지 않았습니다. 그녀가 집을 나올 때쯤이었던 7월 27일에 보낸 게 가장 마지막 메시지였습니다. 그런데 다시 보니 그 마지막 메시지는 그녀가 보낸 게 아니었습니다.

2003년 7월 27일, '주'는 한 남자와 메시지를 주고받았습니다. 대화 내용을 확인해보니 온라인 성매매를 협의하는 내용이었습니다. 그날 밤 그들은 실제로 만난 것으로 보였습니다.

그녀는 무서운 생각이 들었지만 항상 돈을 벌어야 한다는 '주'의 말을 떠올리며 애써 불안감을 짓눌렀습니다. 그때 모든 메시지를 지운 뒤 센터로 돌아갔습니다.

그리고 며칠 뒤 아이가 태어났습니다. 건강한 딸아이였습니다. 처음 아이를 끌어안는 순간, 그녀는 모든 걸 새롭게 시작하고 싶다는 생각에 휩싸였습니다. 지난 과거와 외로움을 잊고 다른 사람으로 사는 모습을 꿈꿨습니다. 아이를 위해서도 그게 옳은 일이라고 생각했습니다.

그때까지도 '주'에게선 연락이 없었습니다. 그녀의 마음속엔 여전히 불안과 두려움이 남아 있었지만, 마음 한편에선 '주'가 다시 돌아오지 않기를 바랐습니다. 이때쯤 그녀는 자신이 진짜 '주'가 되기로 결심했습니다.

이후 아이를 키우고 새로운 사람들을 만나다 보니 시간이 정신없이 흘러갔습니다. 되돌아보면 그간 진실을 밝힐 수 있는 순간이 몇 차례 있었는데, 그때마다 용기를 내지 못했습니다. 그렇게 십육 년이란 세월이 지나갔습니다.

현재 그녀는 두 아이의 엄마이자 한 남자의 아내로 살고 있었습니다. 열 살 이상 나이가 많은 그녀의 남편은 모든 사실을 알고도 그녀를 보듬어줬습니다. 또한 온갖 방법을 동원해 그녀가 '주'로 살아갈 수 있도록 해줬고, 그녀의 과거가 세상에 드러나지 않도록 세심하게 주의를 기울여줬습니다. 그리고 그때 출산한 여자아이는 벌써 중학생이 됐습니다. 엄마보다 키가 더 컸고 요즘은 제법 숙녀티가 납니다.

저는 그녀로부터 그 아이에 관한 얘기를 조금 더 들을 수 있었습니다.

언제부턴가 아이는 자신의 친부를 궁금해했습니다. 사춘기에 접어들며 혼자 고민하는 시간도 길어졌습니다. 그녀는 긴 고민 끝에 아이에게 자신의 과거 일부를 알려줬습니다. 아이와 함께 엄마의 납골당을 찾아가기도 했습니다.

그 뒤로 아이는 더 이상 친부에 관해 묻지 않았고, 그녀는 아이가 마음을 추슬렀다고 생각했습니다. 그런데 어느 날, 아이가 친부를 찾아간 사실을 알게 되며 크게 절망했습니다. 아이는 아직 그 사실을 그녀에게 말하지 않았습니다. 그저 평소와 똑같이 생활하고 있습니다.

그녀는 곧 아이에게 모든 걸 털어놓을 생각이라고 했습니다. 그때는 그간 자신이 숨겨온 진실도 세상에 알리겠다고 말했습니다.

여기까지 말한 뒤 그녀는 잠시 머뭇거렸습니다. 그리고 몇 가지 일을 더 알려줬습니다. 저는 그중 얼마 전에 있었던 일을 마지막으로 말씀드리겠습니다.

며칠 전 그녀는 한 남자와 마주쳤습니다.

지난 8월 셋째 주 일요일, 교회를 다녀와 가까운 백화점에 들르러

갈 때였습니다. 그녀는 오랜만에 아이와 쇼핑도 하고 밥도 먹으며 여유로운 시간을 보낼 계획이었습니다. 그런데 그날, 아이와 함께 버스에서 내려 횡단보도를 건넜는데 길바닥에 쓰러져 있는 중년 남자가 눈에 들어왔습니다.

그녀는 단번에 남자를 알아봤습니다. 체구가 너무나 작아져서 놀랐고, 힘겹게 몸을 일으키는 모습에 가슴이 미어졌습니다. 하나님이 자신에게 이렇게 벌을 주신다고 생각했습니다. 옆에 아이가 있는 것도 잊은 채 그녀는 한동안 그 남자를 지켜봤습니다. 하지만 끝내 그에게 다가가지 못했습니다.

이 말을 끝으로 그녀는 한없이 눈물을 흘렸습니다.

저는 그녀를 달랜 뒤 최근 그 남자에게 일어난 일을 알려줬습니다. 그리고 그녀에게 어긋나고 잘못된 것들을 바로잡아달라고 부탁하며 대화를 마무리했습니다.

여기까지가 제가 꼭 전해드리고 싶었던 이야기입니다. 조만간 찾아 뵙고 더 말씀드리겠습니다.

끝으로, 저는 그녀가 스스로 모든 사실을 밝혀주길 기다릴 겁니다. 그러니 너무 걱정하지 마시고 항상 건강에 유의하시길 바랍니다.

PS. 만약 가능하다면 그녀와 함께 찾아뵙겠습니다.

박진희 올림

상훈은 변호인 접견이 있다는 말에 밖으로 나왔다. 복도를 지나 접견실로 들어서자 여느 때와 마찬가지로 하유정 변호사가 앉아 있었다.

그는 익숙하게 맞은편에 앉았다. 항상 똑같은 무표정이었지만 이전보다 그녀의 얼굴빛이 더 어두웠다. 직감적으로 좋지 않은 일이 있다는 걸 감지했다.

"박인춘 씨가 사망했어요."

상훈의 가슴이 철렁 내려앉았다. 귓가에선 소름 끼치는 신음이 들리는 듯했다. 한동안 진경이 생각에 그를 잊고 있었다. 위독하다는 말은 들었지만 벌써 죽을 거라곤 생각지 못했다. 결국 살인자라는 꼬리표는 피할 수 없게 됐다는 생각과 함께 두 번이나 살인을 저질렀으면서 반성은커녕 아쉽다는 기분이 드는 자신이 혐오스러웠다.

"재판은 다음 주에 그대로 진행될 거예요."

하유정은 기존에 말했던 변호 방침에도 변화가 없다고 알렸다. 그녀가 뭔가 길게 말을 이어 갔다. 이상하게 그 순간 상훈의 머릿속에서 박인춘이 아닌 피투성이가 된 김순규의 모습이 떠올랐다. 상훈은 눈을 질끈 감고 힘겹게 입을 뗐다.

"지금이라도 합의를 할 수 있을까요?"

"네?"

"돈은 어떻게든 마련할게요. 다시 한번 말씀 좀 해주세요."

하유정이 못마땅한 듯 눈살을 찌푸렸다. 그간 여러 차례 합의를 거론했을 때는 관심도 보이지 않았었다. 그런데 이제 와서…….

하유정은 아직 시간이 있으니 합의를 해보겠다며 일그러졌던 얼굴을 폈다. 그러자 다시 무표정한 얼굴이 되었다.

그녀는 자료를 살피며 몇 가지 질문을 했다. 1심 공판을 앞두고 마지막으로 상훈과 입을 맞추는 시간이었다. 상훈은 별다른 대꾸

없이 그녀의 말에 대충 고개만 끄덕였다.

구치소 방으로 돌아온 그는 바닥에 드러누워 몸을 움츠렸다.

접견실에서 떠오른 김순규의 모습이 아직 사라지지 않았다. 덜덜 떨리는 몸을 주체하지 못해 눈을 감고 귀를 막았다. 피칠갑이 된 김순규가 눈을 부릅뜬 채 자신을 노려봤다. 상훈은 도저히 그의 시선에서 벗어날 수 없었다.

다음 날 황용수 대표가 찾아왔다. 황대표는 고탐정이 어떻게 진경이를 찾았는지 간단히 설명해줬다.

그것 말고는 다른 말이 없는 걸 보니 아직 박진희의 편지 내용은 모르는 듯했다. 상훈은 황대표와 합의금에 관해서만 논의했다. 접견을 마치고 일어나며 황대표는 자신이 직접 박인춘의 가족들을 만나보겠다고 했다.

상훈은 이틀간 하유정 변호사의 소식을 기다렸고, 공판을 사흘 앞둔 토요일 오후에 접견 신청이 있다는 기록지를 받았다. 그런데 변호인이 아닌 일반접견 신청이었다. 바로 기록지에 적힌 이름을 확인했다.

몇 분 뒤, 방에서 나와 접견실로 향했다. 복도 어디에도 창문이 없는데 서늘한 한기가 온몸을 휘감는 기분이 들었다. 접견실 문 앞에 서자 숨 막히는 긴장감에 머리가 얼떨떨했다. 문이 열렸고, 상훈은 천천히 발을 내디뎠다.

유리 벽 너머로 박진희가 보였다. 불행인지 다행인지 그녀 혼자였다. 상훈은 유리 벽으로 다가가 맞은편에 앉았다. 박진희는 간단히 안부를 물었고, 조금 뜸을 들인 뒤 진경의 소식을 전했다.

"같이 오고 싶었는데, 아직 시간이 필요하다네요."

"잘 지내는 거 맞습니까?"

"네, 그래 보였어요."

상훈이 입술을 꿈틀거리다 잔뜩 쉰 목소리로 다시 물었다.

"전에 팀장님도 아이가 있다고 했었죠?"

"네."

"아들입니까? 딸입니까?"

"아들이요."

"몇 살 정도 됐어요?"

"열일곱이에요. 고등학교 1학년."

상훈은 무심하게 고개를 끄덕였다. 잠시 머뭇거리다 나직이 입을 열었다.

"아내는 언젠가 진경이가 엄마를 만나러 올 거라고 확신했습니다. 여자가 아이를 갖게 되고 아이를 키우다 보면 엄마 생각이 더 나는 법이라면서요. 진경이가 나이를 먹고 아이가 생기면 그때는 꼭 올 거라고 했었지요. 팀장님도 그랬습니까? 아이를 키울 때 어머니 생각이 많이 났습니까?"

"네, 다들 그렇죠. 저도 그랬고요."

"그런데 왜 그동안 엄마를 찾아오지 않았을까요?"

"그야 새롭게 생긴 가정 때문에, 그 가정을 지키기 위해서 어쩔 수 없었다고."

"그거 말고 다른 이유가 있었죠? 다시는 집에 오기 싫었던 이유가 있었던 거죠?"

상훈의 단호한 목소리에 박진희가 입을 꾹 다물었다. 상훈이 다시 물었다.

"나 때문이었습니까?"

박진희는 고개를 슬며시 돌렸다. 끝내 아니라는 말은 하지 않았다.

상훈의 머릿속으로 몇 개의 기억이 송곳처럼 찌르듯 밀려들었다. 어떻게든 잊고 싶었던 끔찍한 기억이…… 아내를 때리고 급기야 아이에게까지 주먹질했던 그 기억이.

"아버님을 많이 걱정하고 있어요. 아직 늦지 않았어요."

박진희는 벽에 걸린 시계를 힐끔 쳐다보고 나서 입을 열었다.

"윤원종 씨가 김순규에 관해 진술했어요. 지금 경찰이 김순규를 찾고 있고요. 아마 곧 시체를 찾을 거예요. 지금이라도 저에게 솔직히 말씀해주세요. 그게 본인한테 유리해요. 앞으로 따님과 손녀를 만나시려면 하루라도 빨리 모든 걸 털어놓으셔야 해요."

상훈은 대답 없이 그녀의 말을 들었다. 접견이 끝날 때까지도 대답은 하지 못했다.

접견실에서 나와 복도를 걷는 동안 머리가 깨질 듯이 아팠다.

두 손은 계속해서 떨렸고 입술은 바짝바짝 말랐다. 이미 자신이 평생 매달려온 사건은 다 끝났다. 더는 또 다른 사건에 매달릴 여력이 없었다. 상훈은 아내가 보고 싶었다. 다른 누구보다 아내에게 먼저 사과를 해야 했다. 아내와 오랜 시간을 함께 보냈던 것 같은데 하필 병실에서 죽어가던 그녀의 얼굴만이 눈앞에서 맴돌았다.

32

토요일 오후 1시, 서울역에 도착한 전철에서 사람들이 내렸다. 대부분 정치 구호가 적힌 팻말을 손에 들고 웅성거리며 출구로 걸어갔다.

헐렁한 옷차림과 덥수룩한 가발, 두꺼운 은테 안경을 쓴 남준은 바닥에 버려진 전단 하나를 들고 그들을 뒤따랐다.

지상으로 나가는 출구 앞에 이르자 시끄러운 소리들이 귀를 파고들었다. 가요를 개사한 해괴한 음악과 귀를 찌르는 나팔 소리, 거기에 사람들의 소란한 웅성거림까지 뒤섞여 있었다. 그 소리에 점점 익숙해질수록 지상도 가까워졌다.

서울역 앞 광장에 많은 사람이 모여 있었다. 매주 열리는 대규모 집회가 오늘도 이어지는 듯했다. 정치에 무관심한 남준은 그들이 무엇에 열광하는지 이해할 수 없었다. 그저 정신없이 몰려다니는 여유 있는 사람들쯤으로 보였다. 이곳으로 자신을 불러낸 박진희의 의도도 아직 파악이 어려웠다.

오늘 아침 일찍, 남준은 진희의 메시지를 받았다. 이 주 전 꽃집 앞에서 헤어지고 나서 처음 받은 연락이었다. 진희는 별 설명도 없이 오늘 오후 1시 30분까지 서울역 광장으로 오라고 했다.

　남준은 그녀의 의도를 파악하기보다 정진경과 연락이 닿았는지부터 물었다.

　〔아직.〕

　〔그럼 왜 만나는 건데요?〕

　〔확인해볼 게 있어.〕

　〔어떤 거요?〕

　〔잔말 말고 나와.〕

　이 메시지를 끝으로 그녀는 아무 말도 하지 않았다. 남준은 곧장 황대표에게 연락을 취했다. 하지만 그도 정진경의 소식을 모르는 눈치였다.

　갑자기 서울역 광장에서 박수 소리가 터져 나왔다. 정장을 입은 중년 남자 대여섯이 광장에 설치된 무대로 올라가고 있었다. 무대 위에 선 그들이 외치자 다시 박수가 요란하게 터져 나왔다. 남준은 2층 난간으로 자리를 옮겨 광장을 내려다봤다.

　집회가 시작되자 어수선하던 분위기에 질서가 생기고, 다들 집중해가기 시작했다. 시간이 갈수록 지하도에서 나오는 사람은 많아졌다. 광장의 혼잡한 양상도 심해졌다.

　남준은 수많은 얼굴을 훑어보며 무대 위의 남자가 외치는 말에 귀를 기울였다. 한참을 들어봤지만 그들이 무슨 말을 하는지 전혀 이해할 수 없었다.

　스마트폰 화면에 뜬 현재 시각을 확인했다. 약속 시각인 1시 30

분이 막 지나고 있었다. 남준은 신경을 곤두세우고 파노라마를 찍 듯 광장을 천천히 훑어보았다. 박진희의 모습은 보이지 않았다.

혹시라도 경찰이 몰려올지 몰라 언제든 1층 광장으로 내려갈 준비를 했다. 난간에 몸을 기댄 채 고개를 왔다 갔다 했다. 몇 번이나 기계적으로 그러고 있는데, 갑자기 남준의 눈이 번쩍 뜨였다. 일 분 넘게 한 사람을 집요하게 응시하던 남준은 천천히 대포폰을 꺼내 전화를 걸었다.

"어디세요?"

전화를 받은 진희는 기차가 지연돼 아직 가는 중이라고 알렸다.

남준은 광장에서 울리는 시끄러운 소리에 스마트폰에다 목소리를 높였다.

"더는 안 기다려도 될 것 같은데요. 오늘 여기서 만나기로 한 거죠?"

박진희의 대답이 돌아오지 않았다.

"정진경 씨, 방금 도착했어요."

남준이 다시 목소리를 높였다.

조금 전 지하도에서 나오는 사람 중에 유독 한 여자에게 눈길이 갔다. 짧은 파마머리, 넉넉한 볼살, 쌍꺼풀이 진한 눈과 깊게 파인 팔자주름.

분명 16년 전과는 못 알아볼 정도로 큰 차이가 있었다. 하지만 얼굴 고유의 굴곡만큼은 변하지 않았다. 남준은 한참이나 그녀의 얼굴을 바라봤다. 이유는 알 수 없지만, 그녀의 두 눈은 통통 부어 있었고 창백한 얼굴에 수심이 가득 담겨 있었다.

스마트폰 너머로는 아무 말도 들려오지 않았다. 어떠한 소음도 없는 걸 보니 기차가 지연됐다는 박진희의 말은 사실이 아닌 듯했다. 다시금 광장 쪽에서 누군가 소리치기 시작했다.

남준은 스마트폰을 귀에 댄 채 근처에 있는 카페 안으로 자리를 옮겼다.

"확인한다는 게 이거였어요?"

여전히 박진희는 말이 없었다. 마침 카페 구석에 앉았던 여자가 일어나 빈자리가 생겼다. 남준은 얼른 그 자리에 앉아 고개를 푹 숙였다.

"다 끝났네요. 약속대로 부산 금정구 사건 범인 알려드릴게요."

박진희의 대답도 기다리지 않고 바로 말을 이었다.

"이름은 김윤구, 지금 포항교도소에서 복역 중이에요."

이렇게만 말한 뒤 입을 닫았다. 하지만 머릿속에선 지난 일들이 빠르게 스쳐 갔다.

3년 전, 남준은 송진옥과 함께 박혜수 양 실종 사건 용의자를 찾았다. 그 용의자를 붙잡아 사건의 진실을 확인하다가 용의자가 가담한 또 다른 범행을 알게 됐다. 그게 부산 금정구 여중생 살인 사건이었다.

그때 남준은 기회를 놓치지 않고 부산 금정구 사건에 관해서도 집요하게 캐물었다.

부산 금정구 사건 피해자 서미연 양을 납치한 뒤 살해한 범인은 두 명이었다. 박혜수 양 실종 사건의 용의자와 그의 고향 후배인 김윤구. 둘 중 김윤구가 처음부터 범행을 계획했다. 몽타주 속 움푹 파인 뱁새눈과 튀어나온 하관이 특징인 남자가 바로 김윤구였다.

그로부터 몇 달 뒤, 남준은 부산으로 가 서창수를 만났다. 서창수와의 계약을 진행했고 김윤구의 행적을 쫓았다. 그런데 김윤구는 이미 아동 성폭행 혐의로 포항교도소에 복역 중이었다.

김윤구와 대면할 방법을 모색하던 남준은 지역 사회복지사로 위장해 그의 홀어머니에게 접근했다. 이후 그녀에게 개인 후원자라며 서창수를 소개해줬다.

한 달 뒤, 세 사람은 함께 김윤구를 찾아갔다. 포항교도소 면회실에서 서창수는 김윤구와 마주 앉았다. 그리고 자신이 서지연 양의 아버지임을 밝혔다. 그 순간 남준은 김윤구의 얼굴 변화를 통해 그가 범인임을 확신했다.

"그 사람을 조사해보세요."

박진희는 한참 침묵한 끝에 싸늘한 목소리를 내뱉었다.

"서창수 씨 일은 어떻게 된 거야?"

"저는 용의자를 찾아줬을 뿐이에요. 그 뒤에 무슨 일이 있었는지는 정말 몰라요. 단, 이건 그저 제 추측인데…… 서창수 씨가 자살하기 전에 김윤구의 어머니가 죽었어요. 집에 큰불이 나서요. 아마도 그 일과 연관이 있을 거예요."

스마트폰 너머로 또다시 긴 침묵이 감돌았다.

"이제 다 끝났어요."

남준은 최대한 목소리에 무게감을 실었다.

"팀장님도 꼭 약속 지키세요."

전화를 끊으려 했다. 그런데 '잠깐만'이라는 박진희의 말이 들려와 스마트폰을 조금 더 들고 있었다. 귓속으로 차분한 목소리가 들려왔다.

"알려줄 게 있어."

"뭔데요?"

"어제 정상훈 씨가 스스로 목숨을 끊었어."

귓속을 파고드는 그녀의 말에 남준은 절로 입이 벌어졌다.

"구치소에서 매주 받아온 심장약을 안 먹고 모아뒀나 봐. 그걸 한 번에 먹고 발작을 일으켰어. 결국 오늘 새벽에 심장이 멈췄지. 이번이 두 번째지? 네가 도왔던 부모가 자살한 게. 그런데 그 두 사람뿐 아니라 다른 부모들의 삶도 완전히 망가졌어."

"나랑 상관없는 일이에요."

"아니, 너 때문에 죽은 거야. 애초에 네 방식이 잘못된 거지."

"그만 끊을게요."

"기다려. 알려줄 게 더 있으니까."

박진희는 일정한 목소리 톤으로 말을 이어갔다.

"난 네가 단순히 돈을 노린 사기꾼이길 바랐어. 그런데 네가 정말 용의자들을 찾았다고 생각하니, 그간 여러 명이 네 손에 놀아나며 목숨을 잃었을 수도 있겠다는 생각이 들었지. 그리고 궁금증이 생겼어. 왜 그랬을까? 정말 돈 때문에 그런 걸까? 그러다 십일 년 전에 실종된 최보영 씨 사건 기록을 살펴보게 됐어. 당시 경찰은 최보영 씨와 그녀의 남편이 자주 다툰 사실을 확인했고, 그래서 남편을 유력 용의자로 지목했지. 하지만 남편의 알리바이가 확인되면서 수사는 최보영 씨의 가출로 마무리됐어. 그런데 그 사건을 되짚어보니 다른 사건들이 눈에 띄더라."

단조롭던 박진희의 목소리가 점점 날카로워졌다.

"그 사건이 있고 칠 년 뒤 최보영 씨 남편이 교통사고로 사망했어. 차량 결함과 졸음운전으로 고속도로 교량에 추락했지. 그리고 그 사고 소식을 들은 그의 친모도 이 주 뒤에 사망하게 돼. 원래 몸이 안 좋았던 데다 아들의 사망 소식에 뇌출혈을 일으켰던 거지."

"그 얘길 왜 하는 거예요?"

진희는 대꾸하지 않고 자신의 말을 이었다.

"그런데 난 한 가지 사실을 더 알게 됐어. 최보영 씨 남편의 여동생 그러니까 너한테는 고모 되는 사람이 알려준 사실이지. 최보영 씨의 친아들이 그들에게는 양아들이자 양손자라는 거."

남준은 몸을 움찔했다. 대꾸할 타이밍을 놓치자 상대의 목소리가 더 날카롭게 전해졌다.

"그래서 두 가지 가능성을 떠올렸어. 최보영 씨가 그녀의 남편과 시어머니에게 살해돼 숨겨졌을 가능성 그리고 그녀의 남편과 시어머니의 죽음이 최보영 씨의 친아들에 의해 사고사로 위장됐을 가능성."

"무슨 소리를 하는 거예요!"

"넌 진작에 네 엄마가 죽은 걸 알고 있었어. 그래서 성인이 되자마자 네 손으로 복수를 감행한 거지. 그 이후에 피해자 유족과 용의자를 만나게 했던 거야. 네가 그랬던 것처럼 그들에게도 복수의 기회를 주려고. 하지만 넌 그들을 도운 게 아니야. 그저 복수라는 얄팍한 감정에 취해서 그들을 가지고 논 거지."

"말 같지도 않은 얘기 그만 해요."

"난 너와 약속한 대로 모든 자료를 없애고 수사를 멈출 거야. 하지만 지금 다른 경찰들이 김순규의 행적을 쫓고 있어. 곧 네가 김순규한테 한 짓이 드러나겠지. 그리고 머지않아 네가 여러 살인사건과 연루된 정황도 발견될 거야."

남준은 숨을 죽인 채 스마트폰을 꽉 쥐었다.

"다시 한번 말하지만, 너 때문에 많은 사람이 죽었어. 애초에 네 방식이 잘못된 거야. 아무튼 곧 다시 보게 될 거다. 그때까지 몸조심해라."

남준의 입술이 덜덜 떨렸다. 박진희가 내뱉은 말에 하나하나 반박하고 싶었지만 겨우 이를 꽉 깨문 채 전화를 끊었다.

턱이 아려오는 게 느껴졌다. 남준은 고개를 떨군 상태로 미동도 하지 않고 카페 구석에 앉아 있었다.

엄마의 죽음을 처음부터 알았던 건 아니다.

자신이 아빠의 친자식이 아니라는 것도 나중에 안 사실이다.

그리고 아빠와 할머니를 죽인 건…… 정말 어쩔 수 없는 일이었다!

오래전부터 할머니는 엄마가 자신을 무시한다고 생각했다. 엄마가 아빠와 결혼한 것도, 집에서 할머니와 같이 사는 것도 다 자신을 무시하는 짓이라고 중얼거렸다. 언젠가부터는 엄마가 아이를 갖지 못한다는 이유로 온갖 구박을 해댔다. 할머니는 엄마의 모든 행동에 트집을 잡고 엄마가 문란해서 그렇다고 나무랐다. 그리고 또 어느 날엔 엄마에게서 홀아비 냄새가 난다며 엄마가 다른 남자 품에 있었다고 욕설을 퍼부었다.

그럴 때마다 남준은 할머니에게 대들었다. 하지만 엄마는 오히려 남준을 야단쳤다. 그때는 할머니가 왜 그런 말들을 했는지, 엄마는 왜 그렇게 쩔쩔매기만 했는지 전혀 알지 못했다. 그러다 어느 날 엄마가 사라졌다.

그리고 고등학교 2학년 때, 남준은 몇 년 만에 집에 찾아온 고모가 할머니에게 하는 말을 들었다.

"그 여자한테서 아직도 연락이 없어?"

"응."

"도망갈 거면 제 새끼는 데리고 가야 할 거 아니야. 뭐하러 남의 자식을 키우고 있었어. 이제 다 컸잖아, 내보내."

"네 오빠가 알아서 한대. 일단 기다려보래."

"알아서 하긴 뭘 알아서 해! 어이가 없어서 진짜."

"목소리 낮춰."

남준은 두 사람의 대화가 자신을 가리키고 있다는 걸 눈치챘다. 그리고 그동안 집안사람들이 엄마를 괴롭혔던 이유가 자신 때문이었다는 것도 알게 됐다.

그날 이후부터 남준은 아빠와 할머니의 대화에 귀를 기울였다. 그로부터 일 년이 지난 어느 늦은 밤, 두 사람이 엄마와 자신에 관해서 하는 얘기를 엿들을 수 있었다.

"요즘 들어 꿈에 자꾸 그년이 나온다."

"애 엄마요?"

"그래, 영 꿈자리가 좋지 않아. 아무래도 그년이 날 데리러 올 건가봐. 그때 잘 보내준 거 맞지?"

"애 엄마가 좋아하던 곳에 묻어줬어요."

"경찰은? 요즘도 경찰이 찾아오니?"

"아니요."

"그럼 이제 저 애는 내보내자. 요즘 저놈이 날 보는 눈빛이 심상치가 않아. 꼭 제 엄마를 닮았어. 그년도 맨날 날 그렇게 노려봤다고. 혹시 전부 눈치챈 거 아니니? 경찰한테도 네가 제일 의심된다고 했다면서?"

"내가 알아서 할 테니 다시는 이 얘기 꺼내지 마세요."

"알아서 한다는 얘기 좀 그만하고 어떻게 좀 해봐라. 저놈이 다 눈치챈 게 맞아. 너도 그렇게 생각하지 않니? 분명히 쟤 엄마가 꿈에 나타나서 일러줬을 거야. 우리한테 복수하면 어쩌니? 넋 놓고 있다가 네가 먼저 당하면 어째? 불안해서 안 되겠다. 저놈을 내보내야 할 게 아니라 없애버려야겠어. 아직 청산가리가 좀 남았는데."

"제발 쓸데없는 짓 좀 하지 마요. 어머니 때문에 이 지경이 된 거잖아요. 그놈의 청산가리 당장 좀 갖다 버려요. 아직은 안 된다고요."

"아직은 안 된다고?"

"지금은 학교를 다녀서 안 돼요. 고등학교 졸업할 때까지만 그냥 좀 잠자코 기다려요."

엄마가 사라졌을 때, 남준은 가장 먼저 아빠를 의심했다. 아빠는 항상 엄마를 무시하고 외면하며 지독한 폭력을 행사했다. 엄마는 집안에 깃든 흉포함에 완전히 나약해진 상태였다. 남준은 이 사실을 경찰에게 알렸다. 하지만 알리바이가 있다는 이유로 경찰은 아빠를 용의선상에서 배제한 채 다른 가능성을 찾았다.

경찰이 내세운 가능성은 엄마의 외도였다. 아마도 할머니의 말만 듣고 그렇게 단정 지었을 것이다. 남준은 그 가능성을 믿지 않았지만, 시간이 지날수록 아빠를 향한 의심이 옅어진 건 사실이었다.

그런데 아빠와 할머니의 대화를 엿들은 이후, 모든 게 확실해졌다. 엄마가 죽었다. 엄마를 죽인 건 할머니였고, 엄마의 시체를 숨긴 건 아빠였다. 당시 할머니는 거의 매일 밤 소주를 마셨다. 가끔 엄마를 불러 술잔을 권하기도 했다. 엄마가 사라지기 전날 밤에도 할머니는 엄마에게 술잔을 내밀었을 것이다. 엄마는 청산가리가 든 것도 모른 채 소주를 마셨을 거다.

이후 새벽에 퇴근한 아빠가 상황을 확인한 뒤 엄마의 시체를 화물차에 실었을 거고, 엄마의 시체는 화물차에 실려 돌아다니다 '엄마가 좋아하던 곳'에 묻혔을 거다.

의심이 선명해지며 진실이 드러나자 불안이 정신을 좀먹어 들어갔다.

남준은 곧 자신도 엄마처럼 땅속 깊은 곳에 묻혀 붉은 개미들의 먹이가 될 거라고 생각했다. 불안으로 가득 찬 정신이 남준을 모든 사람에게서 멀찌감치 떨어지게 만들었다. 남준은 누구도 믿을 수 없었다. 자기 자신을 스스로 지켜야 한다는 생각만이 점점 확고해졌다.

어느덧 고등학교 졸업식이 다가왔다. 졸업식이 끝나고 며칠 지나지 않아 아빠가 함께 여행을 가자고 했다. 단둘이서만. 그 말을 듣는 순간, 남준의 몸이 덜덜 떨렸다. 그간 느껴보지 못한 공포가 온몸을 휘감은 채 놓아주지 않고 계속 몸을 흔들었다.

남준은 아르바이트 핑계로 아빠가 계획한 여행을 최대한 뒤로 미뤘다. 다행히 아빠가 지방 출장을 가게 되며 한동안 시간을 벌 수 있었다.

하지만 출장을 마치고 돌아온 아빠가 다시 여행 얘기를 꺼냈을 때 남준은 더 이상 물러설 곳이 없다는 걸 깨달았다. 제대로 잠을 잘 수 없었다. 한숨도 못 잔 날이 이어졌다. 불안과 공포가 뒤섞여 정신을 잠식했다. 병든 정신은 육체를 무겁게 짓눌렀고, 그제야 응축돼 있던 분노가 터져 나오며 온몸에 뜨거운 피가 감돌았다.

남준은 인터넷을 통해 화물차에 대해 공부했다. 그리고 며칠 뒤 새벽, 아빠의 화물차 하부로 들어가 몇 가지 부품을 제거했다. 스스로 목숨을 지키기 위해선 아빠보다 먼저 움직여야만 했다.

이틀 후 아빠의 사고 소식이 들려왔다. 사고 소식을 접한 할머니는 그 자리에 쓰러졌고, 이 주간 깨어나지 못했다.

어느 늦은 새벽에 정신이 돌아와 겨우 깨어난 할머니는 다급하게 고모를 찾았다. 하지만 할머니 곁엔 남준뿐이었다.

할머니는 겁에 질린 얼굴로 남준을 바라봤다. 남준은 할머니 귀에 입을 붙이고 싸늘한 목소리로 물었다.

엄마를 왜 죽였어요?

엄마를 어디에 묻었어요?

왜 나를 죽이라고 시킨 거예요?

순식간에 할머니의 숨이 가빠졌다. 힘겹게 이불을 붙잡고 있던 할머니의 손가락이 힘을 잃어갔다. 몇 분 뒤 의사와 간호사가 뛰어들어왔다. 그들은 할머니의 상태를 확인하고 응급조치를 취했지만 이미 빠져나간 할머니의 혼은 다시 돌아오지 않았다.

정말 어쩔 수 없는 일이었다. 두 사람은 엄마를 죽인 범인들이었다. 그들을 죽인 건 범죄가 아닌 정의라고 생각했다. 정당한 행위라고 끊임없이 되뇌었다.

남준은 그렇게 자기 자신을 세뇌하며 죄책감을 떨쳐냈다. 하지만 불안과 공포에 떨었던 마음은 쉽게 회복되지 않았다. 아무도 없는 집 안에서 자주 붉은 개미 환영이 보였다. 엄마의 시체를 갉아먹었던 수많은 붉은 개미가 자신에게 다가오는 것 같았다. 남준은 이불을 뒤집어쓴 채 그 개미들이 사라질 때까지 몸을 떨었다. 그리고 그 이불 속에서 '나 때문에 엄마가 죽었다'라는 생각에 사로잡히곤 했다.

애초에 내가 없었다면 엄마가 그런 취급을 당하지 않았을 텐데, 그 집에 들어가지도, 그 긴 시간을 참고 견디지도 않았을 텐데……

내가 태어나지 않았다면, 내가 엄마 곁에 없었다면, 엄마는 죽지 않았을 것이라 생각됐다.

남준은 엄마의 시체를 찾기 시작했다. 시체를 찾아야만 엄마에게 용서를 구하고 개미들로부터도 벗어날 수 있을 것 같았다. 하지만 아무리 수소문을 해봐도 '엄마가 좋아하던 곳'이 어딘지 알 수 없었다.

그러던 어느 날, 은비의 말을 듣고 불쑥 탐정 일을 시작하게 됐다. 실종된 아이의 시체를 찾아내고 그 자리에서 오열하는 부모의 모습을 지켜보며 남준은 조금이나마 마음이 편안해지는 걸 느꼈다. 한동안 붉은 개미들도 나타나지 않았다.

그 뒤로 남준은 시체조차 찾지 못하는 피해자 유족들의 사연을 여럿 접했고, 그들을 돕기로 마음먹었다.

그저 복수라는 얄팍한 감정에 취한 것이 아니다!

난 그들을 도운 거다. 실종자 유족이 아닌 사람은 모른다. 오랜 세월 죽은 듯이 살아야 하는 삶은 당사자가 아니면 이해하기 어렵다. 하루하루 피가 마르는 심정은 겪어보지 않으면 알 수 없다. 그 심정을 아는 사람만이 도움을 줄 수 있다. 설령 박진희의 말처럼 그들의 삶이 망가졌다고 하더라도, 적어도 그들은 사라진 자녀의 시체를 찾았다. 그들 모두는 죽은 듯이 사는 것보다 죽는 한이 있어도 일을 마치는 게 낫다고 여겼다.

남준은 자신의 행동이 옳았다고 다시 한번 되새긴 뒤 천천히 고개를 들었다.

숨을 몰아쉬며 울렁거리는 마음을 진정시켰다.

카페에서 나와 2층 난간으로 되돌아갔다. 광장은 아까보다 더 시끄러웠다. 남준은 광장을 내려보며 수많은 사람 속에서 정진경을 찾았다. 하지만 어디에도 그녀의 모습은 보이지 않았다.

불현듯 퉁퉁 부은 그녀의 눈과 핏기없이 창백한 얼굴이 다시 떠올랐다. 그제야 정상훈이 자살했다는 게 실감이 났다.

숨어 있는 범인을 찾아내 피해자 유족을 도왔다. 그거면 됐다.

그간 남준은 모든 용의자 시체를 여러 개의 토막으로 나눠 동물의 사체와 함께 매장했다. 때론 전국을 여행하며 사람들의 발길이 닿지 않는 곳에 조금씩 유기하기도 했다. 오랫동안 정체를 숨겨온 용의자들이라 설령 경찰이 그들의 시체를 찾는다고 해도 신원 확인이 불가능할 것이다. 물론 각종 증거가 될 만한 것들도 확실히 처리해뒀다.

지금까지 잘 해왔다. 걱정하지 않아도 된다. 어떤 누구의 추적도 두렵지 않다.

남준은 다시 한번 마음을 가라앉혔다.

그런데도 '너 때문에 많은 사람이 죽었어. 애초에 네 방식이 잘못된 거야'라는 박진희의 말이 좀처럼 사라지지 않고 뇌리에서 맴돌았다.

남준은 난간에 몸을 기댄 채 귓속에 있는 보청기 전원을 껐다.

시끄럽던 주변 소리가 단숨에 사라졌다.

양쪽 눈까지 감은 뒤 모든 감각을 머릿속에 집중했다. 켜켜이 쌓여 있는 상자 중 〈천안 여고생 실종사건〉이라고 적힌 상자를 꺼냈고, 상자 속에 있는 모든 얼굴을 빼냈다.

그 얼굴들을 한쪽 구석에 놓인 휴지통 속으로 옮겼다. 얼굴이 하나씩 차례로 지워졌다. 얼마 지나지 않아 전단 속 정진경의 얼굴과 용의자 몽타주만 남았다. 남준은 마지막으로 남은 두 얼굴을 바라본 뒤 머릿속에서 그 얼굴들도 마저 지웠다.

천천히 눈을 떴다. 입에서 터져 나오는 긴 한숨을 끝으로 또 하나의 사건이 해결됐다. 매번 은은한 만족감이 느껴졌는데, 이번엔 달랐다. 뱃속이 울렁거리며 욕지기가 솟구쳤다. 남준은 여러 차례 심호흡을 한 뒤 귓속에 있는 보청기 전원을 켰다.

갑자기 광장에서 울리는 사람들의 환호 소리가 귓구멍 속으로 밀려들었다. 그 소리가 마치 자신을 비웃는 것처럼 느껴졌다.

오늘따라 이마에서 계속 식은땀이 흘렀고 뱃속이 심하게 뒤틀렸다. 남준은 급히 몸을 돌려 뛰기 시작했다. 하지만 얼마 가지 못하고 그대로 허리를 굽혀 바닥에 토악질을 했다.

소매로 입가를 닦은 뒤 고개를 들었는데 수많은 시선이 자신에게로 향해 있었다. 머리 위로 몇 개의 CCTV 카메라도 보였다.

모두가 나를 바라보고 있고, 날 기억할 것이다.

그렇게 생각하니 두려움이 엄습하며 온몸이 얼어붙었다. 남준은 빨리 바닥을 정리하고 이곳에서 벗어나고 싶었다. 하지만 두 팔과 다리 그리고 목과 허리까지 단단히 굳어 꼼짝도 할 수 없었다. 등줄기를 훑는 싸늘한 한기가 느껴졌고 귓가에서 다시금 박진희의 말이 들려왔다.

에필로그

노트북 화면이 반으로 분할돼 있다.

왼쪽과 오른쪽 부분 중 왼쪽은 또다시 반으로 나뉘어 있다.

왼쪽 상단에서는 모텔 정문 주변이 보이고, 하단에서는 뒷문으로 향하는 좁은 길이 보인다.

노트북 화면 오른쪽 부분엔 카메라에 찍힌 사람들의 얼굴이 커다란 사진 형태로 나타나고 있다. 남준은 작은 테이블 앞에 앉아 노트북 화면에 등장하는 얼굴들을 확인하는 중이다.

이 모텔에 도착한 건 이틀 전 저녁쯤이었다. 은비의 긴급 메시지를 받고 충남 논산에서 전북 군산으로 거주지를 변경한 거였다. 주택가에 자리 잡은 허름하고 한적한 3층짜리 모텔로, 남준이 예전부터 자주 찾는 곳 중 하나였다.

이곳을 선택한 데는 두 가지 이유가 있었다. 첫 번째는 CCTV 카메라가 로비에 단 한 대만 설치돼 있기 때문이었고, 두 번째는 언제든 비상구를 통해 뒷문으로 도망갈 수 있기 때문이었다. 지금도 경찰로 보이는 사람이 화면에 나타나면 바로 뒷문으로 빠져나갈 생각이었다.

남준의 오피스텔 근처에서 경찰들이 보이기 시작한 건 한 달 전부터였다. 남준은 그들이 찾는 사람이 자신이라는 걸 금방 깨달았다. 그 즉시 배낭을 짊어지고 여행을 나섰다.

며칠 뒤 경찰들은 남준의 오피스텔에 아무도 없는 걸 확인하고 은비를 찾아갔다. 은비는 그들에게 남준이 홀로 여행 중이라고 알렸다. 여행의 목적은 실종된 엄마를 찾는 거라고 했다.

하지만 이 여행의 진짜 목적은 시간을 확보하는 거였다. 남준은 최대한 시간을 끌며 경찰의 수사 상황을 확인한 뒤 경찰 조사에 대응할 생각이었다. 남준이 시간을 끄는 사이, 황용수 대표가 경찰의 수사 상황을 확인해주기로 했다.

확인된 정보는 바로 은비에게 전달되고, 은비는 그 정보를 PC용 텔레그램 메시지를 통해 남준에게 알린다. 이틀 전에 받은 은비의 긴급 메시지도 이런 과정으로 전달됐다. 그 메시지엔 '김순규 실종 사건 유력 용의자로 네가 특정됐대'라고 적혀 있었다.

만약 가능하다면 경찰의 수사가 뜸해질 때까지 몸을 숨기고 싶었다. 하지만 예상보다 경찰 수사가 빠르게 진행됐다. 이 모텔을 찾는 것도 금방일 것이다. 하루만 더 머물고 내일 훨씬 더 아래쪽으로 장소를 옮겨야겠다는 생각이 들었다. 불행 중 다행인 건 아직 김순규의 시체가 발견되지 않은 점이었다.

노트북 화면 속으로 세 개의 남자 얼굴이 등장했다. 방금 정문으로 들어온 중년 남자 셋이었다. 두 사람은 처음 보는 얼굴이었다. 하지만 나머지 한 사람의 얼굴이 낯이 익었다. 오늘 아침에 감색 작업복을 입고 모텔에서 나간 남자로, 장기 투숙 중인 공사장 인부로 보였다.

그 옆에 있는 두 사람도 막 공사 일을 마치고 돌아온 몰골이었다. 남준은 의심을 내려놓고 손목시계를 확인했다. 벌써 저녁 일곱 시가 지나고 있었다.

남준은 검은 모자를 눌러 쓰고 실시간 카메라 두 대를 챙긴 뒤 방을 나갔다. 곧 정문과 뒷문 쪽에 숨겨둔 카메라가 방전될 것이다. 오늘 자정까지 경계를 책임져줄 카메라로 교대를 해줘야만 했다.

모텔 1층 로비에 달린 CCTV 카메라를 피해 뒷문으로 나갔다. 뒷문 옆 담벼락 벽돌 구멍에 숨겨둔 카메라를 꺼낸 뒤 챙겨온 다른 카메라로 교체했다.

남준은 다시 고개를 숙인 채 모텔 건물을 빙 돌아 정문 앞 주차장 벽면으로 향했다. 그곳에 놓인 철제 서랍장 속에서 기존 카메라를 꺼냈다. 뒤이어 주머니에서 빼낸 카메라를 얼른 집어 넣어뒀다.

왔던 길을 돌아가 건물 뒷문으로 들어갔다. 그 길로 비상구 계단을 올라갔고 2층에 있는 방으로 되돌아왔다.

노트북 화면에는 신호가 끊겼다는 경고 문구가 나타난 상태였다. 남준은 새로운 카메라 신호를 찾아 와이파이 연결을 시도했다. 곧 경고문구가 사라지더니 총 다섯 시간 사용이 가능하다는 표시와 함께 실시간 카메라 화면이 나타났다.

남준은 마우스를 움직여 화면 속 'Capture'라고 적힌 버튼을 클릭했다. 얼굴 인식 기능이 활성화되기 시작했고, 이로써 카메라에 찍힌 얼굴이 자동으로 인식돼 사진 형태로 나타날 것이다.

남준은 노트북에서 손을 떼고 테이블 밑에 있는 가방에서 컵라면과 즉석밥 그리고 참치캔 하나를 꺼냈다. 지난 한 달간 똑같은 식단이었지만, 온종일 굶은 탓에 뭐든 먹어야겠다고 생각했다.

전기 포트로 끓인 물을 화장실 세면대에 붓고 그 물속에 즉석밥을 넣어뒀다. 다시 한번 끓인 물로는 컵라면을 조리해 바로 먹어치웠다.

남은 라면 국물에 따뜻하게 데워진 즉석밥을 말아먹었고 중간중간 참치를 곁들였다. 끼니마다 부족한 영양을 채우기 위해 여러 종류의 통조림을 먹곤 하는데 오늘은 참치캔뿐이라 선택의 여지가 없었다.

식사를 마친 뒤 TV를 틀어 저녁 뉴스를 기다렸다. 이번 여행 중엔 위치 추적을 피하기 위해 스마트폰과 대포폰을 일절 켜지 않았다. 노트북으론 얼굴 인식 프로그램을 실행시킨 상태라 다른 걸 할 수 없었다. 세상이 어떻게 돌아가는지 알 수 있는 창구는 방 안에 있는 작은 TV뿐이었다.

남준은 TV를 켜둔 채 시선을 다시 노트북 화면으로 옮겼다. 날이 어두워지고 밤이 깊어가며 화면 속으로 얼굴 몇 개가 더 나타났다.

두 시간 동안 총 여덟 개의 얼굴을 확인했다. 전부 나이 든 노인이나 중년 여성이었다. 집 대신 이곳에서 생활하는 사람들로 보였다. 그들은 모두 혼자였고 지친 얼굴을 하고 있었다. 누군가를 찾기 위해 번쩍이는 눈빛은 전혀 보이지 않았다.

어제와 오늘은 은비의 메시지도 오지 않았다. 경찰이 아직 이곳까지는 찾아내지 못했을 거란 생각과 함께 서서히 눈꺼풀이 무거워졌다. '잠깐 정도는 괜찮겠지'라고 여기며 TV를 끄고 고개를 숙인 채 눈을 감았다.

꿈속에서 남준은 도망치고 있었다.

등 뒤에서 붉은 개미들이 떼 지어 몰려왔다.

한참 동안 암흑 속을 무작정 달렸다. 하지만 어느 순간, 막다른 골목에 도달했다. 남준은 궁지에 몰린 작은 동물처럼 덜덜 떨면서 가쁘게 숨을 내쉬었다. 어느새 붉은 개미들이 남준의 두 발을 장악했다.

사각사각. 사각사각.

그들이 발에 붙어 있는 살을 갉아 먹기 시작했다. 소름 끼치는 한기가 다리를 타고 몸통으로 솟구쳤다. 심장이 철렁 내려앉으며 위아래 치아가 다다닥 부딪혔다. 겨드랑이에서는 기분 나쁜 땀이 계속 나왔다. 그저 꿈인데도 모든 감각이 생생히 전해졌다.

개미들이 천천히 위로 올라왔다. 곧이어 정강이와 종아리에서 불에 타는 듯한 작열감이 느껴졌다.

제발 사라져줘.

남준은 있는 힘껏 외쳤지만 어떠한 소리도 입 밖으로 나오지 않고 입안에서 맴돌았다.

누구라도 제발 도와줘.

다시 한번 공허한 외침을 내뱉었다. 그때 어디선가 소리가 들려왔다.

퉁 퉁 퉁.

붉은 개미들이 단숨에 사라졌다. 정강이에 있는 검붉은 상처들이

362

눈에 들어왔다. 발과 발목엔 하얀 뼈가 드러나 있었다. 아니 그보다, 방금 그 소리는 문을 두드리는 소리였는데…… 어디서 들려오는지 전혀 가늠이 되지 않았다.

암흑 속을 허우적거리며 사방을 둘러봤다. 다시 소리가 들렸다.

통 통 통.

남준은 번쩍 눈을 뜨며 현실로 돌아왔다.

요즘 들어 자주 붉은 개미들이 나타났다. 개미들과 마주친 뒤엔 항상 몸에 한기가 남아 있었다. 지금도 너무 추웠다. 그 추위만큼 불안했고 무서웠다.

불현듯 꿈에서 들은 소리가 떠올랐다. 휙 고개를 들고 방문을 바라봤다. 숨을 죽인 채 기다려봤지만, 방안은 조용하기만 했다.

까치발을 들고 문으로 다가가 귀를 댔다. 어떠한 소리도 들리지 않았다. 일이 분 뒤 살며시 문을 열어봤다. 복도에 아무도 없었다. 남준은 푸우, 한숨을 내쉬며 방안으로 되돌아갔다.

침대에 걸쳐놓은 외투를 두르고 다시 테이블 앞 의자에 앉았다. 손목시계를 확인하니 두 시간 반이 훌쩍 지나 있었다. 두 손으로 얼굴을 치며 정신을 깨웠다. 그런데 손가락 사이로 뭔가 번쩍거리는 게 보였다. 노트북 화면 속 메시지 아이콘이 깜빡이고 있었다. 남준은 손을 뻗어 은비와의 대화창을 열었다.

〔왜 답장이 없어? 뭐 하고 있는 거야?〕

방금 도착한 은비의 메시지였다. 이 문장 위로 몇 개의 문장이 더 떠 있었다.

〔지금 모텔에 도착했는데, 방에 있는 거 맞아?〕

〔아직 그 모텔에 있는 거지?〕

〔지금 그쪽으로 가고 있어. 이유는 가서 말해줄게.〕

대략 두 시간 전부터 은비의 메시지가 오고 있었다. 남준은 답장부터 보냈다.

〔지금 봤어. 무슨 일이야?〕

〔뭐 하고 있었어? 걱정했잖아!〕

〔잠깐 졸았어. 무슨 일인데?〕

〔주차장에 차 보이지?〕

노트북 화면 왼쪽 상단에 보이는 차량 중 한 대가 비상등을 깜박이기 시작했다.

〔응.〕

〔지금 당장 짐 챙겨서 내려와. 경찰이 네가 군산에 있는 거 확인했대.〕

남준은 노트북을 덮었다. 노트북과 충전 중인 카메라를 죄다 가방 속에 집어넣었다. 방안에 널브러져 있는 옷가지까지 챙긴 뒤 쓰레기 봉지를 들고 방을 나왔다.

복도에 비치된 쓰레기통에 봉지를 버렸고, 조용히 비상구로 내려갔다.

1층에 내려오자마자 뒷문으로 나가 벽돌 구멍에 숨겨둔 카메라부터 꺼냈다. 이후 건물을 삥 돌아 정문 쪽 주차장으로 뛰어갔다.

남준은 신속하게 철제 서랍장 속에 있는 카메라를 빼낸 뒤 비상등이 켜져 있는 차량으로 다가갔다. 남준이 차량과 가까워지자 비상등이 꺼졌다.

조수석 창문 너머로 은비의 얼굴이 보였다. 하지만 어디선가 내려앉은 그림자 탓에 운전석에 있는 얼굴은 보이지 않았다. 남준은 황대표가 함께 왔을 거라고 여기며 뒷좌석에 올라탔다.

"자고 있으면 어떡해?"

은비의 목소리가 불안하면서도 날카롭게 들렸다. 이어서 운전석에 앉아 있는 얼굴이 눈에 들어왔다.

"오랜만이야."

박진희가 살짝 손을 들며 인사를 건넸다. 서울역에서 전화 통화를 한 지 두 달 만이었다.

남준은 눈을 치켜뜨고 박진희와 은비를 번갈아 쳐다봤다. 전혀 생각지 못한 조합이라 입이 떨어지지 않았다.

"우리는 앞으로 친하게 지내기로 했어."

박진희가 손가락으로 은비와 자신을 가리키며 말했다.

은비의 얼굴은 신경질적으로 일그러져 있었다.

"부산 금정구 사건이 잘 해결돼서 안 그래도 널 한번 만나려고 했는데, 이렇게 보게 됐네. 오늘 찾아온 건 그거 때문은 아니고. 시간이 없으니까 본론부터 얘기할게. 오늘 낮에 김순규 시체가 발견됐어."

남준은 놀란 표정을 숨긴 채 90도로 기울어진 박진희의 얼굴을 바라봤다.

"인천 쪽 경찰들이 널 잡아서 어떻게든 진술을 얻어내려 할 거야. 하지만 현재 명확한 증거는 없는 상태고, 네가 아무 말도 안 하면 널 구속하는 데 애를 먹겠지. 그들은 너와 김순규 그리고 정상훈의 관계를 알지 못해. 네가 김순규를 죽여야 할 동기도 전혀 모르는 상황이고. 퍼즐 조각을 갖고 있지만 큰 그림을 보지 못해서 결국 그 퍼즐을 완성하지 못하게 되겠지."

박진희가 옅은 미소를 보이며 말을 이어갔다.

"그런데 내가 그들을 도우면 상황은 완전히 달라지지. 네가 죽인 게 아니라고 해도 넌 살인 공모, 시체 훼손, 시체 유기에다 이전 범행들까지 더해져서 최소 십 년은 감방에서 살아야 할 거야."

"그래서요? 하고 싶은 말이 뭔데요?"

순간, 주차장으로 회색 차 한 대가 들어왔다. 차는 모텔 정문 앞에서 멈췄고 조수석과 뒷좌석에서 덩치가 큰 남자 두 명이 내렸다. 뒷모습만으로도 모텔 손님이 아니란 걸 알 수 있었다. 남준은 얼른 고개를 숙였다.

"네가 내 조건에 따라준다면, 난 저들을 돕지 않을 생각이야."

박진희의 시선이 앞 유리로 보이는 회색 차를 가리켰다.

"조건이 뭔데요?"

남준이 소리죽여 물었다.

"앞으로 일 년간 내 눈앞에서만 있을 것. 그리고 내가 시키는 일만 할 것."

남준은 살짝 고개를 들어 우측 사이드미러 속 은비의 얼굴을 쳐다봤다. 은비가 왜 박진희와 이곳에 왔는지 모든 상황이 이해됐다.

"일은 그동안 네가 해온 것과 비슷할 거야. 보수로 최저 시급 정도는 줄 생각이고."

박진희의 말이 멈추는 것과 동시에 회색 차 불빛이 꺼졌다. 밖에서 덜컥하는 소리가 들려왔고, 회색 차 운전석에서 젊은 남자 한 명이 나왔다. 그는 고개를 돌려 박진희의 차를 힐끔 쳐다본 뒤 모텔 건물 뒤쪽으로 천천히 걸어갔다.

"일단 나가요."

남준은 룸미러에 비친 박진희와 눈을 마주했다.

"시키는 대로 할게요."

박진희는 살짝 입꼬리를 올린 뒤 시동 버튼을 눌렀다.

세 사람을 태운 차가 조용히 모텔 입구를 빠져나갔다.

좁은 골목길을 지나 국도에 접어들 때쯤 진희가 내비게이션 화면으로 손을 뻗었다.

곧이어 새로운 목적지로 실종아동협회 서울사무소가 설정됐다는 내비게이션 음성이 흘러나왔다.